后浪

蚂蚁三部曲 2

LE JOUR DES FOURMIS

蚂蚁时代

贝尔纳·韦尔贝尔［法］
Bernard Werber——著
袁晶 韩佳 王姝男——译

北京联合出版公司
Beijing United Publishing Co.,Ltd.

献给卡特琳娜

万物归一。——亚伯拉罕

一切皆是爱。——耶稣基督

一切皆归于经济。——卡尔·马克思

一切皆为性。——西格蒙德·弗洛伊德

一切都是相对的。——阿尔伯特·爱因斯坦

那么，然后呢？……

埃德蒙·威尔斯

《相对且绝对知识百科全书》

本书中出现的蚂蚁社会（蚂蚁生态学）名词解释

蜜蜂：会飞的邻居。蜜蜂用空中旋转舞蹈或地上舞蹈来交流信息。

金合欢：一种植物，其实是一个有生命的蚂蚁窝。

蚁酸：褐蚁的射击武器。最具腐蚀性的蚁酸浓度可达 60%。

年龄：一只无生殖力褐蚁平均可活 3 年。

乌云之战：此战发生于联邦历 100000667 年，是褐蚁军团和金色城市的居民发生的首次冲突。

贝洛岗：褐蚁联邦的中心城市。

贝洛・姬・姬妮：希丽・普・妮女王的母亲，第一位与手指对话的女王。

化学图书馆：一项新发明，费洛蒙记忆的保存处。

希丽・普・妮：贝洛岗女王，联邦革新运动的发起者。

虎甲：藏于地下的捕食性动物。危险。必须小心自己的脚爪踩在何处。

绝对交流（CA）：通过触角进行全部思想的交流。

蝼蛄：地下的高速交通工具。

神明：待解释的概念。

活石头博士：手指对它们的气味释放器的称呼。

手指：待解释的新现象。

羊肝中的双盘吸虫：能造成蚂蚁梦游的寄生虫。

龙虱：水栖鞘翅目昆虫，能在身体周围形成气泡，在水下潜泳。

火：大部分昆虫已达成协议，禁止火的使用。

迪富尔腺体：能分泌费洛蒙，在蚂蚁经过之处形成一条带有特殊气味的小道。

大角：103 号驯服的金龟子。

人：手指的自称。

大颚：切割用的武器。

雅克・梅里埃斯：雄性手指，毛短。

摩克西・克山：新建的白蚁穴，位于“通吃河”边。

哈特曼之结：一处含大量正离子的地区，蚂蚁在该处感觉很舒服，但手指在该处会得偏头痛。

鸟：空中的威胁。

约翰斯顿器官：蚂蚁的一种器官，用于测定地球磁场。

蝴蝶：可食用。

步：贝洛岗的新长度单位，1 步约为 1 厘米。

费洛蒙：蚂蚁触角分泌出的挥发性荷尔蒙，用于传递信息和情感。

雨：灾难。

蚜虫：能挤蜜露的鞘翅目小昆虫。

臭虫：可能是性行为最为奇特的动物。

叛乱：新近兴起的运动，联邦历 100000667 年，叛乱的蚂蚁行动起来意欲营救手指。

太阳：高能量的球体，蚂蚁的朋友。

金龟子：军用飞船。

触角节：一根触角有 11 个节，每节发出的讯息各不相同。

多节绦虫：能造成蚂蚁体质虚弱，全身变白的寄生虫。

电视：人类的交流方式。

白蚁：麻烦的邻居，是出色的建筑师和航海家。

蝌蚪：水里的威胁。

蕾蒂西娅 · 威尔斯：雌性手指，毛长。

埃德蒙 · 威尔斯：第一个懂得什么是蚂蚁的手指。

103 号：远征战士。

23 号：手指教派信徒，叛军战士。

24 号：叛军战士，金合欢自由团体的创始者。

目　录

奥秘一

黎明的小精灵

1. 全景

黑色。

一年过去了。这是一个八月的夜晚。天空中没有月亮，只有星星在那儿闪烁。夜色渐渐褪去，微光闪闪。如轻纱一般的薄雾弥漫于整个枫丹白露树林中。很快，一轮紫红色的太阳就将它们驱散了。一切都闪烁着露珠那晶莹的光芒，就连蜘蛛网也仿佛变成了一块块缀满橙色珍珠的、形状不规则的手编工艺品。这又会是炎热的一天。

小生灵们开始骚动起来：在树下，在草丛中，在蕨类植物之间，到处都是。它们占据了所有的空间，数不胜数。晶莹透亮的露珠洗刷着这片土地，为即将在这里上演的最神奇的一幕幕……做着准备。

2. 潜入中心地带的三名探子

“全速前进。”

那通过气味下达的命令十分明确，这次行动十万火急，就连防范鸟儿的时间都没有。三个黑影匆匆地沿着秘密通道行进着。那是三只小蚂蚁。它们中的一个却脱离了同伴，在天花板上漫不经心地爬行着。它的同伴请求它下来。但这只小蚂蚁似乎更喜欢这种“头朝下”的姿势。它总是喜欢从相反的方向来看待现实世界。

它的同伴没有坚持，随它去了。毕竟，这对它们的行动并没有什么大碍。三人小分队转了一个弯，进入了一条更为狭长的小道。在每迈出一步之前，它们都要谨慎地试探一下，不放过任何一个隐蔽的角落。周围万籁俱寂，寂静得不免让人心生焦虑。

它们终于来到了蚁城的中心地带——一个受到严密监视的地方。它们的步子迈得更加小心翼翼了。长廊的墙壁越来越光滑。突然，它们在一堆枯树叶上滑倒了。一阵隐隐约约的不安侵入了它们红棕色身体的每一个细胞。

大厅终于出现在它们眼前。

空气中弥漫着一股树脂、芫荽和炭混合的气味，这是属于新屋子所特有的一股气味。一直以来，在所有蚂蚁的城市中，屋子只是用来储存食物或是抚育幼虫。然而，去年，就在冬眠前夕，有蚂蚁提出了一条建议，它声称：

不能任我们的思想付诸东流。

蚁群的智慧日新月异。

我们祖先的智慧理应造福后人。

根据它的建议，蚂蚁们就产生了将思想储存起来的设想。虽然对蚁群来说这样的设想是前所未有的，但它还是得到了大部分公民的热烈拥护。于是也就有了这间屋子的诞生。每只蚂蚁都来到这里，将含有自己思想的记忆费洛蒙存进特制的容器中，然后由专门的蚂蚁将其根据不同的主题进行分类。

从此以后，蚁群所有的精神果实都集中到了这个大房间里。蚂蚁们都称它为“化学图书馆”。

三位“访客”怀着紧张而又崇敬的心情缓慢地前进着，新鲜的事物总是带有一丝神圣的色彩。它们的触角微微地颤动着，流露出内心的激动。

在它们的周围，六个椭圆形泛着荧光的东西排成一直列，在烟雾的笼罩下，形成了一圈淡淡的光环，看上去就好像是一个个冒着热气的鸡蛋。与鸡蛋不同的是，那些东西透明的外壳下并不孕育任何有生命的物质。相反地，包裹在它们砂质粗糙外表中的是一个个已经编好目录的不同主题的记忆费洛蒙：有关妮王朝女王们的历史记载、普通生物学、动物学（数量非常大）、有机化学、地质地理学、地表以下沙层地质学、历史上著名大规模战争中运用到的战略，以及近一万年以来的土地政策。我们甚至能在那儿找到菜谱或是城市中最隐蔽的角落的地图。

触角颤动着。

“快，快，我们得抓紧了，否则……”

三名探子快速地用像刷子一般的多毛的腿整理了一下触角，这是为下一步的行动做准备。只见它们将触角敏感的末端伸进那些蛋形的容器，这样一来，它们就能“阅读”里面的内容了。

突然，一只小蚂蚁停了下来。它似乎听到了什么。难道已经有蚂蚁发现了它们的行踪？看来这一次它们是在劫难逃了。

它们等待着，空气都仿佛凝固了。会是谁呢？

3. 索尔塔家

“快去开门，一定是诺加尔小姐来了。”

塞巴斯蒂安·索尔塔直起他高大的身躯，开了门。

“日安。”他对进来的小姐说。

“日安。都准备好了吗？”

“准备好了。”

索尔塔三兄弟拿出了一只塑料的大盒子，从里面取出了一只玻璃球，顶端开着，里面装满了棕色的小颗粒。

容器吸引了屋内所有人的注意力。卡萝莉娜·诺加尔禁不住将手伸了进去。一束深棕色的小颗粒从她的指缝间流了下去。她低头闻了闻这些小颗粒，就好像在闻一杯香气袭人的咖啡。

“这东西花了你们不少力气吧？”

“那是当然。”三兄弟异口同声地回答。

“总算是物有所值。”兄弟中不知是谁加了一句。

塞巴斯蒂安、皮埃尔和安托万都是大个子，看上去都应该有两米高。他们跪了下来，也将长长的手指伸进了容器。

三支插在高高的烛台上的蜡烛用晕黄的烛光照亮着这奇怪的一幕。

随后，卡萝莉娜·诺加尔小心翼翼地用许多厚厚的弹力尼龙将玻璃球包好，放进一只手提箱中。做完了这一切，她对三个“巨人”笑了笑，什么也没说就离开了。

皮埃尔·索尔塔在她身后关上了门，长长地松了一口气：

“可算是干完了！”

4. 追踪

真是虚惊一场。原来只是一片枯树叶落在地上的声音。三只蚂蚁重又专注于它们的“阅读”上。

它们挨个儿闻遍了所有装着记忆费洛蒙的容器，终于发现了一直在寻找的东西。

还算好，这并没有花去它们多少时间，接下来的就是“阅读”了。它们紧紧抓住这件宝物，互相传阅着。这是一个装满了记忆费洛蒙的椭圆形容器，开口用一滴松脂密封着。它们打开了盖子，一股气味直扑向它们那分成 11 个小节的触角。

禁止阅读

太棒了，这句话很好地说明了容器中信息的重要程度。它们放下容器，急切地将触角伸了进去。马上，一段段散发着芬芳的文字浮现在它们的脑海中。

禁止阅读

记忆费洛蒙 第 81 号

主题：自传

我的名字是希丽·普·妮，贝洛·姬·姬妮的女儿，褐蚁王朝的第 333 任女王，也是贝洛岗城中唯一的产卵蚂蚁。

我并不是生来就叫这个名字的。在成为女王之前，我是春天出生的第 56 号公主，这标志着我的级别，也表明了我出生的序号。

当我年轻的时候，在我的眼中，贝洛岗城就是宇宙的边界，而我们蚂蚁是这个星球上唯一拥有文明的生物。至于那些白蚁、蜜蜂、胡蜂只不过是一群还处于蒙昧状态的野蛮的部落，它们是永远不可能了解我们的文明的。

而其他种类的蚂蚁都已经蜕化堕落了。还有那些侏儒蚁，它们太小了，不值得我们放在心上。

我就这样一直生活在皇宫内由年轻公主们组成的小圈子里，唯一的梦想就是有朝一日能像母亲一样，建立起一个属于自己的城邦……

直到有一天，一个受了伤的年轻王子——327 号来到了我的住处。从它的口中，我知道了一个惊人的消息：我们城邦的一支远征的狩猎队遭到了一支神秘的、强大的军队的袭击，全军覆没。

起初，我们猜测这支神秘的军队是我们的宿敌侏儒蚁派来的。因为就在去年，我们曾发动过一场大规模的攻打它们的战争——丽春花战役。那场战争令我们损失了几百万的战士，最终我们还是取得了胜利。这次也许是侏儒蚁采取的报复行动。但仔细一想，作为我们的手下败将，它们是不可能偷袭成功的。再说，侏儒蚁也没有如此大规模的秘密军队。这种推测显然站不住脚。

我们又想到了白蚁，它们也是我们的世仇。但很快我们也推翻了这种假设。因为位于东方的白蚁王国已变成了一座鬼城，一股不知来自何方的氯气杀死了所有的城民。

那敌人会不会来自我们城邦的内部？我们不约而同地想到了存在于城中的一支秘密的地下武装。它们总是小心翼翼地保护着自己的组织，从来不轻易泄露它们的行踪。那些刽子手浑身散发着岩石一般冷酷的气息。它们视自己为这个社会的改良者，职责就好像机体内部的白细胞。我们能感到它们的存在，但谁都不了解它们的真实面目。

这些推测都因为缺少事实的支持而不了了之，真相是一直等到我们了解了无生殖力战士 103683 号的奇特经历之后才水落石出的。

在世界的最东边，有……

就在这时候，一只小蚂蚁停了下来。它似乎感觉到了什么。三位“访客”立即躲了起来，戒备着。但，一切正常，周围还是一片寂静。一只触角小心翼翼地从它们的藏身之处探了出来。很快，另外的五只触角也跟着伸了出来。六只触角以每秒 18000 振的频率振动着，就像是六个雷达，所有带气味的东西都逃不过它们灵敏的嗅觉。

又是虚惊一场，周围什么都没有。它们继续阅读。

在遥远的东方，生活着一群巨大的动物，它们的体形足足是我们的 1000 倍。

在蚂蚁的神话中，用诗一般的语言描述了那里的生活，一切都像诗歌一样美好。

而在保育员的口中，那些巨兽十分可怕。当我们还是孩子的时候，要是我们不听话，保育员就讲述那些巨兽的故事来吓唬我们。

当时，我并不相信那些有关巨兽的传说。它们守卫着星球的边界，五个一群地生活着。我以为，所有的一切只不过是年轻而又幼稚的王子的无稽之谈。

现在，我相信了，那些**巨大的怪物**是真实地存在着的。

歼灭我们的远征狩猎队的，就是**它们**；

用毒气消灭白蚁王国的，是**它们**；

去年的那场烧毁贝洛岗城，杀死我母亲的大火也是拜**它们**所赐。

它们就是：**手指**！

一直以来，我都无视它们的存在。从今以后，我再也不能这样了。

在森林的每一个角落，我们都发现了它们的行踪。

每天，侦察兵的报告都表明它们离我们的世界越来越近了，它们是如此危险。

正是由于这个原因，我决定要发动一场讨伐那些**巨兽**的东征，我已经说服了我的臣民。这将是一次大规模的军事行动，只要有可能，我们就要消灭这个星球上所有的**手指**！

这些叙述是如此令人困惑，三名探子必须花上几秒钟的时间来领会它的含义。无论如何，它们已完成了任务，找到了要找的东西。

一次讨伐手指的东征！

这条消息太重要了，必须通知其他的蚂蚁。要是能再多了解一点就好了。不约而同地，它们又把触角伸进了容器中。

为了接近那些怪物，我预计这次远征需要83个冲锋步兵团、14个轻炮团、45个野战团、29个……

又有动静。这一次可比前几次更可疑了。那是有东西踏在干燥的土地上发出的噼啪声。三位“访客”抬起它们那仍沾有绝密信息素的触角。刹那间，它们恍然大悟，一切都是如此显而易见。这是一个早已布置好的陷阱，就等着它们上钩。不然，它们是不可能如此顺利进入这间秘密的化学图书馆的。

它们的细腿战栗着，随时准备一跃而起。但太迟了，守卫们已经涌进了大厅。探子们刚够时间抓起那只装有珍贵记忆费洛蒙的容器，然后就顺着一条小通道逃跑了。

贝洛岗城的守卫们用特殊的嗅觉语言发出了警报。这是一种化学公式为“C_8—H_{18}—O”的费洛蒙，它的反应速度非常快。我们已经可以听见几百个士兵摩拳擦掌的声音了。

探子们紧贴着地面，一路飞奔。它们是有史以来唯一能够进入化学图书馆，并成功窃取了希丽·普·妮女王最珍贵的记忆费洛蒙的叛军士兵。如果它们死在这里，一切的努力就功亏一篑了。

守卫们搜遍了城中所有的主干道。就像是在进行一场滑雪越野赛，参赛的选手往往容易忽视那些成垂直分布的不引人注意的小弯道。

为了不暴露它们的行踪，逃亡者有时候是沿着通道的天花板爬行的。

在蚁穴中，“上”与“下”只不过是一组相对的概念。借助于爪子的力量，它们能在任何地方行走，甚至跑步都可以。

蚂蚁们就像长有六条细腿的流星，以一种令人眩晕的速度疾行着。通道里昏暗的背景更加深了它们的体色。

时而上，时而下，时而转弯。逃亡者和追踪者来到了一处悬崖绝壁。所有的蚂蚁都越了过去，只有一只不幸一个踉跄跌下崖去。

突然，在领头的探子面前，跳出了一个穿戴着发着青光的盔甲的守卫。这一切发生得太快了，它都来不及反应。只见一只涨满了蚁酸的腹尖突现在盔甲下面。一股灼热的液体喷射出来。就在一瞬间，领头的探子已化成了一摊血水。紧跟其后的叛军探子见状，立即惊慌失措地扭转身，逃入了旁边的一条通道。

“分头走。”它大叫道，六条细腿在地上划出了一道道深深的印痕。它已经精疲力竭了。就在这时候，又一名守卫出现在它的左侧。但剩下的两名叛军探子跑得太快了，蚂蚁兵显得有点无计可施。它既无法充分利用它那锋利的大颚，又无法进行瞄准发射酸液弹。于是，它只能采取最最原始的方法，将它的猎物逼向墙壁，然后使出浑身的力气将它碾碎。

两只蚂蚁纠缠在一起，它们的甲壳互相碰撞、挤压，发出沉闷、浑浊的声响。它们以每小时 100 米的速度在蚁穴狭窄的坑道中移动着。一边移动，一边还不忘攻击对方，用腿绊、用大颚刺对方。

它们就这样高速移动着，忘记了过道的狭窄。突然，它们掉入了一个漏斗状的坑道里。两个“流星”就这样互相撞成了碎片，粉碎了的甲片散落了一地。

第三名叛军的探子一路飞奔，爪子紧紧扒住天花板，头朝下。一个炮手瞄准它，开了一炮，打中了它的右后腿。由于遭受了重创，它松开了一直紧紧握在手中的那个珍贵的容器。

一名守卫立即上前，拿回了这件无价之宝。

正在这时，另一名守卫又发射了数十枚酸液弹，击中了探子的触角。触角马上就熔化了。飞弹同时还击中了坑道的顶部，土片落了下来，把通道都堵住了。

仅存的叛军探子还有一丝气息，但它知道，它已不可能逃出去了。它已失去了一根触角和一条腿，奄奄一息；所有的出口也已经被封锁了。

守卫们穷追不舍。酸液弹在它耳边呼啸。它又损失了一条前腿。然而，它还是用它仅剩的四条腿跑着。终于，它来到通道的一个凹处，缩成一团。

又一名守卫瞄准了它。这一次，它要反抗了。它的腹部还留有一点酸液。它翻转腹部，快速地调整好方位，朝那个守卫开了一枪。正中靶心！它又损失了一条中间的腿，但对方比它伤得更重。只剩下三条腿了！最后的一名蚂蚁探子急促地呼吸着，它明白自己肩负着重任：必须不惜一切代价逃出去，将讨伐手指的远征军的消息通知给其余的叛军。

“它来过这里！”一名守卫大声地嚷嚷着。守卫们已经发现了它们同伴那烧焦的尸体。

怎样才能从这儿逃出去呢？探子一面盘算着，一面使劲蜷缩在坑道顶部的凹洞里。这里是作为临时藏身处的最佳选择。守卫们是不会想到要抬头看的。它们一直在第二条通道里搜寻着。

就在这时候，一名守卫发现从天花板上落下了一滴黏稠的液体。是血！

该死的！它被发现了！

探子跌落在土堆上，用仅剩的三条细腿和一根触角与强大的敌人搏斗着。一名守卫给了它一脚，然后不停地打它；另一名守卫用像大刀一般锋利的大颚猛刺它的胸部。它已经遍体鳞伤了，但还是挣脱了出来，顽强地用仅剩的最后一点点力气逃窜着。但，它已经无路可逃了。一只长长的大颚穿墙而出，将它的头一刀砍了下来。被切下的头颅在地上弹了几下，然后沿着斜坡向前滚去。

剩下的躯干又跌跌撞撞地前行了几步，终于慢了下来，坍倒在地上。守卫们收拾起尸体的残片，将它们扔到了垃圾场。一个摞着一个。这就是过分强烈的好奇心给它们带来的下场。

三具尸体就这样被遗弃在一旁，就好像那些在开幕前就已经断了手脚的木偶，再也不会有人注意它们了。

5. 好戏上演

《周日回声》报道：

费桑德里街发生三桩神秘凶杀案

星期四，在枫丹白露费桑德里街的一幢公寓楼里发现了三具尸体。后被证明是合租一间公寓的索尔塔三兄弟：塞巴斯蒂安、皮埃尔和安托万。死因不明。

该街区一直以来治安情况良好。在该起案件中，没有钱财或珍贵物品被盗，也没有强行闯入的痕迹。在现场也没有发现任何作案的凶器。

这桩棘手的案件现已交由枫丹白露警察局刑事侦缉组的著名警长雅克·梅里埃斯办理。毫无疑问，这桩案件将成为今夏刑事侦破爱好者关注的焦点。看来，凶手应该提高“警惕”了。

蕾蒂西娅·威尔斯

6. 百科全书

又是你？

这么说来，你已经发现这套百科全书的第二卷了。

这套百科全书的第一卷放在地下殿堂唱诗池中一个显而易见的地方。而找到第二卷是不是花费了你更多的力气？

但你还是成功了，这真是太好了！

你究竟是谁？我的侄子乔纳森？我的女儿？不，你谁都不是。

你好，我的不知名的读者！

我多么希望能够认识你。那么，在开始阅读这本书之前，能否请你告诉我你的姓名、年龄、性别、职业，还有国籍？什么是你生活的中心？

你的长处和你的弱点又是什么？

如果你不愿意说也无所谓，因为我已经知道你是谁了。我能感觉到你的手正在抚摸着我的书页，这是多么让人愉快的一件事啊！看着你的指尖，透过你那弯弯曲曲、纷繁芜杂的指纹，我甚至能猜想出你的性格。

所有关于你的信息都在你身上刻下了深深的烙印，哪怕是在你最细小的部位。我甚至都能分辨出你祖先的基因。

要知道，你今天的存在取决于许多先决条件：必须有成千上万的人没有在尚未成熟之前就不幸夭折，他们互相吸引、结合，然后才有了你的诞生。

此时此刻，我仿佛觉得你就在我身边。

不，不要笑。请保持最最自然的表情。让我来更深层地了解你吧。你比你自认为的要出色得多。

你并不仅仅是一个记载着社会历史的姓和名。

你是由 71% 的水、18% 的碳、4% 的氮、2% 的钙、2% 的磷、1% 的钾、0.5% 的硫、0.5% 的钠、0.4% 的氯组成的。还有满满的一勺微量元素：镁、锌、锰、铜、碘、镍、溴、氟、硅，再加上一小撮钴、铝、钼、钒、铅、锡、钛和硼。

这就是你存在的配方。

所有的这些成分都能在恒星燃烧所产生的物质中找到，你的身体是它们唯一的来源。你的体液就如同大海中最纯净的那一汪碧水，你体内的磷让人联想到了火柴，而你体内的氯和那些用来给游泳池消毒的气体是一样的。

但你不仅仅是这些。

你是一座奇妙的化学殿堂，是依据配量、平衡以及机理以一种难以想象的复杂构筑成的一件令人难以置信的杰作。就如同构成你的每一个分子，本身就是由原子、粒子、夸克通过电磁力、万有引力和电子力——以一种超出你想象的精密度结合而成的。

你已经成功发现了这套百科全书的第二卷，这证明你相当聪明，而且对我的世界已经有了相当了解。那你又是如何看待这套百科全书的第一卷中所介绍的内容的呢？一场革命？一次发展？或者，什么都不是。

好了，现在，给你自己找一个舒适的地方，好好地开始读这本书。挺直你的背，调匀你的呼吸，放松你的嘴唇。

听我说！

存在于周围时空中的一切东西对你来说都是有用的。你本身也不是一无是处。你那短暂的生命有其自身的意义。要知道，所有的一切都有其自身发展的方向。

你正在阅读我写的文章。而我这个现在和你说话的人，对人类怀有一种特殊的珍惜的感情。我的意思是，我喜欢给那些大有希望的芽苗施肥。但我的同龄人不理解我这样做的原因。

对我来说，一切都已经太晚了。我唯一能做的就是留下一抹淡淡的痕迹——那就是这本书。

虽然对我来说，为时已晚，但对你来说，一切都只是刚刚开始。你坐好了吗？放松你的肌肉，排除一切杂念，心中只想着那浩瀚的宇宙。在那里面，你只不过是一粒小小的尘埃。

想象一下，时间的车轮突然加速旋转。哇的一声，你呱呱坠地，从你母亲的肚子里挣脱出来，就像一颗普普通通的樱桃核；嗒吧，嗒吧，你贪婪地吞食着各种各样的事物，同时也产生了数吨的垃圾；然后，你就死了。

而你用短暂的一生又干了些什么呢？

想必并不是很多。

那就趁还来得及赶快行动起来吧！去做一些事，尽管有可能微不足道，但总有其自身的价值。在死之前，用你的有生之年去做一些事来向世人证明你的诞生并不是无谓的。去追寻你为之而降临人世的东西吧！去完成你那“微不足道”的使命。要知道，你的诞生并不是偶然的。

希望我所说的这一切能引起你的注意。

埃德蒙·威尔斯

《相对且绝对知识百科全书》第Ⅱ卷

7. 蜕变

它不喜欢由别人来告诉它应该做些什么。

这是一只硕大的毛毛虫，皮肤是绿色的，中间夹杂着黑白的条纹。它一扭一扭地向着白蜡树树枝的顶端爬去。它不打算理会蜻蜓的忠告，蚂蚁是不会袭击它的。

它缓缓地爬着，身体就像海浪一样上下起伏：先是六条前腿，然后身体拱成一个环形，再移动六条后腿。

终于到了。它吐出了一点黏黏的唾液，将身子的后半部固定在树枝上，然后头朝下倒挂在枝头。

它已经精疲力竭了。但痛苦很快就会过去的，它就要结束幼虫的生涯了。现在摆在它面前的只有两条路：要么走向成熟，变成一只美丽的蝴蝶；要么就走向死亡。

嘘！

它将自己包裹在温暖的，由晶莹、柔软而又坚固的亮丝结成的茧里。

渐渐地，它的身体呈现出一种不可思议的形状，就好像是一只小锅子。

它等待这一天的到来已经好久好久，甚至已经太久了。

茧渐渐地变硬变白。微风轻轻地吹拂着这颗奇妙的、透明的果实。

几天过去了，茧膨胀起来，就像是有人向里面吹了一口气。毛毛虫的呼吸变得越来越有规律。茧摇晃着。炼丹术那奇妙的魔法就要开始上演了。在茧的里面，混合着各种各样奇妙的物质：纷繁的色彩、各种稀有的成分、清淡而又带着几分诡魅的香气，还有汁液、激素、天然漆、油脂、酸液等等。

为了一个新生命的诞生，所有的一切都是那么协调一致，都是按精确的剂量调配而成。慢慢地，茧的顶端裂开了。从银白色的包裹里，小心翼翼地探出了一根柔嫩的触角，渐渐地伸展开来。

一个小生灵从既是它的坟墓又是摇篮的茧中挣脱出来。但在它的身上，已经看不到一丝毛毛虫的影子了。

一只蚂蚁一直在附近转悠，从头到尾观看了这神奇的一幕。它被蜕变的绚丽与凝重给迷惑住了。很快，它就恢复了理智，眼前的这只新生的蝴蝶只不过是它捕猎的对象而已。它冲向树枝，想在那迷人的小东西飞走之前逮住它。

蝴蝶那湿乎乎的身体终于整个地从茧中挣脱了出来。翅膀展了开来。多么奇妙的色彩啊！那薄薄的翅膀，是那么纤弱，又是那么敏感，散发着绚丽的光芒。叶片投下的阴影更加突出了那无以名状的色彩：荧黄、墨黑、亮橘、胭脂红、朱红，还有闪着珠光的灰黑。

蚂蚁猎手摇晃着它那肥硕的腹部，以找到一个最佳的射击角度。通过视觉和嗅觉的瞄准，它终于锁定了那只蝴蝶。蝴蝶也觉察到了蚂蚁的存在。它也被朝它瞄准的那个尖肚子给迷住了。但它知道，那会给它带来死亡。而它还没有做好死的准备，不是现在。它甚至还没有开始品尝新生活的乐趣。如果现在死了，那多遗憾啊！

四只圆球般的眼睛就那样定定地互望着。

蚂蚁出神地望着蝴蝶。对方是如此迷人，但幼蚁们还等着吃鲜肉呢。并不是所有的蚂蚁都是以植物为生的，实际情况恰恰相反。它觉察到它的猎物似乎有逃跑的倾向，于是就举起了“枪”，抢先一步采取了行动。但蝴蝶就是利用这一间隙展翅飞走了。酸液弹射空了，只是在蝴蝶的翅膀上留下了一个浑圆的小洞。

蝴蝶降低了飞行的高度。风穿过它翅膀上的破洞，呼呼作响。这只蚂蚁是蚁群中的神射手，从来都是弹无虚发。这一次它是动了恻隐之心，才失了水准。但另一个不领情，还是不停地扇动着翅膀。新生的翅膀还是湿湿的，这使得每一次的振动都显得有些吃力。蝴蝶重又飞高了，低头看着它的茧，却没有表现出一丝留恋的意味。

蚂蚁猎手还是一动不动地留在原地。它又开了一枪。但这一次，致命的子弹恰好被微风吹下的一片树叶给挡住了。蝴蝶又逃过了一劫，拍动着翅膀，越飞越远。

在贝洛岗城的103683号士兵的任务失败了。它的目标从此飞出了它的射程。但它并不是很沮丧，相反地，它出神地、充满憧憬地望着那渐渐飞远的蝴蝶。它要飞去哪里呢？就这样一直飞啊飞，像是要飞到世界的尽头。

蝴蝶消失在东方。它一直飞了几个小时，直到天空渐渐发白。远处闪烁着一点亮光。它急急忙忙地朝那儿飞去。

心醉神迷地，它心中只有一个目标：飞向那神话中的光明之地。不知不觉中，它已经来到了离光源只有几厘米的地方。为了尽早品尝到那沉浸在光明中的狂喜的滋味，它又加快了速度。

已经离火很近了。它翅膀的末端都快要被火烧着了，但它不在乎。它只想一头扎进去，去感受那灼热的力量，与太阳融为一体。它也会像火一般明亮闪耀的。

8. 梅里埃斯解开索尔塔死亡之谜

“不让吗？”

他从口袋中掏出一片口香糖，放进嘴里。

“不，不，不，千万别让记者进来。我需要的是安静。记者的事过会儿再说。对了，快帮我熄了那些蜡烛。他们为什么要点蜡烛？难道曾经停过电？但，现在电又来了。真是奇怪。喂，小心，千万别搞成火灾！”

一个警察吹灭了蜡烛。一只翅膀已经烧着的蝴蝶得以免于火葬。

警长站在窗边查看着费桑德里街的地形。口香糖在嘴里发出吧嗒吧嗒的响声。

时光已经到了21世纪初，世上的万事万物已经不像前一个世纪那样发展迅猛了。然而，在犯罪学领域还是取得了一些进步。如今的尸体都是用甲醛和玻璃蜡覆盖处理的，这样一来被害者死时的状态就能够被忠实地保存下来。警察们也就有了足够的时间，可以充分研究罪案现场。这个方法比老式的用粉笔勾勒出尸体的轮廓实用得多。

这次的案情有些棘手，但探员们早已习惯了此类情况。受害者双眼圆睁，皮肤和衣物都用透明的蜡覆盖封住，一切仿佛从他们死后的第二秒钟起就凝固不动了。

“谁是第一个到现场的？”

“探员卡乌扎克。”

“埃米尔·卡乌扎克？他在哪里？楼下？……太好了，马上把他叫来。”

这时一个年轻的警员走了进来，支支吾吾地报告道：

“警长，……一位《周日回声》报的记者想要……”

“想要干什么？我已经说过了，现在不需要记者！快去帮我把埃米尔找来。”

梅里埃斯在房中大步地走来走去。忽然，他停了下来，弯腰看着塞巴斯蒂安·索尔塔的尸体。死者的脸已经变形了，双眼眼球突出，眉毛抬起，鼻翼张开，嘴巴张得很大，舌头已经变硬了。警长又检查了死者的假牙和齿缝间剩下的食物残渣。看来，死者“最后的晚餐”吃的是花生和葡萄干。

梅里埃斯又转向另外两兄弟的尸体。皮埃尔双眼圆睁，嘴巴也是大开着。玻璃蜡甚至连他皮肤上的鸡皮疙瘩都保留下来了。至于安托万，他的脸已经完全扭曲了，布满了惊恐的表情。

警长从口袋中掏出了一个放大镜，仔细察看塞巴斯蒂安·索尔塔的皮肤。死者的汗毛都是直挺挺的，就像一根根小木桩，上面也布满了鸡皮疙瘩。

这时一个熟悉的身影出现在梅里埃斯面前，探员埃米尔·卡乌扎克终于来了。这可是一位老警察了，已经在枫丹白露警局忠心耿耿地服务了40年。他的头发已经开始变白，嘴唇上留着两撇尖尖的小胡子，腹部也像大部分中年人那样微微突起。卡乌扎克是一个生性恬静的人，在属于自己的阶层里安分守己地生活着。他唯一的愿望就是能够平平安安地干到退休，千万不要有什么波折。

“埃米尔，是你第一个到现场的？”

“是的。”

“当时，你注意到什么没有？”

“没什么特别的，和你现在看到的一样。我立刻就让他们用玻璃蜡把尸体处理了。”

“干得好。谈谈你对这件案子的看法吧。”

“这件案子挺棘手的。现场找不到指纹，没有强行闯入的痕迹，也没有作案的工具。死者身上也没有伤痕。总之，一点线索也没有。”

“的确是这样。”

雅克・梅里埃斯警长还很年轻，刚刚32岁，但他在警界已经威名远播了。他瞧不起那些因循守旧的侦破手法，总是能用一些独特的方法解决在别人看来毫无头绪的复杂案件。

他起初选择的专业是科学研究，但在完成学业之后，他毅然放弃了前途一片光明的研究学者的生涯，转向他最喜爱的学科——犯罪学。最初是一些有关犯罪学的书籍引导他踏上了这条通向调查、审问、侦缉的漫漫征程。他贪婪地看了所有关于侦缉的小说和电影。此外，还纵览了3000年以来所有著名的刑事案件，无论是真实的还是虚构的，从狄仁杰到夏洛克・福尔摩斯，再到梅格雷、赫尔克里・波洛还有瑞克・戴克。他心中一直追寻的“圣杯”是那种无懈可击的犯罪案例。但这类案件只出现在小说中，现实生活中他一次也没有碰到过。为了更好地完善自己在犯罪学方面的知识，梅里埃斯顺理成章地进入了巴黎犯罪学研究院学习。在那里，他第一次做了尸体解剖（也是他第一次晕倒），学会了如何用发卡开锁，如何制造一个简易的炸弹以及如何拆弹。此外，他还研究了人类的几千种死亡方法。

然而，课堂上的一些东西还是让他深感失望。首先就是研究素材的落后。人们只介绍一些已经侦破的案例，将那些被逮住的笨蛋罪犯的罪行分析得头头是道。而对于那些至今仍逍遥法外的聪明的罪犯知之甚少，连个影子都摸不着。他不禁怀疑，那些在逃的罪犯中是否已经有人掌握了高超的犯罪技巧，可以不留下一点蛛丝马迹。

要知道答案的唯一方法就是投身于警察的工作，亲自去追捕罪犯。梅里埃斯就是那样做的。他成功地揭穿了自己的排雷老师的伪装，指正他其实是一个恐怖小组的头目。这桩事件使他一鸣惊人。从此，他在警界一路爬升，直到今天的位置。

警长开始检查客厅。他扫视着每一个角落，最后，他把目光停留在了天花板上。

“告诉我，埃米尔，你进来时这里有苍蝇吗？”

探员回答说他没注意。他进来时，门窗都是关着的。接着，警察就把窗子打开了。如果有苍蝇也早就飞走了。

“这很重要吗？”他问道。

“是的。不过，也不是十分重要，我只是随便问问。你有受害者的背景材料吗？”

卡乌扎克从斜挎在肩上的背包中取出一个纸板的文件夹递给警长，后者翻了翻，问探员：

“你怎样认为？”

“有些情况非常的有趣……索尔塔三兄弟都是化学家。塞巴斯蒂安尤其引人注目。他过着双重的生活。”

“双重生活？怎么讲？”

“这个索尔塔是一个十足的赌鬼，最擅长的是玩扑克。他有一个绰号叫‘扑克巨人’，这不仅是因为他长得高，更因为他每次下的赌注都大得惊人。最近，他好像走了霉运，总是输，欠下了一屁股债。为了尽快从债务中脱身，他只能越赌越大，债也就越欠越多。”

“你是怎么知道这些的？”

“我不久前在赌场中打听到的。他看上去十分焦躁不安。就好像有人在背后威胁他，如果不尽快还债，就要杀了他。”

梅里埃斯陷入了沉思，口中的口香糖也不嚼了。

“所以，塞巴斯蒂安的死并不是出于偶然，而是有原因的。”

卡乌扎克点了点头。

“你说他会不会是自杀？”

警长没有作声，转向了门口。

“你到的时候，门是锁着的吗？”

“是的。”

“窗呢？”

“所有的窗都关着。”

梅里埃斯又开始使劲地嚼他的口香糖。

“你在想什么？”卡乌扎克问道。

“我想是自杀。虽然这个结论看上去过于简单。但一旦这个假设成立，一切的疑问便迎刃而解了。不存在什么陌生人的痕迹，因为并没有外人来过。所有的一切都发生在这封闭的空间里。塞巴斯蒂安杀了他的兄弟，然后自杀。”

“这样的话，那作案工具又是什么呢？”

梅里埃斯闭上了眼睛，这样能够帮助他集中精神。过了好一会儿，他终于开口了：

“是毒药。一种慢性的烈性毒药，有点类似于涂在糖果上的氰化物。当糖到达胃部，那些有毒的致命的物质就被释放出来，就好像是一个定时炸弹。你说过他是化学家，对吗？”

“是的。在CCG工作。”

“所以，对塞巴斯蒂安·索尔塔来说，要制造出这样的毒药简直易如反掌。”

卡乌扎克似乎还没有完全信服。

“但为什么他们的脸上都有惊恐的表情呢？”

“那是因为痛苦。当氰化物腐蚀他们的胃的时候，那痛苦可要比胃溃疡厉害1000倍。”

“塞巴斯蒂安的确是有自杀的动机。但他为什么要把他的兄弟也杀了呢？他们又没有惹什么麻烦。”

“一来是为了使他们免于因为破产而身败名裂，二来是出于人类最原始的本能。正是这种本能促使他决定把他的家庭也卷入自己的死亡。在古埃及，法老死的时候，他的妻子、仆人、家畜还有家具都要进行陪葬。人们总是害怕独自死去，所以要带上他们的家人。”

在警长的振振有词面前，卡乌扎克有点动摇了。这个结论也许是有点牵强，但无论如何，只有这样才能解释所有的疑点。

“现在，让我来稍稍地总结一下。”警长又开口了，“门窗之所以都是关闭的，是因为所有的一切都发生在内部，没有任何外人的介入；杀人凶手就是塞巴斯蒂安·索尔塔；作案工具是由他自己配制的慢性毒药；至于动机，是处于绝望，无法面对自己所欠下的巨额赌债。”

尽管如此，埃米尔心中还是有一丝疑虑。这桩被报界称为“夏季谜案”的神秘谋杀案未免解决得也太轻松了吧？！甚至都没有重新核实有关的细节，也没有询问有关的证人，也没有调查取证。总之，忽略了所有必需的程序。然而，梅里埃斯警长的威名是不允许人存有一丝疑虑的。无论如何，他的推理就是唯一合理的解释。

这时一个身穿制服的警察走了进来：

“那个《周日回声》报的记者还等在外面，想要采访您。她已经等了一个小时了，坚持要……”

“她长得怎么样？迷人吗？”

那个警察点了点头，表示肯定：

“可以说‘非常动人’。我想，她是一个欧亚混血儿。”

“是吗？她叫什么，Tshoung Li 还是 Mang Chi-nang？”

“不，好像叫蕾蒂西娅什么的。”

雅克·梅里埃斯犹豫了一下，抬腕看了看手表。

“请告诉那位小姐，就说我很抱歉，但我实在没有多余的时间了。现在我要赶回家看我最喜欢的电视节目《思考陷阱》。你听说过这个节目吗，埃米尔？”

“听说过，但从来没有看过。”

“那你就错了。这档节目应该成为每个探员训练脑力的必修课程。”

“但对我来说，你知道，已经太迟了。”

站在一旁的警察轻咳了一声：

“那个记者怎么办？”

“告诉她，我会在新闻中心开一次新闻发布会的。到时候，欢迎她参加。”

警察似乎还不想离开，又问道：

“您找到突破口了吗？”

雅克·梅里埃斯笑了笑，就像是一个解谜专家对谜语太过简单而感到失望。但他还是回答了年轻警察的问题：

“这牵涉到两桩谋杀案和一宗自杀，所有的人都是被毒死的。塞巴斯蒂安债务缠身，疲惫不堪，他想一了百了。”

年轻警察终于满意地走了。警长指示所有的人都可以走了。他自己熄了灯，关上门，也离开了现场。

警察都走了，罪案现场重又恢复了平静，屋子里显得空荡荡的。

街上五颜六色、闪烁的霓虹灯光投射在涂了蜡的尸体上，使他们发出柔和的光芒。梅里埃斯警长的绝妙推论减少了围绕在他们周围的悲剧气氛。三个人都是被毒死的，就是这么简单。

梅里埃斯所到之处，一切魔法便都失灵了。

只不过是一桩普通的社会新闻罢了。三具尸体沐浴在五颜六色的灯光中，显得有一些虚幻；就像是庞贝城中那些被火山灰掩埋的已经成了干尸的受害者，凝固住了，一动也不动。

但三位受害者那被极度的惊恐扭曲了的脸，似乎在述说着他们看见了比维苏威火山喷发更加恐怖的事。

9. 头颅

103683 号渐渐平静下来。它的狩猎一无所获。那完成蜕变的美丽的蝴蝶再也没有回来。它用一条毛茸茸的细腿擦了擦腹尖，然后慢慢爬向枝头，去拿那个被蝴蝶遗弃了的茧壳。毕竟，聊胜于无。这种东西对蚁穴来说总是有用的。它可以用来做蜜缸，就像我们用来装水的随身携带的水壶一样。

小蚂蚁又整理了一下触角，然后以每秒 12000 振的频率振动着触角。它想看看周围是否还有什么猎物。但，什么也没有。它只能作罢。

103683 号是贝洛岗城中的一只普通的褐蚁。这只 1 岁半的蚂蚁（相当于人类的 40 岁）是一名无生殖力侦察兵。它那高高竖起的触角、昂起的头，还有那挺立的胸膛都显示了它无比的雄心。虽然为了追捕蝴蝶折了一条腿，身上也被划出了道道伤痕，但丝毫也不影响它的雄风。

它睁着半球状的眼睛，透过复眼的一个个小面扫视着四周。它的视野范围很大，能同时看到前面、后面和头顶上方的空间。周围一点动静也没有，它不想再在这里浪费时间了。

它借助细腿末端的“吸盘”从树上爬了下来。这些神气的由粗纤维构成的小球状的东西，能够分泌出黏液，帮助它固定在一些光滑的表面上——无论以何种姿势，垂直甚至是头朝下都可以。

103683 号沿着一条散发着特殊气味的小道向着自己的城邦爬去。在它的周围，草儿高高耸立着，就像是一株株高大的绿色乔木。一路上，它碰到了许多贝洛岗城的工蚁。它们与它一样，也要回城去。在有些地方，筑路的蚂蚁将通路修在了地下，这样可以使蚂蚁们免于太阳光的直射。

一只冒冒失失的鼻涕虫不小心踏入了蚂蚁的道路。立即有士兵用大颚将它铲了出去，并把它留在路上的黏液清除干净。

一只奇形怪状的昆虫跃入了 103683 号的眼帘。它只有一片翅膀，爬行时紧紧贴着地面。走近一看，发现原来是一只驮着一片蜻蜓翅膀的蚂蚁。它们打了一声招呼。这名猎手可比它走运。一无所获的空手而归和一只空空的蝴蝶茧在本质上并没有多大区别。

城池的轮廓渐渐地清晰起来。天空突然被遮掉了一大片，出现在它眼前的是一大堆细细的枯树枝。

贝洛岗城终于到了。

这座城当初是由一只迷路的蚁后创建的。（在蚂蚁的语言中，“贝洛岗”就是“迷途蚂蚁之城”的意思。）虽然它的存在受到了来自各方的威胁：蚂蚁之间的战争、龙卷风、白蚁、胡蜂还有鸟类，但它还是经历了5000年的风吹雨打，始终屹立不倒。

贝洛岗，枫丹白露褐蚁世界的中心；

贝洛岗，本地区最强大的蚂蚁政治势力；

贝洛岗，所有的新发展都从这里起步。

每一个潜在的威胁反而使其更加强大，每一次战争都使它变得更有战斗力，每一次失败都教会它如何变得更加聪明。

贝洛岗，这座由3600万双眼睛，1.08亿条腿和1800万个脑袋组成的城市，是如此生机勃勃，如此强大。

103683号很熟悉这里的每一个十字路口、每一座地下桥。当它还是一个孩子的时候，它就走遍了城中的每一个地方，参观了每一个房间：有的房间里种着白色的像蘑菇一样的植物；有的房间则饲养着许许多多的蚜虫；还有的房间是给那些储粮蚁使用的，它们倒挂在天花板上，一动不动，唯一的职责就是为其他的蚂蚁做口对口的食物交流。它也曾到过皇宫。那里原先是白蚁在树根里挖的一个洞，后来经过改建才有了今天这样富丽堂皇的外表。新女王希丽·普·妮曾是它儿时的玩伴，它亲眼看着它如何登上王位，开始行使权力。

就是这位希丽·普·妮，领导了城邦内部的革新运动。它放弃了贝洛·姬·姬妮二世的称号，创立了自己的王朝：希丽·普·妮王朝。它重新制订了长度单位，以1步（1cm）代替原来的1颅（3mm）。这适应了贝洛岗城城民计量长度的新需求。

修建一个化学图书馆是希丽·普·妮改革的一项重要的内容。它还收集了各种可供研究的两栖类动物，以建立有关的动物学信息库。尤其值得一提的是，女王还驯养了许多会飞和会游泳的动物，像金龟子、龙虱……

103683号已经有很长一段时间没有见到希丽·普·妮了。要想见到这位年轻的女王并不是一件容易的事。它终日忙于产卵和搞它的革新运动。但 103683 号并没有因此忘却它俩一起在地下之城做的探险：寻找秘密武器，调查那些狡猾的毒品供应商，还有追寻那传闻中的带有岩石一般冷酷气味的蚂蚁叛军。

103683 号还想起了它的那次东征。它一直到达了世界的边界，那可是手指们居住的地方。除了它以外，曾经到过那里的蚂蚁都死了。

有好几次，它想要再申请一次远征。但得到的答复总是不可以。理由只有一个，要组织一次远征需要花费的精力太多了。

不管怎么样，这都已经是过去的事了。

通常说来，一只蚂蚁是从来不会回首往昔的，也不会展望未来。在它们的意识里，从来就没有“个体”这一概念。它们生活在一个群体中，只为了群体而活。从来不懂得什么是“我”，什么是“我的”，什么是“你的”。没有自我的意识，也就不会惧怕死亡。在蚂蚁的世界里，为了生存而产生的忧虑是不存在的。

但，就在不知不觉中，103683 号的头脑中起了一些变化。它的世界尽头之旅在它的脑海中植下了一点点自我的意识。尽管只是一株小苗，但已足够让它感到担心了。一旦开始想到自我，一些深奥的问题也就出现了。蚂蚁们称这些问题为“精神疾病”。通常说来，那些有生殖力的蚂蚁更容易染上这种疾病。在蚂蚁中的那些智者看来，如果有一天，你产生了这样的忧虑，害怕自己是否得了“精神疾病”，其实，你已经染上了这种不治之症。

因此，103683 号极力压抑着自己，不要产生上述的忧虑。但显然，它的思想已经有点不受它的控制了。

在它的周围，小道变宽了，交通却变得更为拥挤。它混在蚁群中，努力不去想自己与身边的这些同类之间已经产生的细微差别。其他的蚂蚁，甘心忘却自我表现，为别人而活，让周围的一切决定它们的意识，还有什么比这样更快乐的呢？

它在拥挤的道路上一蹦一跳，终于来到了 4 号城门附近。像往常一样，这里一片混乱。蚂蚁太多了，通道都已经被阻塞了。要解决这个问题，就必须拓宽 4 号城门，还要加强对交通秩序的管理。例如，那些扛小猎物的蚂蚁就应该给别的蚂蚁让路；又比如说，先进后出。要处理好了，就不会像现在一样，一片混乱，交通堵塞。不过，这是所有大城市的通病，不是一朝一夕就能够解决的。

103683号并不急着把它那微不足道的蝴蝶茧搬回去。它决定在这片混乱平息下来之前，先到垃圾场去兜一圈。当它年轻的时候，那里可是它与士兵朋友们最爱去的娱乐场所。它们将那些被遗弃了的尸体的头颅高高抛起，然后趁它还在空中的时候，用酸液弹进行射击。这就要求它们能将发射酸液弹的腺体迅速调整到位。103683号正是通过这种练习成为一名神射手的。也就是在这儿，它学会了如何快速地举起大颚，攻击敌人。

啊，垃圾场，它已经好久没有来过这里了。蚂蚁们总是将它建造在城市的前面。它还记得，有一次，一名从别的城市来的雇佣兵看了它们的垃圾场，问了它一个问题："这里是你们的垃圾场，可你们的城市又在哪里呢？"是啊，必须承认，这些堆积如山的尸骨、谷物壳还有各种各样的排泄物已经逐步吞噬了城市的边缘。一些通道已完全被堵住了。但蚁群宁愿开辟新的通道，也不愿意去清理它们。

"救命！"

103683号转过身去。它好像感觉到了一丝类似呻吟的微弱气息。"救命！"这一次，它能肯定了。从这堆垃圾中传出了一股清晰的渴望交流的气味。难道是这堆垃圾想和它说话？它走近了一些，在一堆触角的残片中搜寻起来。

"救命！"

是那边的三段残骸中的一个发出的。并列放在一起的是一个瓢虫的头、一个蝈蝈的头，还有一个褐蚁的头。它挨个儿摸了摸它们，发现从褐蚁的触角隐隐约约地散发出一股生命的气息。103683号用爪子捧起了这颗头颅，举到了自己的面前。

"我有一些事情必须要说出来。"沾满了脏东西的圆滚滚的头颅发出了这样的信息。在头颅的顶部勉强耷拉着一根触角。103683号充满厌恶地看着这颗头颅，它是如此肮脏，它有什么可说的呢？显然，头颅的主人死的时候非常痛苦。突然，103683号产生了一股冲动，想要把这颗脏东西抛向空中，然后对着它发射一颗酸液弹，就像它以前经常做的那样。但很快它就抑制住了这股冲动，不仅是因为好奇心的缘故，还因为它想起了那句古老的格言：

要耐心倾听他人的话语。

触角颤动着。103683号决定依照古老的格言所说的去做，它倒要听听这颗东西能说出什么惊天动地的大事情来。

对于头颅来说，思考已经不是一件容易的事了。然而它知道自己必须回忆起那条重要的信息，并将信息通过它那仅存的触角传达出去，否则它和它的同伴就白白牺牲了。

但切断了与心脏的联系，头颅也就失去了养料的来源。脑皮层已经变得有些干涸了。幸运的是，大脑中的电子活动还保持着活力。那里面，还保留着一小片神经介质。正是借助这一点点湿润的环境，神经元才得以连接起来。通过一些简短的回路，思想的火花终于能够重新迸发出来。

往事重现。

“我们一行共有三只蚂蚁。”“哪一种蚂蚁？”“褐蚁，褐蚁中的叛军。”“你们来自哪个城邦？”“贝洛岗。我们潜入了化学图书馆，为的是窃取记有惊世内容的记忆费洛蒙。”“是关于什么的费洛蒙？是什么东西如此重要，守卫们要全体出动追杀你们？”“我的两个同伴死了，被士兵杀死了。”头颅越来越干了。如果它忘记了一切，那一切努力就都白费了。因此它要竭尽全力回想起来所有发生的事。它应该这样做，也必须这样做。

头颅上的眼睛早已失去了神采，但它的主人还是要求继续这场无声的交谈。它必须将真相公之于众。

又一股新鲜的血液注入了头颅，这足以支持它再思考一会儿了。电力与化学的反应为它补充了新鲜的养料。那已接近死亡边缘的头颅终于又勉强恢复了一点活力。

“希丽·普·妮想要发动一场远征，把他们一举消灭。快，快去通知叛军们。”

103683号彻底糊涂了。这只蚂蚁，或者说这只蚂蚁的残骸，提到了什么“远征”“叛军”，难道城中真的有“叛军”？那些传闻难道是真的？与此同时，它感到手中的头颅已经坚持不了多久了，必须抓紧时间，弄清楚一切真相。但一时间，它不知道该问些什么。幸好，问题自己从它的脑子里蹦了出来：

“怎样才能找到那些叛军呢？”

头颅又做了一次努力，摇晃了一下：

“在新的饲养金龟子的大厅的顶部，有一块天花板是假的……”

103683号知道这是它最后的机会了：

"这次远征是针对谁的？"

头颅打了一个寒战，触角抖动着。它是如此虚弱，不知是否还能坚持到将最后的秘密公之于众。

触角发出了一股淡淡的怪味，那里面只包含了一个词语。

103683号用触角的末端轻轻地碰了碰头颅。它使劲地嗅着。终于它分辨出了那个词。它知道这个词语，不仅知道，还非常熟悉，那就是：

手指。

"说"完了这个词语，头颅就完全干涸了，收缩了起来。这个黑色的圆球再也不能散发出生命的气息了。

103683号惊呆了，愣愣地站在原地，一动不动。

一次远征！消灭所有的手指？

是的，希丽·普·妮要发动一场消灭所有手指的远征！

10. 晚安，夜的蝴蝶

亮光怎么突然灭了？火苗已经开始吞噬它的翅膀了，但它并不害怕。它已经做好了一切准备，去品尝那令人心醉神迷的光明……它离成功只有一步之遥，它甚至感觉到热力已经渗进了体内。但，火光熄灭了，它的梦想也随之破灭了。

失望的蝴蝶只能重返枫丹白露树林。它飞得很高，直入天际。过了好久，它终于回到了出发的地方。就是在那儿，它从一只丑陋的毛毛虫变成了一只美丽的花蝴蝶。

多亏了复眼，它在空中就能辨别出地面的情况。中间是贝洛岗城，周围是女王统治下的小城邦。蚂蚁称之为"贝洛岗联邦"。事实上，昔日的联邦在今日早就演变成了一个帝国，它的政治地位无人能比。

褐蚁们又聪明，又善于组织。它们懂得利用手中的工具，征服了白蚁和侏儒蚁。它们敢于向比它们大100倍的巨兽挑战。树林里所有的成员都认定，只有它们才是这个世界真正的，也是唯一的主宰。

贝洛岗城的西面，是一片危机四伏的土地，那里是蜘蛛和蟑螂的地盘。（小心了，蝴蝶！）

西南面的那片土地更加可怕。那里居住着杀人的胡蜂、蛇，还有乌龟。（危险！）

东面住着一些四脚、六脚或八脚的怪物，它们用嘴、螯针和毒刺在瞬间就能将你置于死地。

东北面，是一个新兴的蜜蜂城市——阿斯科乐依娜蜂群。那里居住着一群天性凶残的蜜蜂。它们以扩展采蜜区为理由，已捣毁了好几个胡蜂窝。

再往东，有一条名叫“吃人河”的大河。无论什么东西落到河面上，立即就会被它吞没，消失得无影无踪。到了那里，必须要小心。

啊，河岸上又多了一座新的城池。蝴蝶满怀惊奇地又飞近了一些，想探个究竟。看这架势，这座城市应该是属于白蚁的。大炮架在高高的城堡主塔上，随时准备向闯入者开火。

蝴蝶在河岸处转了一个弯，越过了北面的悬崖绝壁，还有那些长满橡树的峻峭的群山。它一路南下，飞向了红蘑菇的王国。

忽然，地面上出现了一只雌性的蝴蝶，散发出浓烈的雌性荷尔蒙的气味，直冲云霄，一直到了它飞行的高度。它降低了飞行的高度，想要看个真切。雌性蝴蝶的色彩是如此鲜艳夺目，太美丽了。只是这只蝴蝶小姐有一点奇怪，它待在地面，一动也不动。应该不会有错的，它拥有雌性蝴蝶理应拥有的一切：迷人的气息、动人的形态、绚丽的色彩……它终于接近了那位美丽的小姐。哦，该死的！它上当了。那只不过是一朵擅长乔装打扮的花。一切都是假的，都是为了诱它上钩设的圈套：气味、翅膀、颜色……是植物中最最卑劣的弄虚作假的手法。可它发现得太晚了。它的翅膀已经被粘住了，怎么也挣脱不了。

蝴蝶徒劳地拍着翅膀，激起的气流掀动了近旁蒲公英那如点点繁星一般的花瓣。它只能沿着花瓣的边缘缓缓地移动着。那如脸盆一般的花冠就像一个张大了嘴的胃。在盆子的底部，积聚了许多消化酸液。花就是靠这些酸液将落入陷阱的小昆虫转化成营养丰富的汁液，然后饱餐一顿。

准道它就这样完蛋了？幸好天无绝人之路，两只弯成钳子状的手指给了它又一次生的机会。它们抓住了它的翅膀，将它带离了危险。然后把它扔进一只透明的大瓶子里。

蝴蝶被装在瓶子里，走了很长的一段路。

它被带到了一个充满亮光的地方，手指将它从瓶子中取出来。然后给它涂上了一种散发着芬芳的黄色的东西，它的翅膀立即就变硬了。它再也没有飞翔的可能了！手指又拿起一根巨大的银色的小棍子，顶部有一个红色的圆球，噗的一下就插入了它的心脏。最后，它们在它的头部贴上了一张小标签，就像是给它的墓志铭，上面写着：普通蝴蝶。

11. 百科全书

不同文明的碰撞：两种文明的相遇总会经历一个微妙的阶段。首批到达中部美洲的西方人就曾经引起了一场很大的误会。根据当地阿兹特克人的宗教，上帝的使者——羽蛇神克查尔科阿特尔（Quetzalcóatl）终有一天会降临到这片土地上。它有着光亮的皮肤，端坐在由四脚巨兽组成的宝座上，发出阵阵的雷声以惩罚那些亵渎神灵的人。

正因为此，1519 年，当西班牙骑士在墨西哥湾登陆的时候，阿兹特克人还以为他们就是“Teules”（纳瓦特尔语“神”的意思）。

然而早在这次显圣的前几年，也就是 1511 年，已经有人提醒当地的土著要提防这些侵略者了。格雷罗（Querrero）是一名西班牙的水兵。在一次海难中，他被海水一直冲到了尤卡坦（Yucatán）半岛的海滩。那时，科尔特斯（Cortés）的军队还驻扎在圣多明各（Saint-Domingue）和古巴的群岛上。

格雷罗很快就被当地的原住民接受了，还娶了一个当地的姑娘为妻。他告诉当地的居民，侵略者很快就会在这片海滩登陆了。那些人既不是神，也不是上帝的使者。他警告他们必须提防这些入侵者。格雷罗还教当地的居民如何制造弓弩，用以自卫（直至今日，印第安人还是只会使用带有岩石磨成的头的弓箭和斧头作为武器；不过，话说回来，弓箭是唯一能刺穿科尔特斯士兵铁甲的武器）。格雷罗还反复强调，千万不要害怕马，尤其不要在火枪面前惊慌失措，乱了方寸。侵略者的武器并不具有任何魔力，也不是雷霆闪电。“像你们一样，西班牙人也是血肉之躯。我们完全可以战胜他们。”他总是对当地的居民这样说。为了证明他所说的一切，他甚至用刀在自己的身上切了一道口子，血汩汩而出，和当地人受伤时一模一样。在格雷罗的领导和循循善诱之下，村里的印第安居民都武装起来。当科尔特斯——那些殖民主义的征服者（Conquistadores）袭击村落的时候，他们遇到了自登上美洲大陆以来的第一支真正的印第安武装，连续几个星期都攻不下村庄，这大大出乎他们的意料。

令人伤心的消息没有及时传到这个偏远的小村落。1519年的夏天，阿兹特克的国王蒙特祖马（Moctezuma）亲自驾驶着一辆马车，上面堆满了金银财宝，前去和西班牙的军队讲和。当天晚上，他就被谋杀了。一年以后，科尔特斯围困阿兹特克的首府特诺奇提特兰（Tenochtitlán）达三星期之久，城中的居民都活活地饿死了。然后，他们就用大炮摧毁了整座城池。

至于格雷罗，他在一次由他组织的攻打西班牙城堡的夜间行动中牺牲了。

埃德蒙·威尔斯

《相对且绝对知识百科全书》第Ⅱ卷

12. 蕾蒂西娅尚未登场

在快速地了结了索尔塔兄弟一案以后，巴黎警察局局长查理·杜拜龙召见了警长雅克·梅里埃斯。这位警界的上层人物想要亲自向他祝贺。

在豪华富丽的客厅里，局长一上来就向梅里埃斯透露了一条令人兴奋的好消息，这宗“索尔塔兄弟案”已经给“上面”留下了深刻的印象。许多政界要人都认为，他的办案手法简直就是“法兰西快速与高效的典范”。

局长又问起了他的婚姻状况，这有点出乎梅里埃斯的意料，他回答说自己还是单身。但局长似乎对这个答案不太满意。梅里埃斯只得承认，有几个亲密的女友，但没有固定的对象。至于原因吗，是不想惹上不必要的麻烦。

于是杜拜龙局长就建议他为何不考虑结婚，一段稳定的婚姻将有助于他进入政界。显然我们的这位局长十分看好警长的政治前途。他甚至都帮梅里埃斯设计好了从政的道路，一开始可以竞选议员或市长，然后再逐步发展。在局长看来，只有聪明人才能掌握国家和民族的大权。如果他——雅克·梅里埃斯，能够侦破像索尔塔兄弟谋杀案这样如此错综复杂的案件，那么还有什么问题可以难住他呢：失业率的不断提高、郊区的治安问题、贸易逆差、预算赤字。总之，一个国家领导人每天都要面对的所有难题到了他的手中都能不费吹灰之力便迎刃而解。局长又感慨道：

“我们需要有才能的人，只有这些人才懂得如何运用他们的头脑来管理国家。现如今，这样的人已经越来越少了。所以，请你务必记住，一旦你决定投身政界，我会是第一个支持你的人。”

但雅克·梅里埃斯丝毫不为所动。在他的心目中，只有那一个个错综复杂的谜团才能使他热血沸腾。他是绝对不会卷入争权夺利的斗争中去的。统治和管理别人是一件累人的事，他才不会自讨苦吃呢。至于他的感情生活，并不是很糟糕。杜拜龙局长听了他的话，不由得笑了起来。他将手搭在梅里埃斯的肩上，说当自己和他一样年轻的时候，也有过如此的想法。随着时光的流逝，他的想法已经有了很大变化。并不是他要统治别人，他只是不想被别人统治罢了。

“只有富人才会藐视金钱；只有有权有势的人，才会视权贵为粪土。”

杜拜龙将年轻时那些幼稚的想法统统抛到了脑后，开始顺应潮流，努力地向上爬。如今，他的手中已经掌握了不小的权力。这些权力就好像是他的保护层，他再也不会害怕有朝一日从梦中醒来，他拥有的一切都已离他而去。他的两个儿子就读于城中最贵的私立学校，他有豪华的私家车，有属于自己支配的时间；在他的周围，围绕着一大群奉承拍马的人。他还能梦想得到些什么呢?

眼前的局长就像是被五颜六色的弹珠迷住的孩子。但梅里埃斯还是坚持自己的想法。

警长离开了局长的住处。他注意到在铁栅栏门的附近，放着一块巨大的木牌，上面写满了形形色色的竞选标语：“请投社会民主党一票，实现真正的民主!”“让危机和政府的承诺见鬼去吧，重振激进共和运动!”“拯救地球，保护环境!”“反对不公正的待遇！投身维护人权独立战斗的第一线!”

那些养尊处优的所谓政界要人的嘴脸都是一样的，自以为是世界的主宰，背地里却干着肮脏的勾当，他们的秘书就是他们的情人。局长竟然劝他也成为其中的一员。哼!

梅里埃斯对自己选择的生活方式没有一丝怀疑，就让名利见鬼去吧。放荡不羁的生活，再加上电视和罪案调查，他已经感到很满足了。他的父亲曾对他说过：“如果不想自寻烦恼，那就不要有什么野心。没有欲求，也就没有痛苦。傻子才会有什么野心。为了超越平庸的生活，每个人都可以有自己的追求，但千万不能过分。”

雅克·梅里埃斯曾经结过两次婚，但两次都以离婚告终。迄今为止，他已经侦破了 50 多桩谜案，那是他最大的乐趣所在。他拥有一套自己的公寓，经常去图书馆，还有一帮不错的朋友。他是一个容易满足的人，有目前这样的生活，他已经心满意足了。

他是走路回家的。并不是很远，经过一个广场和两条大街就到了。

在他的周围，人们朝着各个方向急匆匆地走着。司机不耐烦地按着喇叭，想要超过前面的车；女人们那精心修剪过的长指甲敲着车窗玻璃。街上，孩子们拿着水枪互相追逐着，“乒，乒，乒，你们都被我打死了！”这些小家伙正在玩警察抓小偷的游戏。这使梅里埃斯有点尴尬。

他终于到家了。这是一幢标准的四方楼房，长、宽都是 50 米。楼顶上，一群乌鸦围着电视天线飞来飞去。

房东总是躲在她房间的窗后，窥伺着。看见他回来了，立即把头探了出来：

“您好，梅里埃斯先生！我看过报纸了，您可千万别放在心上。他们那是嫉妒您！”

他有点摸不着头脑：

“对不起，您说什么？”

“我说，我永远站在您这一边！”

他大步上了楼。玛丽·夏洛蒂一定像往常一样在家里等着他。它无比深情地爱着他；每天它都会取好报纸在门口等他回家。他开了门，玛丽·夏洛蒂立刻蹦到了他面前，牙齿叼着报纸。

“放下，玛丽·夏洛蒂。”

这只母猫对他总是唯命是从。梅里埃斯拿起报纸，有点激动。他先浏览了一遍，然后迫不及待地翻到登有自己照片的版面。上面印着一个大标题：

本报社论：警察的介入！

民主赋予了我们每个人以平等的权利。每个人都有权获得他人的尊重，即使是已经变成了一具尸体。然而对于已故的索尔塔三兄弟来说，他们的这项权利已经被完全剥夺了。这桩神秘的三人凶杀案的真相至今没有大白于天下。更糟糕的是，死者之一的塞巴斯蒂安·索尔塔竟被指证为杀人凶手，他先是用毒药杀害了他的两个兄弟，然后自杀。他连为自己辩解的机会都没有。

警察这样做简直是对民众的一种愚弄。谁都知道，要指控已死去的人是多么简单的事。他们不可能聘请律师为自己辩护。但这桩谋杀案也并不是一无是处，最起码，它帮助我们认清了雅克·梅里埃斯警长的真实面目。这位警界的知名人士十分懂得利用自己地名声来掩盖其不负责任的行为。他在新闻发布会上草率地声称被害的三兄弟都是死于毒药，而塞巴斯蒂安·索尔塔更是这一切的始作俑者。这一漏洞百出的结论很好地说明了警长在处理本案中所采取的草率了事的态度。这简直是对死者的侮辱！

自杀？只要看见过塞巴斯蒂安·索尔塔的尸体，任何一个人都会发现这个男人是死于极度的惊恐，他的脸甚至因为恐惧而扭曲了。

您也许会说，死者的这种表情是由于杀害自己的兄弟而产生的自责和内疚的心理。但任何一个稍有心理学知识的人，更别说像梅里埃斯警长这样的专业人士，都应该明白，对于一个能将毒药放在食物里，然后与他的家人一起服用的人，他的心理状态早已超越了正常的人。因此，他脸上的表情应该是从容而平静的，而绝非惊恐。

难道是痛苦造就了这样惊恐的表情？一般来说，毒药产生的痛苦远没有如此强烈。那就让我们来看一下究竟毒药给死者造成了怎样的伤害吧。由于记者不能进入案发现场，我走访了警察的停尸所，在那里，我得知了一个惊人的消息。负责此案的法医证实，警方并没有对索尔塔三兄弟的尸体进行解剖。因此，案情在没有真正弄清死因的情况下就了结了。梅里埃斯警长，这位声名卓著的犯罪学家未免也太过缺乏严肃的工作态度了吧！

索尔塔一案如此草率的解决方式足以引起我们的思考和担忧。我们不禁要怀疑，面对当今罪案的日趋复杂和严重性，我国的警察是否还能应付自如！

蕾蒂西娅·威尔斯

梅里埃斯将报纸揉成一团，大声地咒骂了一句。

13. 103683号的疑惑

手指！

竟然是手指！

103683号不由得全身一阵战栗。

通常说来，蚂蚁是不知道什么叫害怕的。但现在的103683号还算是一只“普通的”蚂蚁吗？手指，这个还散发着气味，来自垃圾堆中的那颗头颅的词语，唤醒了它头脑中那片已沉睡了好几个世纪的区域——恐惧！

在这之前，每当它回想起那个世界边缘的地方，它只是不由自主地想将回忆从脑海中抹去。它想忘了同手指们的遭遇，它想忘了那些可怕的巨兽，忘记它们那巨大的力量、不可思议的硕大体形，还有它们盲目的制造死亡的冲动。

但是，这颗头颅，虽然只是一具早已失去了生气的躯体的一小部分，又是如此迟钝，但已足够唤醒它对死亡的感知。从前的103683号是一个英勇无畏的战士，在对抗侏儒蚁的战斗中，它总是冲在军队的最前列。它曾自愿要求前去那充满凶兆的东方一探究竟。它也曾与蚁城中的邪恶力量一比高低，杀死过个头比它大上许多倍的动物。但与手指的遭遇，夺走了它身上的所有勇气。

103683号隐隐约约地记起了那些可怕的怪物。它又看见了与它一起出生入死的朋友：老4000号，它被一片高速移动的黑云压得稀扁。

有些蚂蚁称这些怪物为“世界边缘的守卫者”“巨兽”“死亡使者”……

但不久以前，所有的蚂蚁统一了口径，把这一可怕的生物称为：

手指！

手指，它们无处不在，散播着死亡；手指，谁要是胆敢拦住它们的去路，它们就会将其坚决地消灭；手指，它们是如此庞大，摧毁和压塌了所有蚂蚁的小城市；手指，它们投下巨大的阴影，它们丢弃的废物污染了整个森林，谁要是吃了这些东西，等待它们的只有死亡。103683号从心底里涌起了一阵厌恶，它不想再想起这些可怕的事了。

它在两种不同的情绪之间徘徊：一种是恐惧，这对它来说是完全陌生的；另一种完全相反，它再也熟悉不过了——好奇！

1亿年以来，蚂蚁的世界总是在不断进步中。由希丽·普·妮领导的这场革新运动正是从一个侧面反映了蚂蚁这种追求新事物、不断要求进步的愿望。

103683号也不能免于此道。它的好奇心战胜了恐惧。毕竟，这些奇异的事并不是每天都能发生的，也不是每只蚂蚁都能碰上的。

103683 号理了理它的触角。首先必须搞清自己所处的方位。

然后，它向着天空高高地竖起了触角。

空气很沉重，像是凝固住了。周围似乎埋伏着一只出来捕食的动物，随时准备吞没这座城市。一阵突如其来的微风吹过，小树枝摇曳着。树木仿佛在提醒它要提高警惕，但它们什么也没有说。这些树木是如此高大，是不会注意到在它们的脚下上演的戏剧的。103683 号一点也不喜欢这些大树。它们耸立在那儿，对什么都是无动于衷，漠不关心，一副不可一世的派头。但它们也有垂头丧气的时候，被暴风雨吹倒，被雷电击中烧毁，或是被白蚁渐渐地侵蚀。那时，就轮到蚂蚁们表现出漠不关心了。

流传在侏儒蚁中间的一句谚语很好地描述了这种情形：

大的东西往往比小东西来得更为脆弱。

手指会像这些树吗？虽然能够移动，但骨子里还是一样不堪一击，远没有外表看上去那样强大。

103683 号不想把时间浪费在思考这种问题上。它已经做出了决定：要去验证头颅所说的话。

它从垃圾堆附近的一条小路进了蚁城，然后拐上了附近的一条大路。在蚁城中，所有的大路都是通向皇宫的，但那不是它的目的地。它又拐上了一条小路。路面十分倾斜，它只能用爪子紧紧地扒住地面。它顺着一条陡峭的走廊滑了下去，来到一片如蛛网一样错综复杂的道路前。即使在平常的交通高峰期，这里也不是十分拥挤。

那些正忙于搬运食物和小树枝的工蚁和 103683 号打了一声招呼。在蚂蚁的世界里，没有个人荣誉这一概念。但许多的蚂蚁都知道，眼前的这只蚂蚁可非同一般，它曾经去过手指的王国，见识过世界的边缘，那充满险恶的地方。

103683 号抬了抬触角，询问如何才能到达饲养金龟子的大厅。一只工蚁告诉它那是在下 20 层，西南区，在种有黑蘑菇的花园左边。

辨明了方向之后，它就匆匆上路了。

去年的火灾之后，城中又有了新的变化。过去的贝洛岗城高 50 层，深 50 层。在希丽·普·妮的精心策划下，如今的贝洛岗城以它那 80 层的高度雄踞一方。至于深度，由于坚硬的花岗岩层的缘故，已不可能做出什么改变了。

所有的一切都在有计划地逐步发展着。103683 号不禁为自己的城市日新月异的变化赞赏不已。

上 75 层：这里是用腐殖土建成的可调节温度的育婴室。幼虫们睡在这间干燥的大厅里，旁边的细沙可以吸去潮气。借助一个微微倾斜的输送道，保育员们可以方便地将蚁蛋送入特护层。在那里，保育员挺着沉甸甸的肚子，一刻不停地舔着这些蚁蛋。它们还将蛋白质和抗菌素送入透明的茧壳中，以便让这些蚁蛋健康成长。

上 20 层：这里是储藏室，所有的干肉、水果还有蘑菇粉都存放在这里。为了防止变质，蚂蚁还给它们涂上了一层特殊的蚂蚁酸液。

上 18 层：这一层是实验室。用肥大的叶子做成的缸中存放的是冒着烟雾的、供实验用的武器酸液。化学家们用长长的大颚，挨个儿测试着酸液的溶解力。一些酸液是从水果中提炼出来的，例如从苹果中提炼出的苹果酸。其他酸液的来源就比较复杂了：草酸来自酸模，硫酸来自黄石。为了能杀死猎物，酸液的浓度在 60% 最为适宜。虽然它会轻度灼伤士兵们的内脏，但它的杀伤力是其他武器不可比拟的。这一点，103683 号曾经亲身体验过。

上 15 层：这一层是特意加高的，用作格斗室。战士们在这里进行一对一的训练。新的成员都是通过化学图书馆中的记忆费洛蒙精心挑选出来的。日后战斗的趋势将不再停留在只是跃上对手的头顶将它杀死，而是将对方的腿一条一条地割断，直至它不能动弹。在稍远处，炮手们在练习向 10 步开外的种子发射酸液弹。

下 9 层：这里是蚜虫饲养室。希丽・普・妮坚持所有的昆虫饲养室都应该建在城中。这是为了防止凶猛的瓢虫的袭击。工蚁们忙着拿薄薄的冬青叶喂那些蚜虫。后者很快就把叶的汁液给吸干了。

蚜虫的繁殖频率非常高，如今是每秒钟 10 只。103683 号有幸见到了神奇的一幕。一只蚜虫刚刚生下了一只小蚜虫，准备接着生；而那只刚出生不久的小蚜虫又生了一只比它更小的蚜虫。于是，第一只蚜虫就在短短的一秒钟之内连续做了母亲和祖母。

下 14 层：那里种植着一望无际的蘑菇。所有的蚂蚁都到这里来排泄。它们的排泄物是那些蘑菇的最佳养料。种植蚁们将那些超长的根茎剪掉，并洒上一种蚂蚁特有的分泌物以防止虫害。

突然，一只绿色的小动物跳到了103683号面前，它的后面还跟着一只。它们抱成了一团，好像是在打架。103683号问周围的工蚁，这究竟是什么东西。它们告诉它，这些是臭虫。它们过着穴居的生活。这些昆虫一刻不停地在交配，无论何时何地，也不管和谁，以各种各样的姿势。它们一定是这个星球上性欲最旺盛的动物。希丽・普・妮特别喜欢研究它们。

一直以来，在所有的蚁穴中，共栖动物的数量一直在增长。有超过2000种的昆虫生活在同一个蚁穴中：多足纲、蛛形纲，它们一直生活在这里，蚂蚁们已完全接受了它们的存在。它们中的一部分利用这里完成它们的变态过程，其余的则吃蚂蚁们的一些残羹剩肴，同时也帮助蚂蚁清扫蚁穴。

贝洛岗是第一个以一种科学的态度来研究这些共栖动物的蚁城。希丽・普・妮坚信，无论何种昆虫，都能够通过训练，将它们变成令人生畏的武器。在它看来，每个个体都有其可以利用的地方，关键是我们能否用审慎周到的态度来研究它们。

到目前为止，女王的尝试已经取得了初步成功。它已经驯养了好几种鞘翅目昆虫，给它们提供食物、住处，帮它们治病。就好像对蚜虫所做的一样。最令女王感到自豪的就是成功地驯服了犀牛金龟子。

下20层：西南区，黑蘑菇花园的左边。指路是正确的，金龟子饲养室就在走廊的顶端。

14. 百科全书

恐惧：为了明白蚂蚁之所以从来不会害怕的原因，我们首先必须认识到一点，那就是蚂蚁过的是群居生活，它们互相合作，好像人体内的一个器官，而它们则是构成器官的每一个细胞。

当我们剪指甲时，我们的指甲会感到害怕吗？当我们刮胡子的时候，我们下巴上的毛发会因为剃刀的靠近而瑟瑟发抖吗？当我们用脚的大拇指去试浴缸中的水温时，它会因为也许水会很烫而害怕吗？

不，它们都不会感到害怕，因为它们并不是具有自我意识的独立个体。同样地，如果我们用左手掐一下自己的右手，后者是绝对不会对左手产生怨恨的；如果我们的右手因为戴了戒指而比左手得到了更多的修饰，左手也不会因此而产生嫉妒情绪的。因此，如果我们的心中只有共同的集体，忘却了个人的利益，那我们就能忽视痛苦的存在。这也许就是蚂蚁社会成功的一个秘诀所在吧！

埃德蒙·威尔斯

《相对且绝对知识百科全书》第Ⅱ卷

15. 蕾蒂西娅依然没有露面

待到怒气平息之后，雅克·梅里埃斯拿出了他的公文包，从里面抽出索尔塔兄弟的卷宗。他开始审阅所有的文件，尤其是那些现场的照片。他挑出一张塞巴斯蒂安·索尔塔的大特写照片。从死者那分开的双唇之间，似乎正发出一声尖叫。那是因为害怕而发出的喊声？还是对逃避不了的死神的一种本能的抗拒？抑或是他已经认出了凶手？梅里埃斯越看照片，越发感到迷惑，同时越发感到羞愧。

他忽然从椅子上一跃而起，朝墙壁上狠狠地砸了一拳。

《周日回声》报的记者说的是对的。一旦承认了这个事实，梅里埃斯也就平静下来。

他低估了这宗案件。同时，他也得到了一个教训，教会他要懂得谦虚。再也没有比低估对手更为糟糕的错误了。谢谢，威尔斯夫人或是小姐。

但为什么他会表现得如此糟糕呢？是因为懒散？对，就是这个原因。因为他已经习惯了成功的滋味。于是，他就放任自己犯下了任何一个警察，即使是最缺乏经验的新手都不会犯的错误：对调查草草了事。而他的名声又使得所有的人（除了那个记者以外）都对他的错误结论深信不疑。

一切都得重新开始。虽然这不免让人痛苦，但必须这样做。就目前的形势来看，承认错误比坚持己见、死不悔改要明智得多。

问题是，如果不是自杀，又是什么呢？案犯是如何才能进入一个封闭的空间而不留下任何痕迹？又是如何才能杀人于无形中，既没有伤口，也没有作案的工具？这其中的神秘超过了他以往看过的任何一本小说或电影。

他的脑海中形成了一种新的想法。

难道他不经意地撞上了一桩他一直在寻找的无懈可击的罪案？真是无心插柳柳成荫。

他想起了在爱伦·坡的小说中描述过的一起发生在莫格街的根据事实改编的谋杀案。一位太太和她的女儿被发现死在她们的公寓里，当时她们的寓所是从里面紧闭的。母亲是被一把刮胡刀杀死的，而女儿则死于连续的重击。没有偷盗的痕迹，只有一些撞击的痕迹。经过一番详尽的调查，凶手找到了，是一只从马戏团中逃跑的猩猩。它是从窗子爬进房间的，当它出现在房中的时候，母女俩害怕得尖叫起来。她们的叫声把猩猩给吓坏了，为了让她们闭嘴，猩猩就将她们杀了。然后它又从原路逃走。它的背撞到了拉窗的窗框，下半扇窗掉了下来，就好像窗子一直是从里面关住的一样。

在索尔塔的案件中，情况有一点类似，只是没有人用背将窗子关上罢了。

真的是这么一回事吗？梅里埃斯决定马上出发，重新勘测现场。

房中的电源已经被切断了，幸亏他带着手电。街上五颜六色的霓虹灯光透过窗子照了进来。梅里埃斯环视着现场，塞巴斯蒂安·索尔塔和他的兄弟们还是一动不动地躺在地上，尸体上覆盖着一层玻璃蜡。他们的脸上带着惊恐的表情，似乎正在与来自地狱的邪恶力量做着殊死搏斗。

门是锁着的，但这并不说明问题。他又检查了窗户的紧闭性。窗户都关得很严，长插销是经过专门的设计的，是绝对不可能从外面将窗户碰上的。

他敲了敲挂着壁毯的墙板，想看看是否有秘密通道。接着，他取下了墙上的画，一般来说，保险箱都是藏在这种地方的。但他什么也没有发现。房间里有许多贵重物品：一个镀金的枝形大烛台、一座银质的小塑像、一套高级音响……任何一个小偷都会乐于光顾这里的。

衣服都堆放在椅子上。他随意地翻了一下，一件小事引起了他的注意。外套上有一个很小的洞，就像是被虫蛀的，但形状十分规则，是极为工整的正方形。他放下了外套，将注意力转移到了别处。习惯成自然，他从口袋中掏出一片口香糖放进嘴里，又拿出《周日回声》报上的那篇文章，那是他剪下来随身带着的。

他若有所思地又读了一遍那篇文章。

那个蕾蒂西娅·威尔斯谈到了死者脸上惊恐的表情。的确是这样，这些人像是被吓死的。但什么东西如此可怕，可以把人都吓死呢？

他陷入了回忆之中。当他还是个孩子的时候，有一次，他打嗝，怎么样都止不住。他妈妈为了帮助他，就戴上了一个面具，装扮成狼的模样。然后趁他不备，突然出现在他眼前。他吓得叫了起来，心脏都仿佛停止了跳动。妈妈立刻摘掉了面具，亲了亲他。嗝儿就这样被止住了。

当然他也曾经历过那种挥之不去、时刻萦绕在心头的恐惧。一些恐惧比较的小：害怕生病，害怕出车祸，害怕那些用糖果做诱饵绑架儿童的罪犯，害怕警察。也有一些比较大的恐惧：害怕留级，害怕在校门口被一些大孩子欺负，害怕狗。

儿时那些恐怖的记忆一齐涌上了他的心头。

但是，有一件事对雅克·梅里埃斯来说，是最最恐怖的。

那时他还很小。一天晚上，他突然感到有东西在他的床尾抖动。他以为最安全的地方埋伏着一头怪物！他害怕极了，都不敢把脚伸进毯子里去。过了一会儿，他恢复了镇定，慢慢地滑进了被单。

就在这时，他的脚趾感觉到了一股温热的气息。痒痒的，让人恶心！是真的，真的有一头怪物张着大嘴，蜷缩在他的床尾，就等着他把脚伸进去，然后把它们一口吞掉。幸好他的脚还伸不到底，那是因为他还不够高。但每一天他都在长高，总有一天，他的脚会碰到床尾的。到了那时……

接连的几个晚上，小梅里埃斯都是在地板上度过的，或是睡在被子上。每天早上起来，他都觉得浑身酸痛。看来，这并不是一个解决的办法。于是他决定还是回到床上，裹在被单里。但他命令自己的每一块肌肉、每一根骨头都不许长大。这样他就永远都不会碰到床尾了。这也许就是现在他比父母都要矮的原因吧。

接下来的每一个晚上都是对他的一场考验。然而，他终于还是找到了一个应付的办法。他将他的毛绒玩具熊紧紧地抱在怀中。有了它，他仿佛就有了足够的力量去迎战那头躲在他床尾的怪物了。然后他用被单将自己裹得严严实实的，不露出一条胳膊、一只耳朵，甚至连头发都不露出一根。这样一来，怪物就只有等到深夜，跳下床，绕过所有的家具，从他的头部来进攻他。而那样需要一段时间，他就有足够的时间来做好准备了。

到了早晨，他妈妈会发现被子和毯子卷成了一个球，而她的儿子抱着毛绒玩具熊在里面缩成一团。她从来也没有想去弄明白这种奇怪的姿势是出于何种原因，雅克也没有费力地叙述他和他的玩具熊是如何与怪物战斗了一个晚上。

但他从来也没有彻底战胜过怪物，当然怪物也没有取得胜利。对他来说，只有无边的恐惧，害怕长大，害怕面对一些他甚至都不知道具体是什么的可怕的东西。他只知道那是一个怪物，有着红红的眼睛、突起的嘴唇和沾满口水的锋利的牙齿。警长从回忆中解脱出来，紧握住手电筒，更加仔细地查看现场。

上上下下，左左右右，里里外外。

地毯上没有一点沾着泥污的足印，也没有一根陌生人的毛发；窗玻璃上也没有陌生的指纹，玻璃杯上也没有。他走进厨房，把手电筒的光拧亮。

吃剩的饭菜就摊在台子上。梅里埃斯闻了闻，还尝了一下，没有异味。埃米尔也检查过食物，也没有发现什么。他又闻了闻大玻璃瓶里的水，一切正常。果汁和苏打水看上去与平常的也没有什么两样。

索尔塔兄弟脸上都带有惊恐的表情。他们所表现出来的恐惧，与莫尔格街上发生的谋杀案中的母女俩看见大猩猩笨手笨脚地从窗子中爬进来时所表现出来的惊恐有着惊人的相似，事实上，大猩猩本身也十分害怕，它之所以会杀掉母女俩，只是为了制止她们大声地尖叫。那叫声可把它给吓坏了。

又是一出不可思议的悲剧。人们总是对自己不了解的事物心生恐惧。

正当他这样想的时候，他发现窗帘后面似乎有东西在动，他的心在刹那间停止了跳动，难道是凶手又回来了？警长松开了已经变暗的手电筒，街上的霓虹灯也停止了闪烁，取而代之的是几个大字：gogo 酒吧。

雅克·梅里埃斯想找个地方躲起来，一动不动，或是干脆挖个地洞钻进去。而害怕是不能解决问题的。他鼓起勇气，拾起手电筒，拉开了窗帘，什么都没有，难道是个隐形人？

“有人吗？”

没有回答。看来是风在作怪。

他再也不想一个人待在这里了。他决定去找邻居聊聊，了解一下情况。

“您好，打扰了。警察。”

一位举止优雅的先生开了门。

“是警察，太好了。我正好有几个问题想向你们请教。”梅里埃斯掏出了笔记本。

“案发当晚您在家吗？”

“是的，在家。”

“您有没有听到什么？”

“一开始，没有什么大的响动。突然，他们叫了起来。”

“叫了起来？”

“是的，叫得非常的大声，而且非常可怕。大概持续了30秒钟，然后就什么也没有了。”

“他们是一齐发出叫声的，还是一个接着一个？”

“差不多是同时。那简直就不是人类发出的声音。他们一定非常痛苦。就好像有人把他们同时给杀了。多恐怖啊！我告诉您，自从我听了那些叫声以后，我一直都睡不好觉。我已经决定要搬家了。”

“在您看来，那会是什么呢？”

“这个问题您的同事已经问过了。你们当中有一位好手说是自杀，我可不这样认为。他们一定是看到了什么，一些恐怖的事情。但具体是什么，我不知道。无论如何，那东西一点声音也没有发出来。”

“谢谢您。”

他的头脑里渐渐形成了一个想法。

（那是一头狂怒的狼。它悄无声息地潜入这幢公寓，然后不留一丝痕迹地把三个人给杀了。）

但他知道，事实绝不可能是这样的。然而又有什么东西能比一只从窗户闯入拿着剃刀的猩猩更具有杀伤力，能同时杀死三个人？！一个男人，一个疯狂的天才，一个已经掌握了无懈可击的犯罪技巧的罪犯？！

16. 百科全书

疯狂：所有的人，每天都会变得更加疯狂，而且每个人的疯狂各不相同，这就是为什么我们彼此之间不能真正地互相了解的原因。就我来说，我好像已经得了妄想症和精神分裂症。此外我还变得过分敏感，这扭曲了我对现实的理解。我知道疯狂对我的影响。于是，我尝试着不是被动地忍受这种疯狂，而是将它变为我取得成功的动力。我越是成功，就变得越为疯狂；我变得越疯狂，就越容易达到我订下的目标。疯狂是潜伏在每个人头脑中的一头发怒的狮子。你不可能消灭它，你只能去认识它，然后征服它。驯服了的狮子将带给你无穷的力量，那是任何一位大师、学派，甚至药物和宗教都不能赋予你的。就如同所有的力量之源一样，如果你过度使用了你的疯狂，那你就会有危险。要知道，有时候，狮子是会挣脱束缚，转过头来反抗那些想征服它的人的。

埃德蒙·威尔斯

《相对且绝对知识百科全书》第Ⅱ卷

17. 足迹

103683号终于来到了饲养金龟子的大厅，无数的金龟子占据了这间宽敞的房间。它们的身上布满了一粒粒紧紧挨着的黑色斑点，身体的后半部显得比较圆滑，前半部套着一个甲壳，头顶有一根长长的触角，像玫瑰花刺一般锋利，却要大上几十倍。

在103683号看来，这些动物都一样大，每一个大约都是长六步，宽三步。它们喜欢在昏暗的环境中生活。自相矛盾的是，它们还十分喜欢亮光。在昆虫的世界里，亮光就像是一道可口的甜食，很少有昆虫能够抵制住它的诱惑。

这些庞然大物以锯木屑和腐烂了的植物芽为生。它们的排泄物堆得到处都是，散发着阵阵的臭味。饲养金龟子的大厅位于地底深处，本来留给它们的活动空间就不大，这样一来就更小了。蚁城中原本有专门的蚂蚁负责清扫粪便，可看这个情形，它们似乎有好长时间没有工作了。

要想饲养这些金龟子可不是一件很轻松的事。当初，希丽·普·妮之所以会想到与这些会飞的大东西结成联盟，是因为它们中的一员把它从蜘蛛网上救了下来。成为女王之后，它就将这些金龟子编成了一支飞行军。到目前为止，这支新军还没有得到在战场上一显身手的机会。它们还没有接受过酸液弹的洗礼，谁都想象不出这些平日温文尔雅的动物如何在战场上面对一群疯狂的士兵。

103683号混进了金龟子中间。它们那富有创意的饮水槽给它留下了深刻的印象：那是一片放在房间中央的大叶子，里面盛了一大滴水珠，当这些巨兽中有谁渴了的话，水珠表面的薄膜能够自动地延伸。这样可以方便饮水。

当初，希丽·普·妮女王只是用气味费洛蒙和金龟子谈了谈，不费吹灰之力就说服它们在贝洛岗城定居了下来。女王一向很以自己卓越的外交才能而感到自豪。“要想沟通两种不同的思想体系，先决条件就是能找到一种合适的沟通手段。”它曾就自己的革新运动这样解释道。为了达成这一点，所有为此而付出的代价都是值得的。蚂蚁们可以给它们提供食物；给它们出入蚁城的“通行证”，那是一种特殊的气味。总之给它们一切的担保，保证它们在蚁城中过得舒适又安心。只要能沟通，动物之间就再也不会自相残杀了。

在上一次的联邦女王会议上，与会者却对希丽·普·妮的政策提出了反对的意见。它们认为，对待所有有分歧的东西，最合理的方法就是将它们消灭。再说，如果一方要求交流，而另一方则坚持杀戮，取得胜利的往往是后者。希丽·普·妮巧妙地反驳了这种反对意见。它认为杀戮是另一种方式的交流，虽然它是所有交流方法中最原始的一种。要想杀死对方，首先必须互相接近，看着对方，然后进行研究，从而估计出对手会有的反应。有了第一步，接下来的事情就简单了。也许，最后的结局会以友谊而告终，而不是预想的杀戮。

女王的革新运动就是这样，总是充满了不合常理的地方。

103683 号将自己的注意力从金龟子的身上转移开去，开始寻找通向叛乱蚂蚁王国的秘密通道。

它注意到天花板上有一串脚印，非常杂乱，朝各个方向的都有，像是故意弄成这样的。但 103683 号是举世无双的、最最优秀的侦察兵，它能从一连串纷繁芜杂的脚印中辨识出最新的，然后一路跟踪下去。

这串脚印将它一直领到了一个小土坡前，那其实是一个被隐藏得极好的秘密通道口。应该就是这儿了。它将那碍手碍脚的蝴蝶茧壳埋好，然后钻进了通道，小心翼翼地往前走着。

它闻到了一股气味。

叛军……？在贝洛岗这样组织健全、协调一致的团体中怎么会存在叛军呢？这就好像在机体内部的某个隐秘的角落里，一部分细胞决定脱离集体，不再参与整体的运作，就好像人类得的阑尾炎一样。103683 号现在正是要前去见识见识这个给整座生机勃勃的城市造成危害的病变了的“阑尾”。

它们有多少只蚂蚁？它们为什么要这样做？ 103683 号越往前走，就越想弄个明白。目前，它只知道有这么一股叛军势力的存在。至于它们是如何采取行动的，它们的目标又是什么，它就一无所知了。

它继续往前走。这一段的气味更新鲜了，一定是有蚂蚁刚刚经过这条狭窄的通道。突然，两只带有爪子的腿紧紧抓住了它的前胸，将它狠狠地向前拖去。它就这样被拖着，经过一条走廊，来到了一间大厅。又有两只大颚上前紧紧地卡住了它的脖子，让它动弹不得。

103683 号挣扎了几下，但一切都是徒劳的。透过挤在它身上的甲壳，它发现这是一间地势很低的房间，相当宽敞。根据它粗略的估计，至少有 30 步长、20 步宽，在一层假的天花板的掩护下，覆盖了整个的金龟子饲养室。

一只蚂蚁守在它的身边，不让它乱动。其余的则心怀疑虑地辨识着这位闯入者的身份（气味）。

18. 百科全书

自我解脱：每当有人问我如何才能摆脱那些经常光顾他们厨房的蚂蚁的时候，我总是这样回答他们：你们有什么权利认为厨房只是属于你们的私有财产，而不是同时也属于那些蚂蚁？是因为你们买了它？的确，你们是买下了厨房，但是从谁的手里买的？另一些人用水泥造了厨房，然后将它们卖给了你们？你们又用一些来源于大自然的食物填充了这间厨房。这只是你们与另一些人类之间的一项交易，证明这些经过加工的来源于自然的物件从此归你们所有。但，这只是人类之间的一桩交易，它只涉及人类本身。凭什么你们认为这样一来，你们柜子中的番茄沙司从此只属于你们，而不再属于那些蚂蚁了呢？那些西红柿来自土地；水泥也从大地中来；还有制成餐具的金属，制成果酱的水果，以及构筑成你们房屋的砖头，都来源于这个星球。人类只是给了它们一个名称，贴上了标签，赋予了它们一个价格，但所有的这一切都不能决定这些东西的所有权。土地和它的产物是属于地球上所有的居民的……

然而我的这一番论调太新颖了，不太容易被接受。如果你们还是决定要摆脱那些微不足道的竞争者，那就请采用杀伤力最小的方法吧。在你们最不愿意与蚂蚁共同分享的地方摆上一株小小的罗勒。蚂蚁们最讨厌罗勒的气味。这样一来，它们就会转而去拜访你们邻居的公寓了。

埃德蒙・威尔斯

《相对且绝对知识百科全书》第 II 卷

19. 叛军

103683号通过触角的快速运动，向叛军们做着自我介绍。它是贝洛岗城里的一名普通的士兵，它在垃圾堆里捡到了一颗褐蚁的头颅，是那颗头颅让它到这里来的。为的是告诉它们，希丽·普·妮女王将要发动一场讨伐手指的远征。

它的话很快取得了成效。蚂蚁是不会说谎的，它们还不懂得利用这一方式。

紧张的气氛慢慢消除了。在103683号的周围，触角颤动着。从叛军们的“交谈”中，它得知它们曾经有过一次潜入化学图书馆的行动。有叛军估计，与103683号交谈的头颅肯定是属于其中一名特遣队员的。它们已经有好长时间没有收到小分队的消息了。

从目前的情况看来，103683号明白自己已经卷入了一桩真正的秘密事件，叛军们会想尽一切办法将它留下的。它们继续讨论着这位“闯入者”给它们带来的消息，尤其是那句“讨伐手指的远征”使它们深感焦虑。然而，有一部分叛军主张先讨论如何处理103683号的问题。它的到来表明了一种隐藏的危险：它不属于叛军，却知道了它们的巢穴。

“你究竟是谁？”

于是103683号做了一番更详尽的自我介绍：它的级别，它出生时的序号，还有它来自哪个蚁群……叛军们听了十分惊奇，原来103683号，那唯一到过世界边缘并安然无恙地返回的褐蚁，现在就站在它们的面前。

叛军们立刻松开了它，甚至还退后了一步，以表示对它的敬意。一种友好的气氛在它们之间建立起来。

蚂蚁都是借助气味来进行交谈的。它们的触角会发出一种特殊的气味激素。每一种气味激素都是一种费洛蒙。它能够从一方的身体里散发出来，通过空气的流动，被另一方的身体所接收。每当一只蚂蚁有了一种想法，它就会通过气味激素将这种想法散发出去。这时，在它周围的所有蚂蚁就会与它同时感觉到这种想法。一只情绪低落的蚂蚁会立即将它的痛苦传染给它身边的每一只蚂蚁。因此蚂蚁都懂得一条：要使大家都有一个好心情，就要帮助那些不开心的蚂蚁尽快摆脱它们的痛苦。

蚂蚁的触角由11个小节组成，每一个小节都能单独发出由长波构成的气味语言。这就好像同时有11张嘴在说话，每张嘴巴说的话又各不相同。一部分触角小节发出的气味语言“声调”比较低沉，主要负责传递一些重要的信息；另一些则“声调”比较高，用来传递一些无关紧要的事。

这些触角小节还能充当耳朵的作用。因此，分开两面看，在 11 张嘴巴说话的同时，又有 11 只耳朵在聆听。所有的一切都是同时发生的。这样一来，交谈就变得十分复杂。所以，蚂蚁们通过谈话获得的信息肯定比人类通过交谈获得的信息多上 10 倍，速度也是后者的 11 倍。这就是为什么，如果我们观察两只蚂蚁的相遇，就会发现它们只是稍稍地碰一下触角，就各奔东西了。就是通过这轻微的触碰，一切的信息都已经完成了交流的过程。

这时，一只蚂蚁一瘸一拐地走到了 103683 号面前（它只有五条腿），问是否就是它当年曾与 327 号王子和希丽·普·妮一起干了不少的事。

103683 号点了点头。

瘸子蚂蚁说一直以来，它最大的愿望就是要找到它，然后把它杀了。但现在，一切都已经变了。瘸子蚂蚁冷笑了一声：

“如今，我们是一群被社会所不容的蚂蚁，而你却代表了这个社会的准则。”

时代变了。

瘸子蚂蚁提议给它供养，103683 号同意了。两只蚂蚁于是互相拥抱对方，嘴对着嘴，触角互相抚摸，直到瘸子蚂蚁的养料都输送到了 103683 号的胃中。

蚂蚁的消化系统也是一种形式的连通器。

瘸子蚂蚁已倾尽了自己所有的养料，它已经精疲力竭了。相反地，103683 号却显得神采奕奕。它又想起了蚂蚁中间一句流传了 43000 年的古老谚语：

我们因为给予而变得富有，我们因为索取而变得贫穷。

它不能拒绝这种给予。

接着，叛军带它参观了它们的巢穴。这里有放谷物的仓库，放蜜的储藏室，还有一个个装满记忆费洛蒙的卵形容器。

103683 号不知道为什么，在它的眼中，这些叛军士兵并没有传说中的那般可怕。它们更像是为了保守一个秘密而忧心忡忡，而不是心怀叵测地要颠覆现有的政权。

瘸子蚂蚁就是一个很好的例子。它主动与它接近，向它吐露了心声。以前，这些叛军有着另外一个名字。它们曾是贝洛·姬·姬妮女王，即现任女王希丽·普·妮的母亲手下的一支秘密警察部队。蚂蚁们称它们为“带有岩石气味的战士”。它们有着无上的权利，居住的地方也十分隐秘。那是一个建筑在贝洛岗城底下的秘密城市，称为贝洛岗第二。

瘸子蚂蚁承认现在的叛军就是以前那些“带有岩石气味的战士”中的幸存者。它们曾不惜一切代价想要杀死327号王子、56号公主（希丽·普·妮）和它——103683号战士。因为在当时，除了它们，大部分蚂蚁不知道手指是真实存在着的。至于女王，它已经与手指派来的使者取得了联系，并与那些庞然大物有了交谈。对于女王来说，最大的烦恼莫过于担心如果有朝一日，它的臣民们知道了那些巨大的动物和褐蚁有着同等程度的文明，它们会陷入一片恐慌之中。

于是，贝洛·姬·姬妮与手指的使者达成了一项协议：它负责封锁一切有关手指存在的消息；作为交换，手指必须对它们已经知道的或将会了解到的蚂蚁的文明程度保持沉默。双方都应互不干涉，保守各自的秘密。

贝洛·姬·姬妮女王认为两种文明是永远也不可能达到融合的，因此它命令那些“带有岩石气味的战士”，一旦有谁发现手指的存在，就要坚决地消灭。整个蚁城为此付出了不菲的代价。

正是那些士兵，杀死了有生殖力的327号王子以及其他千千万万蚂蚁，就因为它们知道了手指的存在并不是一个神话，而是真实的。而且它们与蚂蚁们一样，就生活在这片树林中。

103683号太吃惊了。这么说，褐蚁和手指之间是可以进行交谈的?!

瘸子兵肯定了它的猜测，手指们就住在城下的岩洞里。它们制造出了一种机器，能够发出和接收与蚂蚁们一样的气味语言。手指们称那部机器为“罗塞塔之石”，此外还有一名叫“活石头博士”的使者，它们都是根据手指的指令来工作的。通过它们的中介作用，手指和蚂蚁就能互换信息了：

“我们的形体不同，生活方式也不一样。但我们都在这个星球上创建了自己的文明。”

这是它们之间的第一次接触，然后又有了许多次。手指们困居在蚁城下面的岩洞里。贝洛·姬·姬妮女王给它们提供食物，保证它们的生存。在很长的一段时间内，双方定期进行着对话。在手指的帮助下，女王发现了“车轮原理”。可惜的是，还没有来得及将这条原理用来造福它的臣民，它就在一场大火中丧生了。

它的女儿希丽·普·妮继承了王位。不同于它的母亲，这位新女王再也不想听到有谁提起手指了。它命令停止给手指供应食物，并用水泥封住了通向手指们居住的岩洞的通道。它想把它们活活饿死。

同时，希丽·普·妮的守卫们也开始追杀那些“带有岩石气味的战士”。新政权不允许保留一丝过去时代的耻辱的印迹，蚂蚁怎么能与手指结盟呢？对于一个喜欢与各种动物接触的女王来说，它在这件事上表现出了一种奇怪的排异性。

在短短的一天之内，新女王的守卫就杀死了差不多一半的“带有岩石气味的战士”。剩下的战士因为藏在墙壁和天花板才得以幸免于难。为了生存，它们决定放弃原有的气味，并给自己取了一个新的名字，叫作——亲手指叛军。

103683 号端详着面前的这帮所谓的叛军。它们中的大部分已经不能正常行走了。女王的卫士们使它们的生活并不好过。但还是有一些健康的年轻蚂蚁，这些蚂蚁看上去已经完全被手指的文明俘虏了。

无论如何，将所有贝洛岗的子民都卷入这场自相残杀的杀戮中是多么疯狂的一桩举动啊！这一切究竟是为了什么呢？对于手指，它们至今还是知之甚少。

瘸子兵说，如今叛军们已经统一了行动。它们占据了这片区域，就在金龟子饲养室顶部的夹层中。它们干什么都是小心翼翼的，这样联邦的士兵就不会发现它们了。

“但这秘密行动的目的又是什么呢？”

瘸子兵没有立即回答它的问题，而是停了一会儿，像是故意要造成一个悬念。当看到自己的沉默已经取得了预计的效果的时候，它说出了一个惊天的秘密：那些生活在地下的手指和它们一样，并没有死。叛军们捣毁了封住道口的水泥，重新开辟了秘密通道，并恢复了给手指的食物供应。

叛军们想让 103683 号也成为它们中的一员。它犹豫了一下，但立刻，好奇心又占了上风。它动了动后面的触角，表示同意。所有的蚂蚁都上前对它的加入表示祝贺。这就表明从今以后，它们的阵营中又多了一名曾经去过世界边缘的新成员。大家都争先恐后地要给它供养，103683 号都不知道该把嘴往哪里伸了。叛军们的热情温暖了它的全身！

瘸腿兵又告诉它，叛军们即将派遣一支别动队，目的是偷一些储粮蚁，然后再运送到手指那儿。如果它想见“活石头博士”，这将是一次绝好的机会。

103683号毫不迟疑地答应了对方的提议。它迫不及待地想见见那些生活在城市底下的手指，和它们“说说话”。手指就像是一块心病，萦绕在它心头很久了。它们是害它得了“精神疾病”的罪魁祸首。而如今，它的好奇心终于能得到满足了。

30个执行任务的叛军士兵被召集在一起。在吃饱了可以提神的蜜以后，它们就朝着蚂蚁的养料储备室出发了。这其中就包括我们的103683号。

但愿它们一路平安，可别撞上巡逻的小分队。

20. 电视

房东一如既往地在窗帘后面监视着所有进进出出的人。

梅里埃斯走近了她：

“夫人，我能向您提一个问题吗？”

房东有些不安。警长不会是因为电梯中的镜子脏了而要责备她吧。她怀着惴惴不安的心情点了点头。

“什么是你一生中最害怕的事？”

原来是这么一个奇怪的问题。她想了想，害怕说出些蠢话让她这位最有名的房客见笑。

“我想应该是外国人。对，就是那些外国人。他们到处都是，抢走了我们的工作；晚上躲在街角袭击路人。简直是可怕。他们和我们完全不一样，真不知道他们脑袋里装的都是些什么！”

梅里埃斯抬了抬下巴，对她表示感谢，然后就进了电梯。房东太太还沉浸在警长提出的问题中，冲着他的背影，喊了一句：

“晚安，警长先生！”

梅里埃斯进了门，脱下鞋子，一屁股坐在电视机前。到了晚上，只有电视才能帮他从一天的调查工作中解脱出来，让他那一直转个不停的脑子休息一下。无论是睡觉，还是做梦，我们的大脑都在工作。只有电视，我们不用动脑子就能看懂。所有的神经元都度假了，大脑中思想的火花也都停止了闪烁。多么惬意的一段时光啊！

他拿起了电视的遥控器。

1675频道，正在放一部美国电影：“噢，比尔，我知道你的心里不好受。你一直以为自己是最棒的，但现在，你突然发现，原来自己和别人没什么两样，都是可怜虫……”

他换了一个频道。

877频道。广告：“用了Krak，Krak，您就能一劳永逸地摆脱所有的……”

他又换了一个。

他的电视一共有1825个频道。但每天晚上，只有622频道才能吸引他，因为那里有他最喜爱的8点档的明星节目《思考陷阱》。

片头字幕，然后是一阵喇叭声。主持人在现场观众的掌声中出场。

“各位现场的朋友，还有电视机前我们忠实的观众朋友，很高兴又见到你们，欢迎来到我们第104期的‘思考’……”

“……陷阱！”现场的观众齐声叫道。

玛丽·夏洛蒂跑过来，蜷缩在他的脚边，喵喵叫着要求他的爱抚。他给了它一点金枪鱼酱。对玛丽·夏洛蒂来说，这可比爱抚来得更有吸引力。

“现在，我要为第一次参加我们节目的观众朋友重复一遍游戏的规则。”

演播大厅里又是一阵欢呼。

“谢谢。我们的规则十分简单。每一次，我们都会给擂主出一个谜语。只要擂主能猜中谜语，他就能蝉联擂主的称号。这就是我们的‘思考’……”

“……陷阱！”现场的观众又叫道。

主持人容光焕发，继续说道：

“只要擂主能回答出谜语，我们就会奖励他1万法郎，外加一张王牌，允许他可以在接下来的猜谜中，‘投降’一次，多获得一条提示。这样他就有可能再获得1万法郎。几个月来，朱莉娅特·拉米尔夫人一直蝉联了擂主的称号。希望她今天能再次取得成功。拉米尔夫人，请再为我们的新朋友介绍一下您自己吧。您的职业是什么？”

“我是邮递员。”

“您结婚了吗？”

“是的。我丈夫现在就在家中看着我。”

“那么，让我们来跟他打一声招呼吧。晚上好，拉米尔先生。你们有孩子吗？”

“还没有。”

“平时您有什么爱好呢？”

“……填字游戏……做饭……”

鼓掌。

“响点，再响一点，”主持人喊道，“让我们给拉米尔夫人鼓鼓劲。”

更热烈的掌声。

“现在，拉米尔夫人，您准备好猜今天的谜语了吗？”

“我准备好了。”

“好，现在我就来拆开这个信封，来揭晓今天的谜语。”

一阵鼓掌。

“啊，今天的谜语是一串数列。问题是写出数列的下一行是什么。”

他用水笔在书写板上写下了一串数字：

1

11

21

1211

111221

312211

摄像机给了擂主一个特写镜头。后者的脸上满是困惑的表情。

“这……有一定的难度。”

“请好好利用您的时间，拉米尔夫人。您一直可以考虑到明天。为了帮您解开这个谜语，或是找到解谜的正确方向，我们可以给您一个提示。注意，请您听好了，那就是：越是聪明就越难找到谜底。”

现场的观众不明就里地又鼓起了掌。

“亲爱的观众朋友们，也请你们拿起笔来，一起来猜谜。好，就让我们明天见，不见不散！”

节目结束了。雅克·梅里埃斯将频道换到了地方新闻。一个梳着时髦发型、浓妆艳抹的女播音员正有气无力地读着一篇称赞他的报道："由于在索尔塔一案中出色的表现，雅克·梅里埃斯警长被杜拜龙局长举荐为荣誉宪兵团的军官。据可靠消息，司法部正在考虑这位优秀的候选人。"

雅克·梅里埃斯对这一切已经感到厌烦了。他关掉了电视。下一步该怎么做呢？是继续扮演他的警界明星，草草了结这件案子，还是力争找出事情的真相，但他的好名声完蛋了。在心底的深处，他知道自己没有别的选择。侦破这桩谜案对他的诱惑太大了。他拿起了电话。

"喂，停尸所吗？请帮我接法医……（听筒里传来一段激昂的乐曲）……喂，是医生吗？我需要您对索尔塔的尸体做一个全面的解剖……对，这事十分紧急！"

他挂了电话，又拨了一个号码：

"喂，埃米尔？你能帮我搜集一下《周日回声》报的资料吗？哦，还有那个蕾蒂西娅什么的资料。一小时以后，我们在停尸所碰头。对了，埃米尔，还有一个问题，你一生中最害怕什么？什么，竟然是这个？真奇怪，我从来没有想到这也会让人害怕。好了，快去停尸所吧。"

21. 百科全书

印第安陷阱：加拿大的印第安人使用一种最原始的陷阱来捕熊。那是一块涂满蜂蜜的大石头，用绳子拴在树枝上。当熊发现了石头，以为这是一顿丰盛的甜点，于是就会用爪子去打石头，想把它打下来。陷阱运用了钟摆的原理，每一次，石头都会回过来，打在熊的身上。熊被激怒了，就会更加用力地打石头。它打得越用力，石头打得它也就越重，直到把它给打死。

熊不会想到要停止这场暴力的循环。它只会感到失败的沮丧。"别人打我，我就要还击！"它对自己说。这就是它的怒气成倍增长的原因。然而，如果它懂得停止打石头，石头也就不会打它了。一切就会恢复平静。惹它生气的只不过是拴在绳子上的一件无生命的东西。它只需用爪子将绳子扯断，石头就会掉下来，它也就能享用美餐了。

埃德蒙·威尔斯

《相对且绝对知识百科全书》第Ⅱ卷

22. 勇闯养料储备室

地下 40 层，弥漫着一股烦躁的气氛。8 月的天气施展着它的淫威，即使是在夜里，即使是在这地底深处，热浪也逼得人喘不过气来。

心情烦躁的贝洛岗的士兵对每一只过路的蚂蚁都要无事生非地咬上一口。工蚁在育婴室和储蜜室之间来回奔忙着。贝洛岗热气袭人，蚂蚁就像一滴滴滚烫的淋巴液在蚁穴中滚动。

由 30 名叛军士兵组成的小分队偷偷潜入了住有储粮蚁的大厅。它们怀着欣喜看着它们的目标。这些储粮蚁就像是一个个闪着金光的肥硕的果实，背上镶着一道道黑色的条纹。它们挂在天花板上，头在上，腹部朝下。

工蚁们忙碌着，从储粮蚁的腹部吸取蜜，以填补它们空空的肚子。

有时候，希丽·普·妮女王会亲自到这里来吸取养料。但是，储粮蚁对它的出现从来就是无动于衷的。由于一直一动不动地吊在天花板上，它们已经变得有些迟钝了。有些蚂蚁认为它们的大脑已经退化了。组织是为机能服务的，如果机能丧失了，器官就失去了作用，就会慢慢地退化。每天，储粮蚁只需操心一件事情，如何喂饱自己，然后掏空自己，去喂饱别的蚂蚁。渐渐地，它们变成了有生命的机器。

对这个大厅以外的事物，它们一无所知。它们生在这个低等的养料室里，最终也会死在这里。

在它们活着的时候，还是有搬家的可能的。它们的大脑中储有接受“移居”信号的“程序”。储粮蚁虽然充当的是储物库的角色，但它们是会移动的储物库。

叛军们挑选了一些大小适中的储粮蚁，然后慢慢地接近它们，发出了“移居”的信号。这些硕大的昆虫缓缓地动了动，然后将爪子从天花板上松开，爬了下来。在下面的蚂蚁立即抓住了它们，以防它们摔坏。

“我们要去哪里？”一只储粮蚁问道。

“朝南。”

储粮蚁没有提出异议，顺从地让叛军把它们给带走了。它们太大了，沉得要命，必须要六只蚂蚁才能抬动一只。花费那么大的力气，只是为手指们服务！

“它们最起码会对你们所做的表示感激吧？”103683 号问道。

“它们只会抱怨我们送得不够多！”一个叛军士兵回答道。

这些忘恩负义的东西！

小分队小心翼翼地沿着阶梯行进着。它们终于来到了花岗岩板块的断层处。在另一面，就是“活石头博士”居住的地方了。

马上就要和手指进行对话了。103683号不禁浑身一阵颤抖。那会和这次行动一样顺利吗？

看来只有走一步看一步了。突然，它们被巡逻的守卫发现了。快逃！为了减轻负担，它们丢下了硕大的储粮蚁。

是叛军！

一名士兵分辨出了它们自以为不易察觉的气味。警报很快就传播开来，一场追捕行动迅速组织起来。

尽管联邦士兵行动迅速，但它们不可能同时抓住那些四散逃跑的叛军士兵。于是它们在各处设置了路障，切断了一些通道，它们这样像是要把叛军士兵往一个地方赶。

在士兵的追赶下，小分队只能沿着阶梯向上走，它们已乱了方寸。下40层，下30层，下16层，下14层。士兵们要把它们逼上一条绝路。103683号预感到等待它们的将是一个陷阱，但它们的面前没有第二条路可走。联邦士兵是不会放过它的，要是它们放过它，它反倒会觉得奇怪了。除了向上走，它们没有别的选择。

叛军小分队来到了一个爬满了臭虫的房间。在它们面前展现的是一副可怕的景象：

散发着阵阵臭味的母臭虫们四散逃窜，它们背上外露的生殖器上已经布满了一个个小孔。而公臭虫则挥舞着它们顶端穿孔的尖尖的生殖器紧随其后。在稍远的地方，雄性的臭虫同性恋者们一个接着一个，结成了一条长长的绿色的带子。到处都是臭虫，它们成群结队，塞满了整个房间。公臭虫的生殖器高高翘起，随时准备刺入对方的甲壳。

叛军们还没有来得及反应过来究竟发生了什么，它们已经被那些恶心的虫子缠上了。一只蚂蚁倒下了，很快就被一群正处在发情期的、散发着恶臭的臭虫淹没了。蚂蚁们都来不及发射酸液弹来自卫，雄臭虫的生殖器一下子刺穿了它们的甲壳。

23. 百科全书

臭虫：在所有进行有性生殖的动物当中，臭虫（Cimex lectularius）是最令人惊奇的。它们的“淫乱”是人类难以想象的。

第一个特点：生殖器异常勃起。臭虫一刻不停地在交配。一些种类的臭虫甚至能在一天之内交配200多次。

第二个特点：同性交配和异类交配。臭虫识别同类的能力很差。就算在同类中，它们也分不清雄性和雌性。臭虫之间50%的性关系是在同性之间发生的，20%与异类发生，30%与异性发生。

第三个特点：雄性生殖器顶端穿孔。公臭虫的生殖器很长，而且顶端很尖。借助于它那像注射器一样的生殖器官，雄性臭虫能将精液射入它们配偶的任何部位：头部、腹部、足部、背部甚至心脏。这不会影响雌臭虫的健康。但这样一来如何才能怀孕呢？从哪里来的……

第四个特点：无性受孕。从表面看来，雌性臭虫的生殖器并没有受到什么损害。然而，雄性生殖器是通过背部进入它们的身体的。那么，精子是如何进入血液中的呢？事实上，绝大部分精子和细菌一样，会死于免疫系统的手下。为了提高精子到达目的地的可能，雄性臭虫的射精量是十分惊人的。如果公臭虫的体形有人类那样大，那么它们每次射精产生的精液就有30升。在大量的精子中，只有一小部分能够存活。那些存活下来的精子，藏在动脉与静脉中，等待着时机的到来。它们一直陪伴雌性臭虫度过整个冬天。当春天来临的时候，凭着本能，分散在头部、足部和腹部的精子就聚积到母臭虫的卵巢周围，然后穿过卵巢壁，进入子宫。一个循环又开始了。

第五个特点：雌臭虫有许多生殖器。由于那些粗野的雄性臭虫连续不断地将它们的生殖器刺入母臭虫的身体，母臭虫的身上布满了一道道棕色的疤痕。这些疤痕被围在一个浅色的区域里，就像是一个靶子。通过这个，我们可以精确地计算出雌臭虫交配的次数。

自然在生殖方面赋予了这种动物以神奇的适应力，一代传一代。成熟的雌性臭虫身上布满了棕色的斑点，并饰有浅色的光环。每一个小斑点都连着一个生殖器，这些生殖器又与一个总生殖器相连，这个特点将伴随雌性臭虫一生。这些斑点不同于那些伤疤，但也有些伤疤是和生殖联系在一起的，那其实是一些长在背部的次生殖器。

第六个特点：自发调节。如果一只雄性臭虫与另一只雄性臭虫交配会发生什么呢？精子们仍会按照本能向着卵巢的方向进发，并试图进入卵巢。在没有发现卵巢的情况下，这些精子就会进入输精管，与那里面本来就有的精子融合在一起。结果就是：如果接受精子的雄性臭虫与另一只雌性臭虫交配，那它就会将自己的精子与另一只雄性臭虫的精子一并射入雌性臭虫的体内。

第七个特点：雌雄同体。大自然在这种喜好交配的动物身上总是层出不穷地进行着各种奇特的实验。一些雄性臭虫产生了变态。在非洲生活着名称为 Afrocimex constrictus 的臭虫。这种臭虫中的雄性种类在出生时，背上就带有小小的类似于雌性臭虫背上的次生殖器。然而，它们并不具有生育的能力。这些小小的"次生殖器"对它们来说，只起着装饰的作用，或者是为了吸引公臭虫来进行同性交配。

第八个特点：雄性臭虫能将精液射到很远的地方。热带有几种臭虫的种类就是很好的证明。它们的输精管像一个厚厚的管子，里面充满了被压缩过的精液。在特殊肌肉的收缩作用下，这些精液以高速被排出体外。当它发现几厘米开外的地方有一只雌性臭虫的时候，它就将生殖器对准对方，然后有力地射出精液。射出的精液划过空气，一直穿透母臭虫的甲壳，到达它想要到的地方。

埃德蒙·威尔斯

《相对且绝对知识百科全书》第Ⅱ卷

24. 地下追踪

又一只叛军蚂蚁倒下了。在倒地之前，它发出了一声凄厉的叫声，但谁都不明白其中的含义：

"手指就是我们的神明。"

然后它就瘫倒在地上，四肢张开，就像一个有六个叉的十字架。

它的同伴紧随其后，一个接一个地倒下了。103683 号听到那个奇怪的句子不断被重复着：

"手指就是我们的神明。"

被打扰的臭虫肆无忌惮地大展它们的淫威。联邦的士兵在一旁观看，显然它们没有打算要插手这场酷刑。

103683 号不想这么快就死，最起码要等到它弄明白"神明"这个意思之后。一股狂怒从它的心底涌了上来，103683 号用触角使劲地拍打着压在它胸前的十几只臭虫，然后集中浑身的力气冲向在一旁观看的士兵队伍。它这一招打得士兵措手不及。它们太专注于这场血淋淋的狂欢了，来不及反应过来将它拦住。但很快，它们就追了上去。

对于追踪来说，103683 号可不是一个新手。它一面沿着天花板以高速逃窜着，一面用它分得很开的触角的顶端刮擦着，激起了一阵阵的土屑，像雪花一样纷纷落下，这样就在它和追踪者之间筑下了一道沙墙。但还是有一些守卫穿墙而过，这时它就摆好架势，用酸液弹给它们以颜色。但越来越多的守卫穿了过来，墙快要塌了。103683 号也无法同时应付那么多士兵，它的酸液弹也快用完了。

它已精疲力竭了。

它是叛军！抓住它！

103683 号沿着走廊跑着。它觉得这儿似曾相识。对了，这是通往养料储备室的路！它的四肢自然而然地将它带到了出发的地方。它曾沿着这条路走过，只不过方向相反而已。

它的一只脚受了伤，流血了。它必须找个地方躲起来。103683 号在天花板上发现了一个合适的藏身之处。那是一只硕大的储粮蚁，它爬了上去，蜷缩在储粮蚁的脚下。后者的巨大身形完全把它遮挡住了，它终于躲过了追踪的士兵。

联邦士兵用触角搜寻着每一个隐蔽的角落。

103683 号搬开了压在它身上的一只储粮蚁的脚。

“你想干什么？”储粮蚁缓缓地问道。

“移居。”103683 号命令道。然后又搬开了对方的一只脚，接着是第三只。但这一回，储粮蚁可没那么容易就上当了。

“不，不……快住手！”

下面士兵们发现了滴落在地上的淡淡的血迹，它们沿着血迹搜寻着。又一滴血落到了一个士兵的头上，它抬起了触角。

“在这儿，我发现它了！”

103683 号又急切地松开了储粮蚁的两只脚爪。这样一来，储粮蚁只有两只爪子扒住天花板了。它害怕了。

“快把我放回去！”

守卫转过身去，准备向天花板射击。

103683 号终于用大颚把储粮蚁最后扒住天花板的爪子扒开了。就在守卫们向它射击的时候，橘色的储粮蚁掉了下去，正好砸在守卫的身上。地上出现了一大摊黄黄的液体。103683 号就趁着这短暂的一瞬间，从高处的避难所跳了下来。那只守卫被压碎的腹部的碎片飞溅到了房间的各个角落。

又一群联邦士兵出现在了门口。103683 号犹豫了，它剩下的酸液弹不多了，如何才能同时打中三名守卫呢？它想出来了，它将酸液弹射向倒挂在天花板上储粮蚁的脚。

储粮蚁的脚被打断了，再也不能固定在天花板上了。它们落入了追捕者的队伍中间，把它们炸开了花。但还是有一个逃脱了，浑身沾满了蜜。

现在 103683 号已经弹尽粮绝了，但它还是保持着射击的姿势，希望能吓唬住对方。同时，随时准备接受致命的一击。

但什么也没有发生。难道对方也像它一样，没有弹药了？它们挥舞着大颚，扭打在一起，都想要撕碎对方的甲壳。103683 号显得更老练一些。它打倒了对手，将它的头扳到后面。但就在这个时候，一只爪子轻轻拍了拍它。

“你为什么要杀了它？”

103683 号转动着触角，想要看看是谁在和它“说话”。

它分辨出那是友善的气味。

是女王！它儿时的伙伴，也是它第一次历险的倡导者。

周围，士兵愈来愈多，随时准备把它撕成碎片。但统治者发出了坚定的气味，告诉它们，这只蚂蚁是在它的保护下的。

“跟我来。”希丽·普·妮对它说。

25. 事情复杂了

声音很坚定。

“请跟我来。”

强烈的氖光灯下，并排放着两行尸体。每个尸体的大脚趾上都吊着一个标签。大厅里弥漫着一股乙醚和死寂的气氛。

枫丹白露停尸所。

“在这里，警长。”法医说道。

他们在一具具的尸体间走着。一些尸体放在塑料套子里，另一些用白布罩着。每个标签上列着死者的姓名、死亡的时间和地点：3 月 15 日，在街上被刀捅死；4 月 3 日，被公共汽车撞死；5 月 5 日，跳楼自杀。

他们停在了三具尸体前面。根据他们的标签，这三具尸体分别属于索尔塔三兄弟：塞巴斯蒂安、皮埃尔和安托万。

梅里埃斯再也等不及了。

“您发现他们的死因了吗？”

“大致上是死于……一种强烈的情绪，一种非常强烈的情绪。”

“是恐惧？”

“也许是，或是受了惊吓。总之，这种情绪非常强烈。请看尸检报告：三个死者血液中的肾上腺激素的浓度是正常人的 10 倍。”

那个记者果然说对了。

“看来，它们是死于恐惧……”

“不完全如此，情绪上的打击只是导致他们死亡的一个原因。请过来看（法医将一张 X 光照片放在荧光屏上），他们的体内布满了溃疡。”

“什么东西能引起如此大面积的溃疡？”

“毒药。不如说，氰化物。但它造成的损伤只会在一处。而他们体内的溃疡有许多处。”

“那您的结论是什么呢？”

“这听上去也许有一点点奇怪。我认为首先他们是死于心绪上的剧烈起伏；其次，他们的肠胃都发生了内出血，这两样都是导致他们死亡的原因。”

法医整理好他的笔记，向警长伸出手。

“还有一个问题，医生。您最害怕什么？”

医生吸了一口气。

“我吗？作为一名法医，我已经看过太多的可怕景象了，已经没有什么能吓到我了。”

梅里埃斯警长告别了法医，离开了停尸所。他嚼着口香糖，比来的时候感到更加迷惑了。他知道，这回他是遇到真正的对手了。

26. 百科全书

成功：蚂蚁是这个星球上最有成就的一种生物。它们筑巢的数量堪称一绝。从干旱的荒原，到极地的边缘地带、热带雨林、欧洲的树林、山川、岩洞、海滩、火山口，甚至人类的居所，我们都能发现它们的踪影。它们有着极强的适应能力。在气温高达 60 摄氏度的撒哈拉沙漠，生存着一种蚂蚁。它们仅用两条腿走路以免被滚烫的沙地灼伤。它们还能屏住呼吸，以防止体内水分的流失而造成脱水。地球上没有一片地方不被蚂蚁占据。它们建造了无数的城市和村庄。蚂蚁们能躲过它们的天敌，适应各种各样的气候条件：多雨、炎热、干旱、寒冷、潮湿及多风。最近的研究成果显示，生活在亚马孙河流域的热带雨林中的所有动物，其中有三分之一是褐蚁和白蚁。它们之间的比例是 8 只褐蚁对 1 只白蚁。

埃德蒙·威尔斯

《相对且绝对知识百科全书》第Ⅱ卷

27. 重逢

扁头的看门蚂蚁微微散开，给它们让路。它们肩并肩地走在通向皇宫的用木头搭建成的走廊里：103683 号，那一年前（蚂蚁纪元）还与贝洛岗的士兵殊死搏斗的蚂蚁和它一直失去联系的贝洛岗的女王希丽·普·妮。不知它是否已经忘了它们一起有过的冒险经历？

它们走进了女王的寝宫。希丽·普·妮将这间曾属于它母亲的居室做了一些改动。它用一块取自栗子壳内壁的皮层来装饰房间的墙壁。在大厅的中央，令人吃惊地停放着前女王贝洛·姬·姬妮那已经被镂空的、半透明的尸体。

在蚂蚁的历史中，这无疑是创纪录的第一次，一位已故的女王的尸首能够被它的后代永久地保存。在它的后代中，甚至有一些它曾经挑起过战争攻打它们，并最终取得了胜利。

希丽·普·妮和 103683 号坐在这间椭圆形的房间的正中。它们终于靠近了彼此的触角。

“我们的相遇并不是偶然的。”统治者先开了口。它已经寻找这位优秀的战士很长一段时间了。它需要它。它想要发动一场大规模的讨伐手指的战争，消灭它们建筑在世界最东面所有的巢穴。而 103683 号是领导褐蚁部队向手指的王国进发的最合适的人选。

叛军们果然没有说谎。希丽·普·妮果然有这样的打算。

103683 号没有马上答复女王的提议。的确，它十分想在世界的最东面探个究竟。但深藏于它体内的恐惧在刹那间涌上了心头。那是对手指的深深的恐惧。

在它从手指的世界回来以后的紧接着的那个冬眠里，它的梦中只有手指，那些玫瑰色的巨大圆球，不费吹灰之力地吞噬着它们的小城市。还有几次，它从梦中惊醒，触角都被汗水湿透了。

“怎么了？”女王问道。

“我害怕那些来自世界边缘的手指。”

“害怕是什么东西？”

“那是一种我们不愿介入自己不能控制的局面的意愿。”

希丽·普·妮告诉它，当它在阅读母亲留下的记忆费洛蒙的时候，也曾“看到”过这个词语：恐惧。根据那段记忆费洛蒙的解释，当个体之间不能彼此了解和沟通时，它们就会产生“恐惧”。

在贝洛·姬·姬妮看来，只要克服了恐惧的心理，就没有什么事办不成。

103683号终于见识到了前任女王那充满智慧的语言。希丽·普·妮动了动后面的触角，问道：“恐惧是否已经夺走了你领导这次远征的能力？”

“不，好奇比恐惧拥有更大的威力。”

希丽·普·妮放心了，缺少了103683号的经验，它的远征是不可能成功的。

“在你看来，如果要把地球上所有的手指杀掉，大概需要多少士兵？”

“你想要把地球上所有的手指都消灭掉？”

是的，那是当然。希丽·普·妮要的就是这个。手指们应该从这个世界上消失。它们只不过是一些硕大的寄生虫。女王有些激动，不断地抖动着它的触角。它申明道：手指的存在是一种危险，这不仅仅是对蚂蚁们来说的，对其他的动物、植物和矿物都是如此。这是它的感觉和经验告诉它的，它有确凿的理由这样做。

103683号被它的勇气征服了。它快速地估算了一下：要打倒一个手指最起码要500万精兵。而在地球上，最起码……最起码有4群，即20个手指！

那就是说，要至少1亿名士兵。

103683号仿佛又看到了那寸草不生的巨大的黑色带子。在震耳欲聋的振动声和燃烧而发出的黑烟中，所有的探险者在顷刻间被压得粉碎，就好像是一片片薄薄的树叶。

世界的边缘就是这个样子。

希丽·普·妮沉默了一会儿。它在房中走了几步，大颚随意地玩捏着几个谷物壳。然后它转过身来，触角耷拉着。它说，为了确认是否真的有必要进行这次远征，它曾征求过许多蚂蚁的意见。它并不想滥用手中的权力，它只是提出建议，由公众来做决定。但是，不是所有的它的姐妹和女儿都赞同它的建议。它们深恐又卷入像过去同侏儒蚁和白蚁进行的战争中去。它们不想由于这次远征，搞得联邦失去防卫的能力。

希丽·普·妮也同许多持赞同意见的臣民谈过。它们一同做出了努力，终于使这次远征得以成行。如今它们征集到的士兵数量是8万。

“8万个兵团?”

“不，是8万名士兵。”在希丽·普·妮看来，这样的兵力已经足够了。如果103683号认为这样的兵力太少，女王答应再尽力补充一些士兵。最多可以再征到100万到200万名士兵。这已是它能够找到的全部士兵了。

103683号思索着，很显然，女王并没有意识到手指们的威力。仅用8万名士兵就想消灭地球上所有的手指，简直就是妄想!

但它那永远的好奇心又在折磨它了。这样的一次机会怎么能错过呢?它重新振作起自己的精神。无论如何，它会领导这8万名士兵去完成这次的远征任务。虽然鲁莽了一点，它已顾不了这么多了。它是不可能将地球上所有的手指都消灭的，最起码，它能了解到那些巨兽是怎样生活的。

它接受了8万名士兵的兵力。此外，它还想问女王两个问题：为什么要进行远征?为什么女王会如此憎恨手指，而它的母亲贝洛·姬·姬妮如此地看中它们?

女王没有回答它的问题，而是领着它顺着一条走廊向大厅的底部走去。

“来。我领你参观一下化学图书馆。”

28. 蕾蒂西娅几乎出现了

房间里一片嘈杂，烟雾弥漫。桌子、椅子还有咖啡机把原本就不大的房间塞得水泄不通。

打字机的键盘发出咔嗒咔嗒的声音；流浪汉们斜躺在长凳上低声地抱怨着；被关在简易牢房里的囚犯高声叫嚷着，说是不能这样对待他们，他们要给律师打电话。

一块小黑板上贴满了通缉犯的照片，一个个都像凶神恶煞一般。每张照片下面都附有悬赏捉拿他们的赏金。从1000法郎到5000法郎不等。这些价钱还是低了一点，如果我们考虑到一个人含有那么多的有机产品

（肾、心、荷尔蒙、血管以及各种体液），那他的价钱起码也应该在75000法郎左右。

当蕾蒂西娅·威尔斯走进警局的时候，很多双眼睛都抬起来注视着她。她已经习惯了，无论她走到哪里，都能造成这种效果。

“请问，梅里埃斯警长的办公室怎么走？”

一个穿着制服的警察让她出示了证件，然后才告诉她：

“在那儿。您沿着走廊一直走到底，就在盥洗室的前面。”

“谢谢。”

当她出现在门口的时候，警长感到自己的心脏好像被什么东西揪紧了。

“请问，梅里埃斯警长在吗？我是《周日回声》报的记者蕾蒂西娅·威尔斯。”

“我就是。”

他示意她坐下。

他还是没有从震惊中恢复过来。这辈子他还没有见过如此漂亮的女人，最近没有，过去也没有。

最让他心动的是她那淡紫色的双眸，然后是她那圣母般的脸庞，婀娜的体态和浑身散发出来的香气。那是混合着香柠、香根草、柑橘、檀香的气味，还有一点点浓郁的来自比利牛斯山山羊的麝香。但分析它的成分是化学家的事情，雅克·梅里埃斯只能心醉神迷地嗅着那弥漫于空气中的香味。

他的全部心思都随着蕾蒂西娅的嗓音起伏着，至于她究竟说了些什么，他一句都没有听见。他尽力使自己平静下来，但一点用处也没有。她的美貌、她的香气，还有她美妙的嗓音占据了他整个头脑。

“谢谢您能来。”他结结巴巴地说了一句。

“应该说感谢的是我，谢谢您能在百忙之中抽出时间接受我的采访。”

“不，不，我欠您很多。您使我在这件案子中茅塞顿开。这是您应得的。”

“很好。您的脾气不错。我能将我们的谈话录下来吗？”

他开始说话，不断变换着措辞。但眼前的这个女人实在是太迷人了。她的皮肤是那么白嫩；乌黑的长发梳成路易丝·布鲁克丝的式样，前面有着浓密的刘海；高高的颧骨上是她那长长的紫色的双眸。她丰满的嘴唇涂了一层淡淡的玫瑰红色的唇膏。紫红色的套装显然是出自高级妇女时装店。还有她的首饰，言谈举止都显示她来自上层社会。

“我能抽烟吗？”

他表示不介意，并递给她一个烟灰缸。她掏出了一个精致的镂花小烟嘴，点燃了香烟，然后喷出一口淡蓝的、混有鸦片气味的烟雾。接着，蕾蒂西娅从包里拿出了笔记本，开始提问。

“我听说您已要求进行尸体解剖了，是吗？”

他点了点头。

“有什么发现吗？”

“恐惧加上毒药，是造成他们死亡的原因。但我认为尸体解剖并不能解决所有的问题，揭示出所有的真相。”

“血液化验发现毒药了吗？”

“没有。但这并不意味着没有毒药，有些毒药是化验不出来的。”

“您在案发现场发现什么线索了吗？”

“没有。”

“没有任何盗贼闯入的痕迹吗？”

“没有。”

“您对罪犯的作案动机有什么看法？”

“正如我在新闻发布会上所说的那样，塞巴斯蒂安·索尔塔因为赌博欠下了许多钱。”

“关于这件案子，您已经掌握什么罪证了吗？”

他吸了一口气：

“目前为止还没有……能轮到我问您一个问题了吗？您似乎对精神病学很有研究。”

在那美丽的紫色瞳仁里，他读到了一丝惊奇。

“看来，学校教会了您不少东西！”

“这是我的职业。在您看来，什么东西能把三个男人吓成那样，把他们都吓死了？”

她有点犹豫：

“我只是一名记者。我的职责是从警察那儿了解信息，而不是提供信息。”

“那就当是一种交换好了。当然，您也可以不同意。”

她变换了一下她那两条穿着丝袜的修长的腿的位置。

“那警长您又最害怕什么（她弯下身子将烟灰弹在烟灰缸里，两眼却从上往下地盯着他）？不，不要急着回答，这个问题太私人了。我承认我的这个问题有点过分。恐惧是一种极其复杂的情感，人类的祖先最早拥有的就是这种情感。它是种古老的情感，具有强大的力量。它来源于我们的想象，我们不能控制它。”

她喷出了一大口烟，用手把它挥散了，然后抬起了头，朝他笑了笑：

“警长，我们这一次可遇到真正的对手了。我之所以要写那篇文章，就是不想让它从您手中溜走（她关上了录音机）。其实，您所说的一切，我早已经知道了。现在，就让我来告诉您一些事情吧（她站了起来，准备离开）。这桩案子比您想象的要有趣得多。很快就又会有一场好戏上演了。”

他非常吃惊：

“您是怎么知道的？”

“我的小拇指告诉我的……”她的唇边浮现出一丝神秘的微笑，朝他眨了眨眼睛。

然后就像一只灵巧的猫一样，消失在门口。

29. 寻火

103683 号从没有进过化学图书馆。这里的一切都给它留下了深刻的印象。一行行的装有记忆费洛蒙的卵形容器排列整齐，一望无际。每一个记忆费洛蒙都描述了曾经发生过的事情，或是对一些事物发表自己的看法。

当它们走在一排排卵形容器之间的时候，希丽·普·妮女王向 103683 号讲述了一切。当它继承了王位之后，它就发现母后贝洛·姬·姬妮与生活在城市底下的一群手指有联系。母亲已完全被手指们迷惑住了，它竟然认为它们有着和蚂蚁们一样高度发达的文明。它负责喂养它们，作为交换，手指们教会了它一些奇怪的东西，比如说，什么轮子。

在贝洛岗的眼中，手指们是一群善良的动物。可希丽·普·妮能够证明它母亲错得有多离谱。所有的证据都说明一点：正是那些手指放火烧毁了贝洛岗城，杀死了唯一愿意了解它们的女王——贝洛·姬·姬妮。

尤其令人气愤的是，手指们的文明竟然是建立在火的基础上的。这正是为什么希丽·普·妮不愿与它们有任何联系，更别说喂养它们了。它下令封锁了通往手指们居住的地方的通道。它还下令发动一场讨伐手指的远征，要让它们从这个世界上彻底地消失。一切的一切都是出于上述这个原因。

许多的侦察报告都表明了这样一个信息：手指们会点火，它们还会玩水。更可怕的是，它们还用火制造出了东西。蚂蚁们绝对不能允许这种精神失常的动物再生存下去了。否则，整个世界都会毁在它们的手里的。贝洛岗城经历的一切就是一个绝好的证明。

火！……103683 号做了一个表示厌恶的动作。现在，它懂得希丽·普·妮那样做的原因了。所有的蚂蚁都明白什么是火。从前，它们也曾发现过这种物质。和人类一样，也是偶然发现的。雷电击中了灌木丛，一根小小的烧着的树枝掉在草丛里，就会引起火。一只蚂蚁走近了些，想好好看看这像太阳一样熊熊燃烧的东西。它将周围的一切都变成了黑色。这东西太神奇了，蚂蚁们产生了将它带回巢穴的念头。第一次尝试失败了，接下来的几次都失败了。火往往在路上就熄灭了，于是它们带的树枝越来越长。终于一个做事谨慎的蚂蚁兵将火一直带到了蚁穴的旁边。它证明了运送太阳并不是一件不可能的事。它的姐妹们都向它表示祝贺。

火，真是一个奇迹！它带来了力量、光明和热量。多美丽的颜色啊！红的、黄的、白的，还有蓝的。

这一切就发生在 5000 万年前，并不是很久。所有的昆虫都还记得这些事。

但是有一个问题：火不能永远地燃烧下去。而再次取到火，就必须等到下一次雷击。但雷电总是伴着雨水而来，而雨水会将火熄灭的。

为了更好地保护它们明亮闪耀的财宝，一只蚂蚁提议将更多的小树枝带进蚁穴。多糟糕的提议啊！火确实是燃烧了更长的时间，但也立刻烧毁了用树枝堆成的穹形蚁穴，造成了几千只蚁蛋、工蚁和蚂蚁兵的死亡。

革新没有取得成功。事实上，对火的寻找只是刚刚开始。起初，蚂蚁们的尝试总是以失败告终，经过不断改进，它们总能取得进步。

一直以来，蚂蚁们都执着于解决这个难题。

希丽·普·妮拿出了存有它们工作记录的记忆费洛蒙。

首先，蚂蚁们发现，火会蔓延到所有靠近它的地方。同时，火又十分脆弱。哪怕是蝴蝶翅膀轻轻地拍击，都能使它化成一缕轻烟，消散在空气中。对蚂蚁来说，如果它们想把火扑灭，最简单的方法莫过于向火堆中喷射低浓度的酸液。曾有一个蚂蚁先驱向正在燃烧着的木炭中喷射了浓度极高的酸液，结果是引火烧身，它很快就变成了一支喷火枪，接着就是一个活生生的火炬。

蚂蚁们总是拿一切它们能够找到的东西做尝试（这是它们科学的形式）。在晚些时候，大约是 15 万年以前，它们终于发现不用等到雷击，也可以"制造"出火。一只工蚁发现，将两片干燥的树叶互相摩擦，它们就会冒烟，随后火就燃起来了。这一发现被反复地实验、研究，蚂蚁们终于能依据自己的意愿点火了。

美好的发现带来了一段安逸舒适的日子。几乎每一天，每一个蚁穴都能发现火的新用途。火能摧毁参天的巨树，弄碎最坚硬的东西，能帮助蚂蚁在冬眠后迅速恢复体力，能治疗疾病，还能使物品原有的颜色变得更加美丽。

当火被不可避免地用于战争的时候，蚂蚁们对火的热情又降低了。四只蚂蚁只要配上点燃的树枝，就能在半小时之内，摧毁一个拥有 100 万居民的城市。

还有树林的大火。蚂蚁们对火势的蔓延感到束手无策。一旦有东西着了火，一阵风就能将它蔓延开去。只装备有低浓度蚂蚁酸液的消防员是不可能战胜这些大火的。

只要一棵小灌木丛着了火，火势就会一棵树接着一棵树地蔓延开去。短短一天之内，就会有 300 万的蚂蚁和近 3 万的蚁穴化为灰烬。

火灾烧毁了一切。哪怕是最高大的树、最巨大的动物，甚至鸟儿也不能幸免于难。因此，昆虫们从最初的狂热，到开始憎恶火。所有的一切都不能逃过它的魔爪。它再也不像一开始那样给它们带来欢乐了，它变得越来越危险。于是，昆虫社会达成了一致，将火列为最大的敌人。

谁都不应该再接近火了。如果雷电击中了一棵大树，根据命令，蚂蚁们都应该远离那棵大树；如果两片干树叶靠得太近了，每只蚂蚁都有责任将它们分开。命令跨越了大海，很快这个星球上所有的蚂蚁，以及所有的昆虫都知道了这条命令。它们必须远离火，尤其不要试图去成为火的主人。

除了一些小飞虫和蛾子还会情不自禁地扑向火堆之外（它们实在太迷

恋光明了），昆虫们都严格遵守着这条命令。如果有谁胆敢违背命令，将火用于战争，其余的昆虫就会立即联合起来，将它消灭。

希丽·普·妮放好了装有记忆费洛蒙的容器。

手指们不仅违抗了这条命令，还将火用在了各个领域。它们的文明就是火的文明。在它们用火烧毁整片树林之前，我们必须消灭它们。

女王发出的气味中带有一种坚定的成分，但这坚定中又有着一点点残忍。

103683 号越发迷惑了。据希丽·普·妮说，那些庞然大物并不是天生就属于这个星球的。它们在地球上生活的时间并不长，大约只有 300 万年。但毫无疑问，它们还会在这儿生活很长一段时间的。

103683 号理了理触角。

通常，蚂蚁是从不干涉别的动物的生活的，任其自生自灭。为什么这一次，女王却不放过手指，要坚决消灭它们呢？

希丽·普·妮强调说：

"它们太危险了，我们不能坐等它们自己灭亡。"

103683 号忍不住了：

"好像在城下，就有一些手指。"

如果希丽·普·妮要消灭手指，为什么不从它们开始呢？女王有些吃惊，103683 号是怎么知道这个秘密的。但马上它就恢复了常态，辩解说那一小撮手指并不构成威胁。它们被困在地底，没有别的出路。要想杀死它们，简直就是易如反掌，只要切断它们的食物供应，饿死它们就行了。它们现在只是一群行尸走肉罢了。

"如果是那样，多可惜啊！"

女王抬起了触角。

"怎么？你喜欢手指？那次旅行的时候，难道你已经和它们有过接触了？"

103683 号不打算退缩。

"不，我只是想说，对动物学研究来说，这会是一种损失。毕竟，至今我们对那些巨型动物的形态和习性还一无所知，这会影响到我们的远征的。我们要征战世界的边缘，除了知道它们是我们的敌人之外，什么都不知道。俗话说，知己知彼方能百战不殆嘛。"

女王有点动心了。103683 号决定继续扩大战果。

“它们的存在对我们来说简直就是一个天赐的良机。请想想，在我们的城市里，我们的势力范围里，就有一群手指，我们为什么不好好利用这一点呢？”

希丽·普·妮从来没有想到过这一点，103683号说得有理。那些巨型动物的确是它们的囚徒，就像它在动物实验室里养的那些小动物一样。它们被关在榛子壳中，给它提供了绝佳的微型动物的实例；同样地，手指们被关在岩洞里，也可以给它提供巨型动物的绝妙的样本……

女王决定听从103683号的建议，好好地利用一下那些生活在城下的手指。首先要开始拯救它们，给它们提供食物，如果有必要的话，它也不反对和它们对话。当然，这一切都是为了科学。

为什么不驯养它们，将它们变成巨型的坐骑呢？在食物的利诱下，它们肯定会屈服的。

就在这时，事情有了突然的变化。

一只蚂蚁不知从哪里跳了出来，直扑向希丽·普·妮，想要行刺女王。103683号英勇地向前一跳，用锋利的大颚打倒了它，没有使罪行得逞。女王显得格外镇定，留在原地一动也不动。

“看，这就是手指干的好事！它们使那些‘带有岩石气味的战士’丧失了理智，竟然敢刺杀它们的女王。你可看见了，103683号，我们绝不应该心慈手软，别提和它们交谈了。手指和别的动物不一样，它们太危险了。即使是它们的语言也能把我们杀死。”

女王早就知道城中存在这一股反叛的势力。叛军们和那些在岩石下濒于灭绝的手指有着极其密切的联系。它已经对其采取了措施。它的一些忠诚的守卫已经渗透进叛军的组织，及时向它报告来自手指的消息。它知道103683号与叛军有过接触，但它并不认为这是一件坏事。103683号反过来也能给它提供帮助。

地上，企图刺杀女王的叛军士兵聚积起它剩下的所有力量，喊了一句：

“手指是我们的神明！”

然后，一切都结束了。它死了。女王上前嗅了嗅尸体。

“‘神明’是什么意思？”

103683号也不明白。女王在房中走来走去，口中不断重复着一句话：消灭手指已经迫在眉睫。必须把它们全部消灭，而这件任务当然要交给最有经验的士兵去完成。

一切都已经准备就绪。103683 号需要两天的时间召集它的军队，然后就可以开拔，向手指的世界进军了！

30. 神示

增加你的奉献，
献出你的生命，手指比女王或幼蜂都重要得多。
永远不要忘记，
手指强大无比，无所不能。

手指无所不能因为手指是神明。
手指无所不能因为手指是伟大的。
手指无所不能因为手指是强大的。

这是不容辩驳的事实。

这些“神示”的作者在别人发现他之前就很快离开了机器。

31. 死神再次降临

卡萝莉娜·诺加尔一向不喜欢家庭聚餐。她只想早一点回房，可以安安静静地继续干她的活。

在她的周围，家里人指手画脚、叽里呱啦地聊着天；菜盘从一个人的手里传到另一个人的手里。咀嚼声、谈话声交织在一起。他们谈论的都是她最讨厌的话题。

“太热了！”她妈妈说。

“电视里说，今年最热的时候才刚刚开始。这都是 20 世纪末的环境污染造成的恶果。”她爸爸补充道。

“都是帕皮的错。在他的时代，即 90 年代，人们无休止地污染空气。我们应该把他们那代人都送上法庭。”这是她妹妹。

桌边只有四个人，但那三个人已足以让卡萝莉娜·诺加尔感到厌烦了。

“等一下我们去看电影。你想一起去吗，卡萝？”她妈妈问她。

“不了，妈妈。我有工作要做。”

“可是已经晚上 8 点了！”

“是非常重要的工作。”

“随你的便。如果你愿意在这个时候还独自在家工作，而不是和我们一起出去散心，那是你的权利。”

她已经失去耐心了。终于，她的家人走了。她在他们身后关上了门，然后立即拿出了一个手提箱，从里面取出一个装满小颗粒的玻璃球。她将小颗粒倒在一个金属盘子里，然后放在本生灯上加热。

慢慢地，小颗粒化成了棕色的泥浆状的东西。一股热气从盘子中升起，渐渐化成灰色的烟雾。火焰从烟雾中冒了出来，越变越美丽，明亮而又纯净。

这个方法显得有点过时，但在家里，只能这样了。她满意地看着自己的作品。这时，门铃响了。

门外站着一个男人，他的胡子呈深红棕色，深得都有点像红色了。马克西米利安·麦肯哈里斯命令手中牵着的两条猎兔狗坐下，连问候都没有就问道：

“准备好了？”

“是的，我在家里完成了最后一步。但主要的步骤都是在实验室里完成的。”

“很好。没出什么问题吧？”

“没有。”

“没有其他人知道吧？”

“没有。”

她将已经变成赭石色的还冒着热气的东西装进一只厚壁瓶子里，然后递给来的男人。

“接下来的事我会负责的。现在，你可以休息了。”

“再见。”

他挥了挥手，带着他的两条猎兔狗消失在电梯里。

“可已经是晚上 8 点了！”

又只剩下她一个人了。

卡萝莉娜·诺加尔感到一阵轻松，现在再也没有什么能阻止他们了。

别人失败了，而他们取得了成功。

她拿了一瓶冰啤酒，慢慢地喝着。她脱下工作服，换上了一件玫瑰红色的睡袍。在一只袖子上，她发现有一个正方形的小洞。必须马上补好，不然就会越来越大的。她取出了针线，坐到电视机前。

现在正是《思考陷阱》播出的时间。卡萝莉娜·诺加尔打开了电视。

出现在荧屏上的还是拉米尔夫人，一副典型的法国中产阶级的派头。她看上去有一点点紧张，对谜语的答案还是一点头绪也没有，甚至连一条正确的道路都没有找到。

主持人像平常那样数着数。

“怎么样，您发现什么了吗？再仔细看一下这块题板，然后告诉观众朋友们，这串数列让您想到了什么？”

“啊，这个问题有一点特别。看上去就像一个三角形的发展序列：起始于一个简单的个体，然后越来越复杂。”

“太棒了，拉米尔夫人！就沿着这条路走下去，您肯定能找到答案的！”

“一开始，是一个‘1’，这大概是……大概是……”

“现场的朋友正期待着您的答案呢，拉米尔夫人！说下去，观众会给您鼓励的。”

热烈的掌声。

“加油，拉米尔夫人！这大概是什么？”

“这是一桩神圣的事。‘1’分成了两个数，这两个数字又分成了四个。这有一点……”

“有一点什么？”

“就像是生命的开端。最初的受精卵分裂成两个，然后是四个，越来越多。从直观上看，这一串数列让我想到了生命的起源：一个逐渐发展、壮大的个体，真太玄妙了。”

“确实是这样，拉米尔夫人。我们给您的是一个玄妙的谜语，完全适合您敏锐的观察力和观众的欢呼。”

鼓掌。

主持人步步紧逼。

“那么这种发展是遵照什么规律的呢？生命的诞生又是依据什么发展的，拉米尔夫人？”

擂主显得有些懊丧。

“我不知道。……我能申请使用王牌吗？”

现场的观众中发出一片失望的嗡嗡声。第一次，拉米尔夫人也遇到难题了。

“您肯定要这样做吗，拉米尔夫人？您确定想要一张王牌吗？”

“我只能这样做。”

“真遗憾，拉米尔夫人，您一路过关斩将……”

“可这个谜语实在太特别了，需要花费好多时间。因此我决定使用王牌，得到一些提示。”

“那好。我们已经给了您第一句提示：‘越是聪明就越难找到谜底。’现在我们给您第二句提示：‘必须忘却我们已经掌握的所有知识。’”

可擂主看上去还是一脸茫然。

“这说明什么？”

“啊，这正是等待您去发现的，拉米尔夫人。我可以帮助您，这就好像精神分析法，需要您的脑筋拐一个小小的弯，将一切都简单化。忘记那些逻辑、假设，让您的脑子里空空如也，什么都别想。”

“可要知道，这并不容易。您这是要求我借助思想去清除我脑中所有的想法！”

“而这正是我们的节目想要达到的目的，这就是‘思考’……”

“……陷阱！”现场的观众齐声叫道。

鼓掌。

拉米尔夫人叹了一口气，眉头紧锁。主持人摆出了一副随时准备帮助她的姿态。

“利用您的王牌，您有权知道这个数列的下一行是什么。”

他掏出水笔，写道：

1

11

1211

111221

312211

然后又加了一行：

13112221

摄影师又给了拉米尔夫人一个大特写。后者眯着眼睛，嘴里念叨着：1……，2……，3……。就好像在念一个做李子干四合糕的配方：千万要遵守“3”的比例，不要吝啬，只用1份。

“拉米尔夫人，您现在明白一点了吧？”

可我们的擂主太专注与古板了，只发出了一连串的“嗯”声，似乎表明这一回，她肯定能找到答案。

主持人没有打断她的思考。

“我希望你们，亲爱的观众朋友们，也能仔细地记下这新添的一行。好，今天的节目就进行到这里，明天见。”

鼓掌。片尾字幕。鼓声、小号声、各种各样的叫声。

卡萝莉娜·诺加尔关掉了电视。她好像听到了一些动静，针线活已经干完了。没有人会发现那儿曾经有过一个丑陋的洞眼。她收拾好了针线和剪刀，一阵纸被揉皱的声音。

那是从浴室传来的。不会是老鼠，它们在瓷砖上发不出这样的声音。难道是小偷？可去浴室干吗？

她从五斗橱中找出了她爸爸藏在那里的专为应付这种情况的6mm口径的小手枪。为了给闯入者一个突然的袭击，卡萝莉娜又打开了电视，调响了音量开关，然后蹑手蹑脚地向浴室走去。

电视里的演员大叫着：

“我们要烧毁这里的一切，你们的房子、店铺、所有的东西……”

卡萝莉娜·诺加尔紧贴着浴室的门，双手紧握手枪，就像在美国警匪片中看到的那样。然后，突然“砰”的一声，把门撞开。

什么都没有。声音是从浴帘后面传来的，而且越来越响。她四肢僵硬地将浴帘拉开。

一开始，她向前走了几步，想看看到底是什么。但马上她就被眼前的景象吓呆了。她尖叫着，一下子打光了所有的子弹。然后气喘吁吁地跑出浴室，用脚关上了门，幸好钥匙就在门上，她把钥匙转了两圈，将门紧紧地锁上了，然后等待着。她快要崩溃了。

但愿那东西不会破门而出！

但她的愿望落空了。“它”出来了，紧紧跟随着她。

她呻吟着，跑着，一面将放在家具上的小玩意砸向身后。她挥舞着四肢。这一次。她可是在劫难逃了。

32. 困惑

它用胫节上的“梳子”理了理触角。

103683 号有点迷失了自己。

它如此害怕手指，却同意参加灭绝它们的行动。它已经对叛军们产生了信任感，却不得不背叛了它们。它曾经只和 20 名探险者就到达了世界的边缘，如今女王给了它 8 万的兵力，它却认为远远不够。

最令它担忧的还是那伙叛军。它曾经以为自己是和一群理智的、善于思考的勇士结盟，如今看来，它们只不过是一帮半疯的蚂蚁，总是念叨着那个莫名其妙的词语：神明。

女王的举动也有一些奇怪。它只是一只普通的蚂蚁兵，女王对它说得太多了，这太不正常了。希丽・普・妮要消灭所有的手指，却对生活在自己城市中的敌人视而不见。它一直声称，只有对各种不同的奇特的动物都有一个深刻的了解，蚂蚁们才可能有一个美好的未来。但它拒绝研究手指这种最最奇妙的、令人困惑的动物。

看来，希丽・普・妮没有对它说出全部的事实，叛军们也没有。它们都不信任它，只是想摆布它。103683 号觉得自己就像是女王与叛军手中共同的玩偶。

一个念头突然出现在它的脑海中：这样的事从来没有在蚁城中发生过。似乎在贝洛岗，每一只蚂蚁都失去了理智。它们都学会了独立思考，体验到了“情绪”这种奇怪的东西。总之，它们已变得不像蚂蚁了。蚂蚁的世界起了突变，而叛军们正是一群已经完成了突变的蚂蚁。

希丽・普・妮也是。至于 103683 号自己，它早已不是一只普通的蚂蚁了，它已经变成了一个能够独立思考的实体了。贝洛岗究竟发生了什么？

103683 号无法回答自己的这个问题。它还想弄明白是什么促使叛军们做出如此古怪的举动。

“神明”又是什么东西？

103683 号向饲养金龟子的大厅走去。

33. 百科全书

对死者的尊敬：要给一种有思想内容的文明下定义，首要的一条就是“对死者的尊敬”。

早先的人类是将尸体与垃圾一并扔掉的。因此那时的人类根本谈不上文明，和野兽没有什么区别。当他们开始懂得将尸首埋掉或烧掉的时候，一些事情也就不可避免地发生了。懂得了妥善处理尸体，表明他们已经意识到在物质世界之外还有一个精神世界，即所谓的阴间。而人的一生只不过是在两个空间之间的一小段过程罢了。所有的宗教也都起源于此。

最早的有关“对死者的尊敬”的记录是在旧石器时代中期，大约 7 万年前。在那个时代，一些部落的人将他们同族的尸体埋在一个 1.4 米长、1 米宽、0.3 米深的土坑里。

在尸体的旁边，部落的人还放上一大块肉、燧石器具和死者生前曾捕猎到的动物的头盖骨。就好像是部落里的人一起为死者准备了一餐丰盛的饮食。

在蚂蚁的世界里，尤其是那些生活在印度尼西亚的蚂蚁，人们发现它们在蚁后死后的几天之内还继续喂它食物。这种举动是非常令人惊奇的，因为那些蚂蚁不可能不知道它们的蚁后已经死了。死者身上散发出来的阵阵异味很好地说明了这一点。

埃德蒙・威尔斯

《相对且绝对知识百科全书》第 II 卷

34. 隐形人

雅克・梅里埃斯跪在卡萝莉娜・诺加尔的尸体旁边。一样的双眼圆睁，死者的脸上同样也露出了惊恐的表情。

他转向卡乌扎克探员。

“没有指纹，是吗，埃米尔？”

“没有。跟上一起案子一样：没有伤口，没有作案工具，没有强行闯入的痕迹。简直就是一团迷雾！”

警长又掏出了他的口香糖。

“门又是紧闭的？”梅里埃斯问道。

“有三扇门锁着，两扇开着。死者紧紧抓着其中一扇门的门把手。”

“那就让我们来看看她究竟是想开门还是关门。”警长低声咕哝了一句（他弯下腰检查着死者的手形），“是要开门。凶手当时就在屋内，她是想要逃跑……埃米尔，你是第一个到现场的吗？”

“像往常一样。”

“这间屋里有苍蝇吗？”

“苍蝇？”

“是的，苍蝇。”

“在索尔塔一案中，你就问过同样的问题。这真的那么重要吗？”

“是的，非常重要。苍蝇对于每一个侦探来说，都是最优秀的情报员。我的一个老师就是靠苍蝇解决了所有的案件。”

探员撇了撇嘴。在新型的警察学校里竟然还在教授这些老掉牙的“窍门”！但卡乌扎克对一些巧妙的老方法还是十分信任的。他回答道：

“我还记得索尔塔一案，所以这一次我特意看了看。窗子都关着，要是有苍蝇，应该还在。但你能从它们身上发现什么呢？”

“苍蝇可太说明问题了。如果有苍蝇，就说明这间房子的某一个地方一定存在着一个通道；如果没有，那就说明屋子的确是紧闭着的。”

他在房间的各个角落搜寻着。终于，在白色天花板的一个角落里发现了一只苍蝇。

“看，埃米尔！在那上面，你看见了吗？”

苍蝇好像感觉到有人在注视它，飞走了。

“它会给我们指明空中的通道。看，埃米尔，就在那儿，窗子上有条小裂缝。它就是从那儿进来的。”

苍蝇拐了个弯，停在了一张扶手椅上。

“在这儿。我敢肯定这是只绿头苍蝇。这已是第二拨苍蝇了。”

“这是什么意思？”

梅里埃斯解释道：“一旦有人死了，苍蝇们就会蜂拥而至，但并不是所有的苍蝇都是在同一时刻到来的，这其中有一定的秩序。首先是蓝头苍蝇（calyphora），它们是第一拨。一般说来，它们逗留的时间是在死亡以后的五分钟之内，因为它们喜欢喝热的血。如果条件允许，它们还会把卵产在尸体的肉里面。当尸体发出气味的时候，它们就走了。紧随其后的是第二拨苍蝇：绿头苍蝇（musina）。它们喜欢有一点点发臭的腐肉。在享用完美食，生完孩子之后，这些绿头苍蝇就将位置让给了下一拨苍蝇：灰头苍蝇（sarcophaga）。它们喜欢吃一些发酵变酸的肉。最后到来的是干酪苍蝇（piophila）和专吃脂肪的苍蝇。就这样，五拨苍蝇轮流光顾了尸体，各取所需。”

探员叹了一口气，有点恶心。

“我们可没有那么多东西。”

“那就要看给谁吃了。一具尸体足够款待一大群苍蝇了。”

“可这与破案又有什么关系呢？”

梅里埃斯掏出了随身携带的手电筒，仔细看了看卡萝莉娜·诺加尔的耳朵。

“在耳廓里，有绿头苍蝇的血和卵，这非常有趣。原本应该还有蓝头苍蝇的卵，可现在没有，这就说明第一拨苍蝇没有来过。这可是个重要的发现！”

探员开始明白苍蝇带来的好处了。

“可为什么它们没来？”

“因为有东西或是有人，很可能就是凶手在死者死了以后还逗留了五分钟，使得蓝头苍蝇不敢靠近。接着，尸体就开始变质了，它也就不感兴趣了。接着绿头苍蝇就来了，它幸运地没有遇到什么障碍。因此，凶手只在这儿逗留了五分钟，就走了。”

警长那严密的逻辑推理给埃米尔·卡乌扎克留下了深刻的印象。但梅里埃斯并没有满足，他不断地自问究竟是什么把蓝头苍蝇给吓跑了。

“难道是一个隐形人……”

他的思路被打断了。浴室里有响动。

他们一起冲向浴室，拉开浴帘。但什么也没有发现。

“果真是一个隐形人，我能感到他就在房间里。”

梅里埃斯浑身打了一个寒战，若有所思地嚼着口香糖。

“他不用打开门窗就能进来。他不仅能隐形，还能穿墙而过。（他转过身，看着被覆上一层玻璃蜡的被害者的尸体，她的脸也因为恐惧而扭曲了。）……真可怕啊！这个卡萝莉娜·诺加尔是干什么的？你有她的资料吗，埃米尔？”

卡乌扎克翻了翻标有死者名字的文件夹中的几页纸。

“没有男朋友，生活一切正常。也没有恨她恨到想要把她杀了的仇人，是一个化学家。”

“她也是？”梅里埃斯有些吃惊。“在哪儿工作？”

“CCG。”

两个男人不约而同地抬起头，目瞪口呆地看着对方。CCG，联合化学公司，也就是塞巴斯蒂安·索尔塔工作的地方。

他们终于发现两起案件的共同点了，这绝不会是一个巧合。事情总算有眉目了。

35. 神明是一种特殊的气味

它到了。

103683 号凭借着灵敏的嗅觉，又来到叛军们的秘密巢穴。

“我必须要一个解释。”

一群叛军士兵围住了 103683 号，它们可以轻而易举地杀它，但它们没有。

“‘神明’是什么？”

这一次，又是瘸子士兵充当发言人的角色。

它承认没有向 103683 号说出全部的真相。无论如何，告诉它“亲手指叛军”组织的存在，已经表现了它们对它的巨大信任了。城中所有的蚂蚁士兵都在追捕它们，对于它们这样的秘密组织来说，并没有习惯很快就信任一只外来的蚂蚁。

瘸子士兵竖起了触角，似乎想努力表明它的坦诚。

现今的贝洛岗城正发生着一些事情。这些事情对它们的城市，对所有蚂蚁的城市，乃至对全体蚂蚁来说都是至关重要的。叛军行动的成败关系到全世界蚂蚁的发展。在这种情况下，个体的生命是微不足道的。每只蚂蚁都应为严格保守这个秘密而奉献自己。就这一方面来说，103683 号是至关重要的。它为没有告诉它全部的真相而感到抱歉。当然，它是会做出补偿的。

两只蚂蚁郑重其事地走到房间的中央，要举行一场“绝对交流”的仪式。通过这种方式，一方的蚂蚁能立刻感受和获悉对方内心世界的所有信息。这时，信息不只是在两只蚂蚁之间简单地发出和接受，而是被它们所共同拥有。

103683 号和瘸子士兵的触角紧紧相贴。11 张嘴和 11 只耳朵做着直接的交流。它们俩的思想已经合二为一了。

瘸腿士兵“讲述”了它们的故事：

去年的那场大火，烧毁了贝洛岗城，也杀死了贝洛・姬・姬妮女王。于是它们这些“带有岩石气味的战士”也就没有生存下去的理由了，新上台的统治者——希丽・普・妮下令把它们全部杀掉。它们走投无路，只能充当叛变者的角色，躲在这个秘密的巢穴里。后来，它们又开辟了在花岗岩层中的秘密通道，偷取食物喂养手指。更重要的是，它们还通过手指的使者“活石头博士”继续与手指交谈。

一开始，一切都进行得非常顺利。“活石头博士”只是向它们传达一些简单的消息，例如“我们饿了”“为什么手指拒绝同我们谈话？”等等。手指们时刻掌握着叛军们的动态，时不时地给它们提一些建议，教它们如何才能掩人耳目地偷取更多的食物。手指们需要的食物量大得惊人。对叛军们来说又要满足手指们的要求，又要躲过联邦士兵的追杀，几乎是不可能的。

时光就这样平平淡淡地过去了。突然有一天，手指们发出了一条完全不同的消息，声称蚂蚁们低估了手指，对这一点，手指们一直保持着沉默；事实上，它们就是蚂蚁们的神明。

“神明”？这个词是什么意思？我们也曾问过同样的问题。

手指们给我们解释了什么是“神明”。据它们说，神明就是这个世界的主宰。我们都要受它的支配。

一只蚂蚁打断了它们的“谈话”。它带有几分狂热地说：

是神明创造了世界，它们强大无比，无所不能。它们关注着我们的生活。我们身边的现实世界，只是神明为了考验我们而创造出来的幻象。

下雨，是神明在天上泼水。

天热，那是因为神明加大了太阳的威力。

寒冷，是因为神明把温度降了下来。

手指就是我们的神明。

瘸子士兵帮 103683 号解释了这番令人惊奇的叙述。如果没有神明，世界上的万事万物也就不存了。是它们创造了蚂蚁。蚂蚁们为之生存、奋斗的这个世界，只不过是神明一时兴起造出来的小玩意罢了。

这就是“活石头博士”那天说的话。

103683 号迷惑了。如果真是这样，手指们真的有如此巨大的威力，那它们怎么还会待在地底下面临饿死的危险呢？它们怎么会甘心被困在这地底深处呢？它们又怎么会任蚂蚁发动一场讨伐它们的远征呢？

瘸子士兵也知道“活石头博士”的话中漏洞百出，但毕竟它解释了蚂蚁们存在的理由，以及世界为什么是今天的这个模样。

我们从哪里来，我们是谁，我们又要到哪里去？“神明”的说法使这些疑问都得到了解答。

不管怎样，木已成舟。那一番关于“神明”的演讲使一小撮叛军深信不疑，但大部分的叛军深感不安。它们决定不理会什么“神明”，继续按自己的方式生活。

蚂蚁们渐渐淡忘了这件事。几天以后，“活石头博士”又旧事重提。它再次申明，神明控制着整个宇宙。这世界上所有的事都不是出于偶然的，而是由神明事先安排好的。谁要是胆敢不尊敬神明，违抗它们的命令，谁就会受到惩罚。

103683 号太吃惊了。它的触角高高竖起。作为一只普普通通的蚂蚁兵，任凭它有多丰富的想象力，也不可能想到如此神奇的事情。那些巨兽主宰着这个世界，监视着这个星球上所有居民的行动。不管怎样，那些手指也太无所事事了，不劳而获。

瘸子士兵继续它的叙述。

叛军们很快就觉察到，在“活石头博士”的话语中，包含着两种截然不同的论调。当它谈到“神明”的时候，蚂蚁们觉得仿佛只有“神明”才是最重要的，其余的东西都微不足道；但它提出要求时，比如说“手指需要食物了”，神明的魔力就消失了。于是在“亲手指叛军”的内部就渐渐分化出了两个阵营：手指教派和非手指教派。但两个阵营之间并没有产生争执，尽管后者认为前者丧失了理智，它们的行为已经违背了蚂蚁的文明。

103683 号终止了瘸子士兵的“对话”。它理了理触角，问站在一旁的叛军士兵：

“你们当中有谁是手指教派的？”

一只蚂蚁站了出来。

“我是 23 号，我相信无所不能的神明是存在的。”

瘸子士兵将103683号拉到一边，悄悄对它说，手指教派就是这样的，它们总是重复着同样的话、同样的事情。其实有时候，它们自己也不知道在说些什么。但这并不妨碍它们，字句越是难以理解，它们越是喜欢重复。

在103683号看来，最令它困惑的就是，为什么“活石头博士”能同时拥有两种完全的个性？

瘸子士兵回答道，也许手指的神秘之处就在于此。在它们的世界里，简单与复杂并存，日常的话语中就往往包含这深奥的道理。

它又补充到，到目前为止，手指教派还只是少数，但它们的力量正在不断地壮大。

一只年轻的蚂蚁跑到它们面前，挥舞着103683号埋在楼道口的那只空空的蝴蝶茧。

“是你的吗？”它问103683号。

103683号点了点头，然后将触角伸向新来的蚂蚁，问道：

“你赞成哪一方？手指教派还是非手指教派？”

年轻蚂蚁有点腼腆，低下了头。它知道是谁在问它问题，那可是著名的103683号啊，它曾经到过世界的边缘，有着丰富的经验。它不知道自己的回答是否真的很重要，但答案还是同时在三个头脑中蹦了出来：

“我是24号。我相信全能的神明是存在的。”

36. 百科全书

思想：人类的思想无所不能。

50年代，有一艘英国的集装箱运货船负责把马德拉群岛的酒从葡萄牙运到英国去。它在苏格兰的一个港口停靠卸货。一名水手进了冷藏室去查看卸货的情况。另一个水手不知道他在里面，就从外面把门锁上了。被关在里面的水手使劲地敲着门，但没有人听到他的喊声。船又启航向葡萄牙驶去。

被关的水手有足够的食物储备，但他知道自己活不了多久，他一定会冻死在这间冷藏室里的。但他还是积蓄起所有的力量，用一块金属片在板壁上刻下了他每时每刻经受的痛苦感觉。他用科学的措辞，记录了自己死亡的过程。寒冷是如何让他变得麻木，他的鼻子、手指还有耳朵都结了冰，变得和玻璃一样脆弱。他还描述了寒冷的空气是如何一点点地啃噬着他，那种灼痛让人难以忍受。就这样，一点一点地，他的身体僵硬了，变成了一大块冰。

当船在里斯本靠岸以后，船长打开了冷藏室的门，发现了水手的尸体。他读了刻在板壁上水手记下的有关他痛苦经历的描写。

最让他吃惊的不是这个。当船长查看冷藏室的温度的时候，他发现温度计上显示的是19摄氏度。因为冷藏室中的货物不多了，所以在返航的途中，冷却系统并没有工作。水手之所以会冻死，并不是因为温度非常低，而是他以为冷藏室里很冷。他是被自己的想象杀死的。

埃德蒙·威尔斯

《相对且绝对知识百科全书》第II卷

37. 信使行动

“我想见‘活石头博士’。”

但103683号的要求遭到了拒绝。叛军们用触角“看”着它，丝毫没有改变主意的迹象。

“我们需要你去做别的事情。”

瘸子士兵为它做了解释。昨天，当103683号在蚁后房里的时候，有一队叛军士兵穿过花岗岩层中的通道，见到了“活石头博士”，向它汇报了希丽·普·妮女王将要发动一场讨伐手指的远征的消息。

“那‘活石头博士’自己属于手指教派还是非手指教派？”103683号问道。

“不。它是非手指教派。它有理智，而且非常实际。它的话总是简洁明了，所有的蚂蚁都能听懂。不管怎样，当手指和‘活石头博士’听到这一消息的时候，它们并没有表现出害怕，至少表面上是这样。相反地，它们还认为这是个非常好的消息，一个独一无二的好机会，不容错过。”

手指们思考了很长一段时间，随后，“活石头博士”给它们下了指示，交给它们一个任务，手指将它称为“信使行动”。这个行动和希丽·普·妮的远征有着极其密切的联系，要把两个行动结合起来。

“因为是你负责领导远征，所以我们决定让你来执行这次‘信使行动’。”

103683号现在明白为什么叛军们不让它去见“活石头博士”了。

“注意！‘信使行动’非常重要，只许成功，不许失败。如果顺利的话，这次行动会让整个世界得到改观。”

38. 地下

“你认为‘信使行动’会成功吗？”

奥古斯姐·威尔斯刚刚向蚂蚁们布置完任务。老妇人把一只因为风湿病而变了形的手放在额头，叹了一口气：

“上帝啊，但愿那只小蚂蚁能够成功！”

所有的人都安静地看着老妇人，微笑着。他们必须相信那只蚂蚁，因为他们没有别的选择。对于那只将要执行“信使行动”的蚂蚁，他们一无所知。但所有的人都会为它祈祷，希望能平安地完成任务。

奥古斯姐·威尔斯闭上了眼睛。他们已经在地下几米深的地方生活好几年了。她今年已经有 100 岁了，但这 100 年来发生的所有的事情，她都记得一清二楚。

最初是她的儿子——埃德蒙。他在妻子死后，就搬到了离枫丹白露树林只有几步远的希巴利特街 3 号。几年以后，他自己也撒手人间。埃德蒙给他的侄子，也是他唯一的继承人乔纳森留下了一封信。信的内容十分有趣，只有短短的一句话：千万别去地下室。

但奥古斯姐·威尔斯明白，激将法往往是最有效的。就像土豆的推广者帕尔第门干的那样。当时谁都不想种这种植物，于是他就在自己的试验田边竖起了一块木牌：“内有贵重植物，严禁入内！”当天晚上，就有盗贼偷走了“最有价值”的土豆的块茎。一个世纪以后，油炸土豆成了全球最受欢迎的食品。

乔纳森·威尔斯还是去了叔叔严禁他进去的地下室，他再也没有上来。他的妻子露西冒险来找他，也留了下来。接着是他的儿子尼古拉。随后是消防队队长杰拉尔德·加蓝领着他手下的消防员；阿兰·毕善和他手下的警察。最后是她自己，奥古斯姐·威尔斯在杰森·布拉杰和丹尼尔·罗森菲的陪同下来到这里。

他们一行 18 个人就沿着呈螺旋状的似乎永无止境的阶梯向着地底深处走去。一路上，他们战胜了成群结队的老鼠；解开了如何用六根火柴搭成四个三角形的谜语；也经过了狭小的陷阱，在那里，人的身体被压得很小，就像出生时的婴儿。他们又朝上走，落入了一个翻板活门里。总之，他们克服了自身的恐惧，避开了由于无知而遇到的陷阱，战胜了疲惫，也习惯了死亡。

终于，他们来到了一座修建于文艺复兴时期的地下殿堂，上面就是一个蚂蚁窝。乔纳森向他们展示了埃德蒙·威尔斯的秘密实验室，并让他们见识到了能充分体现他已故叔叔天才的发明，那是一部取名为“罗塞塔之石”的机器。通过它，人类就能够听懂蚂蚁们的气味语言了，还能通过它与蚂蚁交流。机器外面有一条管子与探头相连；还有一只惟妙惟肖的塑料蚂蚁，它既是话筒又是扬声器。这部机器就是他们与蚂蚁王国联系的使者——“活石头博士”。

通过这位使者，埃德蒙·威尔斯已经与蚁后贝洛·姬·姬妮取得了联系。他们交谈的时间并不长，只有短短的几句话，但这已足够让双方都认识到，他们两种进步的文明之间还有着许多分歧。

这部机器一度被拆了开来，是乔纳森将他叔叔丢弃的零件一件件地拼装起来。他的激情感染了所有的人。在乔纳森看来，他们这一群人就好像待在太空密封舱里的宇航员，正准备与外空间的生物进行对话。他说：“我们正经历着这个时代最最神奇的事。如果我们都不能与蚂蚁进行对话，那就肯定不能与另一种的文明形式沟通，无论是地球上的还是外空间的。”

乔纳森说得有理，但这是不是有点操之过急了？他们的乌托邦还没有安顿下来。经常有一些棘手但又不得不解决的问题困扰着他们。

一天，一个消防员向乔纳森抱怨道：

“也许，我们是像宇航员一样被关在太空密封舱里，最起码，他们能达到男女人数上的平等。而这里，有 15 个正值壮年的男子，而女人只有一个，其余的不是孩子就是老人！”

乔纳森不假思索就回答他道：

“在蚂蚁窝里就是这样的，15 只雄蚁只有一只雌蚁！”

而且这种比例对维持它们社会的平衡非常重要。

生活在地底的人类对他们头顶的蚂蚁世界里发生的事情了解得并不多。他们只知道贝洛·姬·姬妮女王已经死了，而它的继任者不想再和他们对话了，甚至下令切断他们的生路。

缺少了对话和食物的供给，他们的地下殿堂很快就变成了一座地狱。18 个人被困在地下，没有食物。情况并不是很乐观。

一天早晨，阿兰·毕善警长第一个发现他们的“捐献箱”（用来放蚂蚁给他们运送的食物的）已经空了，他们只得动用储备，主要是他们自己在地下种植的蘑菇。幸运的是，地下水保证了他们的淡水来源，通风烟囱则给他们带来了新鲜的空气。

但，只有空气、水和蘑菇，这样的日子简直就像是在过斋月！

一个警察终于忍不住了。肉，他需要新鲜的肉。他提出了一个建议，用抽签的方式来决定一些人做出牺牲，以保证其他人有新鲜的肉吃。他还说，自己绝没有开玩笑。

奥古斯妲·威尔斯至今还能清楚地记得那可怕的一幕，就好像这一切就发生在昨天。

“我需要吃的！”那个警察嚷嚷着。

“我们只有蘑菇，除此以外，就再也没有别的了。”

“有！我们有！我们可以吃人肉！为了另一些人能够活下去，一些人应该做出自我牺牲。”

乔纳森·威尔斯站了起来。

“可我们不是野兽。只有动物才会吃同类。我们是人，人！”

“你可以不吃，没有人会强迫你的，乔纳森。我们尊重你的意见。但如果你拒绝吃人肉，你可以牺牲自己，让想吃的人吃。”

说完，他朝同事做了一个手势。“呼”的一下，他们就将乔纳森团团围住了，想要把他打昏。但乔纳森还是凭着拳头脱出了重围。他的儿子尼古拉也卷入了战斗。

斗殴的规模越来越大。赞成吃同类的和反对的人分成了两个阵营。所有的人都参加了进去，鲜血飞溅，一些拳头打下去，带有明显的想置对方于死地的倾向。人肉的狂热爱好者使用了破酒瓶、小刀和木棍，想迅速赢得这场战斗的胜利。甚至连奥古斯妲、露西和小尼古拉也变得越来越疯狂：他们又抓，又撕，拳打脚踢。一只胳膊伸到了老祖母的嘴边，她毫不犹豫地咬了下去，出乎她的意料，人肉非常硬，差点把她的假牙都崩掉了。

在地下这方与世隔绝的空间里，这群人像野兽一样互相扭打在一起。如果你曾见过 18 只被关在一个 1 米见方的笼子里长达一个月之久的猫的话，你就能想象出他们之间的斗争有多凶残了。你很难想象就在不久前，这群乌托邦主义者还在一起为人类的发展而众志成城。

没有警察的干涉，也没有人来劝阻他们，他们已经丧失了理智。

突然，一个人倒下了，一个消防员做了刀下鬼。所有参加打斗的人都惊呆了，他们不约而同地停了下来，注视着这幕惨剧。没有人想到要把尸体吃了。

激动的情绪平静下来。丹尼尔·罗森菲为这场斗殴做了总结。

“我们太野蛮了！原始人的基因始终蛰伏在我们体内，我们稍稍放松警惕，它就会出来捣乱。五千年的文明还是不够分量。（他叹了口气）如果蚂蚁看见我们为了点食物就自相残杀，它们会如何嘲笑我们啊！”

“但……”一个警察想要插嘴。

“闭嘴，蠢货！”教授怒喝道，“任何一种昆虫，即使是蟑螂也不会干我们刚才做的那种事的。我们竟然还自诩为造物主的奇迹！真让我感到可笑。我们这些负责人类未来的人竟然表现得像一群老鼠。看看你们自己，看看你们都干了些什么？！”

没有人回答。所有的视线都集中到地上的消防员尸体上面。大家一句话也不说，忙着给他在地下殿堂的一角挖坟墓。然后，一边祷告着，一边把他给埋了。要想在短时间内制止暴力，最好的方法就是让暴力发展到极点。他们已经忘了胃的需求，而是照料着各自的伤口。

“我对这堂精彩的哲学课，没有任何的反对意见。但我还是想知道，我们如何才能生存下去。”消防队长杰拉尔德·加蓝突然说。

吃人肉的提议已经被无形中否决了，现在大家都视之为一种可耻的行为。但又有什么办法可以让他们活下去呢？他提议道：

“不如我们一起自杀吧！这样一来，我们既可以免受痛苦，又可以免受新女王希丽·普·妮的侮辱。”

但这个提议立即遭到了大家的反对。加蓝不由得暴跳如雷。

“该死的！为什么那些蚂蚁要这样对待我们？我们是唯一愿意用它们的语言和它们对话的人类，它们应该感谢我们才是，而不是想置我们于死地！”

“这并不奇怪，”罗森菲教授说，“在黎巴嫩绑架人质盛行的年代，绑架者往往会杀害那些会讲阿拉伯语的人质。他们害怕有人听懂他们在说些什么。也许，这个希丽·普·妮也有同样的想法。”

“我们必须找到解决的办法，既不是自相残杀，也不是自杀！”乔纳森叫道。

他们都不说话了，在他们的空肚子允许的范围内搜寻着解决办法。

终于，杰森·布拉杰打破了沉默。

“我知道该怎么做了……”

奥古斯妲·威尔斯想起了什么，笑了笑。她相信杰森。

奥秘二

地下神明

39. 准备工作

“你知道应该怎样做，对吗？”

蚂蚁没有做声。

“你知道要杀死一只手指必须做的事吗？”问题变得更为明确了。

“我什么都不知道。”

在城市的每一个角落，蚂蚁士兵在为讨伐手指的远征忙碌地做着准备。步兵们磨利了它们的大颚，炮兵们则准备了充足的酸液弹。

步兵们一个个行动神速，就像一个个骑兵。它们剃去了腿上的毛，这样在冲锋的时候，它们受到的空气阻力将会大大减小。

每只蚂蚁都在谈论着手指，谈论着那遥远的世界边缘，还有新型的战术，可以彻底消灭那些怪兽。

在蚂蚁兵的眼中，这次远征就像是一次令人兴奋而又充满危险的狩猎行动。

一个炮兵储备了浓度高达 60% 的酸液，这已是它腹部所能承受的极限了。

“来吧，手指，让咱们比个高低吧！”它信誓旦旦地说道。

每个成员都整理好了触角。一只老蚂蚁发表了自己的见解：

“手指们肯定没有传说中那般凶残。”

其实，谁都不知道究竟应该如何应付手指。要不是希丽·普·妮发动这场远征，绝大部分贝洛岗的居民都还认为手指们并不存在，它们只是传说中的东西罢了。

一些士兵已经听说 103683 号将要领导这次远征。这位曾去过世界边缘的勇士的加入，使整个队伍都感到欢欣鼓舞。一小队士兵向养料室走去。它们需要补充能量。谁都不知道确切的出发时间，但每只蚂蚁都已经做好了出发的准备。

十几只手指教派的叛军士兵混在大部队中。它们一言不发，但仔细地收集着大厅里散发着的所有费洛蒙。它们的触角不停地颤抖着。

40. 一场浩劫

费洛蒙：探险报告

来源：有生殖力狩猎队的士兵

主题：严重的事故

作者：230号侦察兵

灾难发生在凌晨。天空突然暗了下来，手指们包围了日乌利岗城。精兵团和炮兵部队立即出城迎战。

但一切反抗都是徒劳的。没过多久，一件巨大的扁平的而又十分坚硬的东西把土翻了起来，然后它又插入城池旁的土地中。刹那间，日乌利岗城房毁屋塌。那东西还捣毁了难以计数的蚁蛋。接着，它将城市整个地提了起来。我一点也不夸张，就那么一下子，整个城市都离地而起。

这一切发生得太快了。我们被倒入了一个硬硬的、透明的、有点类似甲壳的东西中。我们的城市彻底被毁了：育婴室被弄得乱七八糟，谷物储藏室塌了，蚁蛋散落得到处都是。我们的女王也受了伤，被抓走了。幸亏我反应灵敏，跳出了透明甲壳的边缘，才侥幸得以逃脱。

手指们发出的气味充斥着整个地区。

41. 埃德蒙·波利斯

蕾蒂西娅·威尔斯将她刚刚从枫丹白露树林中挖出的蚁穴放入一个大的玻璃鱼缸中。她把脸贴在微热的玻璃壁上。

蚂蚁们也觉察到了她在看它们。这群她新发现的褐蚁显得格外活跃，而前几次蕾蒂西娅带回的蚂蚁都十分虚弱。那褐蚁还有黑蚂蚁特别容易受到惊吓，它们对陌生的食物碰都不碰。当蕾蒂西娅把手指伸进鱼缸的时候，它们都吓得四散逃窜。一星期以后，它们就都死了。有些人认为蚂蚁的智力水平很高，但在她看来，远远不是这样：很多种生物都有着一点点小聪明，一旦改变它们业已习惯的生存环境，哪怕只是一点点，它们就会愚蠢地忧郁而死。

然而这些褐蚁不一样。她对它们非常满意。它们总是十分忙碌：搬运小树枝，用触角交换信息；或是与同伴们打来打去。比起以前她接触过的所有蚂蚁，它们显得充满了生命力，生机勃勃。当蕾蒂西娅喂它们食物的时候，它们从不拒绝。如果她把手指伸进玻璃缸中，它们就会上前轻轻地咬它，或沿着她的手指爬上来。

蕾蒂西娅在它们的住所底部铺了一层生石灰，以保持水分。蚂蚁们将蚁窝搬到了石灰上，并在上面搭建了一个用小树枝构成的穹形建筑物。中间是一大片沙地。左面是起伏的苔藓，这是蚂蚁的花园。蕾蒂西娅还在里面放了一瓶盐水，用一团棉花球塞住。这样一来，蚂蚁就有水喝了。在沙地的中间是一个烟灰缸，样子就像古罗马时代的圆形剧场，里面放着切成薄片的苹果。

这些小东西看上去可喜欢吃蕾蒂西娅给它们准备的食物了。

当所有的人都在抱怨蚂蚁扰乱了他们的生活的时候，蕾蒂西娅·威尔斯却为了能让这些小生灵在她家里生存下去费尽心机。她面临的最大困难就是土壤的变质问题。就像那些养金鱼的人需要时常给鱼换水一样，她也需要每两星期给蚂蚁窝换一次土。给鱼换水只要捞勺就可以了，给蚂蚁换土却是另外一回事情。这需要两只玻璃缸：一只旧的，里面是已经变质的土壤；一只新的，放新鲜的、湿润的土壤。她在两个玻璃缸之间架设一根管子，蚂蚁们就会沿着管子向潮湿的土壤移去。这大概需要一天的时间。

但她的蚂蚁也会做一些使她害怕的事情。一天早晨，她突然发现玻璃缸中，确切地说，应该是培养场中所有的蚂蚁都自己切去了腹部。在玻璃缸的后部，它们的尸体堆成了一座阴沉的小山。通过这种方法，它们仿佛在对她说：它们宁死也不愿做她的囚犯。

另一些蚂蚁则想方设法逃跑。不止一次，蕾蒂西娅被爬在脸上的蚂蚁从睡梦中弄醒。既然有一只蚂蚁能够溜出来，那肯定就有上百只蚂蚁逃出了玻璃缸，在房间中爬来爬去。她就得立即行动起来，用一把勺子和一支试管将它们一只只地抓回去。

为了改善它们的住宿条件，打消它们逃跑的念头，蕾蒂西娅在玻璃缸中用矮小的植物和花搭了一个小花园。她还开辟了孤石角、小树林和卵石角，让它们能在一个多姿多彩的环境中散步。更加周到的是，为了恢复它们的狩猎习性，蕾蒂西娅还在这个她称为“埃德蒙·波利斯”的玻璃缸中放了好些个活的小蟋蟀。蚂蚁就能以在小花园中追捕这些猎物为乐了。

这些褐蚁还做了更让她吃惊的事。当她第一次打开培养场的盖子的时候，所有的蚂蚁都将腹部对准了她，一齐朝她喷射酸液。在毫无防备的情况下，她吸入了一点点呈黄色烟雾状的酸液。马上，她的视线就模糊了，眼前出现了一片花花绿绿的幻象。多么奇妙的发现啊！那感觉就和吸入了毒品一样。

她立即将这一现象记录在了笔记本上。就她所知，是有一种奇怪的病。病人在被蚂蚁的酸液击中以后的很长一段时间内，会拼命地吃蚂蚁。

人们一直以为这是为了补充他们血液中的亏损。但蕾蒂西娅现在明白了，这些人是为了再度体验蚂蚁酸液给他们带来的飘飘欲仙的感觉。

当从幻觉中回到现实世界以后，蕾蒂西娅把所有用来料理她的蚂蚁城的工具（吸管、镊子、试管等等）都收了起来。她决定暂时放弃这项爱好，将全部的精力投注到工作上去。如前所述，她的下一篇报道是关于索尔塔兄弟神秘谋杀案的。对她来说，尽快理出一个头绪是十分必要的。

42. 百科全书

文字的力量：文字具有无比强大的威力！我已经死了好多年了，但借助于这本由信件汇编成册的书，我还能和你们说话。我因这本书而重生，靠着它我才能永远地出没于人间，作为交换，它吸取了我的力量。你们想要看看证据吗？好吧，我只是一具毫无生气的尸骨，但我能命令你们这些活生生的读者。是的，我能控制你们。无论你们在哪里，身处哪块大陆或是哪个时代，我都能让你们服从于我，就用这本相对且绝对知识的百科全书。我现在就证明给你们看。这就是我的命令：

翻一页！

怎么样，你们果然都听从了我的命令。虽然我已经死了，但这并不能改变这一事实。我就在这本书中，就生活在这本书中！请你相信，这本书绝不会滥用它的权力，它只是你们的配角，你们才是真正的主角。尽量向它提出问题吧，它会竭诚为你们服务的，而答案就在书中的字里行间。

埃德蒙·威尔斯

《相对且绝对知识百科全书》第Ⅱ卷

43. 一个必知的费洛蒙

希丽·普·妮传 103683 号觐见，守卫们接到命令分头寻找，终于在金龟子饲养厅找到了它。

它们将 103683 号带到了化学图书馆。

女王已经在里面了，半坐着。它正在阅读一个记忆费洛蒙，触角的末端放在一个卵形容器中。

“我仔细考虑了我们之间的谈话。”

希丽·普·妮终于认识到了想要把地球上所有的手指都消灭，8 万名士兵是远远不够的。“因为出了一桩事故，那真是一个可怕的灾难啊！但从中我们也可以预见到怪兽的魔力。手指们竟然将日乌利岗城连根拔起，然后装入了一个透明的甲壳中。”

103683 号简直不能相信自己的“耳朵”，竟然会发生这样的事。这一切究竟是怎么发生的，又是为了什么？

女王也不知道。事情发生得太快了，唯一的生存者还没有从灾难给它带来的震惊中恢复过来。担心日乌利岗城的遭遇不是唯一的，每天都有这样的事发生。

手指们的扩张行动正以惊人的速度进行着。它们仿佛要占领整个树林，这一动机随着时间的流逝，越来越明显了。那些看见过手指的蚂蚁是怎么形容它们的？它们的说法总是大相径庭，有些说手指是黑色的、扁平的动物，另一些却说它们是玫瑰色的、圆圆的。

看来，这回蚂蚁们遇到的是一群奇怪的动物，大自然中的畸形儿。

103683 号的思绪飘了开去。

（它们真的是我们的神明吗？如果是，我们又怎能违抗我们的神明？）

希丽·普·妮要 103683 号跟着它，一直来到了蚁穴穹形的顶部。它们一出现，就有几名士兵向它们敬礼，并将女王团团围住。它是城中唯一生育后代的蚂蚁，暴露在露天中是极其危险的。一只鸟儿就能将这位贝洛岗不可缺少的“女性”掳走。

炮手们已经进入了战备状态，一旦有敌人闯入它们的视线，它们就会立即开火。

绕过穹形屋顶的顶端，希丽·普·妮带它来到了一块露天的平坦的场地。那是用来起飞的跑道。好几只金龟子停在那儿，身上突起的肉芽轻微地颤动着。女王让 103683 号爬到其中一只金龟子的背上。它那略带赤褐色的胸甲在日光下微微发光。

“这可是我们革新运动取得的最大成就。我们成功地驯服了这些会飞的巨兽。来，试试看。”

可 103683 号对如何驾驶这些“飞行器”一无所知。

“用你的触角贴着它的触角。记住，千万不要松开。你只要心中想着要走的路径，它就会明白了。你的坐骑反应速度非常快，当然你自己也得看着路。记住，在转弯的时候，千万别向相反的方向倾斜，和金龟子方向一致以保持平衡。”

44. CCG

CCG 的标志是一只有着三个头的白鹰。两只头垂着，就像快要掉下来一样。第三个头却高傲地扬着，背后是一束水柱。一眼看去，工厂里的烟囱难以计数，冒着黑烟，似乎这个国家所有的东西都是在这儿生产的。整个工厂就像一座小小的城市，而唯一的交通工具就是电瓶车。

载着梅里埃斯警长和卡乌扎克探员的电瓶车缓缓向 Y 大楼驶去。陪同他们的主管贸易的官员向他们介绍了公司的业务。CCG 主要的产品是一些基本的化工原料，可以用来制药，生产家庭用品、塑料制品以及食品。如今市场上所有的 225 种品牌的洗涤剂、去污用品用的都是 CCG 制造的洗涤粉原料，超市中所有的 365 种奶酪也都是用了 CCG 出品的奶酪糊作为原料，CCG 的合成树脂原料制成了玩具和家具……

CCG 是一个跨国托拉斯集团，总部设在瑞士。集团许多种类的产品在世界上都名列前茅：洁齿用品、亮光剂、化妆品……

Y 大楼到了，两位警察被直接带到索尔塔兄弟和卡萝莉娜·诺加尔的实验室。他们的实验台彼此挨着。对这，警察们稍稍有点吃惊。梅里埃斯问道：

“他们互相认识吗？”

接待他们的化学家长着满脸的粉刺，穿着蓝色的工作服，回答道：

“有几次他们一起工作过。”

“他们最近有什么共同的课题吗？”

“有的，但他们决定暂时不对外界公开。按他们的说法，是还不到时候。”

“他们研究的方向是什么？”

“他们什么都懂，涉足了我们研究发展部门的好几个方面：亮光剂、洗涤粉、家用黏合剂，反正所有有关化学的应用都让他们着迷。他们经常将他们的天才联合起来，取得了一次又一次成功。至于他们最后一次的合作，我已经说过了，他们没有对任何人说起。”

顺着他的话，卡乌扎克问道：

“他们是否有可能正在研制一种能让人隐形的东西？”

化学家哼了一声：

“隐形？您没开玩笑吧？”

“当然没有。正相反，我非常严肃。”

对方有一点点尴尬。

“那好，我这就为你们解释一下：我们的身体是永远不可能变成半透明的。构成我们身体的细胞非常复杂，任何一位研究人员，哪怕他是一名天才，也不可能使它们在一瞬间变得像水一样清澈透明。”

卡乌扎克不再坚持了。科学从来不是他的强项，况且还有别的让他心烦的事情。

梅里埃斯耸了耸肩，用一种更为专业的口吻问道：

“我能否看一看装他们正在研究的东西的瓶子？”

“这……”

“有问题吗？”

“是这样的，在你们之前已经有人来过了，也提出了同样的要求。”

梅里埃斯从一层搁板上捡起了一根头发。

“是个女人。”他说。

化学家有点吃惊。

“是一个女人，但……”

警长说了下去，非常有自信的样子：

“她在 25 岁到 30 岁之间，举止端庄，非常爱干净。她是一个欧亚混血儿，并且她的血液循环系统运作得非常良好。”

“您是在问我吗？”

“不。这是我根据掉在搁板上的头发分析出来的。那是唯一没有灰尘的地方，说明那根头发就是属于前一位来访者的。我说得对吗？”

化学家更吃惊了。

“您说得完全正确。可您是如何发现这些细节的？”

“这并不复杂：头发非常光滑，证明不久前才洗过，闻闻，还带着香味呢；发质非常好，说明头发的主人还很年轻；发鞘的直径很大，这是典型的东方人的特征；发色很深，因此她的血液循环良好。我还可以告诉您一件事情，这个女人在《周日回声》报工作。”

“您这，就未免夸张了吧。您不可能通过一根头发发现这么多事！”

梅里埃斯模仿第一次见面时，蕾蒂西娅·威尔斯的样子：

“当然不，是我的小拇指告诉我的。”

卡乌扎克也想显示一下他的聪明才智：“那个女人偷走了什么？”

“她什么都没偷。她只是提出要将那些瓶子带回去，说要研究一下，但纯粹是为了消遣。我们觉得没有什么不妥的，就给她了。”

看见警长脸上升起了一股怒气，他忙解释道：“我们不知道你们也要来，并且也会对那些瓶子产生兴趣。不然的话，我们肯定会帮你们留着的。”

梅里埃斯转过身，对卡乌扎克说：

“这个蕾蒂西娅·威尔斯身上有很多值得我们学习的东西。”

45. 试飞

103683 号趴在金龟子高高的背上。这架“飞行器”长四步、宽三步，从它的角度看下去，金龟子额头上那笔直竖立着的尖角，就像突起的船头。可别小看这根尖角，它的作用可多了：它可以像长矛一样刺穿敌人的腹部；在发射酸液弹时，又可以用作瞄准器；与敌人接近的时候，还可以当作刺去刺对方。

对于我们英勇的战士来说，眼下最紧急的问题是如何驾驶它的坐骑。“用你的思想”，希丽·普·妮曾对它这样说过。

不管怎么样，还是试试吧。

触角连接。

103683 号集中精神，准备起飞。但这只巨大的黑色金龟子如何才能克服地球的引力呢?

“我要飞。快，起飞。”

103683 号都来不及感到惊奇，这看上去呆头呆脑的动物已经发动起来了。一阵啸声从它的坐骑后部传了过来，就像一台运转良好的机器一样。两片棕色的鞘翅滑向前方，那两片栗色的、透明的、巨大的翅膀也向斜下方展开，并随着神经的跳动拍打起来。突然，一阵震耳欲聋的声音充斥了周围所有的空间。希丽·普·妮忘了提醒它一件事，那就是这些鞘翅目的动物在飞行的时候会发出很大声响。嗡嗡声越来越大、越来越密。一切都在颤动着。103683 号不由得担心起接下来可能发生的事了。

它的视野里满是飘浮在空气中的浮尘和小屑。它有一种奇怪的感受，仿佛不是它的坐骑越飞越高，而是蚁城陷入了地里。女王在下面向它挥动着触角，变得越来越小。终于，它什么也看不清了。它一定已经在 1000 步的高空了。

“我要直走。”

金龟子立即向前冲去。它那暗色翅膀发出的声响更大了。

飞了！它真的在飞了！

所有的蚂蚁都梦想有这么一天。而今天，它终于如愿以偿了。它克服了重力，征服了空气的阻力，就像所有的有生殖力的蚂蚁在新婚那天能享受到的一样。

103683号模模糊糊地感觉到蜻蜓、苍蝇还有胡蜂在它身边飞舞。突然，它闻到了什么。不好，前面出现了一个鸟窝。危险！它急忙命令坐骑转弯。但高空不同于地面，必须将翅膀倾斜至少45度才能转弯。当金龟子接收到命令照办的时候，一切已经太迟了。

蚂蚁险些从金龟子背上滑下来。它竭力想用爪子扒住金龟子的甲壳，但没有成功，只是徒劳地划下了一些甲壳的碎屑。这绝不是停泊的好地方，但它已经没有别的选择了，从坐骑的身侧滚了下去。

下面没有东西接着它。

它一直落了下去。而金龟子对发生的一切一无所知。103683号看见它完成了转弯，然后勇猛地朝着前方飞去。那是它自己选择的新的路线。

蚂蚁还是没有落到地上。土地、植物还有那狰狞的岩石一齐向它扑来。它打了个转，触角不受控制地旋转了一下。

砰！

它的脚先着了地，但又被弹了起来，落在稍远一点的地方。然后是又一次弹跳。终于，一片苔藓及时帮它结束了这一连串弹跳。

蚂蚁的身体非常轻，能够抵挡住巨大的冲击力，所以这样的自由落体运动根本不能伤害到它。就算从一棵很高的树上摔下来，蚂蚁也能若无其事地重新开始工作。

103683号只是有一点点头晕。它重新调整好触角的位置，整理了一下，朝着蚁城的方向走去。

当它出现在穹顶的时候，希丽·普·妮还待在原来的地方。

“别灰心，再来一次。”

女王陪着它又一次来到起飞平台。

“除了8万名士兵以外，你还能得到67名金龟子雇佣军的帮助。有了它们，你就可以如虎添翼了。因此，你必须学会驾驭它们。”

103683号又起飞了。这一回换了一只金龟子。它的第一次飞行以失败告终，也许这一次它能和坐骑合作愉快。

一名炮兵在它的右边和它一起起飞。这是女王专门给它安排的“教练”。它们并排飞行着，炮兵对它做着“手势”。在这种速度下，费洛蒙是无法在空气中流动的。于是，蚂蚁前辈就发明了一种特殊的身体语言。这种语言是建立在触角动作的基础上的。通过触角的竖直与弯曲，蚂蚁们就可以发出类似于莫尔斯电报码的信号。这种信号一直能传到很远的地方。

炮兵向 103683 号展示了一门绝技。只见它松开了金龟子的触角，用爪子紧紧抓住其甲壳上突起的小颗粒，然后就在那扁平的背上散起步来。它那轻松的神情显示它掌握这一门绝技已经好久了。接着，它又沿着金龟子的脚爬了下去。在那里，它紧贴着金龟子的腹部。这样一来，它就可以向从下面经过的任何东西开火了。

一开始，103683 号对掌握这些绝技并没有多大的信心。但很快，它就忘记了自己正身处 2000 步的高空。它紧紧抱住了坐骑，当金龟子贴着草丛做俯冲飞行的时候，它发射的酸液弹击中了一朵花，花瓣碎成了好几片。

这成功的一击给了它无比的信心，有了 67 只这样的“飞行器”的帮助，它们最起码能消灭一部分的神……不，手指!

“拉高然后俯冲。”它命令道。它已经开始喜欢上这种高速的感觉了。飞行的力量真大，真是蚂蚁文明的一大进步！而它正是经历这种进步的第一代蚂蚁：

骑着金龟子飞翔!

速度让它深深地陶醉，刚才的坠落并没有给它带来什么不良的影响，只是更好地向它证明了这种空中飞行并没有什么危险可言。它指挥它的“飞行器”做着各种各样的特技飞行：一会儿呈螺旋状盘旋上升，一会儿翻筋斗……103683 号从没体验过如此美妙的感觉。它所有用来辨别方位的器官仿佛都失灵了，它分不清哪里是上、哪里是下、哪里是前、哪里是后。但它没有忘记一点，那就是前面一旦有树，就要快速转弯，以免一头撞上去。

它太专注于体验这种新游戏了，而没有注意到天空暗了下来。一场暴风雨就要来临了！一直过了很长一段时间，它才发现它的坐骑变得有些烦躁，对它的命令也不听从了。它不知道发生了什么，但它还是降低了高度。

46. 赞歌

记忆费洛蒙第 85 号

主题：发展的赞歌

作者：希丽·普·妮女王

我是伟大的引路人，我总是引它们误入歧途。

我让它们远离平常的道路，我使得它们心生恐惧。

我总是说一些奇怪的事实，预言违反常情的未来。

我总是反其道而行，但只有这样才能取得进步。

没有谁像我一样说话，那样战战兢兢，词不达意，又缺乏自信。

没有人像我一样，那般羸弱。

也没有谁像我一样，有着与生俱来的谦逊。

那是因为，情感取代了我的聪明才智。

那是因为没有任何知识、任何学问让我的心灵变得沉重。

空气中飘浮的直觉是我唯一的向导。

我不知道那神秘的直觉从何而来。

我也不想知道。

47. 主意

奥古斯妲·威尔斯继续她的回忆。

杰森·布拉杰咳了一下。所有的人都围坐在他的周围，准备仔细聆听他的发言。他们对如何才能从这鬼地方出去，还是一点主意都没有。

没有食物，没有任何从这地下洞穴出去的可能性，也没有和地面上的人联系上的办法，他们这 17 个人，包括一个百岁老人和一个小男孩，如何才会有生的希望？

杰森·布拉杰直了直身体。

“让我们来回想一下，最初是谁把我们带到这里来的？是埃德蒙·威尔斯。他希望我们生活在这个洞穴中，继续完成他未竟的事业。我能肯定，他早已预料到了我们会处于这样一个境地。当初，来到这里，是我们每个人自己的选择，而现在遇到的难题是对大家的一个考验，既然过去，我们依靠自己的力量就取得了不少成功，那今天如果大家团结起来也一定会找出摆脱困境的方法的。你们还记得那个四个三角形的谜语吗？我们之所以能解开它，是因为我们都懂得改变过去陈旧的推理方法，从一个新的角度看待问题。我们为自己的心灵开了一扇窗。我们应该继续沿着这条路走下去。此外，埃德蒙还为我们留下了一把解题的钥匙。我们之所以一开始没有看到它，是因为恐惧蒙蔽了我们的双眼。”

“别再故弄玄虚了！什么钥匙？你到底有什么解决的办法？”一个消防员咕哝了一句。

杰森没有理会他的抱怨，继续说道：

“想想那个谜语吧。它要求我们改变思考的方式。‘必须换种思考的方式’，埃德蒙不断重复着，‘必须换种思考的方式’……”

一个警察不耐烦地嚷嚷道：

“但我们现在就像一群耗子一样被困在这里！这是事实，我们只能有一种想法。”

“不，可以有好多种。我们的身体是被困住了，但我们的精神却没有。”

“空话，空话，都是空话！如果你有什么好主意，那就请讲；如果没有，那就请你闭嘴。”

“当婴儿从母亲的体内出来的时候，他不明白为什么一直包裹着他的温热的液体怎么不见了。他想重新回到母亲温暖的堡垒中去。但门已经关上了，他回不去了。他觉得自己就像是一条离开了水的鱼，是不可能在空气中存活的。外面的世界是那么冷，亮光刺得他的眼睛都快瞎了，还有那么多噪声。离开了妈妈的肚子，一切就好像是个地狱。就和现在的我们一模一样，他觉得自己不可能熬过那一关了，因为他无法适应新的世界。我们所有的人都经历过这样的一个阶段。然而，我们并没有死。相反，我们适应了空气、亮光、噪声，还有寒冷。我们完成了这个突变，从水生的胎儿变成了呼吸空气的婴儿，从鱼变成了哺乳动物。”

“是的，但，那又怎样呢？”

“现在，我们处于同样危急的境地。我们必须重新调整自己，以适应这新的环境。”

“他疯了，彻底地疯了！”消防队长杰拉尔德·加蓝抬眼看着天空，叫道。

“不，”乔纳森·威尔斯低声地说，“我想我明白他想说什么了。我们只能这样做了，除了这，别无他法。”

“是的，我们可以一直寻找下去，寻找解决的办法。我们甚至可以边等着饿死，边这样做！”

“让杰森说完。”奥古斯姐命令道。

杰森·布拉杰走到斜面的桌子面前，拿起那本《相对且绝对知识百科全书》。

“昨晚，我又重新读了一遍这本书。我发现答案就在这本书中，我找了很久，终于找到了这段文章，现在我就给你们读读，请听好。”

48. 百科全书

生理常数的稳定性：所有的生命形式都在寻求一种生理常数的稳定性。这种稳定性意味着体内环境与体外环境之间达到一种平衡。

所有的生命结构都是在这种稳定性的基础上运转的。鸟的骨头是空心的，这是为了适应飞行的需要；骆驼的驼峰能够储水，是为了适应沙漠干旱的环境；变色龙可以通过变换皮肤的颜色来躲过天敌的追踪。

这些物种和其他所有的物种一样，之所以能活到今天，是因为它们适应了外界的一切变化。而那些不能调节自己与外界达到平衡的物种就在这种竞争中被淘汰了，永远在地球上消失了。这就是所谓的物竞天择，优胜劣汰。

因此，生理常数的稳定性其实就是机体内部根据外界环境的限制进行自我调节的能力。

我们经常能惊奇地发现，一个普通人能经受住最艰巨的考验，那是因为他的机体组织能适应最为恶劣的环境。在战争年代，环境往往要求人们必须付出比平日大上几倍的努力才能生存下去。那些平日过惯舒适与平静生活的人竟然也能忍受水的限制供应，在几乎没水的情况下简单地洗个澡。有些时候，一些在山林里迷路的城里人竟也能学会分辨哪些植物是可以食用的，以及捕食一些他们平时想起来就恶心的动物：鼹鼠、蜘蛛、老鼠、蛇……

达尼埃尔·笛福笔下的鲁滨逊·克鲁索和儒勒·凡尔纳笔下的神秘岛正是描写了人类的这种生存能力。

一直以来，我们所有的人都在寻求这种稳定性，我们的细胞早就提出了这个要求。它们总是需要大量的温度适宜的营养液，当然有毒物质是不受欢迎的。当它们的需要无法得到满足的时候，相反要它们面对许多有毒物质的时候，它们就会进行自我调节。这就是为什么一个酒鬼的肝细胞比一个不酗酒的人更能经受住酒精的考验，一个烟鬼的肺部细胞也更能抵御尼古丁的侵袭。Mithride 国王的身体就被训练成能承受住砒霜的毒害。

外部环境越是艰难，就越要求细胞或个体发展那些一直深藏在我们体内的、不为我们所知的潜能。

埃德蒙·威尔斯

《相对且绝对知识百科全书》第Ⅱ卷

长长的沉默。最终还是杰森·布拉杰打破了它，进一步阐述了他的理论。

“如果我们死了，那就只能证明我们不能成功地适应这艰难的环境。换句话说，我们就是被淘汰了。”

杰拉尔德·加蓝的怒气又爆发了：

“艰难的环境，别开玩笑了！照你这么来说，那些被关在只有一平方米的小笼子里的路易十一的囚徒难道就适应了那些一直夹着他们肉的铁棍了？那些死于枪杀的人，难道他们胸膛上的皮肤就可以变得格外坚硬以抵御子弹的袭击了吗？难道日本人就比常人更能抵抗原子弹了吗？你在开玩笑！有些事情是我们无法适应的，即使我们强烈希望这样！”

阿兰·毕善走近桌子：

“你的百科全书非常有趣，但这与我们何干？我没有发现有任何联系。”

“我想埃德蒙已经说得很清楚了：如果我们想活下去，我们就得突变。”

“突变？”

“是的，突变。变成穴居动物，生活在地下，只要吃一点东西就可以了。依靠团体的力量来抵御外界的侵袭，生存下去。”

“这是什么意思？”

“我们切断了与蚂蚁的联系，我们的肉体正在遭受痛苦，这都是因为我们做得还不够。我们还处在人类的阶段，害怕寒冷，自以为是。”

他的话得到了乔纳森·威尔斯的赞同：

“杰森说得有理。我们绕过了通往洞穴深处的道路。我们的路还只走了一半。环境让我们却步了，终止了旅程。”

“你是说这个洞的后面还有一个洞？”加蓝冷笑了一声，“你是想要我们把这地下殿堂的墙壁砸开，找到另一个洞穴。而那个洞，我们并不知道通向何处！”

“不，你没理解我的意思。一半的路程是肉体上的，我们用身体完成了它；而另一半的路是需要我们用精神去完成的。目前，我们必须要做的就是转变我们的心灵，在头脑中完成一场突变，接受变成穴居动物的现实。我还记得，我们中的一员曾对我说过，团体中只有 1 名女性，却有 15 名男性，是行不通的。的确，对于一个人类社会来说，这样的确是不行的。但如果是一个昆虫社会呢？”

露西·威尔斯大吃一惊。她明白她丈夫想要说什么了。在这地底深处，只有一点点食物的情况下，为了大家都能活下去，唯一的办法就是变成……变成……

不约而同地，从每个人的嘴里都说出了两个字：

蚂蚁。

49. 暴雨

空气中到处都是电流。空中电光闪烁，紧接着是一阵阵轰隆隆的雷声。又一道闪电将天空劈成了几千个小块，树叶在闪电的照耀下，反射出紫色的白光。

鸟儿在低空盘旋，苍蝇几乎已经碰到地面了。

又是一阵雷声。一块像铁砧一样的云裂了开来，金龟子的甲壳闪闪发光。103683 号紧紧扒住坐骑，害怕从这光滑的表面上掉下去。它又一次感到无助，就像当初面对手指世界边缘的守卫一样。

必须马上回去。它试图让它身子下面的金龟子明白事情的紧急性。

但，一阵密雨已经下了下来，每一个雨点都能置它于死地。一点点沉重的雨滴构成了一条条粗大的透明的水柱，打在巨大的昆虫的翅膀上，每一下都能致命。

金龟子显得有些惊慌失措。它在密集的雨丝中飞成“之”字形，想要躲过阵阵枪林弹雨。103683 号已失去了所有的控制，它只是用自己的爪子和腿上的吸盘将自己牢牢地固定在金龟子的背上。这一切发生得太快了。它现在只有一个愿望，就是闭上自己的双眼，这样一来，它就可以对发生在它前面、后面、上面、下面的所有危险都视而不见了。遗憾的是，蚂蚁没有眼帘。啊！它真想快点回到地上。

一滴雨滴正好打中了 103683 号，就像是鞭子抽打在它身上一样。它的触角被雨水打得紧紧地贴在了胸前。水浸湿了它的信息器官，于是对接下来发生的事，它就真的一无所知了。就像是有人切断了所有的声音，它只能看见图像，但仅仅是图像已经够让它害怕了。

金龟子已经精疲力竭了。

“之”字形的飞行变得越来越困难了。翅膀的末端被打湿了，这更加重了金龟子的负担。

它们侥幸躲过了又一滴硕大的水珠。金龟子微微倾斜了 45 度，并转了转身，为的是躲过一滴更大的雨滴，它们又逃过了一劫。但水珠还是擦到了它的触角，弄湿了它的触角。

又是一道闪电，紧随其后的是雷鸣声。

刹那间，金龟子失去了知觉，就好像是打了一个喷嚏。当它重新恢复平衡的时候，一切已经太迟了。它们笔直地向一条在闪电下闪闪发光的晶莹的水柱撞去。

金龟子垂直地举起了翅膀，想要减慢它们的速度。但它们的速度太快了，想要刹住车几乎是不可能的。它们只有眼睁睁地看着自己冲了过去。

103683 号紧紧抓住坐骑的胸甲，它的爪子都陷了进去。它那潮湿的触角拍打着眼睛，沾在了上面。

它们撞在了一道水柱上，在反弹力的作用下，又撞到一连串的水柱上。它们已经浑身湿透了，比平常足足重了 10 倍。它们就像熟透了的梨一样，落在蚁城的小树枝堆上。

金龟子摔得粉碎，角断了，脑袋也裂成了一块一块小碎片。它的翅膀向着天空伸展着，仿佛还想继续飞翔。而轻巧的 103683 号在这次事故中毫发未损。但大雨使得它不能有一刻的停歇，它稍稍擦干触角，就向蚁城走去。

一个通风口出现在它面前。工蚁们已将它堵住了，为的是防止蚁城遭受洪水的袭击，但 103683 号还是钻了进去。到了城里，守卫们都纷纷指责它，难道它不知道这样的行为会给城市带来多大的危险吗？事实上，它的身后已经形成了一条小溪。但 103683 号对这一切都不加理会，继续赶它的路。工蚁们只能急忙去补 103683 号造成的漏洞。

它终于可以停下来了，精疲力竭的它身体已经干了。一只蚂蚁同情地向它提出要给它供养，幸存者满怀感激地答应了。

两只蚂蚁面对面地站好，嘴对着嘴。食物源源不断地从对方的公共胃中流向 103683 号。工蚁的热情以及它的馈赠，都让 103683 号感动。

恢复了体力的 103683 号继续上路，转入了一条隧道，穿过了几条走廊。

50. 迷宫

通道里阴暗而又潮湿，空气中飘浮着一股臭味，地上都是一些早已腐烂了的食物和一些杂七杂八的碎屑。地上的土黏黏糊糊的，墙壁上都是渗出来的水汽。

可有些人就是喜欢这种令人作呕的地方。流浪汉、乞丐、街头的音乐家，还有一些贫民都聚集到这里。

他们中的一个，裹在一件红色的夹克衫里，走近了她。缺了牙的嘴咧着，脸上挂着一丝不怀好意的笑容。

“啊，我可怜的小宝贝，怎么一个人散步呢？难道你不知道这里很危险？需不需要保镖啊？”

他冷笑着，围着她转来转去。

蕾蒂西娅·威尔斯知道如何让这些粗鲁的家伙学会尊重人。她圆睁着紫色的双眸，冷冷地注视着对方，瞳仁却快要变成血红色了，然后爆出了一句：“滚开！”那个男人果然害怕地跑开了，可嘴里还咕哝着：

“滚吧，臭娘们！你马上就会尝到苦头的，到那时候你想要我也来不及了！”

这一回她的方法奏效了，可并不是每一次都灵验的。如今地铁已经成了城市中利用率最高的交通工具，但也成了现代罪犯的摇篮。

她走上月台，一班车刚刚开走。对面的车已经开走两三趟了，可她这一边的车还不见踪影。在她的周围，人越来越多。他们猜测着是否突然发生了罢工，或是前面有一个蠢货卧轨自杀了，不然车怎么会到现在还不来。

终于，两道圆圆的光束出现在隧道尽头，一声尖锐的刹车声冲击着她的耳膜。

火车就像是一个用钢板做成的长长的管子，停在了月台旁边。涂过漆的车身上已是锈迹斑斑，上面写满了各种各样乱七八糟的口号：“末日来临了！”“他妈的，见鬼去吧！”还有一些用水笔写的或小刀刻出来的小标语和黄色图画，但只有个轮廓。

门开了，车厢里早已挤满了人，都快要裂开来了。一张张脸还有手被压在玻璃窗上，都变形了。可人们连喊救命的勇气也没有。

她不知道是什么促使这些人每天心甘情愿地（甚至还要付钱）与将近500个人一起挤在这几米见方的热烘烘的钢铁管子里。任何一种动物都不会像人类一样疯狂，自愿处于同样的境况中。

一上车，蕾蒂西娅就闻到了一股酸酸的臭味，那是从一个穿着破衣服的老头身上发出的；一个浑身散发着廉价香水味的妇女手中牵着一个小男孩，那男孩看上去像是病了，发出一股令人作呕的气味；在母子俩旁边站着一个泥瓦工人，发着汗臭味。在她的周围，还有一位穿着讲究的先生，一心想要摸她的屁股。检票员在检票；一个失业工人乞讨着零钱和去饭店吃饭的就餐券；一个吉他手无视周遭环境的嘈杂，依然故我地唱着歌，把嗓子都喊哑了。

一帮预备班的孩子趁没人注意到他们，使劲地用圆珠笔头抠着座位上的人造革垫子；一个军人大声嚷嚷着。玻璃窗上都是人们呼出的水汽，雾蒙蒙的一片。

蕾蒂西娅·威尔斯呼吸着污浊的空气，咬紧牙关，她快要失去耐性了，但毕竟她没有什么可抱怨的，她每天往返于家和办公室之间，只需半个小时的车程。但有些人每天要花上整整三个小时的时间挤在这里，而且都是高峰时间。

任何一位科幻小说的作家都不会预想到这样的一幕：有一天，文明会发展到如此地步，人类竟能接受与几千个同类一起挤在一个狭小的铁皮盒子里！

火车终于开动了。在铁轨上缓缓地滑行，灯光一闪一闪。

蕾蒂西娅·威尔斯闭上了眼睛，想要使自己平静下来，忘了自己身在何处。她父亲曾教过她如何通过控制呼吸来达到内心的安详泰然。一个人要控制住自己的呼吸，首先要努力减慢自己心跳的节奏。

但周围的噪声使她无法集中精神。她又想起了她的母亲……不，千万不要想起……不。

她睁开眼睛，加快了呼吸与心跳的速度。

车厢里已经没有原来那么拥挤了，甚至还有了一个空座位。她赶紧坐了下来，想睡一会儿。她要到终点站才下车，她要使自己忘了在地铁里，只有这样她才能感到舒服。

51. 百科全书

炼金术（Alchimie）：炼金术的每一道程序都力求摹拟或再现世界诞生的过程。有六道程序是必不可少的：焙烧（La Calcination）、腐烂（La Putréfaction）、溶解（La Solution）、蒸馏（La Distillation）、熔炼（La Fusion）、升华（La Sublimation）。

这六道程序可划分为四个阶段：黑色物质，这个阶段主要是焙烧；白色物质，这个阶段主要是蒸发；红色物质，这个阶段主要是混合；最后一个阶段主要是升华。经过了这四个阶段，金粉就被提炼出来了。这样提炼出来的金粉有点类似于圆桌骑士的传说中 Merlin l'Enchanteur 的金粉。只要将它放在人或物的表面，就能使他们熠熠生辉。在许多故事和传说中，其实都能找到这个配方的轮廓。比如说“白雪公主”。白雪公主就是“炼金术”的结果。我们是如何知道的？就通过那七个小矮人（矮人这个词起源于拉丁语，指的是生活在地下看守财宝的小精灵，在这里是知识的意思）。它们代表着七种金属物质：铝、锡、铁、铜、汞、银还有金；同时它们又代表着七大行星：土星、木星、火星、金星、水星、月亮、太阳；除此以外，还有人类的七种主要性格：暴躁、天真、爱幻想等等。

埃德蒙·威尔斯

《相对且绝对知识百科全书》第Ⅱ卷

52. 抗洪救灾

闪电一如既往地在天空中划出了一道道不规则的条纹。云被染成了金褐色，时不时地被白色的电光劈成几片。但蚂蚁们对这一大自然的奇迹一点也不欣赏，它们知道暴风雨就意味着一场灾难。

雨点就像炸弹一样砸在蚁穴上。一些出去狩猎而晚归的士兵被打得四散逃窜。

贝洛岗城中，希丽·普·妮女王在春天修建的一项工程加重了灾难的程度。

那时，女王命令在城中开掘了许多运河，这样可以加快交通的速度。蚂蚁们只要坐在叶子上便能沿着运河从一个地区迅速地漂流到另一个地区，但在下暴雨的时候，这些小溪就迅速变成了一条条大河。一群士兵竭力想遏制水上涨的势头，但于事无补。

穹顶的情况更为严重。冰雹打穿了树枝搭成的屋顶，水从无数的洞口中渗了进来。

103683 号勉强堵住了最大的缺口。

“快去日光培育室，”它喊道，“必须救出所有的幼蚁！”

立即有一队士兵听从了它的号召，顶着大浪，向那里冲去。

日光培育室处在城中的最高处。平日那里总是阳光明媚，但现在完全相反。天花板上，工蚁们正在竭尽全力地用枯树叶堵着缺口。但水还是像一条条银带一样，倾泻在地板上。原有的一切都被浸湿了，要想救出所有这些珍贵的幼虫已经不可能了，它们太多了。保育员们只能保留一些已经成熟了的幼蚁。但一些蚁蛋在被匆匆抛给工蚁的时候，掉在地上裂了。103683 号想起了叛军。如果水一直流下去，流到金龟子饲养室的话，那它们就肯定完蛋了。

在蚁城里，警报的发出分成好几个阶段：

第一个阶段：发出警报的费洛蒙。但在通常情况下，警报会被水汽阻挡住的。

第二个阶段：所有的士兵、工蚁、保育员、有生殖力的蚂蚁都使劲地用腹部的顶端敲击墙壁。整个城池都在晃动。

乓，乓，乓，警报！十万火急！

这声音让每个城民都不由得恐慌起来。

就算是已经落入水中的蚂蚁，也会试着透过水敲击土地，为的就是使整个城市的蚂蚁都能听到警报声。这些敲击声就像是血液冲击着血管。

城市的心脏急速地跳动着。

外面，冰雹打在屋顶上，就像是回声，嘭，嘭，……

就算是再锋利的大颚，又怎能对抗得了那些水呢？

第三阶段：情势越来越紧急了。一些工蚁变得有些歇斯底里，四散逃窜。它们的触角绷得紧紧的，发出一声声难以理解的叫声，有的甚至开始攻击同伴。

最严重的警报是由蚂蚁的一种腺体发出的激素。那是一种挥发性极强的碳酸氢盐，分子式为 $C_{10}—H_{22}$。这是一种非常强烈的气体，会使蚂蚁们变得疯狂。

守卫蚂蚁为了使皇宫免受洪水的袭击，做出了巨大牺牲。它们用自己扁平的头将皇宫的进口堵得严严实实，这样一来水就进不去了。皇宫的所有居民，也就是以希丽·普·妮为首的达官贵族们都保全了性命。

水已淹到了蚜虫饲养室。这些棕色的虫子发出了求救的信号。但太微弱了，滔天的洪水掩盖了一切。

它们的饲养员都各自逃命了，只能救出一小部分正在分娩的蚜虫。

每一处，蚂蚁们都在忙着建筑堤坝。但从战略角度考虑，蚂蚁们更忙于加固一些位于交通要道上的堤坝，想要遏制住狂奔的激流。但水的力量是不可能阻挡的，堤坝在水的冲击下都裂了口。建筑物倒塌了，冲走了一些英勇的泥瓦工。

洪水携带着淹死的昆虫尸体，冲进了走廊。廊顶塌了，桥断了，地下的一切都被毁了。水一路来到了菌类养殖场。在那里，同样地，种植蚁只能救出一些珍贵的品种，就急急忙忙地逃命去了。

有些鞘翅目动物是懂游泳的。水中到处都是希丽·普·妮女王一直想驯服的识水性龙虱。它们嬉戏着，吞食着水中的蚜虫、蚂蚁的尸体以及死去的幼虫。

不知跨越了多少道障碍，绕了几道弯，103683 号终于来到了饲养金龟子的大厅。洪水已经淹进了房间，那些可怜的昆虫只能在房中飞来飞去，以免于一死。但天花板太低了，它们总是会撞上去，这就更增加了它们的恐惧。

这里和城中其他的地方一样，勤劳而又勇敢的工蚁们竭力挽救着那些幼虫，并将大腹便便的金龟子推到干的地方。但它们知道，无论怎么努力，损失终将是巨大而又不能避免的。

金龟子的脚被水弄湿了。它们更加慌乱了，头顶的角不断地戳到天花板上。103683 号只能小心翼翼地在它们中间穿行着，避免被它们的角撞着。

它终于到达了通往叛军部队的秘密入口。无论是手指教派还是非手指教派，都聚集在那里。后者看上去非常紧张，前者却显得出奇地镇定，看来灾难并没有把它们吓倒。

“我们没有向神明敬献足够的食物，因此它们要把我们淹死。”

103683号打断了那些手指教派的唠叨。马上这个出口就要被淹没了，如果它们还想逃命的话，那就得加快速度了。叛军们听从了103683号的建议，紧紧跟随着它。就在这时，24号跑了上来，把那只蝴蝶茧交给它：

“要完成‘信使行动’，你可千万不能忘了这个。”

没有时间再讨论了。103683号背起了蝴蝶茧，让叛军们跟着它，继续开路。但还是迟了一步，大厅全被淹了，想要从这里逃走已经不可能了。没来得及逃走的金龟子和蚂蚁都在水面上。

“必须赶快再挖掘一条通道。”103683号命令道。

要快，房里的水位正在迅速上升。

所有的食物都随水流漂走了。

水上涨得越来越快了。

手指教派的蚂蚁没有发出一声抱怨，它们已经屈服于神明的怒火。

而叛军们相信，这场灾难的到来，没有别的理由，只是为了阻止希丽·普·妮女王的远征。

53. 苦涩的回忆

“对不起，小姐。”

有人在和她说话。

蕾蒂西娅·威尔斯睁开眼睛，可终点站还没到。原来是坐在她身边的女人在和她说话。

“对不起，小姐。刚才我的毛线针戳到您了。”

“噢，没关系。”蕾蒂西娅松了一口气。

那妇女正在织一件玫瑰红色的小毛衣。为了把她正在织的东西摊开来，她占了很大一个位置。

蕾蒂西娅看着她飞快运动的手指，毛线针发出叮叮当当清脆的撞击声，一个个漂亮的花样就这样被织了出来，是那么流畅。

她织的衣服好像是给婴儿穿的。是哪个可怜的孩子，刚出生就要被囚禁在这用毛线编成的枷锁里？蕾蒂西娅不禁这样想。仿佛是听见了她的问题，那妇女咧了咧嘴，露出一颗闪闪发光的假牙：

“这是给我将要出生的儿子的。”她怀着自豪的口气说道。就在同时，蕾蒂西娅瞥到了一块标语牌，上面写道：“我们的国家需要孩子。控制出生率下降！”

她感到有一点辛酸。生孩子！这是老天给所有物种下的一道最原始的命令：繁衍，扩张。你觉得现在的日子很无聊？那就把希望寄托在下一代身上吧！先要保证数量，有了数量，质量自然而然也就有了。

每一个孕妇都是在不知不觉中听从了所有的国家、所有的政权都极力宣扬的一种观念：增强人类对这个星球的控制力。蕾蒂西娅突然产生了一股冲动，想要扳住眼前这位母亲的肩膀，直视着她的眼睛对她说："不，别再生孩子了，控制一下自己吧，有那么一点点羞耻心，该死的！做一些节育措施，让你的男朋友每次都用避孕套。同时也劝劝你周围的朋友，让他们也理智些吧。人类总是要制造出100个次品，才能得到一个合格的、优秀的孩子。这个代价太大了。那些次品掌握了权力，瞧，这就是他们造成的后果。如果你的母亲当初能严肃地考虑这个问题，那今天的你也就没有那么多痛苦了。你千万别将你父母犯下的错误又报复到你孩子身上，别把他们生下来。停止相爱吧，你们可以交配，但千万不要繁育后代。"

她知道自己这样有点愤世嫉俗。不知怎的，她感到有点苦涩。但这并没有什么不好。

蕾蒂西娅重又恢复了平静，对正忙着编织的妇女笑了笑。对面的这张脸，闪耀着快要做母亲的幸福的光辉，这使她又想起了她自己的母亲：林咪，虽然她竭力不让自己这样做。

林咪·威尔斯得的是不治之症白血病，也就是血癌。她是一位慈祥的母亲，每当小蕾蒂西娅问她医生都说了些什么的时候，她从不正面回答，只是不断地重复着："别担心，我会好起来的。医生们都这样认为，再说，现在的药物也比以前的先进多了。"但盥洗室的水池里总能发现道道血迹，装镇痛剂的药瓶也空得特别快。医生开的每种药，林咪都吃了，但她的痛苦丝毫没有减轻。

一天，救护车来了，将妈妈送进了医院。"别愁眉苦脸的，那儿有能治好我的病所需要的全部仪器，还有专家。好好看家，我不在的时候，要乖，每天晚上你可以到医院来看我。"

林咪说得有道理，医院里应有尽有。她的命就这样被保了下来，但那也只是苟延残喘。她曾自杀过三次，但都被救活了。她挣扎着，于是医生就用宽宽的绷带将她绑在床上，并给她注射了吗啡。当蕾蒂西娅去医院看她的时候，她发现妈妈的手臂上布满了因为输液和注射而引起的肿块。才短短的一个月，林咪·威尔斯就仿佛老了十几岁，变成了一个干瘪的老太婆。医生向她保证能救活她的妈妈，但林咪·威尔斯自己已经不想活了。

她握着女儿的手，轻声地说："我想……死。"当时她只有 14 岁，她又怎么可能明白母亲的这个请求呢？无论如何，法律是不允许病人轻生的，尤其是这位病人还付得起每天 1000 法郎的特护费和住院费。

自从妻子住院以后，埃德蒙·威尔斯也很快地变得苍老了。林咪求了他好几次，让他帮助她渡过难关，也就是帮她死，但都遭到了拒绝。直到有一天，看着妻子精疲力竭的样子，他屈服了。他教她如何放慢呼吸和心跳的节奏。

他父亲使用的是一种催眠术。当然谁都没有亲身体验过，但蕾蒂西娅知道爸爸是如何帮助她母亲进入梦乡的。"你很平静，非常平静。你的呼吸就像潮水一样，往前，往后。非常柔和，前，后。你的呼吸就是一片大海，想要变成平静的湖泊。前，后。每一次呼吸都比前一次来得慢、来得深。每一次吸气都为你带来更多的力量、更多的甜美。你再也感觉不到你的身体了，你感觉不到你的脚、你的手、你的胸膛、你的头。你就是一根轻飘飘的羽毛，没有任何感觉，随风而逝。"

林咪飞了起来。

她的脸上带着一丝安详的笑容。她死了，但就好像睡着了一样。急救医生赶来了，他们想要紧紧抓住林咪那已经飞向天堂的灵魂。但这就像是一只鼬鼠想要阻止鹭鸟的起飞，一切都已经太晚了。这一回，林咪终于取得了胜利。

从此以后，蕾蒂西娅就有了一个永远也攻克不了的难题：癌症。一个念头始终困扰着她：她恨所有的医生和所有能决定人类命运的人。她确信，之所以没有人能战胜癌症，是因为没有人真正想要找到治愈它的办法。

为了更好地解开那个谜团，她都成癌症专家了。她想证明，癌症并不是不可战胜的。那些无能的医生原本是可以救活她的母亲的，而不是加深她的痛苦。但她失败了，唯一剩下的就是对医生的憎恨和对谜语的热衷。

对新闻工作的热爱多少缓解了她心中的怨恨。借助于她的笔，她可以揭发所有不公正的现象，激励大众，攻击那些虚伪的人。没多久，她就意识到在所有虚伪的人当中，首先就是她的那些同事。言辞上慷慨激昂，行动上却卑微得可怜。在他们的文章里，处处显现着打抱不平的影子，背地里却可以为了涨薪水而干出各种无耻的勾当。比起传媒界来，医学界的好人要多得多。

在新闻界，她有自己的一席之地。她以报道犯罪学谜案而著称。现在，她的同事们都离她远远的，就等着看她出洋相。所以对她来说，是不允许有任何失误的。为了再次取得胜利，她紧紧盯住了索尔塔、诺加尔案。至于那个梅里埃斯警长，就算他倒霉吧。

终点站到了。她下了车。

“再见，小姐。”那编织毛衣的妇女对她嚷道。

54. 百科全书

如何：遇到问题的时候，人类的第一个反应往往是：“怎么会出现这样的问题？是谁干的？”人们总是寻找罪魁祸首，寻思着如何惩罚才能让他不再犯类似的错误。

在同样的情况下，蚂蚁首先想到的是：“我如何才能以及在谁的帮助下解决这个问题？”

在蚂蚁的世界里，是没有犯罪的概念的。

追究“问题是怎么出现的”和思考“如何才能解决问题”之间是有很大差别的。

目前，世界还掌握在那些问“怎么会”的人类的手里，但总有一天，那些思考“如何”的物种会取代人类获得这个世界的统治权的。

埃德蒙·威尔斯

《相对且绝对知识百科全书》第Ⅱ卷

55. 一片汪洋

瘸子和大颚不屈不挠地工作着。挖呀，挖呀，它们已经没有退路了，顽强的叛军终于挖出了一条通道。在它们的周围，土地颤动着。

洪水冲毁了整座城市。所有美好的东西，所有希丽·普·妮女王的那些伟大的先锋派的创举都成了一些小碎片，随着水流漂走了。一切都化为乌有，花园菌类养殖室、饲养大厅、养料室、冬天用来储备谷物的粮仓，可以进行温度调节的育婴室、日光培育室，还有那错综复杂的水上交通网……所有东西都消失在洪水中，就好像它们从没有存在过一样。

突然，通道的一面墙倒塌了，水冲了进来。103683 号和它的伙伴们为了提高挖掘的速度，只能把挖出来的土吞到肚子里。但无济于事，激流很快就赶上它们了。

103683 号不知道等待它们的将会是什么。水已经淹到了它们的肚子，而且水位还在迅速地上涨。

56. 浸没

她沉了下去，完全被水给淹没了。

她停止了呼吸，就这样在水底待着，什么也不想。她喜欢水。

在浴缸的水中，她的头发膨了开来，皮肤苍白得就像纸一样。蕾蒂西娅把这称为她每天的洗礼。

只有在这一刻，她才是全身放松的，温热的水，还有无边的寂静。她觉得自己就像是在湖中沐浴的公主。

她屏住呼吸在水底待了十几秒钟，直到感觉自己快要死了才露出水面。

每天，她都争取在水下多待上一点时间。

她屈起膝盖，抵住下巴，就像胎儿在子宫中的姿态一样。然后，摇摇晃晃地跳起了一种水中的舞蹈，其中的含义只有她自己知道。

她开始清理脑中的杂念，什么癌症、索尔塔（叮咚！）、《周日回声》报的编辑、她的美貌（叮咚！）、地铁、孕妇，让一切都走开吧，她要好好地来一个夏季大扫除。

叮咚。

她浮出水面。离开了水的怀抱，一切都是干干的，充满了敌意（叮咚！叮咚！）……是什么在这么吵。

看来她不是在做梦，是有人在按门铃。

她爬出浴缸，就像一个两栖动物，重又回到陆地上，呼吸空气。

她抓起一件浴袍套上，小步跑到客厅。

“谁啊？”她隔着门问道。

“警察！”

她透过猫眼看了看，门外站着梅里埃斯警长。

“您有何贵干？”

“我有搜查证。”

她开了门。

他看上去很轻松。

“我去了CCG，他们告诉我您拿走了那些装有索尔塔兄弟和卡萝莉娜·诺加尔正在研究的化学物质的小瓶。”

蕾蒂西娅进屋拿出了那些小瓶，递给梅里埃斯。后者若有所思地盯着它们。

“威尔斯小姐，您知道里面装的是什么吗？”

“我可不是您的助手。化学鉴定是报社出钱做的，因此有关的结论只属于报社，别人无权知道。”

他还是站在进门的地方，身上的西服皱巴巴的。眼前这位漂亮的女人显然并没有把他放在眼里，这让他感到有点窘迫。

“对不起，威尔斯小姐，我能进来吗？我想和您谈谈，当然我不会打扰您很长时间的。”

他显然是刚刚淋了一场大雨，浑身都湿透了。在他脚底的擦鞋垫上已经积起了一个小水坑。蕾蒂西娅叹了一口气：

“好吧，但我的时间不多。”

他在鞋垫上使劲地擦了擦鞋底，这才走进客厅。

“天气糟透了。”

“是啊，热天刚过，又下起了暴雨。”

“季节已经混乱了，从又干又热的夏季一下子到了又冷又湿的秋季，都没有过渡阶段。”

“进来吧，请坐。您想喝点什么？”

“您有什么好建议吗？”

“蜂蜜酒，怎么样？”

“蜂蜜酒？那是什么东西？”

“水、蜂蜜，还有酵母，然后放在一起发酵。传说中奥林帕斯山上的诸神和天上的祭司都喝这种饮料。”

“好，那就来一点这种神仙喝的饮料吧。”

她给他倒了一杯蜂蜜酒，然后就走开了。

“请稍等一会儿，我必须先弄干我的头发。”

浴室里很快传来了吹风机的嗡嗡声。梅里埃斯马上从椅子上跃了起来，决定好好利用这个间隙，检查一下这个地方。

这是一套非常舒适的公寓，房间的布置处处显现着主人的品位。屋内摆放着一组玉石的雕像，那是一对紧紧纠缠在一起的恋人。晕黄的灯光投射到固定在墙上的放生物标本的搁板上，投下了一个模糊的影子。

梅里埃斯走过去，仔细地看起来。

搁板上放着全世界50种蚂蚁标本，都被细心地标了索引。布局显然是经过精心设计的。

吹风机还在响着。

有一种黑蚂蚁身上的毛却是白色的，就像一个摩托车手（Rhopalothrix orbis）；有一种蚂蚁的前胸长满了一个个突起的小角（Acromyrmex versicolor）；还有一些蚂蚁长着长长的吻管，顶端还有一个像钳子一样的东西（Orectognathus antennatus）；另外有一种蚂蚁的毛很长，使它们看上去就像嬉皮士（Tingimyrmex mirabilis）。原来蚂蚁也有这么多不同的形态，他还是第一次知道，真让他吃惊。

但他不是为了研究昆虫学而来的。他发现有一扇漆成黑色的门，他想打开看看。门锁住了，但这可难不倒他。梅里埃斯掏出一个发卡，正准备把锁撬开，就在这时，吹风机的声音停了。他急忙回到椅子上坐好。

路易丝·布鲁克斯的发型又展现在蕾蒂西娅的头上了。只见她穿了一件黑色的真丝长裙，腰间打着细细的皱褶。梅里埃斯竭力想掩饰自己惊艳的表情。

"您对蚂蚁感兴趣？"他以一种一本正经的口吻问道。

"没有专门的研究。我父亲是研究蚂蚁的专家，那些是他送给我的生日礼物。"

"您的父亲，就是埃德蒙·威尔斯，对吗？"

她有些吃惊。

"您认识他？"

"我只是听说过他。他以那个希巴利特街上的魔鬼地窖而闻名于警界。您还记得这件事吗？有将近20个人进了那个地窖，就再也没有出来过。"

"当然记得！那些人里面有我的堂哥、堂嫂，我的侄子，还有我的老奶奶。"

"奇怪的事情，对吗？"

"您是如何看待这件事的？您那么喜欢神秘的事情，您就没有调查过这桩失踪案吗？"

"当时我手头正在办另一个案子。是阿兰·毕善警长负责这件案子的。显然，他的运气并不好，像其他人一样，他也没有上来。那您呢？您不是也喜欢神秘事件吗？我以为……”

她冷笑了一下。

“我尤其喜欢把那些神秘的事情弄个水落石出。”

“那么您已经找到杀害索尔塔兄弟和卡萝莉娜·诺加尔的凶手了？”

“无论如何，我都会尽力的。这会使我的读者感兴趣的。”

“难道您不想和我说说您的调查进行得怎么样了？”

她摇了摇头。

“我看我们还是各干各的吧，这样对大家都有好处。”梅里埃斯掏出一片口香糖。每当嚼口香糖的时候，他就感到格外舒服。他问道：

“那扇黑色的门后面是什么？”

这个问题太突然了，蕾蒂西娅一下子反应不过来，愣住了。但很快，窘迫就被掩饰住了。她耸了耸肩。

“那是我的办公室。乱糟糟的，没什么可看的。”

她掏出一根烟，放进长长的烟嘴里，然后用一个形状如乌鸦的打火机点燃了烟。

梅里埃斯重又回到原来的话题：

“尽管您对您的调查守口如瓶，但我还是想和您说说我调查的情况。”

她喷了一口薄薄的烟雾。

“随您的便。”

“那就从头说起吧。两起案件的被害人都在CCG工作，也许是有人出于工作中的嫉妒心理而杀了他们。在大公司中，同行之间的激烈竞争是十分普遍的。所有的人都为了升职或加薪争得头破血流，尤其是从事科学研究的公司，每个人都唯利是图。我们不妨假设有这样一个化学家，他为了铲除同一个公司里的竞争对手，就用一种药效迟缓但又十分强烈的毒药杀死了他们。根据验尸报告，这种毒药附着在消化系统的器官壁上，造成大面积的溃疡。”

“您又妄下结论了，警长。您总是念念不忘您的毒药理论，而忘记了死者脸上惊恐的表情。精神的极度紧张也会造成溃疡，四位被害者死时都处于极度的惊恐中。恐惧，警长，恐惧是所有问题的症结所在。我们至今都没有搞清究竟是什么东西能够在他们的脸上刻画出如此惊恐的表情。”

梅里埃斯辩解道：

“当然我也曾就这种恐惧做过调查，询问究竟什么东西能让人产生如此恐惧的心理!”

她又喷出了一口烟雾。

“那您，警长，您害怕什么呢?”

他愣了一下，因为他也正想向对方提出同样的问题。

“这……嗯……”

“您肯定也有让您感到非常害怕的东西，是吗?”

“我可以告诉您，但作为交换，您能否保证也以同样的坦诚告诉我您最害怕的东西?”

她没有退缩。

“成交。”

他迟疑了一会儿，开始结结巴巴地说道:

“我害怕……害怕……我害怕狼。”

“狼?”

蕾蒂西娅听了他的回答哈哈大笑，一边笑还一边重复着“狼，狼”。随后她起身又给梅里埃斯倒了一杯蜂蜜酒。

“这可是我的真心话，现在，轮到您了。”

她站了起来，看着窗外，似乎远处有什么东西吸引了她的注意力，她努力想要看清楚。

“嗯，我吗，我害怕，害怕……我害怕您!”

“别开玩笑了，您答应过我要说实话的。”

她转过身，又喷了一口烟雾。她那紫色的眼眸透过青绿色的烟雾闪闪发光。

“我说的是真的。我害怕您，我害怕整个人类。我害怕所有的男人、女人、老人、小孩。这些人围绕在我周围，就像一群野人。我发现我们是如此丑陋，哪怕是一只乌贼或是一只蚊子都比我们中的任何一个要美丽得多。”

“的确。”

面前的这个年轻女人身上起了一些变化。她的目光变得有些迷乱，眼中闪现出一丝疯狂。仿佛有一个幽灵附在了她的身上，而她却温柔地任它牵着走。她已经神志不清了。没有什么可以阻拦她，也没有什么东西能够责备她。她甚至都忘了自己正在和一个认识不久的警察在谈话。

“我们总是自以为是，狂妄自大，以身为人类而自命不凡。我害怕农民、牧师、军人；我害怕医生和病人；我害怕所有那些对我不利的人，也害怕那些对我有利的人。人类所到之处，一切都毁于一旦，就算不被破坏，也被我们给弄脏了。任何东西都逃脱不了我们这种不可思议的破坏力。我能肯定火星人之所以不愿在地球登陆，是因为我们把他们吓坏了；他们是如此胆小，害怕我们对待他们就像对待我们身边的动物和同类一样，我一点也不以身为人类而感到自豪。我太害怕了，我害怕我所有的同类。”

“您真的是这么认为的？”

她耸了耸肩。

“您不妨比较一下吧，有多少人是被狼杀死的，而又有多少人是死于自己同类的手中。您难道不觉得我的恐惧比您的来得更为，怎么说呢，合理？”

“您害怕人类？但您自己就是属于人类的！”

“我知道，所以有的时候，我甚至害怕自己。”

他惊讶地望着她。对方的脸已经完全被仇恨笼罩住了。突然，她放松下来。

“噢，换个话题吧！我们都喜欢猜谜。太巧了，现在应该正是猜谜节目的时间。而我可以向您提供这个时代最令人惬意的东西：电视。”

“谢谢。”

她用遥控器搜寻着《思考陷阱》。

57. 百科全书

力量对比：南茜大学生物行为学实验室的一位研究人员迪迪安·迪索尔曾用老鼠做过一个实验，以研究它们游泳的能力。他将六只老鼠关在一个笼子里，笼子的唯一出口通向一个游泳池。它们只能通过游泳才能拿到放在对岸的食物。研究人员很快发现，六只老鼠并不是一起游泳去取食物的，而是有着不同的角色分配：两只会游泳的“被剥削者”，两只不会游泳的“剥削者”，一只会游泳的“自给自足者”，还有一只不会游泳的“受气包”。两只“被剥削者”游出去取食物，当它们返回笼子时，两只“剥削者”就使劲地打它们，把它们的头按到水中直到两只老鼠松开取回的食物。而两只被迫屈服的老鼠只有等两只“剥削者”吃完了，才能捡一些它们吃剩的食物聊以充饥。两只“剥削者”从来不需要自己游泳，它们只需打败“被剥削者”就能填饱肚子了。那只“自给自足”的老鼠则足够强壮，能够不屈服于那些“剥削者”。至于另一只老鼠——“受气包”，它不会游泳，也无力征服那些会游泳的老鼠，于是它只能在一旁，捡一些战争中遗留下来的残羹冷炙聊以充饥。研究人员又将实验重复进行了20遍，都得到了同样的结果：两只“剥削者”，两只“被剥削者”，一只“自给自足者”，一只“受气包”。

为了更好地了解这种等级制度，他们又将六只“剥削者”放在一起。它们整整厮打了一夜。第二天早上，它们中的两只屈服了，成了“被剥削者”，一只“自给自足者”，一只还是扮演“受气包”的角色。同样，研究人员又将六只“被剥削者”关在一个笼子里。第二天早上，它们中还是产生了两只“帕夏”（“老爷”的意思）。

这个实验真正让我们思索的是，当研究人员剖开老鼠的头颅以研究它们的脑组织的时候，他们发现脑神经细胞最紧张的是那些“剥削者”。它们其实是非常害怕那些“被剥削者”不听命于自己的。

埃德蒙·威尔斯

《相对且绝对知识百科全书》第Ⅱ卷

58. 水退了

水流舔噬着它们的脊背。103683号和它的伙伴依然在天花板上疯狂地挖着，浪花已经淹没了它们的身体。总算老天有眼，奇迹终于出现了。它们终于挖通了一个干的屋子。

它们得救了。

快，它们得赶紧堵住出口。沙墙能抵挡住水的冲击吗？幸好，水流绕过了它们，冲进了那些不堪一击的走廊。蚂蚁们一个挨着一个地蜷缩在小小的斗室里，它们终于可以喘口气了。叛军们粗略地估算了一下：它们只有50几个幸存者。一些属于手指教派的蚂蚁还在念叨着：

“我们给手指敬奉得不够，所以它们才将天拉开了一道口子。”

根据蚂蚁的宇宙起源论，地球是方的，而云层就像是天花板罩在上面，蚂蚁们称之为“天海”。每次当“天海”的重量太大了时，天幕就会承受不住，裂开一条口子。“天海”中的水就流下来，那就是雨。

在手指教派看来，天上的这些裂缝是手指的杰作。不管怎样，现在除了等待灾难过去以外，大家都没有别的出路。于是，它们竭尽所能地互相帮助。一些蚂蚁，嘴对着嘴，交换养料。其余的则互相摩擦着身子，以保持体温。

103683 号将嘴边的触须贴在墙上，感受着城市在水流冲击下的震颤。

贝洛岗已经失去了往日的活力，这个敌人将它完全击垮了。洪水时刻变换着它们的形状，它们那透明的魔爪不会放过任何一条缝隙。蚂蚁是如此地憎恨这个敌人，因为它比它们更柔软，更能适应环境，更加谦卑。那些天真的士兵，挥舞着锋利的大颚，迎击向它们扑来的水滴。但这是件吃力不讨好的事。如果它们击中了雨水，水就会沾在它们的爪子上，挥之不去；如果它们向雨水发射酸液弹，雨水也会变得有了腐蚀性，落到它们身上，把它们的甲壳都溶化了；如果它们撞向雨水，雨水会很宽容地接纳它们，然后再将它们狠狠地击退。

暴雨的受害者不计其数。

城池伤痕累累，到处都是裂口。

贝洛岗被淹没了。

59. 电视

拉米尔夫人那写满困惑的脸出现在屏幕上。自从她在这新的谜语上裹足不前之后，节目的收视率翻了两番。是观众们都有一种施虐的倾向，喜欢看一直战无不胜的人突然垮掉？抑或是公众更容易倾向弱者，而不是强者？

主持人还保持着一贯的好心情，问道：

“怎么样，拉米尔夫人，您发现答案了吗？”

“不，还没有。”

“集中精神，拉米尔夫人！我们的这串数字让您想到了什么？”

摄像机先是对准了题板，然后又探向拉米尔夫人。后者若有所思地解释道：

“我越看这串数字，越是觉得困惑。太难了，真是太难了……它就像是重复着一种节奏……“1”总是出现在最后……一连串的“2”出现在中间……”

她走近写有数字的题板，讲解着，就像是一名小学教师在给她的学生们上课：

“我们也许可以将它想象成一种指数变化。但事实并不是这样的。我曾想到这也许是从 1、2 然后到 3，并不断增加的一组序列……但也许，这里面没有任何顺序可言。我们身处一个混乱的世界，数字都是偶然排列成的。女人的直觉告诉我，这串数字不一样，它并非出于偶然。”

“很好，拉米尔夫人。您能否告诉我们这究竟让您想到了什么？”

拉米尔夫人的脸上露出了一点喜色。

“您会笑话我的。”

演播厅里爆发出一阵热烈的掌声。

“我们让拉米尔夫人好好地思考一下，”主持人打断了掌声，“我想她已经想到了什么。是什么，拉米尔夫人？”

“是宇宙的诞生，”拉米尔夫人说道，眉头紧锁，“我想到了宇宙的起源：‘1’是那最初的神圣的闪光，它逐渐壮大，然后就分裂了。这会不会就是一个有关宇宙起源的数学方程式？就是让爱因斯坦以及世界上所有物理学家倾尽毕生心血都没有解开的难题？”

这一次，主持人的脸上显现出了与节目十分相称的莫测高深的表情。

“谁知道呢，拉米尔夫人！‘思考’……”

“……陷阱！”观众齐声喊道。

“……‘陷阱’。是的，奥妙无穷！好，现在，拉米尔夫人，回答还是使用王牌？”

“王牌，我需要更多的提示。”

“题板！”主持人对场边的工作人员喊道。

他先是写下了那已经公布的一列数字：

1

11

21

1211

111221

312211

13112221

然后像往常一样，他不看答案，就写出了下面一行：

1113213211

“我再重复一遍提示。第一句是：‘越是聪明就越难找到谜底！’第二句是：‘必须忘却我们已经掌握的所有知识！’现在我来告诉您第三句：‘就像宇宙一样，这个谜题来自一种绝对的简单！’”

鼓掌。

“我能给您一条建议吗，拉米尔夫人？”主持人又恢复了他惯有的诙谐。

“请吧。”

“我认为，拉米尔夫人，您不够简单，不够傻，总之是不够蠢笨。您的聪明才智绊住了您的双脚。回到最初的您去吧，找出还活在您心中的、那个天真的小姑娘。至于你们，我亲爱的观众朋友们，明天见！”

蕾蒂西娅·威尔斯关上了电视。

“这个节目变得越来越有趣了……”她说。

“您找到谜底了吗？”

“没有，您呢？”

“也没有。我想我们是太聪明了。那个主持人说得非常有道理。”

该是告辞的时候了。他把那些小瓶子收进了口袋里。

在门口，他又问道：

“为什么不联合起来呢，总比我们各自苦干要来得好。”

“我习惯一个人干，警察和记者永远合不到一块儿去。”

“不能有例外？”

她摇了摇那头乌黑而又浓密的短发。

“没有。去吧，警长，让我们来较量一下吧，看最后鹿死谁手。”

“好吧，既然您坚持。”

说完，他消失在电梯中。

60. 出发

雨渐渐地小了，已敲响了归营的战鼓。洪水撤退了，它也有自己的天敌，那就是太阳。太阳是蚂蚁古老文明的联盟，总是选准最佳的时机露出它的笑脸。很快，太阳就修复了天空中的那些裂缝。“天海”再也不向地面倾泻“海水”了。

那些幸存的贝洛岗的居民都出来晒太阳，以晒干自己潮湿的身体，暖和一下。一场大雨，就像冬眠，只是潮湿代替了寒冷。但大雨更致命。寒冷只是让它们昏昏欲睡，潮湿却可以要它们的命。

在外面，蚂蚁们欢庆着太阳的胜利，有的甚至唱起了古老的赞歌：

太阳，它用它的温暖充满了我们空空的躯壳，
舒活了我们沉睡的肌肉，
凝聚了我们分散的思想。

芳香的赞歌回响在城市的每一个角落。贝洛岗并没有被击垮。穹顶只剩下了很小的一部分，布满了被冰雹打穿的小孔，时不时地冒出几股清水，里面夹杂着几个小黑点，那是被淹死的昆虫的尸体。

从别的城市传来的消息也并不乐观。难道一场暴风雨就能把树林中最伟大的褐蚁联邦打垮吗？一场小小的雨就能结束一个帝国吗？

穹顶的损坏殃及了日光培育室，幼虫都成了泥泞中一点点的潮湿的颗粒。无数的保育员为了用它们的手掌保护幼蚁而献出了自己的生命。有些保育员还是救出了一些幼蚁，用手掌紧紧地固定在头上。

一些幸存者和守卫们一起清扫着通往皇宫的通道。灾难所造成的巨大破坏使它们目瞪口呆。连希丽·普·妮自己也震惊于破坏的严重性。

在这种情况下，我们如何才能建造出永世不倒的建筑呢？一点点的水就能在刹那间将蚂蚁的成果毁于一旦，那它们的聪明才智又能用来干什么呢？

103683 号和它的伙伴也走出了临时避难所，它立即向女王走去。

“在经历了这场灾难以后，我们是否应该取消讨伐手指的远征呢？”

希丽·普·妮一动不动，掂量着这条建议，然后它冷静地动了动触角，回答道：“不。远征关系到许多重大的行动计划，什么都不能阻止它。”它又补充说：“那些精兵部队都躲在皇宫里，毫发未损。还有那些金龟子组成的飞行军，也都保留下来了。”

“我们必须杀了手指。我们一定会办到的。"

只是有一个小问题：先前的 8 万名士兵，如今只剩下不足 3000 只。的确，兵力是比以前大大地减少了，但剩下的都是一些经受过战争考验的、有经验的老兵。同样，先前的四队鞘翅目飞行军，如今只剩下了一

队，由 30 只强壮的金龟子组成。无论如何，有总比没有强。

103683 号将触角摆到了脑后，表示赞同。对这支略显羸弱的远征军的未来，它并不感到悲观。

希丽·普·妮走了出去，继续它的灾后视察。亏得坚固的堤坝，一些区域被保住了。但损失还是十分惨重的，尤其是蚂蚁幼虫的大量死亡，那可是贝洛岗的下一代啊！希丽·普·妮决定加快它的产卵速度，尽快补充减少的蚁口。它又在它的储精囊中放入了几百万颗精子。

时局让它产卵，它就必须产卵。

贝洛岗城一片忙乱。蚂蚁们整修着倒塌的建筑物，喂养着幼虫，治疗伤员，分析损失，寻找着解决的办法，努力进行灾后重建。

蚂蚁们可不是轻易就被打倒的。

61. 岩石汁

美景饭店的房间里，马克西米利安·麦肯哈里斯教授检查着试管中的东西。从卡萝莉娜·诺加尔那儿拿来的物质已经变成了黑色的液体，就像是岩石的汁水。

门铃响了。来了两个客人，那是来自埃塞俄比亚的一对夫妇，吉尔和苏珊娜·奥德甘。

“都还好吗？”男人一上来就问。

“一切都按照预定的程序在进行。”麦肯哈里斯的回答非常干脆。

“您肯定？可索尔塔兄弟的电话一直没有人接。”

“是吗?！他们肯定是度假去了。”

“卡萝莉娜·诺加尔的电话也没有人接。”

“他们工作得太辛苦了，想稍稍休息一下也无可厚非。”

“稍稍休息一下？”苏珊娜·奥德甘用略带讥讽的口吻说道。

她打开随身的手提包，拿出一沓报道索尔塔兄弟和卡萝莉娜·诺加尔谋杀案的剪报，扬了扬。

“您难道从不看报纸吗，麦肯哈里斯教授？杂志报纸早就报道了这些‘夏季谜案’！原来这就是您所谓的‘一切按原计划进行’？”

这些新闻似乎并没有让教授感到窘迫。

“你们想要怎么样？又想吃炒蛋，又不舍得把鸡蛋打碎，这怎么可能呢？有所得，必有所失嘛！”

来自埃塞俄比亚的夫妇显得更焦虑了。

“我们只是希望在所有的鸡蛋都被糟蹋之前，炒蛋能做好。”

麦肯哈里斯笑了笑，指了指放在桌子上的试管。

“那就是我们的‘炒蛋’。”

他们满怀欣喜地看着那微微发光的黑色液体。随后奥德甘将它小心翼翼地放入了衣服内侧的口袋。

“我不知道发生了什么，麦肯哈里斯，还是谨慎点为好。”

“别担心，我的两条猎犬会保护我的。”

“您的猎狗！”奥德甘夫人叫道，“我们来的时候它们连声都没有出，多忠诚的看门人啊！”

“那是因为它们今天不在。兽医们把它们留下来做检查。明天，我那忠诚的守卫就会回来保护我了。”

埃塞俄比亚夫妇走了。麦肯哈里斯教授感到有点累，就睡了。

62. 叛军

叛军们集中在贝洛岗城郊的一株草莓花下。万一有侦察兵经过这里，草莓的果香味肯定能掩盖住它们的谈话的。103683 号也参加了它们的会议。它向叛军们提出了一个严峻的问题，以它们今天的规模，它们下一步打算怎么做。

叛军中年龄最大的蚂蚁，回答道（它属于非手指教派）：“我们虽然数量不多，但我们是绝不会让手指们饿死的。我们会尽我们的所能喂养它们的。”

叛军们纷纷抖动着触角，表示赞同。看来，暴风雨并没有削弱它们的决心。

一只手指教派的蚂蚁转向 103683 号，把那只蝴蝶茧交给它。“你现在必须出发了，跟随远征军去到那世界的边界。拿着这个，会对你完成‘信使行动’有用的。”

“除此以外，你还有一个任务。那就是带回一对手指，我们要看看在地下封闭的环境里，它们是否能繁殖后代。”

这时，24 号蚂蚁——叛军中最年轻的成员，提出要和 103683 号一起去。它想见见手指，闻闻它们的气味，甚至还想摸摸它们。对它来说，“活石头博士”已经远远不够了，它毕竟只是帮助蚂蚁与手指沟通的一个桥梁而已。它多么想能够亲眼见见那些神明，即使是要参加毁灭它们的行动也在所不惜，它相信自己会对 103683 号有用的，比如说在打仗的时候，负责看管蝴蝶茧。

其余的蚂蚁都惊讶于小蚂蚁毛遂自荐的举动。

“怎么了，这只蚂蚁有什么特别的地方吗，你们要这样嘲笑它？”103683 号问道。

但小蚂蚁没有容许别的蚂蚁有回答问题的时间。它一再坚持要跟随勇士奔赴这场新的冒险行动。

103683 号不再提问了，接受了这位毛遂自荐的助手。不知怎的，103683 号在它身上感受到了一股亲切的气息，它确信这并不是一只坏蚂蚁。它还可以利用旅行的机会，好好观察一下这只遭到同伴嘲笑的蚂蚁。

但又有一只蚂蚁报名要求参加远征。那是 24 号的姐姐——23 号。

103683 号嗅了嗅它，也同意了。这两名志愿者肯定能给它带来帮助的。

远征军定于明晨太阳升起的时候出发。到时候，姐妹俩就在这儿等它。

63. 死神再次降临

有声音将麦肯哈里斯从梦境中拉了出来，他能肯定那是从床尾传来的。他一动不动地躺着，竖起耳朵仔细分辨着，但什么也没有。他扭亮了台灯，从床上爬下来。他没听错，是有东西在床单下发抖。

但他决定不理睬这些。无论如何，像他这样有名望的科学家是绝对不会让自己就这样被吓倒的。他上了床，钻进了被子。现在，他可知道什么在床单下发抖了，他先是微笑着，半是觉得有趣，半是惊奇。很快，那东西又沿着他身上爬了上来，将他牢牢地困在被单中，他甚至都没有时间捂住他的脸。整张床都在抖动。如果这时候正好有人在房中，他一定会以为这是一个属于情人之间的浪漫夜晚。

但，这并不是一个属于情人们的夜晚，这个夜晚是属于死神的。

64. 长征

一清早，士兵们就聚集到原来的 2 号门旁边，而现在这里只不过是一堆又破又湿的树枝。

那些感到有些凉意的蚂蚁开始进行晨练，它们伸伸腿使腿脚不再麻木，也使身上暖和起来。其他的蚂蚁在磨它们的大颚，或进行战争的操练。

阳光照耀着不断壮大的队伍，战士们身上的甲壳闪闪发光。一种豪壮之情从心底油然而生。所有蚂蚁都知道它们生在一个伟大的时代。

103683 号走过来，很多蚂蚁都认识它，和它打着招呼。它被两名反叛的姐妹蚁拥着。24 号带着蝴蝶茧，透过茧壳，人们隐约可见一个阴影。

“这只茧是什么？”一个战士问。

“吃的，只是吃的。”24 号回答。

犀牛金龟子也到了。

尽管它们数量不足 30，但很有战斗力！大家争先恐后地挤上去看金龟子。大家喜欢看它们在天空中展翅飞翔，但它们解释说它们不会随便飞上天空，除非确实有这个必要。目前，它们和所有蚂蚁一样在地上行走。

大家互相勉励着，互相祝贺着，吃着东西。每只蚂蚁都分到了蜜露和从废墟中找到的淹死的蚜虫腿。蚂蚁们没有失去什么，大家还是吃着蛋和茧虫的死尸。像海绵一样浸过水的肉块在蚂蚁中传递着，一点点被分吃完。

刚刚吃完这份冷餐，有蚂蚁向天空中发出信号。大家知道这是集合队伍的标志，于是蚂蚁们按行军要求排好队。在前面的是讨伐手指的远征军。

蚂蚁们排成长队上路了。贝洛岗向东方派出了军队。太阳把大地晒得暖融融的。士兵们唱起一首古老芬芳的赞歌：

太阳，照耀着我们空空的甲，
温暖着我们酸痛的肌肉，
统一着我们散乱的思想。

旁边的人接着唱道：

我们都是太阳的尘粒，
我们的精神中只有太阳的光芒。
我们都是热量。

我们都是太阳的尘粒。

只有地球给我们指明追求的路途。

我们到处奔走直到我们找到再也无须前进的地方。

我们都是太阳的尘粒。

雇用的蚂蚁们不懂得这些费洛蒙歌词，于是它们用触角发出嘎吱的声音和着大家的歌声。为了发出优美的音乐，它们胸部最坚硬的一块甲壳移到腹部环状壳下面的条纹带上，这样，它们发出一种类似蟋蟀叫的唧唧声，但是这种声音怎么也没有蟋蟀叫得那么响亮。

每个人都在想着手指，想着它们遭遇过的这些令人生畏的怪兽的军队。但像这样大家团结在一起，它们感到自己无所不能。蚂蚁们快乐地前进着。起风了，风似乎也决定帮助庞大的远征军加快步伐，并帮它们减轻负担。

在队列最前面，103683 号深深地吸着空气中的清香，它感到似乎是停留在原地而两旁的柳树在不断前进。

小动物们惊惶地跳开，五颜六色的花朵发出诱人的甜香，那些阴暗的树干中肯定隐藏着敌人的先锋队，到处长满了蕨类植物。

对，自然界中的一切都展现在它的眼前，第一次，它看到了一切。空气中溢满了这种唯一的香气：重新开始伟大的探险的气息。

65. 百科全书

帕金森原则（Loide Parkinson）：帕金森原则（和那种同名的病没有丝毫联系）表现为一个企业发展得越大，它就越会招收一般的人员。但企业会多支付报酬给它的员工，这是为什么呢？道理很简单，因为原来的领导担心新招的员工会与他们争权夺利。不会有危险敌手的最佳方法便是招收无能的人。打消他们要得到升级的微弱愿望的最佳途径就是给他们加薪。这样统治阶级便觉得他们可以安心地永远保住它们的权力了。

埃德蒙·威尔斯

《相对且绝对知识百科全书》第Ⅱ卷

66. 新的罪恶

“马克西米利安·麦肯哈里斯教授是阿肯色理工大学的权威。在访问期间，他下榻于此饭店已有一周之久。”检查员一边翻开档案一边说。

雅克·梅里埃斯一边在房间中踱步，一边记下所有的要点。

一名地方警察在门口探进了头。

“一名《周日回声》报的记者希望见见您，警长。让她进来吗？”

“好的。”

蕾蒂西娅·威尔斯走了进来，她穿着一套黑色真丝套装，永远是那么美丽。

“早上好，警长。”

“早上好，威尔斯小姐！什么风把您吹来了？我想我们应该各干各的，直到出色的那一方破案。”

“但这并不妨碍我们在案发现场相遇。毕竟我们俩看《思考陷阱》时，各自以自己的方式分析着同一个问题……嗯，您让人检验过 CCG 的小药瓶子了吗？”

“是的，化验室说也许是毒药，里面有几堆我忘了名字的什么东西。一个比一个毒性大，他们说都是生产杀虫剂的配料。”

“警长，看来现在您对它的了解和我一样多，那么卡萝莉娜·诺加尔的尸体解剖结果怎么样？”

“心脏停止跳动。大面积内出血，总是老一套。”

“这一个呢？多恐怖的事情呀。”

黄皮肤的学者俯趴在地上，头转向来人方向，似乎要向人表明他的惊讶与恐怖。他的眼球已突出来，口中吐出了令人恶心的不知是什么的唾液，弄脏了他的一把大胡子，耳朵也出了血……一绺白色的物质搭在了前额上，警察应该检查一下，此人在死前是否服用过它。梅里埃斯还记下死者双手捂住腹部。

“您知道他是谁吗？”他问。

“我们这位新的受害者是……更确切说曾经是马克西米利安·麦肯哈里斯教授，杀虫剂方面的世界知名专家。”

“是的，研究杀虫剂的……谁会有兴趣杀害著名的杀虫剂生产者？”

他们俩一同盯着这位著名化学家已两眼翻白的身体。

“是保护自然的团体？”蕾蒂西娅提出自己的看法。

“哦，为什么不是昆虫呢？”梅里埃斯冷笑着说。

蕾蒂西娅晃着棕色的流苏。

“为什么不会？就是因为只有人类才读报纸！”

她拿出一张发布马克西米利安·麦肯哈里斯教授在巴黎逗留一周并研究关于世界昆虫入侵问题这条新闻的剪报，报上还指明他将下榻于美景这家饭店。

梅里埃斯读了文章并把它交给卡乌扎克，卡乌扎克把它收进档案。然后他们仔细地搜索了整个房间。蕾蒂西娅的到来刺激了警长，决心证明他的专业性。还是没有武器，没有破坏痕迹，玻璃瓶也没有标记，没有明显的伤痕，和在索尔塔及卡萝莉娜·诺加尔家发生的一样。没有任何线索。

在这儿也没有，第一群苍蝇也没有来过，因而凶手是在杀人五分钟后离开的，似乎是要监视尸体或清理房间中所有可疑的痕迹。

“您发现什么了呀？”卡乌扎克问道。

“苍蝇还是吓得不敢过来。”

“检查员看起有点沮丧。”蕾蒂西娅问：

“苍蝇？苍蝇和这件事有什么关系？”

警长为又恢复一点优势而感到高兴，他滔滔不绝地讲关于苍蝇的小型演说：

“利用苍蝇来破案的思想最初是由一位布鲁哈尔教授在1890年提出的。一个已被烤焦的婴尸在巴黎的一个烟囱管中被发现了。在几个月中先后有好几个租屋人在这套房间中住过，他们当中是谁藏起了这具小小的尸体呢？布鲁哈尔破了这个案子，他在死者口中提取出一些苍蝇卵，计算它们发育的阶段，从而确定这具婴尸被放在烟囱里大概有一个月了。罪犯很快被逮住了。”

漂亮的女记者脸上显露出一种无法抑制的恶心表情，足以鼓励警长继续兴致勃勃地讲下去。

“而我本人有一次也利用这种方法破了案。一位小学校长的尸体在学校被发现了。他是在森林中被杀害而后被转移到一间教室中，以造出是一起学生报复案的假象。但苍蝇以它们的方法做了证。在尸体中发现的幼虫肯定是来自森林中的苍蝇。”

蕾蒂西娅想，也许某一天这条理论在合适的时候会成为她的文章的专题。

雅克·梅里埃斯对他的讲解非常满意，他又走回到床边。在放大镜下，他终于发现在尸体所穿睡裤的下面有一个四四方方的小洞。记者走到他身边。他犹豫了一下，然后对她说：

“您看到这个小洞了吗？我在索尔塔的一件衣服上发现了类似的小洞。同样的形状，完全……”

兹——兹——

警长耳边响起这种特有的声音，他抬起头看到天花板上有一只苍蝇。

它爬了几步，又飞起来绕着他们的头转圈。一名警察对它烦极了，想把苍蝇赶开，但警长阻止了他。他盯着它在空中飞过的轨迹，想看看苍蝇会停在哪儿。

“看！”

它盘旋了几圈，在所有的警察和记者的耐心快要到头时，苍蝇终于落在尸体的肚子上，然后它又爬到他的下巴上，最后消失在马克西米利安·麦肯哈里斯教授的身体下面。

雅克·梅里埃斯感到很奇怪，他走过去翻开尸体看看苍蝇去哪里了。

他找到了死者的提示。

马克西米利安·麦肯哈里斯教授用尽他临死前最后的力气，用手指蘸着从耳道中流出的血在床单上写下了最后的话，然后他倒在字的上面，也许是为了避免凶手看到这条信息，也许因为就在这时他死了……

所有现场的人都走过来，读着这七个字母。

苍蝇正用它的吸管吸着第一个字母的痕迹：“F”，当它完成这第一步后，它又瞄准了“O”“U”“R”“M”“I”“S”。

67. 给蕾蒂西娅的一封信

蕾蒂西娅，我亲爱的女儿，别来评判我的做法。我无法在你母亲过世后继续留在你的身边，因为每当我看着你的时候，我都会看到她的脸，这无异于将一把尖刀刺入我的脑中。

我不是那种不为任何事所动的坚强人，他们在面对灾难时只是抓紧手帕。在这段时间中，我情愿放弃一切，让自己像一片枯叶一样随风而去。

我知道，我选择了一条通常被视为最懦弱的道路：逃避。但没有其他任何方法可以挽救我们——你和我。

因而你只会是孤身一人，你要独自教导自己，你应该在自己身上找到那种可以引你前行和保护你的力量。你的处境并不是最坏的，还差得远呢。在生活中，人们永远是孤立的，对这点明白得越早，就会过得越顺利。

找到你自己的路吧。

我家庭中所有人都不知道你的存在。我一直懂得如何保留对我来说最重要的秘密。在你收到这封信时，我肯定已经死了，所以不要来找我。我把我的房子留给了我的侄子乔纳森，别到他那里去，别告诉他任何事情，也不要要回任何什么东西。

我留给你另一笔遗产。这个礼物也许对大多数人来说毫无价值，但对于大胆求知的人来说它是无价之宝。在这方面，我对你很有信心。

它是一张可以破译蚂蚁嗅觉语言的机器的图纸，我给它起名叫作“罗塞塔之石”，因为只有它能在两种空间、两种各自高度发展的文化之间建起联系的桥梁。

总的来讲这部机器是一架翻译机。通过它的转达，我们不仅可以理解蚂蚁，而且可以和它们对话！和蚂蚁交谈！你明白我在说什么吗？

我刚刚开始启用它，但它已经向我展示了美好的前景。我的一生对于不断完善这部机器是远远不够的。

继续我的工作，接我的班。之后，把它交给一个你相信的人，以使这套设备不会被束之高阁。但不到关键时刻千万不要用它：将蚂蚁的智慧展现给人类还为时过早。除了那些有益于改进机器的人，不要对任何人谈起此事。

也许在这一天，我的侄子乔纳森能够使用我留在地下室中的机器原型了。说实话我对此表示怀疑，但这并不重要。至于你，如果你能投入这项工作，我相信它会让你大吃一惊的。

埃德蒙·威尔斯

附 1：随信附上罗塞塔之石的图纸

附 2：随信附上我的《相对且绝对知识百科全书》第Ⅱ卷，在地下室里有这部书的另一本原件。这本书首先从昆虫学的角度揭示所有领域的知识。《相对且绝对知识百科全书》如同一家西班牙客栈，每个人都可以从中找到他们想要的。每个人得到的感受都会不同，因为它根据读者生活而产生共鸣，并且和读者的世界观取得一致。

把它当作我给你留下的生活的向导和一个朋友吧。

附3：你还记得吗？当你还很小时，我给你猜过的一个谜题（那时你很喜欢猜谜）。我问你如何用6根火柴搭出4个相同的三角形。我给过你一句提示：“应该以不同的方式进行思考”，你在这上面花了很长时间，最终你找到了答案。用三维空间与平面图形的不同方式进行思索。建起一个立体金字塔，这是第一步。我要向你提出另一个谜题。你可以还是用6根火柴拼出不是4个而是6个完全相同的三角形吗？帮助你找出答案的提示和上次的正好相反，“应该用与别的事情一样的方式进行思考”。

68. 万里征程

远征军渐渐走进森林深处，而沿途的景色也呈现出丰富多彩的变化。好些地方的石灰岩已露出了灰色的痕迹，就像婴儿刚长出的乳牙。欧石楠、青苔、蕨类植物在路边交错丛生着。

蚂蚁们在8月份酷热的天气中活跃起来。转眼间它们来到了联邦东部的小镇：黎琉冈、奴比奴比岗、泽地贝纳岗……无论它们走到哪里，大家都拿出最好的东西来招待它们：塞满糖浆馅的蚕茧、蝈蝈腿、稻谷夹心蟋蟀。在奴比奴比岗，当地居民干脆请它们收下160只正分泌糖汁的蚜虫。

在热情的招呼后，大家便谈起了手指。有谁不知道手指带来的灾难呢？它把一整支远征狩猎队都压成了碎片。

目前，奴比奴比岗还没有直接遭受它的侵害。城内的居民想尽办法来壮大远征军的实力。但是，猎取瓢虫的季节就要到了。另外，它们还需要靠自己锋利的大颚来保护饲养的大批牲畜。

下一个到的地方是泽地贝纳岗。这座雄伟的城市建造在山毛榉的树根上。那里的居民更慷慨大方。它们大胆地在城中部署了炮兵团，并为这支炮兵团配备了浓度高达60%的最新式酸性武器，另附20套军需品。

在这里手指也造成了相当大的破坏。树皮上那些巨大的刺形疤痕正是它们残暴行为留下的“杰作”，山毛榉受到的伤害最为严重，它从树皮中开始向外分泌一种毒液。泽地贝纳岗中所有的居民都中了毒，它们被迫在树皮愈合的期间迁往他乡。

“手指也许是一种友善的动物，是不是我们没有理解它的行为方式呢？”

24号天真地辩解道，但这番话只招来大家惊愕的目光。它怎么能说出这种话，更何况是当着去讨伐手指的远征军呢！

103683号赶快打圆场，帮24号从尴尬的处境中摆脱出来。它向贝洛岗的军士们解释到，战士们无论面对战争的何种情况都会毫不手软地与敌人进行斗争。这只是个小测试，让大家不要受敌人的愚弄。

一个贝洛岗的战士开始教泽地贝纳岗的居民唱那首由希丽·普·妮女王特别为纪念这次远征行动而创作的最新歌曲：

您对敌人的选择决定了您自身的价值。
和蜥蜴作战将会有蜥蜴的价值，
和鸟类斗争将会有鸟类的荣誉，
和昆虫抗争将会有昆虫的骄傲。

“那么，和神为敌的人将会变成神吗？”103683号心里咕哝着。

不管怎么说，这首歌曲还是大大地激励了泽地贝纳岗的居民们。很多人纷纷向远征军战士打听女王开发的最新技术。贝洛岗的战士们不待别人问起，便滔滔不绝地讲述它们如何一下子便征服了犀牛金龟子，并把它们训练成为自己的哨兵。它们不停地谈论着城市内部四通八达的交通要道、新式武器、最新的农业技术和中心城市的建筑发展。

泽地贝妮奇女王看到这样热烈的场面，不禁赞叹道：“我真没想到这次远征运动能得到这么广泛的发展。”

当然，大家都对最近那场大雨带来的灾难只字不提，也没有人会谈到在它们内部还有“亲手指派”的叛乱活动。

泽地贝纳岗的居民们深有感触地谈到，它们利用新技术在不到一年的时间中，就发展了蚜虫的饲养业、蘑菇的种植以及蚜虫糖浆的发酵工艺。

最后，它们说起了关于远征军的最近行动。103683号告诉大家远征军准备渡过大江，向世界的尽头前进。在那里，它们将竭尽所能消灭所有的手指，决不让任何一个敌人逃脱。泽地贝妮奇女王担心这3000名来自中心城市的士兵不足以消灭世上所有的手指。103683号承认，即使有强大的后援军队，它也在担心兵力不足这个问题。

泽地贝妮奇女王考虑了一下，提出它会给远征军配备一队轻骑兵。这些轻骑兵都是些高大魁梧、身手敏捷的战士，它们很适合和手指作战。

接下来，女王换了话题。它谈起了新兴城市的建立。是蚂蚁王国的发展吗？不，它谈到的是一个蜜蜂王国——阿斯科乐依娜蜂巢，有时也可以称为金色蜂巢。它就建在这附近靠右边的第四棵树上。在那里，它们采集花粉，这没什么好奇怪的。不寻常的是，它们总是毫不留情地进攻蚂蚁的队伍。如果进攻者是胡蜂，那么这种强盗的举动一点也不会令人感到奇怪。可它们是蜜蜂，这就有点麻烦了。

泽地贝妮奇女王认为，这些蜜蜂可能一直就有扩张领土的野心。它们攻击蚂蚁的队伍的地点离蚁窝越来越近。蚂蚁们很难再到远处去觅食了，它们宁可放弃自己的领地也不敢冒险被有毒的蜜蜂蜇一下。

“那么，蜜蜂是不是真的在蜇完敌人后就死了呢？”一只金龟子问道。

大家都对这只鞘翅目的昆虫竟敢如此直接地和蚂蚁讲话感到很惊讶，因为它也是远征军的一分子，于是泽地贝纳岗的一只蚂蚁屈尊回答了它的问题。

“不，并不一定是这样。只有当它们刺得太深太用力时才会死掉。”

又一个幻想被打破了。

大家还在兴致勃勃地谈着天，这时夜幕已然降临。贝洛岗的战士不住地感谢泽地贝纳岗的居民们如此慷慨地向它们伸出援助之手。两个城市的居民互相交换了很多粮食。大家在严寒迫使所有的蚂蚁进行冬眠以前清洗了自己的触角。

69. 百科全书

秩序：秩序中产生混乱，而混乱中孕育着秩序。从理论上说，如果我们想把鸡蛋拌匀来做摊鸡蛋，那就会出现这样一种情况：摊好的鸡蛋仍呈现出鸡蛋原有的形状。这种可能性是存在的。鸡蛋被拌得越匀，那么呈现出鸡蛋原有形状的这种规律就表现得越明显。

因而秩序只是混乱的一种组合方式。在我们生存的宇宙中，在秩序的扩大延伸中产生了混乱，而在混乱的不断发展中也孕育出新的秩序。我们必须承认，新秩序中的任何一个方面都无法和最初的秩序取得一致。在时间及空间中，在我们这个混沌的宇宙的尽头产生了人类文明的开端。

埃德蒙·威尔斯

《相对且绝对知识百科全书》第Ⅱ卷

70. 乡笛手的传说

叮咚！

蕾蒂西娅·威尔斯很快开了门。

“早上好，警长。您又来看电视了？”

“我只想和您谈谈我的看法，您只要听着我讲就够了，我并不要求您一定要发表什么意见。”

她让他进了屋。

“很好，警长。我洗耳恭听。”

她给他拉过来一把椅子，而自己则翘起修长的双腿坐到了他的对面。

直到欣赏够了她的长裙上的希腊式的绉边和系在发梢的玉佩，警长才又切入正题。

“让我先大概介绍一下实际情况吧！这是一个令人生畏的谋杀者，他可以自由地穿越封闭的空间作案，而在离开时又能不留一丝痕迹。此外，他似乎只对研究杀虫剂的化学家感兴趣。”

“他也会令苍蝇感到害怕。”蕾蒂西娅一边补充着警长的分析，一边端来两杯蜂蜜汁。她那双淡紫色的大眼睛深深地望着警长。

“是的，”他接着说，“但麦肯哈里斯给我们留下了一条新的线索：就是‘蚂蚁’这个词。也许我们可以猜想是蚂蚁谋害了生产杀虫剂的人。当然了，这个想法很可笑，但……”

“但这很不现实。”

“是的。”

“就算是蚂蚁也会留下痕迹。比如说，它们会对一些吃的东西感兴趣。任何一只蚂蚁都无法抵抗一只新鲜苹果的诱惑。而在麦肯哈里斯被杀的那天晚上，桌上却放着一只没被动过的苹果。”

“您观察得非常仔细。”

“看来，我们就这么被困在这桩秘密的谋杀案上了。没有线索，没有武器，没有任何被破坏的迹象。也许，我们在分析案件时还缺乏想象力。”

“哎呀，不下一万种东西都可能成为谋杀者。”

蕾蒂西娅·威尔斯神秘地笑了一下。

“谁知道呢？侦探小说在不断发展变化着，您可以试着想象一下阿加莎·克里斯蒂和科南·道尔在他们的小说中描述的在未来的时间及空间中发生的离奇的谋杀案，我相信您的调查肯定会取得长足的进展。”

雅克·梅里埃斯望着她，他的眼中映出蕾蒂西娅·威尔斯美丽的身影。

蕾蒂西娅有点局促不安地站起来，顺手拿起她的香烟嘴。她点上了一支烟，将自己笼罩在烟幕的后面。

“您在文章中写到我过于自负、听不进去别人的意见，您说得很对。但对于要改过自新的人来说，时间永远不会太迟。别笑话我，自从和您认识以来，我已经开始以一种不同的方式进行思考，也变得更开放了……看，我已经开始怀疑到蚂蚁了！”

“又是蚂蚁！”她显得有些不耐烦。

“等一下，也许我们并没有真正地了解蚂蚁。它们也许还有其他同谋者。您听说过‘阿姆兰的乡笛手’这个故事吗？”

“我没有听过。”

于是，他开始给她讲这个故事。“有一天，一大群老鼠侵入了阿姆兰城，它们在大街小巷中到处乱窜。人们根本不知道如何来对付一下子涌出来的这么多老鼠。他们杀死了大批的老鼠，可是有更多的老鼠涌到城中。它们吞吃了所有的食物，以最快的速度繁殖着，绝望的人们几乎决定要放弃他们的家园，离开这片土地了。这时一个年轻人自告奋勇说他能解救城市，但他要求在事成之后得到一笔丰厚的报酬。当地的统治者已没有什么可以再失去的了，他们毫不犹豫地接受了这个年轻人的条件。于是，年轻人吹起了笛子。老鼠们陶醉在美妙的笛声中，它们聚到了一起跟着笛手离开了城市。笛手把它们引向了江边，老鼠们全淹死在滔滔的江水中。当年轻人回来要求得到他应得的那份报酬时，幸免于难的贵族公子们却嘲笑他幼稚愚昧。”

“那后来怎么样了呢？”蕾蒂西娅迫不及待地问道。

“后来？您可以想象一下在本案中的类似情况：一名可以指挥蚂蚁的‘乡笛手’。有人想要报复他最痛恨的人——那些杀虫剂的发明者。”

他的话终于引起了这个年轻女人的兴趣，她睁大了那双淡紫色的眼眸，一动不动地盯着他。

“继续讲。”她说。

她深深吸了一口烟，显得有点紧张。

他停了下来，似乎沉浸在一种突来的狂喜中。他的脑中只是不停地闪现着一句话：“我终于明白了。”

“我想我已经知道结果了。”

蕾蒂西娅·威尔斯的表情有点不自然。

“您发现了什么？”

“有人驯服了蚂蚁！它们钻进了受害者的体内，用锋利的大颚啃噬他们的内脏，这引发了内出血。然后它们再爬出来，比如说，从耳朵中出来。这样，我们可以解释为什么很多尸体都有耳朵出血的现象。最后，它们带着受伤的蚂蚁离开。这大概要用五分钟，也就是阻止第一批苍蝇靠近尸体的时间……您对我的分析有什么看法？”

从他一开始分析这个案件，蕾蒂西娅·威尔斯就没有真正分享他破案的兴奋情绪。她又点燃了一支烟。她承认也许他是对的。但根据她的常识，任何人都无法驯服蚂蚁，并指使它们爬进旅馆、选择房间、杀死一个人后，安静地返回到它们的蚁穴中。

“不，这完全是可能的。我肯定能找到驯服蚂蚁的方法。”

雅克·梅里埃斯拍着手，他真为自己感到高兴。

“您看，我根本不需要想象什么描写未来时空谋杀案的侦探小说，只要有一点常识就够了。”他高声说着。

蕾蒂西娅皱了皱眉头。

“太棒了，警长。您肯定会成功的。”

梅里埃斯很快离开了蕾蒂西娅家。他的首要任务是向法医核实蚂蚁的啃噬是否能引起受害者体内的内出血。

蕾蒂西娅闷闷不乐地拿出了钥匙，打开黑漆小门，把切成小块的苹果扔进了装着 45000 只蚂蚁的培养箱中。

71. 我们都是蚂蚁

乔纳森·威尔斯发现在《相对且绝对知识百科全书》中记录着在几百万年前有一群蚂蚁的崇拜者住在太平洋的小岛上。根据埃德蒙·威尔斯的记载，这些人在减少食物摄取量和祷告神明的同时，还进行一种特殊的体能训练。

后来，不知道什么原因，这个团体连同他们的秘密一起神秘地消失了。

经过一番慎重的考虑，地下殿堂中的 17 个居民一致决定无论这个团体是否真实存在，他们都要仿效它。

他们已经像原始人或动物一样有灵敏的嗅觉和听觉，而味觉更是在长期的挨饿中有了很大提高。甚至是那些由于营养不良而产生的幻影在他们的意识中都带有了某种感觉。

当露西·威尔斯第一次意识到她在直接“阅读”别人的思想时，她害怕极了。她认为这是一种下流的行为。一想到她是和人品正直的杰森·布拉杰交流思想，她也就欣然沉浸于这种直接的沟通中了。

大家的食物供应一天比一天少，而体能训练的强度却越来越大。即使是身体最强壮的人也不见得比别人好受多少。那些以前的消防员或警察已习惯于在开阔的空间中进行训练，他们不得不时常抑制住因为长期的幽闭而产生的烦躁。

最终，所有人都变成了同一副模样：因为脸上干瘦得已没有一丝肉，眼眶深深地塌陷下去，两只眼睛在黑暗中显得更加明亮。他们在外貌上已经相互同化了（只有尼古拉因为年龄小吃得好一点，才可以看出与别人的不同）。

他们尽量避免站着（这对于那些体力不足的人来说太累了），而喜欢盘腿坐下甚至情愿在地上爬。随着日子一天天过去，最初的不安与恐慌已渐渐变成对现实的从容的接受。这是一种精神错乱的表现吗？

一天早晨，电脑的打印机突然发出噼噼啪啪的声音。贝洛岗的一部分叛乱的褐蚁希望借前蚁后的去世来恢复中断的联系。它们通过探测器“活石头博士”与人类进行沟通，希望能够帮助人类。于是，第一批救援食物通过石头断层送达被困者手中。

72. 转机

幸亏有了“亲手指派”叛乱蚂蚁的帮助，奥古斯坦·威尔斯和他的同伴们知道他们可以活下去了。他们吃的东西很少却很有规律，有的人甚至逐渐恢复了体力。

在这个地狱中，周围的一切并不算太糟。在露西·威尔斯的建议下，他们决定不再使用地面上人类的名字。现在他们全变成了一个模样，只需要一个代号就足够了。这是一个重大的转变。放弃人类的名字，就等于放弃了人类的祖先留下的历史印记。他们似乎是一种全新的生命：像刚呱呱坠地的婴儿。没有了姓名，也就是不想再保持自己的个性。

在丹尼尔·罗森菲（又名 12 号）的提议下，他们决定使用另一种共同的语言。杰森·布拉杰（又名 14 号）发现“人类通过发出多种声波来进行交流，但这太复杂，太烦人了。为什么我们不能发出单一的声波，并通过这种声波的振动来保持相互的联系呢？”

这种可笑的沟通方式类似于印度教的风格，但他们对此并不在意。不管怎么说，命运不是将他们带到另一个世界中，迫使他们以另一种方式生存下去吗？他们必须接受命运的安排，他们也为自己所付出的一切而感动不已。

17 个人手挽手围成了一圈，体质虚弱的人挺直了腰、盘腿坐着。他们向前俯下身体，头在中心聚到了一起。每个人轮流发出自己的声音，代表他们自己的声音振动。当所有声音都汇集到一起后，他们调整着自己的音域，以便统一成一种同样的声音。在反复实践后，所有的人都把从腹腔深处发出的声音降低到音域的最低一级。

他们选择了“OM”这个音节。他们的第一首对土地及无限空间的颂歌回响在地下殿堂的各个角落。就像小饭馆中传出的只能是嘈杂的叫喊声那样，“OM”是山谷中的幽静之声。

他们闭上了眼睛，呼吸渐渐趋于平缓、一致、深沉，身体似乎也轻轻地飘浮在空中。他们忘却了所有的记忆，只是这样全身心地沉浸在空灵的声音中。在“OM”这个音节中，一切都开始了，一切也都结束了。

这个仪式持续了很长时间。然后他们静静地散开，每个人回到自己的岗位上，忙着这样或那样的工作：做家务，保管仅有的一点食物储存，和“反叛”的褐蚁保持联系。

只有尼古拉没有加入这些家务琐事。别人都觉得他还太小，不必为这种事操心。同样，大家也都一致认为他应该吃得最好。对于蚂蚁来说，最宝贵的毕竟是孩子。

一天，他们试着通过心灵感应和蚂蚁进行交流，但没有回应。他们不应该有太多的幻想。即使是在他们之间进行交流，失败的情况也时有发生：事实上，两次心灵感应的试验中只有一次能够成功，这需要沟通双方完全敞开自己的心扉。老奥古斯妲回忆着。

就这样，他们一点点变成蚂蚁，至少在精神上是这样。

73. 百科全书

鼹鼠：鼹鼠生活在东非的埃塞俄比亚和肯尼亚北部。这种动物天生就是瞎子。在它粉红色的皮肤上几乎没有毛。凭借锋利的门牙，它可以挖好几千米长的洞。

但这还不是最令人惊奇的事。鼹鼠是已知的唯一的一种社会构成与昆虫一样的哺乳动物。一个鼹鼠群体中一般有500个居民，它们像蚂蚁一样分为三类：有性鼠、工鼠和兵鼠。鼹鼠后作为唯一的雌性，一胎可生30只小鼠。为了成为唯一的一只雌性鼹鼠，鼠后在尿中排出一种有气味的物质来阻止地下其他雌性动物的靠近。鼹鼠的生活环境类似于沙漠地带。它们以植物的块根或块茎为食，有时群居在一起，通常是独立谋生。一只独立生活的鼹鼠很可能在挖了几千米长的洞后还是找不到任何食物，它会因饥饿和过度疲劳而死去。群居生活则大大增加了找到食物的可能性，即便只有一点点的植物根茎，也会被平均分配给每位居民。

它和蚂蚁之间唯一的显著不同是：雄性鼹鼠在交配之后不会死去。

埃德蒙·威尔斯

《相对且绝对知识百科全书》第Ⅱ卷

74. 清晨

一只笨重的粉球滚了过来。它冲这个球大喊："我对您的同胞丝毫没有敌意！"但球并没有停下来，还是把它碾成了碎片。

103683号突然从梦中惊醒过来。因为经常为噩梦所困扰，它想方设法去适应短时间的睡眠，并使自己在极小的温度变化下也可以醒过来。

它又梦到了手指，它应该忘掉它们。如果它害怕手指的话，它就无法在战争来临之际勇敢地投入进去，因为恐惧会分散它的精力。

它回想起贝洛·姬·姬妮女王以前给它和它的姐妹们讲过的传说。那带着芳香的话语至今还萦绕在它的耳边，它只要碰一碰触角就可以全部回忆起来。

"一天，我们王朝中的一位女王古姆·古姆·妮在它的寝宫中闷闷不乐。它得了一种情绪上的疾病，终日为三个问题所困扰，无法再考虑其他的事情：

生命中最重要的时刻是什么？

要完成的最重要的事情是什么？

幸福生活的秘诀是什么？

“它和它的姐妹、儿女以及联邦中最博学的蚂蚁探讨这个问题，但女王始终无法得到一个满意的答案。大家都说它生病了。它日思夜想的这三个问题根本不是王国生存的关键因素。

“女王终日郁郁寡欢，身体也日渐衰弱。所有的蚂蚁都很着急。如果它们不想失去唯一可以哺育后代的女王，它们就必须也是第一次严肃地考虑这些抽象的问题。

“生命中最重要的时刻是什么？要完成的最重要的事情是什么？幸福生活的秘诀是什么？

“所有的蚂蚁都提出了自己的答案。

“最重要的时刻是吃饭，因为食物让我们精力充沛……要做的最重要的事情是繁殖后代，这样可以永远保证它们王国的土地并能扩充保卫城市的兵蚁的数量……幸福生活的秘诀是热情，因为热情是产生体内化学激素的源泉……

“古姆·古姆·妮女王对所有答案都不满意。于是它离开了蚁穴独自来到外面的大世界中，在外面的世界中，它为了生存而艰苦地斗争。当它在三天后回到家时，它的王国正处在水深火热之中。女王已找到了答案，它是在和入侵的野蚂蚁的斗争中悟出这番道理的。最重要的时刻是现在，因为我们只能改变现在。如果我们无法把握住现在，那么也就不会有将来。要完成的最重要的事情是迎击我们眼前的一切挑战。如果女王不设法摆脱要杀死它的人，那么死的将会是它自己。至于幸福生活的秘诀，它是在战后才懂得的：很简单，那就是活着并到外面的世界去闯荡。

把握现在的时刻，
做好眼前的事，
到外面的世界去闯荡。

“这就是古姆·古姆·妮女王留给后代的三条主要的生活收获。”

24 号走到了这个小战士的身旁。

它要告诉 103683 号它对神的信仰。

103683 号并不想听它的解释，它动了一下触角让 24 号停止了高谈阔论，并邀它一起在联邦的村子前散散步。

“很美，嗯？”

24 号没有回答。103683 号告诉它，它们被视为理所应当去和手指战斗并杀死它们的蚂蚁，但蚂蚁们还有其他重要的事要去做：旅行。也许当它们完成了国家的使命或战胜了手指以后，美好的时光也不复存在了，也许最美好的时刻就是现在——它们两只蚂蚁、清晨、和蚂蚁朋友们朝夕相处。

103683 号给 24 号讲了古姆·古姆·妮女王的故事。

24 号认为，它们的使命比这些精神上的故事“重要”得多。它完全沉迷在这种可以接近甚至看到、接触手指的机会中。

它不会让任何蚂蚁来代替它。24 号问 103683 号是否见过手指。

“我好像见过它们，我不清楚。您要知道，它们和我们完全不一样。”

24 号料到会是这样。

103683 号不想再争论下去了。但仅凭直觉，它认为手指不是神；也许世上真的有神，但它一定是别的什么东西。也许是这个美丽的大自然、这些树、这片森林，也许是存在于它们生活中的动物界和植物界中的神奇力量……是的，在这个星球上，它很容易在世界的神奇景观中发现神是无处不在的。

这时，一束玫瑰色的光芒渐渐从地面上升起。小士兵用它的触角指着光：“看，多美呀！”

24 号并没有和它一起分享这激动人心的一刻。于是，103683 号开玩笑地说：“我就是神，因为我能命令太阳升起来！”

103683 号用四只后足支撑身体站起来，它用触角指着太阳大声喊：“太阳，我命令您升起来！”

这时，太阳透过高高的灌木丛洒下缕缕阳光。天空宛如在庆祝色彩的节日：赭石色、紫色、淡紫色、红色、橙色、金色。当小蚂蚁发出命令时，亮光、热气、美景一齐出现了。

“也许我们太低估自己的能力了。”103683 号说。

24 号想重申“手指是我们的神”，但阳光是如此炫目美丽，它又把话咽了回去。

奥秘三

用刀与嘴

75. 马丽兰·莫萝是如何战胜梅蒂希斯的

一对埃塞俄比亚学者在共同理想的基础上建立了幸福的家庭。

吉尔·奥德甘很小就开始把大量的时间用在观察蚂蚁上。他用家中空的果酱瓶养了一窝蚂蚁。当这些蚂蚁从瓶中逃出来时，他妈妈一气之下把它们全踩死了。

但奥德甘并没有因此放弃他的研究，他又重新开始养蚂蚁。这次他做得更隐蔽，瓶子的密封性也更好。但他不明白为什么蚂蚁总是一只接一只地死掉。

长久以来，他认为只有他一个人会对这种小东西这么着迷，直到有一天他在鹿特丹昆虫学院遇见了苏珊娜。他们对蚂蚁表现出了同样不可抗拒的热情，这使他们两个走到了一起。

如果条件允许，苏珊娜会比他更疯狂地喜欢蚂蚁。她能认出培养器中的每一位居民并给它们起了名字，她甚至说得出在蚂蚁中发生的最细微的变化。一到星期六，两个人就趴在培养器旁观察这些小东西。

后来，他们在欧洲结婚了。这时不幸的事发生了。在苏珊娜的培养器中一共有六只蚁后。她把长着短短的触角的叫作克蕾欧·巴特尔；头上有剪刀形胎记的叫马丽·斯度哈尔；脚总是蜷缩起来的叫蓬巴度；最“多嘴多舌”的是爱娃·白龙（它总是不停地晃动自己的触角）；马丽兰·莫萝举止最优雅；而嘉特琳·德·梅蒂希斯最爱欺负别的蚂蚁。

正如它的名字那样，嘉特琳·德·梅蒂希斯组建了一支杀手队，一个接一个地铲除它的对手。奥德甘没有介入这场迷你战争中，他仔细地观察这些杀手如何捉住其他的王后，把它们拖到水槽旁边淹死，然后把死尸扔到垃圾场里。当这场突然的屠杀降临到马丽兰·莫萝头上时，它表现出了性格中狠毒的一面。它赶紧组织起自己的杀手队，并刺杀了嘉特琳·德·梅蒂希斯。

这对信仰蚂蚁文化的夫妻被这种残酷的生存法则吓坏了。他们又走到了另一个完全相反的极端，蚂蚁的世界比人类的社会更残酷，它们做得太过分了。第二天，他们如同当初疯狂地迷上蚂蚁一样极端地痛恨它们。

一回到埃塞俄比亚，他们立刻投入了在非洲大陆进行的反昆虫运动。他们参加了由这方面最著名的专家组成的世界最高权威组织。

奥德甘教授取出了试管，他像传教士一样虔诚地把它举到眼前。他的妻子同样小心翼翼地往里加入了一种白色粉末，确切地说是白垩粉。然后，她把混合好的液体倒进旋转机中，又加了几滴乳液，盖上盖子让它们充分混合。五分钟后，液体变成了美丽的银灰色。

一个男人走过来向他们发出警告。他也是一个学者，长得又高又瘦，叫米盖尔·西格内拉兹。

“要快一点，‘他们’就要追上来了。马克西米利安·麦肯哈里斯也死了。”他说，“巴别试验进行到哪一步了？”

“一切就绪了。”吉尔宣布道。他拿出了装着银灰色液体的试管。

“太棒了。我想我们成功了。他们再也不能对付我们了。但你们必须在他们再次攻击我们前离开。”

“您知道那些要阻止我们的人是谁吗？”

“应该是一小撮冒牌的生态学家。他们甚至不知道自己干了些什么。”

吉尔·奥德甘叹了口气。

“为什么我们刚着手进行一项研究，就会有反对势力来阻止我们成功呢？”

米盖尔·西格内拉兹耸了耸肩。

“事情总是这样。对我们来说，我们要做到最快。”

“但是，我们的敌人到底是些什么人呢？”

米盖尔·西格内拉兹一脸阴险地说：

“您真的想知道吗？我们在和……地狱之神的力量进行斗争。这种力量无处不在，特别是我们灵魂的深处……相信我，这是最糟糕的事。”

当米盖尔·西格内拉兹教授拿走这种银灰色的物质时，吉尔和苏珊娜·奥德甘夫妇已死了半小时了。

76. 昆虫的偶像

应该有更多的供品，
如果你们不供奉你们的神，
我们将用土、火、水来惩罚你们。

手指无所不能因为手指是神明。
手指无所不能因为手指是伟大的。
手指无所不能因为手指是强大的。

这就是现实。

打出这封短信的手指突然抬了起来，其中三根伸到了鼻孔里使劲地挖着；挖完后，手指搓出了一个足以让任何屎壳郎都嫉妒的黑球，然后把它远远地扔出去。

接着，手指又往上抬了抬，撑住了额头。这个人想着他刚才那个球搓得不错，并不是所有人都能搓出这么好的球。

77. 远征

军队中其他的战士渐渐赶上了这两只蚂蚁。

103683 号竖起了它的触角，感受着初升的太阳给大地带来的温暖。它们周围已聚集了很多蚂蚁。

贝洛岗居民，还有专门来看望远征军的泽地贝纳岗居民，以慷慨激昂的话语激励着炮兵和轻骑兵两支队伍以及整支远征军。

23 号磨着它的大颚，24 号看着它的蝴蝶茧。103683 号一动不动地站着，仔细地注意着气温的升高。当气温升到 20 摄氏度时，它发出表示“出发”的费洛蒙。这种费洛蒙又轻又黏，基本构成是 $C_6—H_{12}—O_2$。

士兵们很快就出发了，它们组成的第一纵队随着触角、尖角、复眼以及圆鼓鼓的肚皮的不断加入而逐渐壮大。

第一队征讨手指的远征军出发了。它们在纵横交错的灌木丛中开辟着前进的道路，并很快便统一了前进的速度。

在它们沿途所经之处，昆虫、蚯蚓、小老鼠和爬行动物们都早早地藏起来。只有几个大胆的家伙在暗处偷偷摸摸地探出头，望着远征队伍前进。它们十分惊讶地看到，犀牛金龟子和蚂蚁们肩并肩地走在一起。

在队伍的最前面，侦察兵们忙东忙西地为远征军加宽前进道路，使路途更平坦、更安全。

尽管蚂蚁们的谨慎小心一般都可以保证它们平安无事，但是军队也不可避免地会遇到一些无法预料的麻烦。它们在一个直径至少有一百步宽的巨洞前挤成了一团。这太令人吃惊了，因为这个洞就是日乌利岗城的遗迹。一名奇迹般地生还的日乌利岗的小兵曾给它们讲过，有一只巨大的怪物把它抓起来并放到一个透明的大贝壳中……这就是手指的杰作！这就是它们能做的！

一只强壮的蚂蚁抬起触角转向它的姐妹们。这是 9 号，所有蚂蚁都很清楚它对手指的仇恨。它张大了嘴，释放出一股浓烈的费洛蒙：

“我们要以牙还牙！它们每杀害我们一个姐妹，我们就要杀死两个手指作为抵偿！”

所有的远征士兵听说过地球上只有不到 100 只手指，但战士们并没有因为这条消息而欢欣鼓舞。胸中的怒火激励着它们，战士们绕过了这个深坑继续前进。

它们心中的兴奋激动并没有让它们放松警惕。在穿越一片阳光猛烈的大草原或荒地时，它们会聚在一起，为炮兵们遮挡毒辣的阳光。它们要尽量避免酸性的物质，特别是 60% 以上的高浓度酸在高温下发生爆炸，危害到携带武器的蚂蚁和它们附近的同伴：想象一下爆炸的气流在蚂蚁的队伍中引发的灾难吧！

这时候，它们来到一条被最近一场大雨冲出的水沟前。103683 号认为这条水沟不会太长，它们从南面应该能绕过去。但是没有人同意它的看法，它们已经没有时间可以再浪费了！侦察兵们跳进水中，手挽手搭起一座浮桥。每当一个小分队从桥上经过，就会有四十几只小蚂蚁在水中永远地闭上眼睛。没有付出就不会有收获。

当第二天夜晚来临时，它们本想强占一个白蚁或敌方蚂蚁的巢穴。但放眼望去，在这片稀稀落落地长着几棵槭树的荒漠上什么也没有。

在以前的一次战争的启示下，这些蚂蚁以一种独特的方式进行宿营。它们用自己的身体搭出一个结实的球形“建筑”，蚂蚁们把牙齿露在这个临时巢穴的外面，随时准备对侵犯的敌人进行反击。在球的内部，大家为金龟子和伤病员建起活动房屋，因为它们更怕着凉。整个“建筑”有走廊和几十层房间。

如果有动物胆敢来碰一下这个棕色的球体，那它一定会被蚂蚁们吞下去。一只小灰雀和一只不知天高地厚的蜥蜴就为它们的好奇心付出了生命的代价。当外层的蚂蚁严阵以待地守卫着大家的时候，在里面，各种活动都渐渐停止了。每只蚂蚁都回到“建筑”中属于自己的那块地方。

天冷下来，所有的生物都睡着了。

78. 百科全书

最基本的共同知识：地球上人类对动物最基本的认识就是所有人都遇

到过蚂蚁。整个世界上肯定会有一些没见过猫、狗、蜜蜂或蛇的人，但我们永远不会遇到没有让小蚂蚁在他的身上爬过的人。这是我们最基本的共同感受。从对爬到我们手上的小蚂蚁的观察中，我们得到如下的基本常识：一、蚂蚁通过摇动触角来相互沟通；二、它们会去它们所能爬到的任何地方；三、如果人们用一只手挡住它的去路，它就会爬到这只手上；四、我们可以用湿手指在一队蚂蚁前画一条线来阻止它们前进（蚂蚁们会认为前方有看不见的并且无法穿越的障碍，它们会绕过障碍继续前进）。我们所有人对这几点知识都很清楚，但这些从我们的祖先到当代无人不知的简单常识一点用处也没有。因为它既不是在学校中学到的（在那儿，人们枯燥刻板地研究蚂蚁，比如记住蚂蚁身体的各部分名称，坦率地说这有什么用呢？），对找工作也毫无帮助。

埃德蒙·威尔斯

《相对且绝对知识百科全书》第Ⅱ卷

79. 夜半访客

他的看法是对的。法医已向梅里埃斯证实蚂蚁的啃噬可能会造成死者的内出血。雅克·梅里埃斯也许还没有抓住凶手，但他肯定自己的方向是正确的。

他兴奋得整晚都难以入睡，于是他打开了电视，碰巧正在重播前一天的《思考陷阱》这个节目。拉米尔夫人一改她惯有的小心谨慎的态度，满脸洋溢着喜气。

“那么，拉米尔夫人，这次您猜出答案了吗？”

拉米尔夫人毫不掩饰心中的喜悦。

“是的，是的！我猜出答案了！我想我终于找到解答谜题的方法了。”

她的发言引起场下观众雷鸣般的掌声。

“真的吗？”主持人惊讶地问道。

拉米尔夫人像个小女孩一样欢快地拍着手。

“对，对，对！”她向大家宣布着。

“那好，请向我们解释一下吧，拉米尔夫人。”

“这多亏了您那句关键性的提示语，”她说道，“‘越是聪明就越难找到谜底’‘必须忘却我们已经掌握的所有知识’‘就像宇宙一样，这个谜题来自一种绝对的简单’……我明白了，要想找出答案就必须让自己重新回到童年。我们要掉头向后走，一直回归到事物的源头，就像不断膨胀的宇宙要回归到它的爆发产生原点那样。所以我应该重返纯真，就是我要重新拥有婴儿般的天真思想。”

“您扯得太远了，喂，拉米尔夫人……”

而这位竞猜者正讲到兴头上，主持人并没有打断她的谈话。

“我们这些成年人总是想方设法让自己变得更聪明些，但我要求自己做到与事物发展规律相反的事情：打破常规并与我们的习惯背道而驰。”

场中又响起零零落落的掌声，像梅里埃斯一样，大家都等着她接着说下去。

“那么，聪明人在面对这道谜题时是如何做的呢？当面对这一连串数字时，他会把它当作一道数学题来对待。于是他会尽力去寻找在这几行数字中的共同点。在进行了加、减、乘之后，他就被所有的数字搞得头昏脑涨了。尽管已经绞尽脑汁，他却一无所获。对这种情况最好的解释就是，这根本不是一道数学谜题。所以我知道这是一道文学题。”

“想得很好，拉米尔夫人。”掌声又响了起来。

她通过这个机会喘了口气。

“根据文学意义又如何来解释这一连串数字呢，拉米尔夫人。”

“像小孩子那样，直接说出我们看到的东西。孩子们，特别是很小的孩子，当他们看到一个数字时，就会马上把它转化成一个词读出来。对于他们来说，‘6’只代表‘Liu’这个发音，就像‘母牛’代表了一种有4只脚和很多奶头的动物那样。这是一种习惯，我们根据人为区分出的抽象发音来形容每一件事物，但名称、概念和事物其实都是同一种东西。”

“拉米尔夫人，您今天谈起哲学问题啦。但我们电视机前各位亲爱的女士先生们想知道具体的内容。那么，您的答案到底是什么呢？”

“如果我写下数字‘1’，刚学会读的小孩子会对我说这是‘1（个）1’，于是我又根据他刚才读出来的发音写下数字1。如果我把刚写好的数字再给他看，他便会告诉我他看到的是‘2（个）1’：也就是‘21’，我就这样写下去……这样便得到了答案。我们通过读出前一行的数字发音就可以得出下行的数字。小孩子会把刚才那个数字读成1（个）2，1（个）1，也就是：‘1211’，依此类推，我就可以列出：‘111221’，然后是‘312211’，再下来是‘13112221’‘1113213211’……我觉得数字‘4’不会很早出现的。”

"您简直太棒了，拉米尔夫人！您赢了！"

整个大厅都欢呼起来。梅里埃斯模模糊糊地觉得大家在为他叫好。

主持人让场内重新安静下来。

"拉米尔夫人，我们不能仅满足于已经取得的成绩。"

这位女士微笑着，用她那双由于激动而微微出汗的手捂住了绯红的脸颊。她柔声说：

"至少要让我理一下思绪吧！"

"啊，拉米尔夫人，您能解答我们的数字谜题，这太好了。现在，您已经进入我们新一轮的'思考'……"

"'陷阱'。"

"如往常一样，这是电视机前一位不知名的观众提出的谜题。请听好我们的新问题：您知道如何用6根火柴，我说得很清楚是用6根火柴，来拼成大小一样的6个等边三角形吗？请您既不要折断也不要粘住它们。"

"您是说6个三角形吗？您确定不是用6根火柴拼成4个三角形？"

"6根火柴，6个三角形。"主持人确定地重复着。

"也就是用1根火柴拼1个三角形？"

这位竞猜者吃惊地说。

"是这样的，拉米尔夫人。这一次，关键的提示语是：要和其他的人一样用同一种方式进行思考。亲爱的电视观众们，现在轮到您们来开动脑筋了。如果您想知道答案的话，我们明天见。"

雅克·梅里埃斯关了电视，又回到床上躺下，不久就进入了梦乡。他对破案的那种狂热一直伴随他进入梦中。他在混乱的睡梦中一会儿看到了蕾蒂西娅·威尔斯，那双淡紫色的眼眸和她那些昆虫标本。一会儿又梦到塞巴斯蒂安·索尔塔和他那张极适合演恐怖电影的脸。还有杜拜龙局长，他放弃了从政的绝好机会，而全身心投入到法医这一行业中。拉米尔夫人永远不会被思考的陷阱难住。

在这一段美好的夜晚时光中，梅里埃斯在床上辗转反侧，他的梦一个接一个就像放映电影一样不断在他的头脑中闪现。他沉沉地睡下，他睡得很少，他再也睡不着了。突然，他惊跳起来，他感到床尾在轻微地抖动，似乎是有人在用力拍打他的床垫，他脑中顿时又浮现出童年时的噩梦。怪兽，一只瞪着血红眼睛的狂怒的狼。……他稳定了一下自己的情绪，现在他已经是成人了。他完全清醒了，打开灯，看到有一个小小的鼓包在脚下移动着。

他跳下床，鼓包还在那儿，非常突出显眼。他冲着这个鼓包就是一拳，床单下面发出了一种类似兔子的叫声。然后，他惊讶地看到，玛丽·夏洛特一跛一跛地从床单下钻出来。这可怜的小东西把脸藏在它的爪子下呜呜地叫着。他抚摸着它的毛，轻轻揉一揉刚才被他打伤的爪子来安抚这只小猫。为了补充一下今晚消耗的体力，他把玛丽·夏洛特关到了厨房中，在旁边又放了一块金枪鱼的肉。他打开冰箱喝了一杯水，又继续看电视，直到他重新觉得困倦。

电视的主要用途是像镇痛药那样使人们渐渐平静下来。人会觉得自己轻飘飘的，头却相反是昏昏沉沉的，眼中充满了对与自己根本毫无关系的问题的疑惑。

他又躺回到了床上，这次他梦到了刚才从电视中看到的所有内容，也就是说，有美国电影、广告、日本动画片、一场网球赛，还有从现实中发掘素材的侦探电影。

他睡着了，他睡得很香，他睡得很少，他再也睡不着了。

上天注定，命运又和他开了一次玩笑，他又感觉到一个小鼓包在他的床尾抖动着。他重新开了灯。还是他的猫玛丽·夏洛特在捣鬼吗？但他刚才确实小心地关上了猫身后的厨房门。

他很快站了起来。这个鼓包一分为二,二分为四、八、十六、三十二，最后变成勉强可以用肉眼看见的小水疱，这些疱迅速地向床单边缘移动着。他往后退了一步，眼睛一眨不眨地盯着这奇怪的东西。啊！蚂蚁正爬上他的枕头。

他的第一个反应就是用手把它们全部从枕头上掸下去，但他及时地改变了主意。塞巴斯蒂安·索尔塔和其他人一样也一定想到要用手去赶蚂蚁，轻视敌人就是最大的错误。

看到这些小东西不到一秒钟，他就辨别出了它们到底是什么。雅克·梅里埃斯拔腿就跑，蚂蚁们追了上来，但碰巧门上只有一个插销，他可以在蚂蚁大军赶到之前离开房间。在楼梯上，他听到可怜的玛丽·夏洛特在被这些可恶的昆虫啃咬时发出的惨叫。

他感到一切发生得是如此突然，他根本没有时间去厘清自己的思绪，好好想一下事情的来龙去脉。他光着脚穿着睡衣站在街上，叫了一辆出租车，叫司机把他送到中央警局。

自此，他确信凶手已知道他破解了化学家凶杀案之谜，现在凶手派出小杀手来对付他了。

但，只有一个人知道他破了案，唯一的一个人！

80. 百科知识

二重性（Dualité）：我们可以将《圣经》这本书浓缩为它的第一卷《创世记》。而《创世记》又可以被概括成其中的第一章“世界起源”。这一章本身可以用开头第一个词 Béréchit 来代替，Béréchit 的意思是指“在一开始”。而这个词又可以用它的第一个音节 Ber 来表示，意思是“创造出的事物”，这个音节又可以用第一个字母 B 来代替。而我们可以把 B 描述为一个打开的中间有一个点的空的四方形。这个四方形代表房屋或没有一丝裂痕的鸡蛋，而这一个点则代表新生的胎儿。

为什么《圣经》以字母表中第二个字母而不是第一个字母开始呢？因为 B 体现了世界的二重性。A 则指宇宙最初的统一，B 是这个起源不断迸发扩散的结果。B 是指另一个。从“1”出发，我们得到了“2”，从“A”出发，我们得到了“B”，我们生活在一个二重性的世界里。但我们也很悲哀——看到了世界末日——唯一，从哪里开始，最终就将在哪里结束。

埃德蒙·威尔斯

《相对且绝对知识百科全书》第Ⅱ卷

81. 勇往直前

蚂蚁们的宿营地被从槭树落下的一只翅果震散了。槭树是一种螺旋形的植物，它可以把它的种子送到很远的地方。这种植物的一对盘旋膜翅给蚂蚁带来很大危险。这次，远征军的球形“建筑”完全散了架，小蚂蚁们纷纷跌落到地上，但它们很快重新踏上征程。

在队伍中，大家有了一个新的话题，所有蚂蚁都在讨论着这些不同的天然“导弹”带来的危害。另一些蚂蚁认为蒲公英的冠毛最麻烦，因为它们会粘住触角，干扰所有的信息交流。

在 103683 号看来，在这一类危险的东西中要首推凤仙花。只要轻轻地碰一下它的果实，凤仙花细长的叶子会马上卷起来把它的种子射出百步之远。

大家不停地聊着，但闲谈并没有使它们放慢前进的步伐。它们不时也用腹部蹭一下地面，于是身上的腺液在地上留下了一道香味的痕迹，以便给它们后面的姐妹引路。

有很多只鸟在天空中盘旋着，这是不同于翅果的另一种危险。有南方淡蓝色羽毛的莺、短尾云雀，更多的是黑色或绿色的啄木鸟。在枫丹白露的森林里，这些不过是最普通的飞禽。

这些鸟中的一只黑啄木鸟突然朝蚂蚁飞过来，它用尖嘴对准了蚂蚁的队伍。它俯冲下来，重新调整好飞行身体的平衡，并极力保持掠地飞行。蚂蚁们顿时乱作一团，开始四散奔逃。然而，这只鸟的目的并不是想攻击某一只倒霉的蚂蚁，当它飞过一队蚂蚁兵的上方时，它把屎拉到了蚂蚁们的身上。这样几次后，有三十多只蚂蚁的身上都沾上了鸟屎。在军队中马上传出了一句警告费洛蒙：

“别吃！别吃！”

啄木鸟的粪便中常带有绦虫。如果吃下去……

82. 百科全书

多节绦虫（Cestodes）：多节绦虫是一种单细胞的寄生虫，成年的绦虫生活在啄木鸟体内。它们随鸟的粪便被排出体外。我们可以这样认为，这些鸟心中很清楚，它们如果频繁地飞越蚂蚁城市的上空，它们就可以用粪便来轰炸蚂蚁的世界。

当蚂蚁们清扫它们城市中这些白色的东西时，它们会把鸟屎吃下去，这样就感染上了绦虫。绦虫将改变蚂蚁的生长发育，使它们甲壳的颜色变淡。感染上了绦虫的蚂蚁会觉得浑身无力，反应也变得非常迟缓。当绿毛啄木鸟进攻蚂蚁的城市时，被粪便感染的蚂蚁就是第一批牺牲者。

患病的蚂蚁不仅行动缓慢，而且它们变淡了的外壳使它们在城市阴暗的地道中很容易被辨认出来。

埃德蒙·威尔斯
《相对且绝对知识百科全书》第Ⅱ卷

83. 第一批牺牲者

这只鸟又飞回来朝蚂蚁拉屎了，它向别的鸟解释自己的战略是先使蚂蚁们中毒，再在下次寻觅食物的过程中吃掉那些体弱生病的蚂蚁。

小士兵们渐渐感到力不从心，9 号对着天空大叫说它们是去攻打、杀死手指的，这只愚蠢的鸟儿正在保护它们共同的敌人。但啄木鸟并没有注意到它的呼叫，它在蚂蚁远征兵的头上卖弄着自己矫健的身姿。

“所有蚂蚁都进行防空战！”一只老兵喊起来。

重炮兵们以最快速度开始爬上高大的植物茎秆，朝飞过的鸟儿开火。但那些鸟飞得太快了，它们总无法命中目标。更糟糕的是，两个炮兵在交织的炮火中打中了对方。

当黑啄木鸟准备再次进攻蚂蚁时，它被眼前出现的不寻常的景象惊呆了：一只犀牛金龟子不停地扇动着翅膀以保持悬浮在空中。更奇怪的是，在它前额的角上，骑着一只正向鸟们开炮的蚂蚁。它就是 103683 号，它的屁股上还冒着烟，因为它身上装满了 60% 的高浓度酸。

蚂蚁们提心吊胆地骑在犀牛金龟子的头上，在短暂的平衡中它们无法发挥它们最大的能力。这只鸟决定要消灭它，相比之下鸟要更高大、更强壮、更敏捷。一种突如其来的恐惧袭上 103683 号的心头，它无法再进行瞄准了。

它想到了手指，对手指的恐惧更甚于它对其他任何事物的恐惧。它不再动摇，在它们即将接近手指之际，没有人会在乎鸟这种敌人。

它重新挺起胸，射出了它袋中的毒液。中了！啄木鸟没有时间来调整身体的平衡。它迷失了自己的飞行方向，慌不择路地撞到了一根树干上，被弹回来后重重摔到地上。然而，它还是在一队队小杀手向它发动进攻之前挣扎着飞起来逃走了。

这时，103683 号在蚂蚁队伍中确立了很高的威信。没有蚂蚁知道它是凭借另一种更大的恐惧来战胜它对鸟的恐惧。

从此以后，远征队员总是不断借鉴 103683 号的勇气、经验和作战的敏捷。除了它，还有谁知道如何在飞行中狙击强大的侵略者呢？

大家对它与日俱增的好感还带来了另一个结果，为了表示亲密友爱，大家省略了它的名字。从此，所有蚂蚁叫它 103 号。

在上路之前，蚂蚁们要求沾上粪便的队员不要再给别的蚂蚁喂食，以免再传染到身体健康的士兵。

23 号走到了 103 号身边，队伍又重新组织起来。出什么事了？ 24 号不见了。大家找了很长时间，但仍不见它的踪影。黑啄木鸟没有捉走任何蚂蚁！

24 号的走失给蚂蚁们带来了很大麻烦，因为它带着的蝴蝶茧也一起不见了。

不可能通知别人了，也不可能再等了。那就算了吧！毕竟集体的利益高于个人的利益。

84. 调查

梅里埃斯独自来到奥德甘夫妇的公寓。这位埃塞俄比亚的女学者盘腿坐在没放水的空浴缸中，头上涂了一层厚厚的香波，警长一眼就可以看出她临死时所受的痛苦折磨：浑身起鸡皮疙瘩，惊恐的表情，以及身边的血迹。在旁边的洗手间里，她的丈夫也是同样的表情，唯一的不同是他坐在抽水马桶上，上身向前倒，而他的裤子一直顺着腿滑下来落到了鞋面上。

事实上，雅克·梅里埃斯几乎一眼也没看两具尸体，他很清楚尸体会是什么样子的。于是他马上赶到埃米尔·卡乌扎克的家里。

检查员很惊讶会在这个时候看到他的上司站在他家门口，而且雅克·梅里埃斯在雨衣里还只穿了一件睡衣。他来得很不是时候，埃米尔·卡乌扎克正准备享受他最喜欢的娱乐活动：制作蝴蝶标本。

警长根本没留心屋内的一切，他一进门就大声说：

“我的老伙计，最近还不错吧！这次我们终于要抓到凶手了！”检查员似乎半信半疑。梅里埃斯注意到他部下的办公桌非常凌乱。

“您又在摆弄什么？”

“我？我收集蝴蝶，怎么样？我没告诉过您？”

卡乌扎克盖上了甲酸瓶盖，用小刷子在蝴蝶翅膀上涂好防腐剂，然后再用镊子把它平展地放到一个平面上。

“多美呀，不是吗？看这只，这是松蛾，几天前我在枫丹白露的树林中捉到它的。它很奇怪，而另一只翅膀是剪断的。也许我发现了另一个新的品种。

“但您的蝴蝶，它们死了！您把这些死尸一个挨一个地挂起来，您希望别人把您挂在一个贴着标签的玻璃下面吗？”

梅里埃斯弯下腰，厌恶地撇撇嘴。

老检查员的脸顿时沉了下来。

“您喜欢苍蝇，我喜欢蝴蝶。每个人都有权拥有自己的喜好。”

梅里埃斯轻轻地拍了拍他的肩膀。

“好了，别生气了，我们不能再浪费时间了。我已经找到凶手了。跟我来，现在我们去捉另一种美丽的蝴蝶。”

85. 陷入迷途

好了，我们应该学会接受那些不可改变的实际情况。不是这个方向，也不是那个方向；不是这边，也不是那边。

在任何一个角落里都没留下一点蚂蚁的味道。它怎么这么快就迷路了，发生什么事情了呢？当啄木鸟冲着它摔下来的时候，一只小兵告诉它应该快点跳开，藏起来。它就是藏得太好了，现在一个人在外面的大世界中迷路了。它还很年轻，没有经验又远离自己的姐妹，还离开了神明。

但是它怎么能这么快就迷路了呢？这是它的一个致命的弱点：没有方向感。

它自己很清楚这一点，也正因为这样别的蚂蚁认为它没有足够的胆量和远征军一起出发去讨伐手指。

所有人都叫 24 号是“天生迷路的家伙”。

它抱紧了那宝贵的包袱——蝴蝶茧。这次，它的迷路会给它带来意想不到的结果。

不仅为了它自己，也为了整个一窝的蚂蚁，甚至为了所有的蚂蚁姐妹，它应该不惜任何代价找回一条带蚂蚁气味的小路。它以每秒钟 25000 振的频率摇动着触角，但没有收到任何回应。它真的完完全全地迷路了。

每前进一步，它的包袱就会变得更笨重。

它放下了它的茧，疯狂地洗着自己的触角，鼻子使劲地嗅着周围的空气。它察觉到有胡蜂窝的气味。胡蜂窝、胡蜂窝……每次它都觉得自己应该在红胡蜂窝的附近！它是朝着北方的！这根本不是正确的方向。另外，通过对地球磁场的感应也使它确信，这里和原来估计的前进方向有较大差别。

过了一会儿，它又觉得自己正被一只小虫子监视着。但这应该只是幻觉。它又拿起了茧，朝前方笔直走去。

这次，它的确是迷路了。

自打它还是很小的时候，它就不停地迷路。当它刚来到世上几天时，它就会在哺育无生殖力蚂蚁的育婴房间里迷路；后来大了一点，它便会在城市中迷路；当它有机会走出蚂蚁窝，它开始在大自然中迷路。

它每次出门后，总会有人问：

“24 号在哪儿？”

而这只可怜的小兵也在问着同样的问题：

“我在哪儿？”

当然，它似乎确实看到过这朵花、这根木头、这块岩石、这片矮树林什么的……

但花很有可能是其他颜色。于是在寻找它一路留下的香味时，它往往只是在同一个地方兜圈子。

然而大家在出门的时候都希望能够带上它。因为在遗传上的一次奇怪的变异，24 号具有相对于无生殖力蚂蚁来说极出色的视力。它的眼球和有生殖力的蚂蚁发育得一样好。它多次申辩说并不是因为它有不错的视力，它就应该也有对灵敏的触角。所有外出执行任务的小分队都希望可以带上 24 号，因为它能够看清周围的情况，对蚂蚁们工作的顺利进展进行视觉控制。但现在它迷路了。

以前它好歹总能回到自己的家里，但这次不一样，它要返回的不是蚂蚁窝，而是到达世界的尽头。它现在又该怎么办呢？

“在蚂蚁的城市中，你是其他蚂蚁的一部分；而独自一身时，你就失去了存在的价值。”它不停地重复着这句话。

它朝东面继续走去。这时，它已经绝望了，并做好了被第一个经过的敌人吃掉的准备。它走了很长时间，突然它被一个一步深的小坑给拦住了去路。它沿着土坑的边上走了走。它注意到其实这里一共有两个彼此相邻的小坑，大一点的像半个椭圆，而另一个要更深一点，呈半圆形。这两只坑的直径是平行的，大概有五步那么长。

24 号嗅了嗅，又用触角轻轻地拍了几下，尝了尝味道，又用鼻子闻了一会儿。这不是平时时常可以闻到的味道，陌生的、全新的……一开始 24 号困惑不解，突然它兴奋起来，它再也不觉得害怕了。每隔 60 步就会有巨大的印迹出现，24 号可以完全肯定这些痕迹和手指有关，它的愿望就要实现了，手指指引着它，为它点明前进的方向。

它沿着“神”的印迹跑起来，它就要见到它们了。

86. 神发火了

敬畏你们的神明吧，
要知道你们的供品太少了，
对于我们高大的身躯来说这点东西太微不足道了。
你们说暴雨冲毁了你们的谷仓，
这是神对你们的惩罚。
你们的供品还远远不够，
你们说暴雨抑制了叛乱活动，
那么就重新开展大规模的叛乱活动，
让所有的人都知道手指的力量。
派出敢死的小分队，
倒空皇城内的谷仓，
敬畏你们的神明吧！
手指无所不能因为手指是神明。
手指无所不能因为手指是伟大的。
手指无所不能因为手指是强大的。
这就是事实。

手指敲打在机器上，他为自己做了神明而感到骄傲极了。

尼古拉悄悄地重新躺回床上，他睁着双眼，兴奋地想着如果有一天他可以活着从这个洞里出去，他会把这件事情讲给学校里的伙伴听，讲给所有人听。他会向大家说明宗教的重要性，他会成名，因为他使蚂蚁建立了信仰。

87. 第一次交锋

即使是在贝洛岗的蚂蚁们自己控制的土地上，第一队远征军经过时造成的损坏范围已经相当可观了。

那些褐蚁天不怕地不怕。

一只想在蚂蚁窝中挖河的鼹鼠还没来得及吞下 14 只小蚂蚁，就在别的蚂蚁的围攻之下被撕成了碎片。在蚁城的地道中，一种令人感到有点压抑的寂静笼罩着整支蚂蚁狩猎队，在队伍的前面，一切似乎都消失了。尽管狩猎的开始都是惬意美好的，但接下来的便是物资匮乏，不久大家就要迎接饥饿的残酷考验。

在这艰苦的远征途中，远征军队伍后面现在已不时地可以看到有蚂蚁饿死在路边。

在这种悲惨的现状下，9 号和 103 号商讨着对策。它们提出侦察兵的行进队列改编为 25 只一组，这种扇形的队列不仅提高了队伍的隐蔽性，而且也减轻了对森林中居民的打扰。

它们对那些私下偷偷谈论后退的人进行严厉的批评，饥饿应该促使它们加快步伐，不停前进。向着东，它们的下一个目标就是手指。

88. 终于逮捕了罪犯

蕾蒂西娅·威尔斯在浴缸中懒懒地伸了一下身体，把头后仰着浸入水中，闭息是她最喜欢的一种锻炼。她的意识渐渐模糊起来。她想到最近一直没有情人，以前她曾有过很多，但都很快就和他们分手了。她甚至考虑让雅克·梅里埃斯做她的情人，他有时会惹她发火，但让他做情人也有好处，在她的身边让她重新感受一下对男性的渴求。

啊！世界上有那么多男人……但没有任何一个像她父亲那样才华横溢，她的母亲林咪可以分享她父亲这种男人的生命是多么幸运呀！一个向世界敞开胸怀，总那么出人意料、风趣、喜欢闹笑话，而且多情的男人，如此多情！

没有人可以和埃德蒙相提并论。他的思想是一片无限延伸的空间，他像一个地震仪一样，收集当代人类所有的智慧和思想，他把它们进行比较，综合……再吸收转变成他自己的思想。研究蚂蚁不过是一种借口，他可以研究星系、药物、金属，他无论做什么都会是最好的。他的确可以称得上是宇宙中的一种精神，一位奇特、谦逊、有才华的探险家。

也许在某处还有一个男人心思敏捷而又善变，可以不停地给她惊奇而从不使她厌倦。但目前，她还没遇到过这种人。她想象着去登一则广告："寻找探险家……"。一想到那些回应信，她就感到恶心。

她把头浮出水面，深深喘了一口气，又重新沉回水中。她想到了她的妈妈，癌症。

突然，她觉得窒息，于是她又把头伸出水面。她的心跳得很快。她跨出浴缸，穿上了浴衣。

这时门铃响了。

她做了三次深呼吸稍稍平静了一下自己的心情，打开了门。又是梅里埃斯，她已渐渐习惯他这种“骚扰”。但这次，她几乎无法认出他来。他打扮得像个养蜂人，一顶草帽把脸严严实实地遮住，帽檐上还垂下了平纹细布的面纱，手上戴着胶皮手套。她皱了皱眉头，看到警长身后站着三个同样打扮得怪里怪气的男人。她认出其中一个人是探员卡乌扎克。她愣了一下。

“警长！您为什么打扮成这样？”

梅里埃斯没有回答，他侧身站到了一旁，两个身强力壮的陌生男人——当然是警察，走过来把她的右手铐住。蕾蒂西娅觉得自己是在做梦。这时卡乌扎克说话了，他的声音因为戴了面具而轻了很多又有点走调：“从现在开始，您所说的每一句话都可能成为指控您的证据，当然您有权在见到您的律师前保持沉默。”

然后警察把蕾蒂西娅带到了黑色的门前。梅里埃斯显示了他“出色”的撬锁的才能，门打开了。

“您应该向我要钥匙，而不是把什么都砸烂。”蕾蒂西娅叫着抗议。

四个警察在一缸蚂蚁和一套通信设备前愣住了。

“这是什么？”

“它们很可能就是杀害索尔塔兄弟、卡萝莉娜·诺加尔、麦肯哈里斯及奥德甘夫妇的小凶手。”梅里埃斯低声说。

她叫起来。

“您搞错了！我不是那个阿姆兰的乡笛手。您没看到吗？这只是一个很普通的蚂蚁窝，我上星期刚从枫丹白露森林把它搬到这里来！我的蚂蚁不是杀手。自从我把它们安置在这里以来，它们从来没有出去过。没有一只蚂蚁会服从人类的指挥，人们根本无法训练它们，它们不是狗或猫。它们只按自己的意识行事，没人能控制或影响到它们。我父亲已经明白了这一点。它们是自由的，正因为这样人类才要毁灭它们。只有蚂蚁是完全野性的、自由的！我不是您要抓的凶手。”

警长根本不理会她的辩词，他转身对卡乌扎克说：

“把这些都带走，电脑和蚂蚁。我们会检验一下，看它们的大颚是否就是引起死尸的内出血的武器。你来查封这里，并把这位小姐带到预审法官那里去。”

蕾蒂西娅激动得大叫：

“我不是您的罪犯，梅里埃斯！您又搞错了。当然，这就是您的专长。”

他根本不听她的辩解。

“伙计们，”他对下属继续说，“小心别让任何一只蚂蚁跑了，这些都是物证。”

雅克·梅里埃斯沉浸在一种幸福中。他破解了他这一生最复杂的谜题。他与最狡猾的杀人凶手一较高低。他做到了别人做不到的事。他洞悉了凶手的动机：她是世界上最著名的蚂蚁学专家埃德蒙·威尔斯的女儿。

他没有再看一眼蕾蒂西娅淡紫色的眼眸就离开了。

“我是无罪的，您犯下了您这辈子最大的错误。我是无罪的。”

89. 百科全书

文化碰撞：公元前53年叙利亚总督克拉苏将军（Marcus Licinius Crassus）十分嫉妒恺撒（Jules César）在高卢取得的胜利，于是他发动了大规模的侵略战争。恺撒把他的领地一直延伸到西方的大不列颠，而克拉苏将军则想占领东方的土地直到入海口。在东方，沿途只有安息帝国帕提亚（Parthes）在他的侵略范围中。克拉苏依仗强大的军事实力，向对手发动了进攻，这就是著名的卡莱战役（la bataille de Carres）。但是这次帕提亚的国王苏雷纳（Suréna）取得了最后的胜利，东方侵略战争就此告一段落。

这次战争还带来了一些意想不到的结果。在克拉苏失败了以后，他麾下很多的罗马士兵被俘虏到帕提亚，之后他们跟随帕提亚征战贵霜帝国（le royaume Kusana）。这回轮到帕提亚战败，他们曾俘获的罗马士兵这次归顺贵霜帝国。而在贵霜帝国和中国交战时，中国人胜利了，这样这些囚犯最终留在了中国的军队中。

如果中国人对这些白种人感到新鲜有趣，那他们更会对他们制造的投石器及其他军用工具钦佩不已。中国人利用这些新武器来获得自由，夺取领地。

那些流亡的罗马人逐渐和中国人通婚，生育后代。12年后，当罗马使者提出带他们回国时，他们不愿意离开中国，因为在中国他们生活得更幸福。

埃德蒙·威尔斯

《相对且绝对知识百科全书》第Ⅱ卷

90. 野餐

为了躲避八月的酷热，查理·杜拜龙局长决定带他的一家来枫丹白露森林野餐。他的两个孩子乔治和维吉妮都穿上了野外活动的旅游鞋。他的妻子塞西尔负责准备冷餐，查理把冷餐暂时都放到了一个大冰箱中，这免不了引来大家的一番嘲笑。

星期天上午刚过十一点，天就已经热得让人受不了。他们躲在了浓密的树荫下，朝西面坐着。孩子们则轻轻地哼着从幼儿园里刚学来的儿歌："嘀嘀嗒嘀嗒，她是我的小宝贝。"塞西尔则时刻注意着自己的脚不会陷到车轮印里面去。

对杜拜龙来说，远离了贴身保镖、秘书，从强大的工作压力中解脱出来，并远离那些形形色色的奉承者，即使累出了一身汗，他也会对这次小小的假期兴奋不已。重新投入自然的怀抱中自有它的魅力所在。

当他们一行人来到一条半干涸的小溪旁的时候，他深深吸了一口气，尽情地享受着弥漫在空气中的花朵的芬芳，他建议大家就在附近的一片草地上歇一下。

塞西尔马上提出了抗议。

"难道您疯了！这儿一定到处都是蚊子！难道您不知道只要有蚊子，那它一定会叮我的！"

"它们喜欢妈妈的血，因为妈妈的血更甜！"维吉妮哧哧地笑起来，手中挥动着她用来抓蝴蝶的小网子。她希望通过这次旅行可以给班里的收藏品多添点新的标本。

去年，他们用了 800 片昆虫的翅膀拼出一架在空中翱翔的飞机。这次，他们希望可以制作一幅奥斯特里茨战役（la bataille d'Austerlitz）图。

杜拜龙准备协调一下大家的意见，他不会仅仅因为几只小小的蚊子就糟蹋这么美好的一天。

"那么，再走远点儿吧！我看到那边好像有一块空地。"

林子里的这片空地是一块长满三叶草的正方形草地，有一间厨房那么大。在这里，浓密的树荫遮住了毒烈的阳光。杜拜龙卸下了那只笨重的冰箱，打开门，抽出了一块非常漂亮的白色台布。

"这儿真是太棒了，孩子们，去帮你们的妈妈摆餐具。"他则打开了一瓶上等的波尔多酒，但这立刻招来了他妻子的责骂。

"你就没什么要紧事可做了吗？孩子们都打起来了！问你呢，你只顾自己喝酒！尽一点做父亲的责任吧！”

乔治和维吉妮抓起草地上的土块互相扔着。他叹了一口气，把两个孩子拉开了。

“噢，够了，孩子们！乔治，你是个男孩子，应该做个榜样。”

局长揪住了儿子的裤子，举起手来威胁他说：

“你看清楚了？如果你再去烦你的妹妹，那么你就要吃耳光了。”

“爸爸，这不是我的错，都是她不好。”

“我不想知道究竟是谁的错，但只要你犯一点错就要挨打。”

一支由25名侦察兵组成的突击队远远地走到了大部队的前面，它们一路东张西望，时时留意着周围环境的变化。它们沿途开辟出一条散发着费洛蒙气味的小路，后面的远征军大部队可以根据它选择一条最佳的前进路线。

103号走在突击队的最前面，领导着队伍前进。

杜拜龙一家在树下的一阵阵热浪中慢慢地走着。天气是这么闷热，现在连孩子们都安静了下来。杜拜龙太太抬起了头，打破了这种沉静的气氛。

“我想这儿也有蚊子。不管怎么说，肯定有很多昆虫，我已经听到它们嗡嗡的叫声了。”

“你以前见过没有昆虫的森林吗？”

“我在想，你提出的来这里野餐到底是不是一个好主意。”她叹了口气，“如果我们去诺曼底的话，那儿情况肯定会好得多。你要知道，乔治对昆虫过敏！”

“求求你了，别再有事没事就替这个小孩子瞎操心了。这样下去，你会把他宠坏了的！”

“但是你听着！这片森林里到处都是昆虫。”

“别担心，我已经带了一瓶杀虫剂。”

“是吗……是什么牌子的杀虫剂？”

一只小侦察兵发出了讯号：

“东方传来一种难以分辨的强烈气味。”

难以分辨的气味，这并不奇怪。在这个博大的世界中，它们从来没有闻到过的气味不下百万种，但这个信使特别坚持的语调引起了突击队的警觉。它们一动不动地埋伏在草丛中，空中飘着一股和平日闻到的略有不同的香气。

一个小兵的下颚一张一翕，发出了叮叮当当的声音。它确信自己已辨认出这是灰鹤的味，于是大家互相碰一碰触角商量着下一步该怎么办。103 号觉得应该继续前进，就算这仅仅是为了分辨前方来的到底是什么动物。大家都同意它的看法。

于是 25 只蚂蚁小心翼翼地沿着散发出香味的方向继续前进，很快便来到它的源头。这是一个很开阔却也很奇怪的地方：土地是白色的，上面还布满了细小的洞眼。

在着手调查这里到底是什么地方之前，大家都保持着高度的警惕性。五名侦察兵又退了回来，在草丛中插上了蚂蚁联盟的化学旗帜。只要几滴蚂蚁特有的酸性液体，就足以向全世界宣告这一片是贝洛岗的土地。

在确认了自己的地盘后，它们稍稍松了口气。既然是自己的国土，那就说明它们已经多多少少了解它了。

它们开始四处逛逛。

前方隐约显出了两座高塔，四名侦察兵率先爬了上去。塔顶是个圆形的小鼓包，表面也钻了很多的洞，从洞中不时散发出一种又咸又辣的气味，它们希望可以再凑近一点看看这种东西，但地方实在太小了，它们没办法再爬过去。于是它们只得悻悻地从塔上下来。

算了，反正后面跟上来的技术小分队也许能解决这个问题。它们刚从塔上下来，大家就把它们带到另一面。这个东西更奇怪，连绵不绝的小山岗香味扑鼻，而它们又都和别的自然而成的山岗没什么两样。蚂蚁们登上了山顶，又各自爬到了山谷和山脊。它们不住地用触角拍打着，探测着这片神奇的土地。

“这些山都能吃！”第一只刺穿了“岩石”表面那层坚硬外壳的蚂蚁大叫起来。根据它对石头的了解，这块东西非常可口！这一大片全都是蛋白质。它们一边吃，一边兴奋地互相转告着这个好消息。

“接下来我们吃什么？”

“还有烤肉串。”

“肉串上都是些什么东西？”

“小羊肉，还有西红柿。”

“不错嘛，来一点？”

蚂蚁们并没有停留在原地，它们尽情地享受着这第一次的胜利。它们在吃饱喝足以后就分散到了白色的桌布上。四只侦察兵陷进了一只盛放着黄色胶质的盒子中，它们极力挣扎了很久，最终还是淹没在这种软软的东西中。

“想加一点鸡蛋黄油调味汁吗？”

在被脚轻轻一踩就会碎裂成一堆渣子的黄色建筑物上，103 号紧张得心都提到了嗓子眼，这样下去它会把所有东西都踩烂的。103 号只得小心地跳来跳去以免再破坏什么，它怕被埋在这种晶莹剔透却又松脆易碎的东西中。

“唷，太棒了，有炸土豆片！”

沿着一把餐叉，103 号开始了新的探险旅程。奇妙的事物一个接着一个地展现在它的眼前。它从甜甜的味道爬上酸溜溜的东西，从呛人的气味走进热腾腾的蒸气。它蹒跚地爬上了一片绿色的菜叶子，小心翼翼走近红色奶油。

“醋腌小黄瓜，番茄沙司！”

看到这么多稀奇古怪的新东西时，103 号激动地晃动着触角。它穿过一大片淡黄色的土地，从那儿传来一阵喧闹声。原来是它的姐妹们在一个个小洞里玩耍嬉闹，在这里这种圆形洞穴随处可见。蚂蚁们用嘴就能咬动石头，轻轻舔几下，墙壁马上就变成透明的了。

“干酪！”

103 号高兴极了，它还没来得及告诉它的姐妹们对这个神奇国度的感受，头上突然响起了一声低沉、粗哑的响声。像狂风一样猛烈，如炸雷一般惊人。

“到处都是蚂蚁！”

从天上突然探出一只粉色的大球转眼间便碾死了八名侦察员。“啪、啪、啪”，这一连串灾难持续了不到三秒钟。所有的蚂蚁都目瞪口呆地看着眼前的一切。这些侦察兵个个体格强壮，可它们中没有谁能稍许进行一下反抗。它们那一身明光锃亮的铜盔和它们的血肉混合成了一摊污水，在洁白无瑕的白色土地上只剩下 12 个红棕色的小点。

远征军的将士们简直无法相信眼前发生的事情。

实际上，这个粉色的球是连接在一根长柱子上的。在它碾碎了这几只可怜的小蚂蚁后，空中又慢慢出现了另外的四根柱子和它聚集到了一起。啊，一共有五个！

是手指！

他们是手指！！！！！手指！！！！！

103 号被突如其来的这一切震住了。它们就在那儿，它们就在那儿！这么快，这么近！这么强大！手指就在那儿！！！！它马上释放出最浓烈的警报费洛蒙：

“注意，它们是手指！手指！”

103 号完全陷入一阵极端的恐惧中，这种恐惧在它的头脑中不断翻腾着。它不自觉得颤抖起来，大颚也警觉地一张一翕。

“手指！它们是手指！快藏起来！”

手指们在天空中又重新聚到一起，蜷成一团而不明确地指着任何一只蚂蚁，远远看去就像一个马刺。它平整的粉色根部追逐着四散奔逃的侦察兵们，毫不费力地把它们全部压成碎片。

103 号勇敢却不莽撞，它本能地躲到了一个灰褐色的山洞后面。

一切来得是这么突然，103 号根本来不及好好想发生了什么事，但是它认清了手指的模样。

这些是……手指！

这次，它无法利用另一种更可怕的事物来减轻心中对手指的惧怕。

它觉得自己面对的是世界上最可怕、最难以理解，也许也是最强大的敌人——手指！

它完全被恐惧淹没了。它颤抖着，屏住了呼吸。

奇怪的是，刚才它并没有很清楚地意识到自己是和手指在一起。现在，当它静静地藏在这个临时的避难所中时，它心中的恐惧却达到了极点。外面有很多手指想杀死它。

手指就是神明吗？

它嘲弄过它们，它们生气了。现在它只是一只快要死了的可怜的小蚂蚁，希丽·普·妮的担心是对的，它们怎么也没有想到手指在离联盟这么近的地方出现！它们已越过了世界的尽头，进攻森林了。

103 号在这个热烘烘的洞中来回爬着，它疯狂地用腹部敲着洞壁来发泄在这短短几秒心中积聚起来的压力。

它花了很长时间才平静下来，心中的恐惧似乎也减弱了许多。

它谨慎地往前走了几步，观察着这个内部用黑色的小薄片做装饰的拱形小洞。从这些小薄片中渗出了微热的猪油。整个山洞发出了一种令人难以忍受的霉味。

"切开烤鸡吧，它看起来真的很诱人。"

"只要这些蚂蚁不再来烦扰我们……"

"我已经杀死很多了。"

"不管怎么说，我会记住今天的事的。看，这里还有蚂蚁，还有那边。"

103 号对这个地方烦透了，它爬出了山洞，站在了洞口。

它向前伸出触角，眼前的一幕让它简直无法相信自己的眼睛。那些粉色的球残忍地杀害了它所有的同伴，它们把蚂蚁们从玻璃杯下面、盘子下面、餐巾布下面赶了出来，然后毫不留情地夺去它们年轻的生命。

这简直是屠杀。

也有几只蚂蚁向手指们开火，但这毫无用处。那些飞着跳着、无处不在的粉球根本没有给它们的小对手以任何还手的机会。

之后，一切都安静下来。

空中弥漫着蚂蚁死后发出的油酸味。

手指们五个为一小组地在桌布上继续搜索着可怜的蚂蚁。

那些受了伤的蚂蚁又遭到致命的攻击，最终和同伴们一样变成了一个污点。它们被手指们轻轻刮下去，以免弄脏了桌布。

“把刀递给我！”

在震耳欲聋的撕裂声中，山洞被一把尖刀劈成了两半。

103 号跳了下来，笔直朝前方冲去。快点，逃走，快，快。可怕的神明就在头顶上。

103 号飞快地奔跑着。

那些粉色的大圆柱子过了一会儿才反应过来。

它们似乎对看到 103 号从这个洞中跳出来非常生气。它们马上去捉它。

103 号时而来个急转弯，时而突然折回向反方向跑，它用尽了一切方法来甩掉手指的追击。它的心脏几乎要停止跳动了，但它还活着。在它面前突然有两根大柱子从天而降，它第一次看到这五个直耸云端的大家伙，它闻到了它们发出的香气。手指渐渐向它逼近。

它害怕得似乎都不会思考了。在一时冲动之下，它不再逃跑了，而是一下跳到了手指的身上。

这太惊人了。

它飞快地爬上了手指，这只是一时的权宜之计。在爬到手指根部时，它跳了下来。

粉色的球轻而易举地托住了它！

它们重新合起来就要把它压碎。

它爬到手背上，再次跳了下去。这次，它落到了一片草叶上。

它很快藏到了一株三叶草的下面。

那些大柱子拨开了附近的草丛。手指要把它从草中赶出来，但草丛毕竟是它的世界，它们再也找不到它了。

103 号跑着，各种想法一起涌现在它的脑中。这次，它看到了它们，触摸到了它们，甚至愚弄了它们。

但这一切都没有回答它心中深藏的那个问题：

“手指是神明吗？”

查理·杜拜龙局长用手帕擦了擦手。

“好了，你们看，我们不用杀虫剂就把它们全赶跑了。”

“如我讲过的，亲爱的，这片森林里太不干净了。”

“我杀死了足足有 100 只。”维吉尼骄傲地说。

“我杀死的更多，比你多得多。”乔治叫起来。

“安静下，孩子们，看看它们有没有把吃的东西弄脏。”

杜拜龙做了个鬼脸。

“我们不能因为一只蚂蚁在上面爬过就扔了这么诱人的一只烤鸡呀。”

“那些蚂蚁很脏。学校里的老师告诉我们，它们到处传播病菌。”

“但我们还是要吃这只鸡。”父亲坚持道。

乔治趴在地上。

“有一只跑掉了。”

“那太好了！它会告诉它的同伴不要到这里来，维吉妮，别去揪这只蚂蚁的腿了，它已经死了。”

“噢不，妈妈！它还在动呢。”

“好吧，但不要把碎渣弄到桌布上，把它们扔得远点。我们安静地吃顿饭吧，好吗？”

她抬起头，顿时愣住了。一群小小的金龟子像一片云一样缓缓飞了过来，它们正在她头上一米高的地方聚集到一起。当她看到它们就这样悬浮地停在半空中时，她的脸都吓白了。

她丈夫的脸色比她也好不到哪里去。他看到草地渐渐变成了黑色。他们被蚂蚁群包围了，也许有好几百万只呢！

事实上，这只不过是进攻手指的第一支远征军中的 3000 名士兵。它们中大都来自泽地贝纳岗。它们张开用作武器的大颚，坚定不移地前进着。

查理的声音有些发颤。

“亲爱的，快把杀虫剂递给我吧。”

91. 百科全书

油酸（Acide formique）：油酸是我们生命中的一个重要组成部分，人体的细胞中就含有一定数量的油酸。在 19 世纪下半叶，油酸被用来保存食物或动物的尸体。但它们大部分被人们当作去掉呢绒上的污迹的清除剂来用。

由于当时不知道如何大批量地生产这种化学物质，人们便直接从昆虫体内进行提取。他们把成千上万只蚂蚁放到榨油机中，上紧螺栓挤压，这样才能得到一滴淡黄色的油酸。经过过滤的工序，这种“蚂蚁糖汁”便在各大药店的洗涤液专柜中出售了。

埃德蒙·威尔斯

《相对且绝对知识百科全书》第Ⅱ卷

92. 最后阶段

米盖尔·西格内拉兹教授很清楚，从此再也没有人可以阻碍他实施最后一步的实验了。

他手中握有打击地狱之神的致命武器。

他把银色的液体倒入一个小盆中，又在里面加入红色的液体。这是化学中通常称作“第二次凝固”的实验。

液体底层开始出现了一种类似孔雀尾毛的颜色。

西格内拉兹教授把容器放到一个密封器中，他要做的只是等待，最后的阶段需要的只是时间。

93. 手指撤退了

突然一团绿色的雾剂笼罩住了向人类发动猛攻的第一队步兵，蚂蚁们被呛得咳嗽起来。

在高处，那些犀牛金龟子向着那些动来动去的高山冲了下来，到了齐塞西尔·杜拜龙那头浓密的棕发的高度时，炮兵们一齐发射酸性炮弹。但这种炮火只杀死了三只正兴致勃勃地选择寄居地的小虱子。

另一队陆军炮兵把火力集中对准了一个巨大的粉球，它们怎么想得到，自己正在进攻一只露出凉鞋的脚指头。

看来它们必须用另一种武器来对付人类。蚁酸就像汽水一样对于手指们来说根本不起什么作用，而新型杀虫剂的绿色烟雾对蚂蚁则具有致命的杀伤力。

“找到它们身上的洞口！”9号大叫起来，有过和哺乳动物或鸟类作战经验的士兵们马上对这句话进行了积极的响应。

好几队士兵勇敢地对这些巨型怪物发动了进攻。它们用力地撕咬衣服的丝织纤维，真丝的T恤衫和短裤上顿时出现了几个大洞。相比之下，维吉妮·杜拜龙穿的运动上衣（30%的腈纶，20%的聚酯纤维）受的破坏要小得多。

“哎呀！一只蚂蚁爬到我的鼻子里了。”

“快，杀虫剂！”

“不管怎么说，我们都不能往自己身上喷杀虫剂呀！”

“快帮帮我！”维吉妮不住地呻吟着。

“真讨厌。”查理·杜拜龙一边叫着，一边用手不停地挥赶着围绕在他家人身边的小虫子。

“我再也不到这鬼地方来了。”

“……千万不要爬到这些巨大怪物的脚底下，它们太高了、太强壮了，我们根本无法理解它们的世界。”

103号焦躁不安地和9号在小乔治的脖子上讨论着这场战争的形势。103号问9号是否还带着其他新型武器。9号回答说，它们带来了从蜜蜂及胡蜂身体中提取出的毒液，说着它马上跑去取，战斗仍然很激烈。9号回来时手中拿着一只卵壳，里面盛满了从蜜蜂尾刺中提取的黄色液体。

“我怎么才能把这种东西注射到手指的体内呢？我们没有尾刺呀。”

103号没有回答，它把大颚凑近了粉色的肌肤，用最大的力气重重地咬了下去。这块地方虽然柔软却很难刺破！它反复咬了好几次，最后终于成功了！它毫不迟疑把黄色的液体倒入流出鲜血的小洞里。

“快跑！”

事实上撤退也并不那么容易。这个大怪物开始抽筋、窒息、颤抖，口中发出可怕的叫喊声。

乔治·杜拜龙跪倒在地上，没多久就一头栽了下去。

乔治·杜拜龙被一丁点儿毒汁击败了。

乔治倒下了。有四队蚂蚁兵在他的头发中迷了路，但其他的蚂蚁找到了他的六个洞口。

103号平静下来。

这次，它再也没有任何怀疑了。蚂蚁们战胜了一个手指。对手指的恐惧从它的心中彻底消失了，摆脱恐惧的感觉多好啊！

它觉得一下子又恢复了自由。

乔治·杜拜龙躺在地上，一动不动。

9号冲了上去，爬上了他的脸，又登上粉红色的身体。

手指其实是一片光滑平整的土地。它四处爬了爬，发现这手指至少有百步宽、两百步那么长。

在这里，它们可以找到一切景观：洞穴、低谷、高山、火山口。

9号抬起远征军中最长的大颚，它觉得这个手指并没有真正死掉。它沿着乔治的眉毛，爬到了他鼻子根部，两只眼睛中间的位置，也就是被汉都斯称作第三只眼的地方。它高高扬起了自己的大颚。

坚硬的大颚在缕缕阳光下泛着白光，宛如绝世的埃斯加利比之剑。啪！它用尽了最大力气毫不留情地朝粉色的皮肤咬了下去。9号在吮吸声中拔出了它的“战刀”。

一股红色的热流马上喷了出来，洒在了它的触角上。

“亲爱的快来，乔治快不行了！”

查理·杜拜龙把杀虫剂扔到了草地上，朝他的儿子奔过去。乔治的脸色越来越差，呼吸也越来越微弱。他的全身上下都爬满了蚂蚁。

“他对这种昆虫起反应了！”局长大叫，“我们必须马上给他找个医生，打一针……”

“快离开这儿，快！”

杜拜龙一家根本来不及收拾野餐的用具，直接朝汽车跑了过去，查理把儿子紧紧抱在怀中。

9号及时跳了下来，它轻轻抹去残留在嘴边的血迹。

从此，所有人都知道了这个事实。

手指并不是天下无敌的，蚂蚁也可以伤害到它们，昆虫可以用蜜蜂的毒液来战胜它们。

94. 尼古拉

手指的世界是如此美好，蚂蚁永远无法理解它。

手指的世界是如此和平，烦恼和战争永不存在。

手指的世界是如此和谐，每个人的生活都永远幸福快乐。

我们拥有让我们坐享其成的工具。

我们拥有让我们快速周游世界的工具。

我们拥有让我们毫不费力便尝尽了美食的工具。

我们能在空中飞翔。

我们能在大海中畅游。

我们能离开这个星球去探索外太空的奥秘。

手指无所不能因为手指是神明。

手指无所不能因为手指是伟大的。

手指无所不能因为手指是强大的。

这就是现实。

“尼古拉！”

小男孩迅速地关好机器，装着正在读《相对且绝对知识百科全书》。

“什么事，妈妈？”

露西·威尔斯出现在门口，她很瘦弱，但阴沉的目光中因为某种奇异的力量而显出奕奕神采。

“你还没睡？现在已经是我们人造的夜晚了。”

“您要知道，我有时会起来看百科全书的。”

她笑了笑。

“你爱看书这太好了。这本书中有太多的东西要学。（她走过去搂住他的双肩）告诉我尼古拉，你还是不愿意加入我们这个心灵感应的组织吗？”

“不，现在还不想，我想我还没有做好加入团体的准备。”

“当你成为我们当中的一员时，你就会觉得一切都很自然了。别勉强自己。”

她把他紧紧拥入怀中，抚摸着他的后背。他却轻轻从她怀里挣脱出来，他对这些母爱的表示已经越来越淡漠了。她在他耳边轻声低语道：

“现在你还不懂，但总有一天……”

95. 24 号拼尽全力（用它所有的东西）

24 号朝着它所认为是东南方的大路前进，它问遍了所有它认为可以安全接近的动物。

它们见过远征军吗？蚂蚁的气味语言还没有成为通用语言被所有的动物接受。但一只金龟子十分肯定地说，它听说过那些贝洛岗的军队，它们遇到了手指并打败了它们。

这绝对不可能，24 号立刻想到。

蚂蚁是不可能战胜手指的！然而一路上，它从其他的动物那里得到的是和金龟子一样的答案。24 号终于相信了它的姐妹们的确遇到过手指，但他们是在什么情况下相遇的呢，结果又如何呢？

它当时不在队伍中，没有能亲眼见到它崇拜的神明，更糟糕的是它没有能把那封蝴蝶茧的信交给它们。这都要怪它自己太冒失又没有方向感。

它打算让一只过路的野猪带着它赶一段路，野猪比它跑得要快多了。它发疯似的想要去和那些蚂蚁姐妹会合，也许也是想接近手指，谁知道呢？它爬上了野猪的一只蹄子，没过多久，野猪就飞快地奔跑起来。问题是它走的方向太偏北了，它必须在半路跳下来。

24 号很幸运，一只小松鼠正好跳了过来。于是 24 号便顺理成章地又坐在了它松软的毛中。松鼠朝着东北方跑去，但这灵活敏捷的小家伙在一棵树顶上突然停住了，24 号不得不跳下来，重新爬回地面。

当然，它又踏上寻找队伍的漫漫长路。但它又只剩下孤零零的一个。它心里非常难过。它必须恢复镇定，于是它想到了全能的手指神明。它开始祈求它们指引它找到它的姐妹们，也找到“神明”。

“噢，手指，别把我一个抛弃在这可怕的世界中，让我找到我的姐妹们吧。”

它把两只触角并拢起来，似乎是要让神明更清楚地听到它的心声。这时，在它后面突然传来了一种熟悉的气味。

“是你！”

24 号高兴极了。

出来打探有关阿斯科乐依娜金色蜂巢消息的 103 号看到茧大大松了一口气。它也很高兴可以再见到这个“手指教派”的小信徒。

“您没丢了蝴蝶茧吧？”

24 号拿出一直小心翼翼地保存着的茧，它们一同回到了队伍中。

96. 百科全书

时空问题：在原子的周围有几层电子轨道。有的离核心很近，而其他的电子则要远一些。

当外力迫使一个电子改变它原有的轨道时，能量会立刻以光、热或辐射的形式释放出来。

要将低能量的电子激发到高能量的轨道上，这就如同将一个独眼的人带到瞎子王国中。这个独眼的人立刻大放异彩，给别人留下很深刻的印象，他就是这个瞎子王国的统治者。相反，如果高能量轨道上的电子跳跃到能量较低的轨道上时，就显得非常愚蠢可笑了。

整个宇宙就是以类似这样的方式构成的。不同的时空在层叠的轨道上沿着各自的方向前进。有的快一些复杂一些，其他的则慢一些简单一些。

人们可以在所有的存在方式中找到这种层叠的结构。按照这种理论，如果把一只非常聪明灵巧的蚂蚁带到人类的世界中，那它也只不过是一个胆怯而且愚笨的小家伙；而一个再无知、笨拙的人在蚂蚁的世界中也会是无所不能的神。毋庸置疑，一只经常和人类来往的蚂蚁会获得很多人类的经验。当它回到自己的世界中时，它对于这种高等时空概念的理解会使它具有某种高于同伴们的能力。

一种取得进步的方式就是在更发达的世界中去了解原始的事物，然后在低等的世界中加以应用。

埃德蒙·威尔斯

《相对且绝对知识百科全书》第Ⅱ卷

97. 我们的朋友：苍蝇

远征军驻扎在手指待过的那片森林的空地上。24 号在这里仍然无法相信它的红色姐妹们竟然杀死了一个手指。根据 103 号告诉它的情况，它认为蚂蚁们战胜的是另一种跟手指在一起的大动物。

如果那真的是手指的话，那么这只手指一定是在装死。它只想看一看蚂蚁们的反应，测试一下它们的激动程度，本质纯真朴实的 24 号激烈地反驳着。如果手指真死了，那它的尸体在哪儿呢？

103 号有些尴尬，它明确地告诉 24 号它的确爬遍了手指的全身，对它们有了更深刻的认识。

它把自己头脑中这种朦胧的想法讲给 24 号听：为什么不把关于手指

的记忆用一种费洛蒙储存起来呢？它用自己的唾液开始记录。

费洛蒙：动物学

主题：手指

记录者：103683 号

时间：10000067 年

（1）手指是真实存在的。

（2）手指很容易受伤，我们可以用蜜蜂毒液来杀死它们。

关于第二点的附注：

a）也许还有其他方法可以杀死手指，但现在只有蜜蜂毒液最有效。

b）如果要杀死手指需要大量的蜜蜂毒液。

c）手指很难杀死。

（3）手指非常庞大，我们根本无法看到它们的整个面目。

（4）手指是热的。

（5）手指是一种植物纤维体，但表面皮肤的颜色并不是天然而成的。当我们咬上去的时候并不会流血，只有下面的那层皮肤才会流血。

（6）手指有一种很强的气味，这种气味和我们以前熟知的任何一种气味都不一样。

它看到这片暗红色的血迹引来一群嗡嗡乱叫的苍蝇围着它转个不停。

（7）手指和鸟类一样，它们的血是红色的。

（8）如果手指是……

在这种环境下根本无法专心工作。苍蝇正享用着它们的大餐，而 103 号根本无法听到别的声音。103 号只好中止了自己的工作，准备离开这群吸血鬼。

细想一下，也许这些苍蝇对远征军有用呢。

98. 百科全书

礼物：绿蝇在交配时，雌性会吃掉雄性。感情的交流使雌性苍蝇胃口大开，而从旁边凑过来的雄性苍蝇的头对它来说便是一顿可口的大餐。但是，雄性苍蝇并不希望在交配过程中就这么嘎吱嘎吱地死在对方的口中。为了摆脱这种悲惨的命运，进行没有生命危险的性爱交配，雄性绿蝇想出了对策。在进行交配时，它会带上一小块食物作为送给雌性的礼物。当雌性绿蝇觉得饥饿时，它可以吃一点肉而雄性绿蝇便可以毫无危险地进行交配。第二阶段中，雄性绿蝇的策略取得了进一步的发展。雄性苍蝇把带来的昆虫肉包裹在一只透明的丝茧中，以获得更多宝贵的时光。

而在第三阶段中我们发现，从雄性苍蝇的角度来看，打开礼物的时间远比礼物本身的价值更为重要。于是在这个时期中，包装礼物用的丝茧都很厚，礼品袋体积庞大而且内部是空的。当雌性苍蝇最终发现这是一个骗局的时候，雄性苍蝇已完成了它的工作。

于是，雌雄双方各自采取新的对策。比如说，雌性会事先摇一摇丝茧以检查它的内部是否是空的。雄性苍蝇对此仍另有新招。它们把自己的粪便装到了礼物袋中，粪便恰好和一小块肉一样重，从而得以蒙混过关。

埃德蒙·威尔斯

《相对且绝对知识百科全书》第Ⅱ卷

99. 蕾蒂西娅逃跑了

梅里埃斯警长来到了监狱中，他要求看一看蕾蒂西娅·威尔斯，他问监狱长：

"她在监狱中有什么反应？"

"她没有任何反应。"

"这是什么意思？"

"自从她来到这儿以后，就一直在睡觉。她什么也不吃，甚至也不喝一口水。她就这样一动不动地睡着，而且谁都叫不醒她。"

"她睡了多久？"

"72 小时。"

雅克·梅里埃斯希望得到的不是这种反应。一般来说，被捕的女人总是大哭大闹或疯狂地尖叫，但从来没有人睡觉。

电话响了。

“是打给您的。”监狱长说。

电话是卡乌扎克打来的。

“头儿，我正和法医在一起。我们遇到了麻烦，那女记者的蚂蚁，嗯，没有一只能动的，您对这件事有什么看法？”

“我觉得，我觉得……我认为它们全冬眠了，就这么简单。”

“在8月份冬眠？”检查员吃惊地问。

“完全正确！”梅里埃斯肯定地说，“埃米尔，你告诉法医我马上就到。”

雅克·梅里埃斯挂上了电话，脸色惨白得吓人。

“蕾蒂西娅和她的蚂蚁们都冬眠了。”

“什么？”

“是的，我在生物学中学到过。当天气逐渐变冷、下雨或蚁后失踪了的时候，昆虫们便停止了一切活动，心脏跳动频率也渐渐变慢直至睡眠或死亡。”

两个男人冲到了关押蕾蒂西娅的牢房前。他们马上就不再担心了。这个年轻女人的鼻中隐隐传出细微的鼾声。梅里埃斯握住了她的手腕，发现脉搏的跳动……已经很轻了。他不停地摇晃她，直到她醒了过来。

蕾蒂西娅重新睁开了那双淡紫色的眼睛，她似乎忘了自己身在何处，最终她还是认出了警长。她微笑着又睡着了，梅里埃斯强忍住以免被心中涌起的复杂情感所左右。

他转向监狱长：

“明天她一定会吃些东西的，我敢打赌。”

在薄薄的眼皮下面，那双淡紫色眼眸骨碌碌地从左到右、从上到下地转着，似乎是要重温被突然打断的梦境。奇怪的是，蕾蒂西娅在梦一般的世界中逃走了。

100. 传教

“就是这样，很简单。”

23号开始了它的演讲。它端坐在灰色岩石表面的一个小坑中，旁边是24号。它们对面坐着33只蚂蚁听众。

23号已经在远征军的内部甚至是在宿营地举办了传教会议。在会后，它会冷静地告诉大家：隔墙有耳。

23号用四只后脚支撑着自己站起来：

“手指创造了我们并让我们在地球上安家落户好侍候它们，它们时刻都在观察我们。我们应该注意不要惹它们生气，因为它们会惩罚我们。我们为它们服务，作为回报，它们会传授给我们一部分它们的能力。”

大部分参加传教会议的蚂蚁都是感染上黑啄木鸟粪中绦虫的伤员。因为这些蚂蚁再也没有什么重要的东西可以失去了，也因为它们要为自己的不幸遭遇寻找自我安慰，于是，这些白化病患者十分欣赏手指教派的教义。它们有时发愣，有时又将信将疑。它们喜欢抱有一种希望，那就是世界上还有比死亡更高层的境界。

应该说这些可怜的白化病患者在生活中忍受着超出常人的痛苦，它们逐渐显出了一种病态的颓丧，在行进中也只能拖在队伍最后面。它们最有权力来质疑活于世界上的意义何在，有些人干脆远离了集体，成了不同敌人的盘中美味。

然而，在队伍中不管谁看到伤病员受到了攻击都会毫不迟疑地伸出救援之手。蚂蚁们之间的团结友爱不会将任何蚂蚁拒之门外。而在第一队远征军中，这种凝聚力显得更为强大。

不管怎么样，手指教派的演说还是吸引人的，并赢得了场下听众的支持，其中有不少是体格健壮的蚂蚁。唯一奇怪的是，这些聚集在石灰岩石凹洞中的蚂蚁似乎忘了，它们之所以背井离乡就是为了消灭那些它们现在奉若神明的手指。

还是有蚂蚁很小声地提出了反对意见，它们的发问令讲演者有点尴尬，但 23 号已完全做好心理准备来回答各种各样的问题：

“重要的是我们要接近手指。其余的根本不用担心。手指是神明，它们是永生不死的。”

那么又该怎么回答下面这个问题呢？一只褐蚁侦察兵抬起了触角：

“为什么手指不一步一步地指点我们该怎么做呢？”

“它们已经告诉我们了。”24 号肯定地说：“在贝洛岗，我们和手指一直保持着联系。”

一名炮兵问道：

“那该怎么和神明进行交流呢？”

回答：

“应该全身心地想着它们。神明把这种行为称为‘祈祷’。所有的祈祷神明都会听到的。”

一只白蚁发出了绝望的声音：

“手指能治愈绦虫病吗？”

“手指无所不能。”

这时，另一个小兵打断了它们的谈话：

“但我们的使命就是消灭手指，那我们又该怎么办呢？”24号瞟了一眼提问题的蚂蚁，它平静地摇动着触角。

“我们什么也不做。我们和别人保持一定的距离，观察它们。不要为神担忧什么，神是万能的。只要让所有人都慢慢了解‘活石头博士’的话就够了。让更多的伙伴加入我们当中。要小心点。而且特别记住一定要祈祷。”

对大多数蚂蚁来说，这是它们第一次进行反叛活动。它们觉得这样做很刺激，而手指是否只是虚构出来的事物对它们来说根本不重要了。

101. 百科全书

上帝：定义中的上帝是无处不在、无所不能的。如果他真的存在于世，那么他可以出现在任何地方，可以做一切事情。如果他真的无所不能，那么他真的可以治理人间——这个根本没有他存在也不受他控制的世界吗？

埃德蒙·威尔斯

《相对且绝对知识百科全书》第Ⅱ卷

102. 金色蜂巢

垂直8字、倒8字、螺旋形8字。8字。

停了一会儿。

双8字。根据太阳变换不同的角度。

水平窄幅度8字。水平宽幅度8字。

传达出的信息再清楚不过了。

回答：8字，水平宽幅度8字，两次8字，翻过来8字，然后转到下一个空中信息中转站。

为了表示食物在百米以外的地方，蜜蜂们反复地跳着8字舞，舞蹈的中轴线指出了寻找食物的方向及距离。

位于江边一棵大松树上的城市名叫阿斯科乐依娜，在蜜蜂世界中这个词的意思是“金色蜂巢”。

在这里住着 6000 只蜜蜂。

一只阿斯科乐依娜的蜜蜂侦察兵在收到这一信息后立刻动身。它在野菊花丛中低飞慢行。过了一会儿，它爬上了一个斜坡，之后又飞越过一支占据了整片草地的蚂蚁军队。（咦，蚂蚁们在这里干什么呢？）它绕过这列长队，紧紧贴着地面滑了过去。

在这儿，空气中萦绕着一股怡人的香气。它放慢了扇动翅膀的速度。这只蜜蜂在长寿花丛中左转转、右看看，把自己的脚浸入花朵的那根不易察觉的雄蕊中。在细细地观察了一番后，它确定这是雏菊花。它从口中缓缓吐出细长的舌，把它插入黄色的粉末中，过了一会儿再同样小心翼翼地收回来，这时它的腿上已沾满了新鲜的花粉。

它回到了蜂巢的门口，翅膀扇动的频率达到了 280 赫兹。

“兹——兹——兹——”，在 280 赫兹这种频率下，一只蜜蜂可以把所有负责粮食储备的工蜂召集起来。

如果翅膀扇动的频率是 260 赫兹，那么它可以叫来负责管理及照看幼蜂的工蜂。而翅膀扇动的频率如果到达了 300 赫兹，则是发出军事警报的标志。

侦察兵对准了六边形的蜂巢开始了它的舞蹈。这次它在蜂巢那上过蜡的地面上画起了 8 字，它很快讲述了一遍它的经历，并描述了方向、距离及它所经过的花丛的具体质量。据它看来，这些是雏菊。

因为花源相对来说比较近，它跳得很快，若反之较远，那么舞蹈也要慢得多，它似乎要模仿出在长途飞行后疲惫不堪的样子。

在它的“舞蹈”汇报中，它也考虑了太阳的位置及其远行状况。

它的伙伴们都赶了过来，它们明白了有很多花等着它们去采蜜，但它们要进一步了解这次花源的质量。有时花朵上已沾上了鸟的粪便，有时花儿已经凋谢了，有时别的巢穴的蜜蜂已经在这儿采过蜜了。

有几只蜜蜂焦急地用腹部拍打着蜂巢。

“我们想知道详细的情况。”它用蜜蜂语言解释道。

侦察兵没有等别人求自己，便吐出了这次采到的花粉。

“尝尝吧，我们的朋友们，你们看，这才是最佳选择。”

这种舞蹈、这番对话、这次交流的内容都很晦涩难懂。但整队的蜜蜂在了解这次任务的大致情况后，最终还是飞去执行任务。

这名疲惫不堪的侦察兵狼吞虎咽地吃下它刚刚带回来作为样品的蜜

汁。它要去阿斯科乐依娜蜜蜂王国的女王扎哈·哈尔·斯莎也就是67号所住的王宫。

这位女王是在结束了和它的20几位王族姐妹的斗争后才登上这个蜜蜂王国的王位的。原来，蜜蜂中出现了太多的女王。但在一座城市中只能留下一个，于是女王们在婚礼新房中进行残酷的厮杀，直至剩下最后一名胜利者。

这种选择方法很残酷，但它可以保证蜜蜂王国的首领是最顽强、最善战的。

蜜蜂女王的腹部呈现出独一无二的黄色，它已经4岁了。如果没什么大的变故，蜂王每天可以产1000个卵。

阿斯科乐依娜王国的蜂巢在贝洛岗蚂蚁王国的东北方向。这片土地风水极好。在这个枯色蜂蜡的蜂巢中，爬满了采蜜的工蜂。整座蜂巢金光灿灿，而且散发着诱人的香气。黄色、黑色、玫瑰红及橘色。那些工蜂一点一滴地酿出珍贵的蜂蜜。

再远一点，蜜蜂们在一只蜡罐中酿制蜂王浆。

再远一点，是幼蜂的育婴室。

蜜蜂的教育永远是一成不变的。从初来世界的那一刻起，它们就由自己的姐妹们喂养，这之后它们就要开始工作了。在初生的前3天，它们是不用做家务的。在第3天，它们身上便发生了变化。在小蜜蜂嘴的旁边长出分泌蜂王浆的腺体，于是它们就成为哺育幼蜂的保姆。这些腺体会变得越来越不重要，这时在它们腹部下面又会长出新的腺体。这些是蜂蜡腺，主要用来分泌蜂蜡来建造或修补王国的蜂巢。

这样，从第12天开始，蜜蜂开始成为修筑巢穴的工蜂。

从第18天开始，这些蜂蜡腺就不再发挥作用了，工蜂也变成守卫蜂巢的战士。在这个时期中，它们逐渐熟悉外界环境，然后它们就要去采蜜。随着采蜜工作的结束，它们的生命也就走到了尽头。

小侦察兵来到了王宫中，它打算向王后汇报这一支奇怪的蚂蚁军队，但王后似乎正在和……谈着话，它几乎不敢相信自己触角所听到的……是和一只蚂蚁交谈着。

确切地说，是和一只贝洛岗联邦的蚂蚁！它远远地听着双方的对话。

“我们能做什么？”蜂王问道。

当这只蚂蚁突然出现在蜂巢中时，谁也不明白它的意图。让它进入金色的城市，与其说是因为热情礼貌，还不如说是因为惊讶好奇。

一只蚂蚁来蜂巢干什么？

于是23号讲述了它所处的特殊境况，表明它的来访毫无敌意。

贝洛岗人，它的亲姐妹们，都疯了。它们派出了一支远征军去讨伐手指，并且已经杀死了一个。23号解释说，远征军不久便会猛烈地攻打沿途的蜜蜂们。它建议蜜蜂的军队（它知道蜜蜂的军队是蚂蚁军队数量的两倍）在它们被毛莨草峡谷挡住去路时，提前采取行动袭击远征军。

“埋伏军队？您建议我设下伏兵去攻打您自己的手足同胞？”

蜂王惊讶极了。别人曾经告诉过它，蚂蚁们越来越居心叵测了，而且着重讲述了这些唯利是图的小人攻占蜜蜂们的巢穴以抢夺食物，现在蜂王似乎只不过了解了一些皮毛小事。在它面前，一只蚂蚁向它指出了杀死蚂蚁们的最佳时机。这番话深深地震撼了蜂王。

显而易见，那些蚂蚁比它所想象的更可恶。但也许这只是一个陷阱。一只蚂蚁假装叛变，它把蜜蜂的军队引诱到毛茛草山谷，这时远征军的大部队开始进攻蜂巢。这种解释让人很容易接受。

扎哈·哈尔·斯莎女王晃动着它的背翅。

它用一种即便是蚂蚁也能听懂的碱性香味的语言问23号：

“你为什么要背叛自己的同胞？”

蚂蚁解释道：贝洛岗人要杀死地球上所有的手指。而手指是世界上纷繁复杂的存在形式中的一种。如果蚂蚁彻底消灭了所有的生命，这个星球将会变得荒芜贫瘠。每一种生命都有它存在的价值，自然之神就是通过这些多姿多彩的生命形式来展现自己的力量的。

毁灭是一种罪恶。

蚂蚁们已经杀死了很多动物。它们刻意地杀生而从不尝试去理解它们或与它们进行沟通。就是这种蒙昧主义已使一部分自然生命渐渐走向消亡。

23号尽力避免把手指解释为神，它也回避提到自己是手指教派的信徒。它无法告诉女王手指是万能的，这类字眼太强烈了。一只蜜蜂王后怎么能够理解这些过于抽象的概念呢？它又重新谈到那些非手指教派的反叛者。

这些话对于那些从来没有想过世上真有神存在的昆虫来说更易接受。

“对手指我们几乎一无所知，我们有太多的东西要向它们学习。以它们的水平，以它们的身材，它们有足够的能力去面对那些我们根本无法想象的问题。”

在23号看来，它们应该对手指报以宽容的态度，至少应该留下一对手指做研究……

蜂王明白了它的意思，但它坚决地声明自己不会卷入蚂蚁与手指之间的战争中。目前，它和一群黑胡蜂因边界问题经常发生冲突。胡蜂总是调动军队进犯蜜蜂的领地。扎哈·哈尔·斯莎女王怀着极大的兴趣滔滔不绝地讲起了蜜蜂与胡蜂之间的战争。

成千上万的鞘翅目飞行中队要在悬浮状态下与敌人进行决斗，投毒标枪，蒙骗敌人，对敌人进行突然袭击，从交叉进攻中脱身而出！它承认自己对标枪剑术很着迷，而只有胡蜂与蜜蜂了解这项运动。要在空中保持飞行状态并灵巧地向敌人发动进攻并非易事。左闪右躲，矫健地和假想中的敌人进行决斗，嘴中不断报出进攻的招式。这是旋转式进攻，突然袭击，剑术第四架势、第五架势、第一架势，右拦击。

它尾部的毒刺就在蚂蚁的头顶晃动，而23号对此似乎熟视无睹。于是蜜蜂女王继续向它描述蜜蜂与胡蜂之间的战争。冲锋，小规模的对攻战，围困，向后撤退，迅速回击……

23号打断了它，23号坚持认为蜜蜂会完全卷入这场蚂蚁与手指之间的斗争。103号——它们中间最有经验的战士发现蚂蚁们可以用蜜蜂毒液杀死手指，而且目前也只能用这种方法来杀死手指。

因此，远征军为了获得毒液肯定会大规模地进攻阿斯科乐依娜。

“蚂蚁？远离它们的联邦来攻击我们！你在胡说！”

就在这个时候，整个金色蜂巢中响起了军事警报声。

103. 昆虫们从来都不给我们好日子过

现在轮到米盖尔·西格内拉兹在反昆虫斗争的学术会议上介绍他的新成果了。他站起身来，向与会者们展开一幅画满了小圆点的地球平面图。

“这些点代表了斗争区，不是人类之间的战争，而是消灭昆虫的斗争。在摩洛哥、阿尔及利亚以及塞内加尔，我们和大规模侵害人类的蝗虫抗争着；在秘鲁，蚊子传播着疟疾；在南非，苍蝇会引发一种嗜睡的疾病；在马里，虱子的迅速繁殖造成了斑痕伤寒的流行；在亚马孙、非洲的赤道地带、印度尼西亚，人们为涌入的蚕蚁所困扰；在利比亚，苍蝇造成了牛的大量死亡；在委内瑞拉，凶猛的胡蜂攻击着小孩子们；在法国，就在这儿附近，一个家庭在枫丹白露森林野餐的过程中遭到一群褐蚁的攻击。我就不必再一一列举那些给马铃薯种植造成巨大破坏的甲虫、蛀蚀木制房屋给居民生活带来麻烦的白蚁、咬烂我们的衣物的蛀虫，以及那些让狗终日不得安宁的谷蛾……这就是我们生活的真实写照。一百多年来，人们都在和昆虫进行着斗争，但这只是刚刚起步。因为我们的对手个头很小，我们就低估了它们的能力。人们常常认为只要轻轻弹一下手指就可以把它们压碎。错了！昆虫是很难消灭干净的。它们已渐渐适应了毒性物质，在不断地进化变异中使自己更好地抵抗杀虫剂，它们大量的繁殖后代以避免灭种之灾。昆虫是我们的敌人。十分之九的动物都是昆虫，我们只不过是全人类中的一小部分，更何况是相对于亿万的蚂蚁、白蚁、苍蝇、蚊来说的哺乳动物呢？我们的祖先找出了一个词来形容这些敌人。他们把这些敌人称为'地狱之神的力量'，也就是说它们是很小的、在地上爬行的、生活在地下的、隐藏起来的、无法预见的！”

有人举起了手。

“西格内拉兹教授，那我们如何来消灭这些地……地……力量，我是说这些昆虫呢？”

教授冲台下听众笑了笑。

“首先我们不能再轻视它们。我在智利圣地亚哥的实验室中已经发现蚂蚁群中有一些'品尝者'，每当蚂蚁们发现一种新的食物后，这些'品尝者'负责先尝一尝它。如果两天后'品尝者'没有出现可疑的症状，它们的姐妹们就可以放心食用这种食物了。这就解释了为什么大部分含磷的有机物在使用上受到了很大局限。因而我们致力于研究一种可以拖延反应时间的杀虫剂，它在食入 72 小时后才会发挥效用。我们希望可以在城市中大面积地喷洒这种毒液。”

“西格内拉兹教授，您对蕾蒂西娅·威尔斯有何看法？这个女人成功地指挥蚂蚁杀害了杀虫剂的研究者。”

教授抬起头凝视着天空。

“长久以来，一直有些人对昆虫非常地入迷。令我感到惊讶的是，直到今天才发生这种杀人事件。我对这些谋杀案感到非常气愤，大部分受害者都是我的同事及好友。但现在这已经不再重要了，威尔斯小姐已不能再伤害别人。而且几天以后，我会向你们介绍这种神奇的产品。我们投入了大量的人力及财力来研究它。标准名称为'巴别'。如果大家想知道更多的情况，明天我们同一时间再见。”

西格内拉兹教授轻轻吹着口哨走回到旅馆中。他对听众们的反应很满意。

在房间中，他在摘掉手表的时候，注意到衣服的袖口上有一个四四方方的小洞，但他根本没把这件事放在心上。

当他躺在床上缓解一天的疲倦时，突然听到从浴室传出了响声。看来即使是设施最好的饭店，也一定会有老化的管道。

他从床上爬起来，静静地关上了浴室的门准备去吃饭。他已经很疲倦了，于是很自然地选择了电梯，而没有走楼梯。事实证明他错了。

电梯在饭店的两层中间卡住了。

在下一层楼梯平台等待电梯的顾客听到米盖尔·西格内拉兹教授发出的令人毛骨悚然的惨叫，以及他不停地用力拍打铁门的声音。

“又是一个幽闭恐惧症患者。”一位妇女说。

当服务员再次启动电梯时，他只看到了一具尸体。从面部惊恐的表情来看，他似乎刚刚和魔鬼交战过。

104. 梦

乔纳森失眠了。随着团体中体能锻炼的强度越来越大，他也就越来越难以入睡。

特别是昨天，他经历了一件可怕的事情。当他发出“OM”这个声音的时候，他很惊讶地感受到自己的整个身体都被吸入了这种声波中。就像从手套中抽出双手一样，似乎有某种物质要从他的身体脱离出来一样。

乔纳森感到很害怕，同时别人的表现又让他很放心。正如大家所愿，在“OM”这种声音中，他的灵魂离开了自己的躯体，和别人的灵魂一起穿过了岩石，来到了蚂蚁的世界中。这种气氛并没有持续多久，他又重新感受到了自己的肉体，就像一条带弹性的绳子又把他拉回来一样。

这是集体的思想，也只能是集体的思想。

他终日想根据蚂蚁的方式来生活，这使他不停地梦到蚂蚁。他想起在百科全书中有一页讲到梦，他带上手电筒，走到经桌旁翻开了这本珍贵的书。

105. 百科全书

梦：在马来西亚的森林深处住着一个原始部落——塞诺伊人。那里的人们依据梦境来安排他们的生活，我们称他们为“梦的人民”。

每天清晨在吃早餐的时候，他们围坐在篝火边，每个人都会讲出他们前一天晚上做到的梦。如果有一个塞诺伊人梦到伤害了别人，那他就要在第二天给受害者送上一份礼物。如果他梦到被别人打了，那侵犯他的人就要向他道歉，并送一份礼物来求得他的原谅。

在塞诺伊人看来，梦的世界比现实世界更富于教育意义。如果一个小孩子讲到梦见了老虎而且很害怕，大人就会强迫他在第二天夜里重新梦见大猫，并且要在与猫的搏斗中杀死它。老人们会教小孩子如何梦到猫，如果孩子仍无法成功，始终梦到老虎，那么他会遭到全部落人的批评。

在塞诺伊人的价值观中，如果有人梦到发生性关系，那么他应该在梦中达到情欲的高潮，并要在第二天通过礼物来感谢现实中或梦中的情人。在面对噩梦中的敌人时，他们要战胜敌人然后再向敌方祈求礼物以最终化敌为友。最有价值的梦境是能在天空中飞翔。部落中所有的人都会祝贺按预定目标做梦的人。对孩子们来说，宣布第一次梦到了飞翔便是他的洗礼。人们会送给他礼物，然后向他解释在梦中如何在空中飞到那些陌生的国家中并带回异域的礼物。

塞诺伊人吸引了大批西方的人类学家。在塞诺伊人的社会中根本不存在暴力以及精神疾病。这是一个没有压力、没有战争和征服野心的世界。人们的工作量保持在能够维持生存的最低标准上。

在 20 世纪 70 年代，当塞诺伊人生活的森林被外人开垦以后，他们就消失了。然而，我们可以从头谈谈对他们的认识。

首先，大家在每天早晨记录下前一夜的梦，并给它起一个标题，注明日期，然后以塞诺伊人的方式，比如说在早晨，和他周围的人谈自己的梦。现在我们进一步阐述做梦的基础规则。在入睡前，人们预先选好自己希望梦到的事物，比如说推动高山、改变天空颜色、拜访未知国度，或遇到选择好的动物。

在梦中，每个人都是万能的。第一个练习就是飞翔。张开双臂，准备好，俯冲，旋转着上升，一切都是可能的。“飞翔”会给人们带来自信和快乐。孩子们需要五周的时间来控制他们的梦。而对成人来说，有时则需要更长时间甚至几个月。

埃德蒙·威尔斯

《相对且绝对知识百科全书》第Ⅱ卷

杰森·布拉杰走过来站在乔纳森的身旁。他看到乔纳森对梦很感兴趣，就告诉他自己也会梦到蚂蚁。它们杀死了全人类，而“威尔斯”一家是人类中唯一的幸存者。

他们谈到了信使、反叛的蚂蚁，以及新的蚂蚁女王希丽·普·妮给他们带来的种种麻烦。

杰森·布拉杰问，为什么尼古拉一直不肯参加他们的共同活动。乔纳森·威尔斯回答说，他的儿子还没有表示出这种愿望，而这种愿望应该是发自他内心的。别人既不应该向他建议什么，也不应该将这种行为强加于他。

“但……”杰森说。

“我们的理念并不具有感召性，我们不是一个宗教团体，我们不能让任何人来皈依我们的组织。尼古拉会在他希望加入的那一天加入我们当中。我们的入会教育其实是一种死亡的形式，一种痛苦的化身。还是应该由他自己来作出决定，没有人能影响他，特别是我。”

两个男人互相达到了某种默契，他们蹑手蹑脚地走回卧室。他们梦到自己在各种几何图形中飞翔，他们在空中飘浮着穿过不同的立体数字。

106. 蜜蜂军队整装待发

垂直 8 字。

倒 8 字。

螺旋形 8 字。8 字、双 8 字。水平 8 字。根据太阳来改变角度转三圈。

这一次，蜜蜂们直接发出了第三阶段的警报。根据空中公共信息中转站的报告，进攻的部队是一群凶猛的蚂蚁。蜂王暗想：只有蚂蚁的王子和公主才会飞，而且只有当举行空中婚礼时它们才会飞起来。

然而蜜蜂信息中转站的消息明确地指出，从天空中飞向阿斯科乐依娜的的确是一群蚂蚁。它们的飞行高度大约是 100 颅，并以每秒 200 颅的速度前进。

水平 8 字。

提问：“来兵数目？”

回答：“目前尚不能确定。”

提问：“和贝洛岗的褐蚁有关吗？”

回答：“是的，它们已经击败了我方 5 只信息中转站的士兵。”

20 几只工蜂围绕在扎哈·哈尔·斯莎周围。蜂王表示说在宫中没有什么好担心害怕的，它在这座蜂蜡宫殿中感到非常安全。一支蜜蜂军队中有 8 万士兵，而蚂蚁军队中只有 6000 名战士，但蚂蚁们的侵略行为（在蜜蜂中这种举动非常罕见）在整个地区都很出名，所有人都对它们退让三分。

扎哈·哈尔·斯莎女王心中暗问，这只蚂蚁为什么要向它发出警告？它谈到这支远征军是去攻打手指的……蜜蜂女王的母亲也曾和它谈到过手指。

“手指是另一种类型的生命体，它们生存于另一个时空范围之中。我们千万不能把手指和昆虫界混淆起来。如果你们看到了手指，那么不要去理睬它们，它们也不会来招惹你们的。”

扎哈·哈尔·斯莎把这条规则写在了信中，它教导自己的女儿们绝对不要去和手指有什么瓜葛。既不要去攻击它们，也不要祈求它们的帮助。蜜蜂们应该就把手指当作根本不存在的事物。

蜂王在宫中休息了一会儿，吃了一点蜂蜜。蜂蜜是生命的食粮。蜜蜂们酿出的蜜汁很清纯，很容易被身体吸收。

扎哈·哈尔·斯莎想，它们也许可以避免这场战争。这些贝洛岗的蚂蚁们也许只是想和它们进行军事谈判，而蜜蜂们也可以大方地让远征军通过蜜蜂的领地。另外，即使蚂蚁们可以飞上天，这并不是说它们同样也掌握了所有空中交战的技术！当然，它们不费吹灰之力便打败了蜜蜂的空中公共信息中转站的工兵，但它们也同样可以抵挡阿斯科乐依娜的空中联军的强大攻势吗？

不，它们不能在对蚂蚁的小冲突中就使用毒针。蜜蜂们将坦然地面对这一切，并会取得胜利的。

蜂王马上召见了它的士兵们，那些激动不已的蜜蜂懂得如何恰如其分地表达它们心中的兴奋。扎哈·哈尔·斯莎颁布了进入战备状态的命令：

“不要在蜂巢中和贝洛岗的蚂蚁发生冲突，在空中劫持它们。”

命令很快传达了下去，战士们都组织起来。它们紧密地排列成 V 形队列出发了。这是 4 号进攻方案，类似防御胡蜂的战斗队形。

在金色的城市中，所有蜜蜂都把翅膀扇动到了 300 赫兹，发出了一种类似发动机发动时的嗡嗡声。“兹——兹——兹”，蜜蜂们都把毒针收了起来，没有到生命的最后一刻它们是不会使用毒针的。

107. 转机

查理·杜拜龙局长在房间中来回踱着步。他烦躁地叫来了雅克·梅里埃斯警长。

“有时，我们对别人寄予厚望，但得到的只是失望。”

雅克·梅里埃斯吞吞吐吐地申辩道，这种事在警界是时有发生的。

查理·杜拜龙局长的脸顿时沉了下来。他略带责备地说：“我很信任您。但为什么您一定要去招惹威尔斯教授的女儿呢？一个是记者而又不单是记者的女人。”

“她是唯一知道我已经破案的人。她在住处养了很多只蚂蚁。而又恰巧是那天晚上，蚂蚁们侵入了我的房间。”

“那么，我该怎么说呢？您很清楚，我在森林中受到了成千上万只蚂蚁的进攻。”

“说到这儿，局长先生，您的儿子怎么样了？”

“他已完全恢复了。啊，别再提这件事了！医生说他是被蜜蜂蜇了一下。当时我们身上爬满了蚂蚁，而医生的解释是：被蜜蜂蜇到了！最不可思议的是，当医生给乔治注入抗蜂毒的血清后，他的病很快就有所好转。（局长摇了摇头）我想对付蚂蚁已经迫在眉睫了，我已经要求地方委员会制订消灭蚂蚁的计划。我们将在枫丹白露森林中大面积地喷洒 DDT 这种药水。以后的几年中，人们可以在这些害人虫的尸体上进行野餐了。”

他坐在大办公桌的后面，仍是面呈不悦地说：

“我刚才下令立即释放蕾蒂西娅·威尔斯。西格内拉兹教授的死已经证明了您的疑犯是无罪的。这一连串犯罪行为愚弄了所有的警察。我们不能再犯错了。”

看到梅里埃斯准备申辩几句，局长口气更为强烈地说：

“我已经要求警方对威尔斯小姐的精神伤害进行赔偿。这当然不能阻止她在报纸上批评我们工作中的失误。如果我们想在人民心中保持威信，那我们就要尽快找出所有化学家谋杀案的真凶。其中一个受害者用血拼出‘蚂蚁’这个词。在巴黎年鉴中，只有 14 个人姓这个姓。我认为应该从字面上的意思来理解这个词。我想，当一个人在临死前用最后的力气写下的字一定和谋杀者有很大关系。按这条线索查查看。”

雅克·梅里埃斯咬了咬嘴唇：

“这不难。事实上，我从来没有想过这一点，局长先生。”

"好了，回去工作吧，警长。我不想再为您的错误负责了。"

108. 百科全书

分蜂（Essaimage）：在蜂类中，蜜蜂们遵照一种不寻常的仪式来进行分蜂。在蜜蜂社会顺利地发展到繁荣的顶点时，蜂巢、子民以及整个王国都突然决定一切重新开始。

老的蜂王在把它的王国带向成功后会离开自己的家园，放弃了它最宝贵的财富：食物贮备，属于它的地盘，豪华的宫殿，储存的蜂蜡、蜂胶、花粉、蜂蜜、蜂王浆。它把这些东西留给谁呢？新一代的蜂王。

在工蜂的陪同下，老皇后离开了蜂巢，去另一个也许它从来没有到过的地方重新安家。

在它离开几分钟后，幼蜂醒了。它们发现自己的城市中已荒无人烟。每只蜜蜂都本能地知道它们该做什么，无生殖力工蜂会加快帮助有生殖力的小公主们破壳而出。而那些蜷缩于包膜中熟睡的小公主也很清楚它们将面临的第一场战争。

第一个学会走路的蜜蜂公主立即对其他的公主发动致命的攻击。它飞快地冲向其他的公主，用自己的小嘴撕咬它们。它还会阻止工蜂们去援救其他的公主，并用自己的毒针狠狠地刺穿手足姐妹的身体。

它杀得越多就会感到越安全。如果有工蜂胆敢奋力保护其他公主，第一个醒来的公主会以"愤怒的尖叫"表示抗议，这种声音与我们平常在蜂巢边听到的嗡嗡声大不一样。于是它的臣民只得垂首表示屈服，放任这种罪恶行为继续进行下去。

有时候也会有一些公主奋起进行抵抗，展开公主间的战争。奇怪的是，当只剩下两只蜜蜂公主进行最终的决斗时，它们谁也不会向对方刺出毒针。无论如何也要有一名幸存者活下来。尽管统治斗争很激烈，它们也永远不会同归于尽，而使巢中的其他蜜蜂孤苦无依。

最后唯一幸存的那位公主飞出蜂巢和雄性蜂在空中完成交配，在绕蜂巢飞行一两圈后，它就可以回来产卵了。

埃德蒙·威尔斯

《相对且绝对知识百科全书》第Ⅱ卷

109. 伏兵

一支蜜蜂飞行中队雄赳赳地从空中掠过。一只蜜蜂对它旁边的姐妹说：

“看看这些水平的 8 字，通讯员很清楚地告诉我们，敌人是贝洛岗的飞行军。”

另外一只蜜蜂安慰它说：

“只有有生殖力的蚂蚁才会飞，也许是结队的空中婚礼吧！这对我们能有什么危险？”

这只蜜蜂对它自己及队伍的实力很有信心。它感到腹部下面那根尖尖的毒针已准备好刺穿那些冒失的褐蚁。在体内，甜甜的蜂蜜使它激动兴奋，而毒液又使它的五脏六腑都感到一种刺痛。太阳光从蜜蜂们的背后照过来，白花花地晃着它对面敌人的眼睛。

它甚至对这些将要为莽撞冒失的举动而付出惨痛代价的蚂蚁同情起来。这些蚂蚁应该意识到地面上的世界是蜜蜂的。

一片层积云从远处缓缓飘来。一只蜜蜂兴奋地说：

“我们藏到这片云朵中，当蚂蚁们到了的时候，我们就突然从它们的头上跳出来。”

然而，就在刚刚接近这个空中隐蔽所时，它们惊讶得简直无法相信它们的眼睛。在极度惊恐之下，它们的翅膀扇动的频率由 300 赫兹一下子降到了 50 赫兹。

蜜蜂们在冲入云团之前急忙停住了脚步。

奥秘四

交锋

110. 蚂蚁先生

铃声刚一响，一个胖胖的男子开了门。

“您是奥里维埃·蚂蚁先生吗？”

“正是。请问您有什么事吗？”

梅里埃斯晃了晃他那张印有蓝白红三色条纹的证件。

“我是警察，梅里埃斯警长。我可以进屋问您几个问题吗？”

这个男人是一名小学教师。他是年鉴上记录的最后一个姓“蚂蚁”的人。

梅里埃斯给他看了几张死者照片，并问他认不认识这几个人。

“不认识。”

这个男人略带吃惊地回答。

警长问他在案发时间里都干了什么。奥里维埃·蚂蚁先生既有人证也有物证，足以证明他当时不在现场。他总是要么就在学校里，要么就在家的附近。要证明这一点再简单不过了。埃莲娜·蚂蚁夫人走了出来，她身上穿了一件印着蝴蝶花纹的女式晨衣。警长脑中突然闪现出一个新的想法。

“蚂蚁先生，您使用杀虫剂吗？”

“当然不用。从小时起，就有些愚蠢的家伙把我称为‘讨厌的蚂蚁’。事实上，当人们毫无顾忌地用脚踩死蚂蚁的时候，我可以深切地感受到它们的痛苦。因而，就像姓‘绞刑’的人不会在家里放有绳子一样，这所房子里也没有杀虫剂，您明白我的意思吗？”

奥菲莉·蚂蚁突然跑了出来，她藏到了父亲的身后。小女孩鼻梁上戴着的那副厚厚的眼镜足以表明她在班里是最优秀的学生。

“这是我的女儿。”小学老师介绍说，“她在房间里养了一窝蚂蚁。亲爱的，领这位先生去看看。”

奥菲莉把梅里埃斯带到了一只大玻璃缸前，这是一只和蕾蒂西娅·威尔斯的那一只很相似的缸。玻璃缸里面爬满了各种各样的昆虫，女孩子把一根树枝放在缸顶上权当作盖子。

“买卖蚂蚁窝是非法的。”警长说。

小女孩立刻反驳道：

“但我没有买蚂蚁窝呀，我是在森林里找到它的。只要您往下挖得够深，蚁后就无法逃走了。”

奥利维埃·蚂蚁先生很为他的女儿感到骄傲。

“这小家伙长大后想成为一名生物学家。”

“很抱歉，我没有孩子，我也不知道蚂蚁是一种时髦的玩具。”

“这与玩具无关，研究蚂蚁很时兴。因为我们的社会越来越像一个蚂蚁的世界，也许在观察蚂蚁的时候，孩子可以更好地领会我们自己的世界，就是这样。您看过这个装满蚂蚁的玻璃缸了吗，警官先生？”

“啊，还没有。我一般是不会注意到它们的。”

雅克·梅里埃斯心中暗想：他不清楚究竟是他引来了所有的蚂蚁迷，还是这些蚂蚁迷已经组成了一个越来越庞大的组织。

“他是谁？”奥菲莉·蚂蚁问道。

“警长。”

“警长是干什么的？”

111. 云中战斗

这片层积云越飘越慢，突然它迸裂开，形成无数的碎片。

一开始，金色之城的蜜蜂们以为从这片灰色的云朵中冲出的只是一群闹哄哄的大苍蝇。

然而，阿斯科乐依娜的勇士们立刻知道自己错了。

它们不是苍蝇！不，不是……

它们是鞘翅目昆虫。不是什么鳃角金龟或秋甲金龟，不，它们是犀牛金龟子。

更糟糕的是，这些大块头身上骑着的活火炮正准备向它们开火。“蚂蚁们是怎么驯服这些大家伙，并让它们加入军队一起作战的？”蜜蜂们暗自嘀咕起来。

它们还没来得及想出应对之策，20几只金龟子就围了上来。它们飞到了蜜蜂们的上方，褐蚁炮兵们已经对准阿斯科乐依娜的士兵，并向它们开火了。

蜜蜂的“V”形队列很快变成了“W”形，之后又变成“X”“Y”“Z”，它们开始溃逃。

所有的蜜蜂都惊讶极了。每一只犀牛金龟子身上都坐着四五只炮兵，它们连连发射蚁酸炮弹来轰炸蜂群。

被打乱的蜜蜂队伍很快又重新组织起来。阿斯科乐依娜的士兵们亮出了它们的尾刺。

“组成点线阵形！”一只阿斯科乐依娜的蜜蜂大叫，“去攻打它们的坐骑。”

金龟子们的第二轮进攻不如前一次那么成功，蜜蜂们巧妙地避开了它们，躲到了它们腹部下面。然后蜜蜂们再冲出去，把它们的尾针狠狠地刺入对方的咽喉中。现在轮到金龟子们身上笨拙的指挥者们纷纷跌落下来。

一道舞蹈命令马上被传达下来：

“进攻！冲啊！”

蜜蜂们的尾针如密雨般向敌人刺去。

蜜蜂的尾部都有一个尖钩形的尾针。如果蜜蜂把尾针刺入敌人的身体中，那么它在射出毒腺挣脱敌人后就会死去。和金龟子相反，刺入蜜蜂身体中的尾针很容易被蜜蜂抽出来。

几分钟内，很多犀牛金龟子纷纷倒下。但剩下的金龟子仍紧密地排列成冲击力极强的菱形队列，昂首迎击蜜蜂将士的三角形队伍。

双方队列的形状随着战争白热化阶段的到来而不断地改变。蚂蚁的菱形队伍分解成几个更小的也更密集的菱形，而蜜蜂们的三角形队列则变成了圆环形。

战争在百来个战场上展开，就像在有 100 个相同的格子棋盘上下棋一样。

双方队伍越接近，斗争就越激烈。贝洛岗的飞行中队在阳光下闪闪发光，而蜜蜂们则借助热气流逐渐靠近并冲向沉着的金龟子队伍，它们就像潜伏在暗处的一艘艘小海盗船一样正伺机掠夺过往的大客轮。

浓度为 60% 的蚁酸像一道道液体火柱喷向敌人，被火焰炮射中的蜜蜂翅膀顿时冒起了青烟，它们像飞镖一样急速地向金龟子的护甲冲去。

因为蜜蜂离蚂蚁太近了，那些无法向敌人开炮的蚂蚁就用它们坚硬的大颚咬断蜜蜂的尾针。

但是这种举动实在是太危险了，尾针经常会滑入蚂蚁的口中刺穿它们的喉咙。一旦被刺中，蚂蚁们就会立刻丧命。

蜜蜂的毒液用光了，它们的尾针无法再对敌人构成致命的威胁。而蚂蚁们也耗尽了蚁酸的储备，它们的液体火焰也不再发威。最后的冲突在伤痕累累的大颚和干瘪的尾针之间展开。谁出手更迅速、更敏捷，谁就是最后的赢家。

有时候，犀牛金龟子会用它们前额上锋利的角顶穿蜜蜂的胸膛。其中一只身手矫健的金龟子尤其擅于进攻：它先用头把蜜蜂顶翻，再把它穿到角上。四只不幸的阿斯科乐依娜战士就这样像一串长着黑色条纹的黄色水果那样被穿到了金龟子的角上。

103 号对一只正和 9 号厮打在一起的蜜蜂发动了突然袭击，它用大颚咬穿了蜜蜂的后背。昆虫们作战时是没有任何规则限制的，为了生存下去，一切行为都是允许的。

独自倚在犀牛金龟子身上的 9 号冲到了正在混战的蜜蜂队伍中，对方马上竖起尾针形成了一条布满尖针的竖线。它们的尾针一律向前指向敌人，并不断向蚂蚁们逼近。但 9 号的速度是如此之快，没有人能阻止它。金龟子的角冲散了针形队列。

103 号靠两只后脚直立起来，它用大颚和两只蜜蜂的尾针过招，但一支黑色的尾针插到了坐骑的前额上。这只金龟子无法再保持平衡，一头栽了下去。

虽然已然竭尽了全力，但金龟子还在不停地下降，它浑身上下都染满了鲜血。它们最终停在了一株秋海棠上，103 号狼狈地爬回地面。

蜜蜂一直在它的头上盘旋，但一支陆军炮兵很快赶来驱散了它们。

103 号现在还有其他更重要的事情要做。

在双方混战的上空，蜜蜂们跳起了 8 字舞来发出信号。

“我们需要援军。”

后援部队很快从蜂巢中出发了。

新的飞行队伍中大多是些年轻的小家伙（大多刚出生 20 到 30 天），它们都有种初生牛犊不怕虎的锐气。

一小时后，贝洛岗的军队派出的 30 只金龟子中有 12 只已牺牲了，而参加战斗的 300 名炮兵中有 120 只阵亡。

另一方面，冲向这片乌云的 700 只阿斯科乐依娜蜜蜂中有 400 名战士失踪了。而剩下的蜜蜂犹豫了。它们是和敌人斗争到底，还是回去保卫蜂巢呢？它们选择了后者。

当金龟子和蚂蚁们一路追到“金色蜂巢”时，呈现在它们面前的只是一个空无一物的蜂巢。9 号走到了队伍最前面，蚂蚁们预感到这其中一定有问题，它们在蜂巢的门口犹豫不决。

112. 百科全书

团结：团结来自痛苦而并非源于欢乐。和与其分享幸福时光的人相比，每个人都会和帮他分担痛苦时刻的人更加亲密。

痛苦把人们紧密地联合到一起，而幸福则让人们各奔东西，为什么呢？因为当胜利果实被平均分配给每一个人时，参与分配的人根据个人的价值观都会觉得自己受到了伤害。每个人都认为自己才是唯一应该享有胜利成果的人。

有多少家庭在分配遗产中闹得四分五裂？有多少支摇滚乐队能共同走向最终成功的辉煌一刻？又有多少政治派系在争权夺利中瓦解？

从词源上来讲，"同感"（sympathie）这个词来自"sun pathein"，意思是"和……一起忍受苦难"。同样，"同情"（compassion）源于拉丁文的"cum patior"，它也是指"与某人一起承受"。

通过想象周围的人承受的苦难可以在心理作用下暂时缓解自己所承受的痛苦。

人们只有在长期共同分担苦难与哀愁中，才能巩固人与人之间的凝聚力以及集体的实力。

埃德蒙·威尔斯

《相对且绝对知识百科全书》第Ⅱ卷

113. 在蜂巢中

9号从金龟子身上爬下来，它用触角查看着周围的情况。其他的蚂蚁也很快聚集到走廊中，商量着对策。

采用地面别动队的队形太危险了。

蚂蚁们重新排列成方阵向敌人的腹地进军。在蜂巢中，那些强壮的犀牛金龟子一点也发挥不出它们的威力，于是蚂蚁们给了它们几片树皮做粮食，把它们留在了门口。

贝洛岗人感觉自己的闯入亵渎了一片圣洁的土地。任何一种非蜂类昆虫都没有踏上过这个蜂巢。蜂蜡做的墙壁似乎要把蚂蚁们粘在上面似的。它们小心翼翼地前进。

巢中几何形状的隔板泛着金光，巢外漏进的几丝阳光照在蜂蜜上晃着蚂蚁们的眼睛。蜂蜡造的隔板是由蜂胶连接起来的，这种淡红色的树脂是蜜蜂们从柳树及栗树芽的鳞片中一点点提取出来的。

“别碰任何东西！”9 号喊道。

它感觉到阿斯科乐依娜的工蜂和战士们就藏在那些蜂房中，只要蜂王一下命令，它们随时都可能冲出来。

十字军来到一个六边形的围栏前，这里像是一个核反应堆的中心，只是铀料是由阿斯科乐依娜的未来居民安放的。这个蜂巢中一共有 800 间蜂房中装满了蜂卵，1200 间蜂房属于蜜蜂幼虫，2500 间蜂房里住着白色的蛹。中心地区由 6 个最主要的蜂房组成。在这里，蜜蜂们抚养有生殖能力的公主幼虫。

蜂房的建筑构造使蚂蚁们惊讶万分。它是蜜蜂文明高度发展的标志。

蚂蚁们就比蜜蜂们更愚笨、更粗俗吗？希丽・普・妮女王对生物学的研究表明，能力并不是大脑构成的唯一因素。昆虫身体的肉茎、复杂的神经系统特征对蚂蚁来说更为重要。

贝洛岗的军队继续前进，它们终于找到了蜂巢中的宝库：在一间满得要溢出来的蜂房中盛满了 10 千克的蜂蜜，这是蜂巢中所有居民体重总量的 20 倍。

再继续往里走太危险了，蚂蚁们从半路折回来朝门口走去。

“拦住逃跑的蚂蚁，把入侵者关在我们的墙中狠狠地打它们。”一只蜜蜂大叫。

蜜蜂从四面八方冲了出来。

成群的蚂蚁在毒针的围攻中一批批倒下了，而那些被粘在蜂蜡地面上的蚂蚁根本就无还手之力。

然而 9 号和突击队的核心力量逃出了蜂巢，它们跨上坐骑匆忙离开了。一群阿斯科乐依娜的士兵追杀出来，释放出胜利者特有的费洛蒙。

就在大家在“金色蜂巢”中准备庆祝胜利的时候，突然传来“咔啦”一声，阿斯科乐依娜那华丽的天花板碎了，成千上万只蚂蚁突然涌了进来。

103 号想出一条绝妙的计谋。当蜜蜂们追击蚂蚁的队伍时，它爬到了一棵大树上，派出几千名贝洛岗中最勇敢的战士去进攻空的蜂巢。

“注意，别把一切都弄碎了。尽量少伤害蜜蜂，马上劫持有生殖力的幼蜂做人质。”103 号一边发出命令，一边猛烈地扫射蜂王扎哈・哈尔・斯莎身边的保镖。

几秒钟内，所有的有生殖力幼虫都落到了远征军将士的手中。“金色蜂巢”只得放弃抵抗，阿斯科乐依娜的蜜蜂们投降了。

王后全明白了。那队入侵到蜂巢中的突击队只是一个声东击西、转移蜜蜂注意力的战术手段。就在这段时间里，那些没有坐骑的蚂蚁穿透了蜂巢的顶，开辟出一条比突击队更有威胁的第二战线。

“云中之战”很快在昆虫界流传开，它标志着蚂蚁征服了空中领域。

“现在，你们要怎么样？”蜂王问，“把我们全杀了？”

9 号回答说：“褐蚁们从来没有过这种想法。它们唯一的敌人是手指。手指是远征军唯一的目标，贝洛岗的蚂蚁们和蜜蜂之间根本不存在任何芥蒂。它们只是需要蜜蜂的毒液来毒死手指。”

“手指就这么重要值得你们花这么大的力气吗？”扎哈・哈尔・斯莎问。

103 号建议蜜蜂也加入远征军，女王同意了。它派出了一支精锐的空军部队——花朵的卫士。300 只蜜蜂立刻集中起来。103 号认识它们。这些阿斯科乐依娜的战士就是贝洛岗的蚂蚁在云中战斗中遇到的最强对手。

远征军还要求“金色蜂巢”留它们住一晚，并给它们准备些蜂蜜做干粮。

阿斯科乐依娜的女王问：

“为什么你们这么激烈地反对手指呢？”

9 号解释说，手指会用火。火对所有昆虫来说都是很危险的。以前昆虫们有一条共同的协议：联合起来反对会用火的生物。现在是将这个协议付诸实践的时候了。

9 号注意到 23 号从蜂房中走出来。

“你在这儿干什么？”9 号抬起触角问。

“我只是到处走一走，看一看王宫。”23 号漫不经心地说。这两只蚂蚁互相都不欣赏对方，而这种关系正日趋恶化。

103 号走过来打破了它们之间的僵局，它问 24 号去哪儿了。

24 号在进攻结束时在蜂巢里迷路了。它投入到战斗中，拼命地追逐逃散的蜜蜂，然后……现在它也搞不清楚自己身处何方。这些一间连着一间的蜂巢把它完全弄糊涂了，但是它仍坚持抱着蝴蝶茧，沿着蜂房慢慢走下去，希望在明天早晨之前可以回到远征军中。

114. 在潮湿阴冷的地铁中

雅克·梅里埃斯在拥挤的地铁车厢中简直要窒息了。突然列车的一个急转弯使他撞到了一位妇女的身上。一声轻柔又略带沙哑的嗓音在耳边响起。

“您就不能小心一点吗？”

他马上听出了这种说话的节奏。然后在浓浓的汗臭味中，他闻到了那种独特的香甜：香柠檬、香根草、橘香、檀香木，再加上一点比利牛斯山中的山羊的麝香。这种香味告诉他：

“我是蕾蒂西娅·威尔斯。”

是她，她正用淡紫色而又不时闪过一丝狂野之光的眼睛盯着他。

她的确正满怀怒意地瞪着他。门开了，29 个人下车，35 个人上来，车厢中比刚才更挤了，每个人都可以清楚地感受到别人呼出的气息。

她的目光越来越强烈了，就像一条随时准备吞掉眼前幼獾的眼镜蛇，而他则被她的眼神吸引住了，久久无法将自己的目光从她身上移开。

她是无辜的，他办事太草率了。以前他们交流思想，他们甚至互相抱有好感。她给他喝过蜂蜜水，她使他勾起对狼的害怕而她又因为他感到对男人的恐惧。他在内心深处百般懊悔，这些美好的时光就这么被他的一时冲动给毁掉了。他会向她解释，而她也将原谅她。

“威尔斯小姐，我要告诉您我是多么……”

她借着车停下来的机会钻进人群中消失了。

在地铁站的走廊上，她加快了脚步几乎小跑起来以尽快离开这个肮脏的地方。她感到周围那些下流的目光正盯着自己，更糟糕的是梅里埃斯警长还和她同路。

阴暗的走廊，潮湿的小路，地下通道中只有几盏灯放出灰白的光。

“哎，宝贝！咱们一起走走？”

三个凶恶的身影凑了上来。在这三个穿着夹克的流氓中，有一个几天前就和蕾蒂西娅搭过话。她加快了步伐，但那几个人紧跟不舍，走廊中回响起他们的脚步声。

“就你一个人？你不想和哥们儿聊聊吗？”

她猛然停住脚步，眼中的怒火似乎在高喊“滚开”。也许这一招在别的时候管用，但今天，这三个流氓根本不在乎她的愤怒。

“这双漂亮的眼睛是你自己的？”一个大胡子问。

“不，是租来的。”他的一个同伙回答说。

顿时，三个人粗俗地大笑起来。大胡子在朋友背上拍了拍，掏出刀子拦住蕾蒂西娅的去路。

突然，她就像被诬为凶手时那样失去了所有的自信。她想逃跑，但三个人拦住了她，一个人把她的手臂扭到了背后。

她轻轻地呻吟着。

走廊里渐渐亮起来，也不那么冷清了。当人们经过他们时都不约而同地加快了脚步，低下头，装作对周围发生的事情一无所知。

蕾蒂西娅害怕极了。在这帮野兽面前，她以前的那些自卫方法都毫无用处。这个大胡子、秃头和大块头，他们的母亲应该也曾经微笑着替他们打毛衣。

流氓的眼中闪着恶毒的神采，人们继续在周围来来往往，从他们身边匆匆擦过。

“你们想怎么样，要钱？”蕾蒂西娅结结巴巴地说。

“你的钱，我们待会儿再拿，现在我们感兴趣的是你本人。”秃头冷笑几声。

大胡子已经用刀一颗一颗挑开了她外衣的纽扣。她奋力地挣扎起来。

但她根本不可能逃走，现在已经是下午四点了。她多希望能有人帮她去报警呀！

当大胡子把她的上衣扯开时，轻轻地怪叫了一声。

“是小了点，但仍然很漂亮，你们觉得呢？”

“这是因为她有亚洲血缘的关系。那儿的人都还只是少女的身材，我看还没一般人手掌大呢。”

蕾蒂西娅坚持在流氓面前不晕过去，她用尽力气尖叫着，那些男人肮脏的手在她身上摸来摸去。她心中的恐惧越来越强烈，她甚至无法叫骂。她像只被困在陷阱中的小兽那样，无法逃离这帮恶魔的手掌。她隐约听到有人叫：“别动，警察！”

刀停在了半空。

“妈的，条子。弟兄们快跑。你这个臭婊子，这笔账我们下次再算。”他们飞快往外跑去。

“站住。”警察大声喊起来。

“有本事跟我们到外面较量较量。”秃头说。

雅克·梅里埃斯放下了手枪，流氓们很快逃走了。

“怎么样，他们没虐待您吧！”

她摇了摇头。慢慢地，她重新恢复了意识。而他则很自然地把她拥入怀中，安慰着她。

“现在您安全了。”

而她也顺势紧紧地依偎在他的怀中，她放松下来。她从来没有想到，有一天她会如此高兴地看到梅里埃斯。

她凝视着他，眼神已渐渐平静下来。凶狠仇视的目光已被如同微风拂过水面一样温柔的眼波所代替。

雅克·梅里埃斯替她扣好扣子。

“我想我该感谢您。”她说。

“这没什么，我要告诉您，我只是想和您谈谈。”

“谈什么？”

“困扰我们两人的那些化学家谋杀案，我很笨，我需要您的帮助，我……我一直需要您的帮助。”

她犹豫了一下。但在这种情况下，为什么不请他去她家坐一坐，再喝一杯蜂蜜酒呢？

115. 百科全书

文化碰撞：公元 1096 年，乌尔班二世（Urbain Ⅱ）教皇派出了第一支十字军去“解放”耶路撒冷，军队的士兵中有很多虽然意志坚定却毫无军事经验的朝圣者。“穷汉”瓦尔特（Gautier Sans Avoir）和隐士彼得（Pierre l’Ermite）是这支十字军的统帅。十字军向着东方进发，但是士兵们根本不知道他们一路上都经过了哪些国家。他们吃光了所带的粮食后，就开始沿途抢劫。十字军在西方造成了比在东方更大的破坏。由于饥饿和贪婪，他们甚至同类相残生吃人肉。这些“真理的代言人”很快就变成了一帮衣衫褴褛、野蛮而危险的流浪者。尽管自己是一名基督徒，匈牙利国王对叫花子们所造成的损失也无法视而不见。他决定屠杀这批流浪者来保护被他们践踏的土地。那些到达土耳其的幸存者已完全变成了半人半兽的野人，当地人毫不留情地结束了十字军士兵们冒险的一生。

埃德蒙·威尔斯

《相对且绝对知识百科全书》第 II 卷

116. 在贝洛岗

当信使的小飞虫回到了贝洛岗。所有的飞虫都带回了同样的消息，远征军利用蜜蜂毒液战胜了手指。然后它们又对阿斯科乐依娜蜂巢发动了进攻，蚂蚁再次取得了辉煌的胜利。这样在它们前进的旅途上再也没有什么阻碍了。

全城蚂蚁们听到这个消息后都兴奋异常。

希丽·普·妮女王高兴极了，它一直都认为手指是很脆弱的。现在，事实证明了它的观点是不容置疑的。面对母亲的尸首，她欢快地说：

"我们可以杀死它们，我们可以战胜它们，它们并不比我们高等。"

在皇宫下面的几层房间中，亲手指派的反叛者们聚集到了一间密室中。这间密室比以前它们饲养蚜虫的屋棚都要简陋。

"如果我们的军队真的杀死了手指，那么它们就不是我们的神明。"一只非手指教派的蚂蚁说。

"它们是我们的神明。"一名手指教派的信徒用力地强调说。对它而言，远征军的士兵们自以为战胜了一个手指，事实上，它们只是在和其他又圆又粉的动物作战。它又虔诚地重复了一句：

"手指是我们的神明。"

然而，在最信仰手指的一些反叛者中间第一次产生了怀疑。蚂蚁们犯下了一个大错，它们把这件事原原本本地告诉了机器预言家：著名的"活石头博士"。

117. 神的怒火

蚂蚁之神尼古拉发火了。

那些擅自争论不休的蚂蚁是什么人？异教徒、无神论者，还是亵渎神明的家伙？他必须打倒这帮反对者。

他知道，如果他不摆出架子装成一位恐怖而有抱负力的神，他的统治就不会再维持多久了。

他一把抓起可以把人类的语言转化成费洛蒙的电脑键盘。

我们是神明，
我们无所不能，
我们的世界更先进。

我们举世无敌。
没有人能怀疑我们的统治。

和我们相比，你们只不过是些幼稚的小虫子。
你们对这个世界根本一无所知。

尊敬我们，供养我们。
手指无所不能因为手指是神明。
手指无所不能因为手指是伟大的。
手指无所不能因为手指是强大的。

这就是现实。

“尼古拉，你在这儿干什么？”

他很快关上了机器。

“您还没睡，妈妈？”

“我被敲敲打打的声音吵醒了。我睡得很轻，有时候我甚至不知道我是在睡觉做梦，还是活在现实世界中。”

“您在做梦，妈妈，回去睡吧。”

他小心地陪妈妈回到了床上。

露西·威尔斯结结巴巴地说：“尼古拉，你用电脑干什么？”但是，在她提出问题之前，她又睡着了。她梦到了她的儿子在用“罗塞塔之石”更加深入地了解蚂蚁的文明。

在另一个房间里，尼古拉很清楚他已经摆脱了母亲的看护。将来他要继续反抗其他的监护人。

118. 意见分歧

长长的队伍在长满鼠尾草、牛至、欧百里香和蓝色三叶草的荆棘丛中穿行。103 号走在远征军的最前面，因为只有它知道如何去往世界的尽头找到手指王国。

“等等我！等等我！”

24 号一睡醒就四处打听远征军的去向，最后还是苍蝇告诉他如何找到军队。

他走捷径赶到了队伍的前面和 103 号会合了。

“您没丢了蝴蝶茧吧！”

24 号有点生气了。它几乎要骗 103 号说它把茧弄丢了，但它知道自己所负担的责任是多么重要。传信的职责要高于一切。103 号安慰了 24 号几句，并提出让它一直留在自己身边，这样它就不会再走失了。24 号同意了，它紧走几步跟上了 103 号的步伐。

在 9 号身后，一队蝼蛄士兵唧唧地唱着歌曲，不断激发着军队的士气。

杀死手指，战士们，杀死手指！
如果你不消灭它们，它们就会毁掉你的生活。
它们焚毁你们的蚁窝，
抢走食物。
手指和我们不一样。
它们身体柔软，
它们没有眼睛，
它们是恶魔。
杀死手指，战士们，杀死手指。
明天，没有人能逃过这一切。

现在，是一些附近的小动物在给远征军提供粮食。全军平均每天要消耗 4 千克昆虫肉。

大家都没有谈到被褐蚁洗劫过的动物窝穴。

如果小动物们的村落靠近远征军的行军路线，那它们宁可加入远征军也不愿意让远征军把自己的家园洗劫一空。因而远征军的队伍在不停地壮大。

远征军离开阿斯科乐依娜时才不过 2300 只，而现在已有 2600 只。其中各个种类及各种颜色的蚂蚁占了绝大多数。飞行队也进行重新编组，变得更有战斗力，其中有 32 只强壮的犀牛金龟子、蜜蜂军团的 300 名士兵，还有一窝 16 只苍蝇来来回回毫无组织纪律地乱飞着。远征军现在一共有 3000 名士兵。

它们在中午停下来歇了一会儿，因为天热得实在受不了。

所有昆虫都躲在一排树根的阴影里开始午睡。103 号利用这段时间进行一次飞行试验。它让一只蜜蜂把它驮在背上。

这次试验并没有持续多久。蜜蜂们根本不适合当坐骑，因为它飞行时晃动得太厉害了，在这种情况下根本不可能瞄准敌人发射酸液弹。那就算了，蜜蜂飞行中队就独立行动吧。

在另一个隐蔽的角落里，23 号又召开了一次新的传教会议。这次，它成功召集到了比上次会议更多的听众。

“手指是我们的神明。”

与会者把手指教派的口号牢牢记在心中。蚂蚁们兴奋地释放出同一种费洛蒙。

“那么，这次远征行动的任务又该怎么办呢？”

“这不是一次远征行动，它只是一次和我们的主人见面的机会。”

在更远的地方，9 号组织了一次性质完全相反的会议。它向聚集在周围的几百名士兵讲述着手指的种种劣迹：它们在几秒钟之内就可以捣毁繁荣的城市。所有人边听边瑟瑟发抖。

再远一点，103 号没有讲话。它在收集，更确切地说它把所有昆虫给它讲述的各种关于手指的奇怪事情综合起来，最终完善它的动物学费洛蒙记录。

一只苍蝇报告说，曾有 10 只手指追杀过它。

一只蜜蜂告诉 103 号，自己曾经被关在一个透明的平底大口杯中。手指们在杯子外面嘲笑着它。

一只鳃角金龟子很确定地说，曾经撞到过一只粉色柔软的动物，也许它就是手指。

一只蟋蟀报告说，有一次它被关在一个笼子里，别人用沙拉来喂养它。然后它就被放出来了。关它的动物肯定是手指，因为是一些粉色的柱子给它拿来的食物。

而褐蚁则宣称，它们曾经把毒液刺入一大块粉色的物体，这块东西很快就感到不舒服。

103 号在手指的动物学费洛蒙中专心地记下了这些细节。

天渐渐凉快下来，蚂蚁们又上路了。

远征军前进着，永远前进着。

119. 作战计划

蕾蒂西娅冲洗着在地铁站中被侮辱的身体。她建议梅里埃斯在她洗澡的时候在客厅里看会儿电视。

他打开了电视，很舒服地坐在长沙发上。这时，蕾蒂西娅在水中又变成了“鱼”。

她集中精力屏住了呼吸，她反复对自己说她有很多理由来恨梅里埃斯，但她同时也有理由将他看作一个及时出手相助的恩人。扯平了。

在客厅中，梅里埃斯带着孩子般幸福的笑容正在看他最喜欢的节目。

“拉米尔夫人，您猜出来了吗？”

“我很清楚如何用6根火柴搭成4个三角形。至于用6根火柴搭6个三角形，我就猜不出来了。”

“请保持乐观的态度，拉米尔夫人。《思考陷阱》也许要求您用7384根火柴搭成一个埃菲尔铁塔呢……（众人大笑，鼓掌）……但现在我们只是要求您用6根火柴搭出6个三角形。”

“我需要一点提示。”

“很好。为了帮助您，我将给您另一句提示：这就好比一滴墨水滴到了一杯水中。”

蕾蒂西娅从浴室中出来，穿着她平日的浴衣，头上缠了一条包头巾。梅里埃斯关了电视。

“谢谢您及时帮忙。您看，梅里埃斯，我是对的。男人是我们最大的敌人。我的恐惧是有道理的。”

“别夸大事实。他们只不过是一些没有大脑的流氓而已。”

“对我来说，不管他们是流氓也好，是杀手也罢，全都是一样的。男人比狼更可恶，他们根本不知道如何来控制自己的原始冲动。”

雅克·梅里埃斯并没有回答，他起身仔细观察着蚂蚁的培养缸。这个年轻女人现在把它放在客厅中间很明显的地方。

他把手指顶着玻璃缸的边，但蚂蚁们根本不理他。对它们来说，梅里埃斯的手指只不过是一个影子罢了。

“它们又恢复了以往的活力？”他问道。

“是的。您那番‘伟大的功绩’已经使它们中的90%都死掉了，但蚁后还是活了下来。工蚁们现在寸步不离地保护着它。”

“它们的行为的确很古怪，和人类不一样，但……奇怪。”

“不管怎么说，如果没有别的化学家再一次被谋杀，我还被您关着呢，它们也会全部死光的。”

“不，无论如何您都会被放出来的，法医的鉴定书证明您的蚂蚁不可能杀死索尔塔兄弟和其他的人，它们的嘴都太短。我又一次做事过于莽撞、愚蠢。”

她的头发现在已经干了。她去换了一件嵌着玉饰的白色丝质长袍。

她端来一杯蜂蜜酒，说道：

“我在通过预审后被释放了。我完全可以装作您早就认定我是无辜的。”

他反驳道：

“不管怎么样，我的一举一动都是经过深思熟虑的。您不能否认事实。那些蚂蚁的的确确爬到我的身上进攻我。它们也确实杀死了我的猫——玛丽·夏洛特。我是亲眼看到它们的，不是您的蚂蚁杀死了索尔塔、卡萝莉娜·诺加尔、马克西米利安·麦肯哈里斯、奥德甘夫妇及米盖尔·西格内拉兹，但无论如何这一切都是蚂蚁们干的。蕾蒂西娅，我再告诉您一遍，我一直需要您的帮助。我们一起合作吧（他停了一下）。您和我一样被这个谜题困扰着。我们一起干吧，远离那些司法机器，我不管谁是‘阿姆兰的乡笛手’，也许他是个精灵，但我们必须阻止他。我一个人无法做到，但加上您和您对于蚂蚁以及对男人的了解……”

她点上了一根长烟，回味着他的话，而他则继续为自己辩护着：

“蕾蒂西娅，我不是侦探小说中的英雄人物，我只是普普通通的人。所以我也会犯错，草率地进行调查，错抓了无辜的人。我知道这很失信于人。我很抱歉，我希望可以弥补过错。”

她抬头看了看他的脸。他的脸上充满了悔恨，她开始有点同情他了。

“很好。我接受和您一起工作，但有一个条件。”

“您要提出什么条件？”

“我们一发现那个或那些罪犯，你要给我披露真相的特权。”

“没问题。”

他伸出了手。

她犹豫了一下，马上握住他的手。

“我总是很容易原谅别人。这一定是我一生中最大的错误。”

他们马上投入到工作中。雅克·梅里埃斯给她看了有关案件的所有资料：死者照片、尸体解剖报告、每位死者过去的经历、内伤的 X 光照片、苍蝇群的观察报告。

蕾蒂西娅对此没发表自己的任何见解，但她强烈地感觉到一切似乎都在围绕着“蚂蚁”展开。蚂蚁是武器，蚂蚁就是军队中的战士。最关键要搞清楚的是：谁在操纵蚂蚁，他是怎么做到的。

他们仔细研究了地球生态学运动及动物的狂热爱好者的名单。这些狂热分子总是想把动物园里所有的动物和笼子中所有的鸟和昆虫都放出来。蕾蒂西娅摇了摇头。

“梅里埃斯，您要知道，即使一切都表明蚂蚁是有罪的，我也不认为蚂蚁能杀死杀虫剂的生产者。”

“为什么？”

“因为它们太聪明了，不会这么做的。根据同类报复这个规则，这一定是人类的主意，报复是人类的想法。我们试着从蚂蚁的角度来看看问题。它们为什么要进攻人类呢？对它们来说，只要等着人类自相残杀就够了。”

雅克·梅里埃斯想了一下。

“不管这些凶手是蚂蚁，还是‘乡笛手’或者是那些总想让别人认为自己是蚂蚁的人，我们无论如何都要找出真正的罪犯，不是吗？这样才能为您的蚂蚁们洗清罪名。”

“就算是这样好了。”

他们反复地核查着满桌的资料。他们确信已掌握了足够的线索，并找到了这些线索之间的逻辑联系。

蕾蒂西娅突然跳了起来。

“别浪费时间了，事实上我们所要做的就是找出凶手，我有一个主意，很简单，听好！”

120. 百科全书

文化碰撞：布永的戈弗雷（Godefroy de Bouillon）成为“解放”耶路撒冷和圣墓（Saint-Sépulcre）的第二队十字军的首领。这次，队伍中除了有 4500 名能征善战的骑兵外，还有上万名朝圣者，其中大部分人是年轻的贵族。他们因为长子继承权的问题被剥夺了封地，这些无权继承遗产的贵族以宗教的名义来征服外国的城堡以获得自己的土地。

于是，每当他们占领一个城堡以后，骑士们就留在城堡中而放弃随十字军远征。他们之间常常会为争夺得到的土地而出现内部争斗。比如说塔兰托公爵博希蒙德（Bohémond de Tarente）就决定掠夺安条克（Antioche，现名安塔基亚）的土地来增加个人的财产。十字军的将士们不得不说服他们的同伴继续留在队伍中。反常现象：为了能圆满地完成他们的使命，西方的贵族频频和东方的达官显贵们相互勾结以战胜那些继续抵抗的人。而抗击十字军的抵抗派也不甘示弱，他们和其他亲王联合起来反抗亲西方派。于是，战场上出现了一种混乱无章的局面：大家都不知道谁在与谁打仗，为什么打仗，很多人甚至忘了远征的意义何在。

埃德蒙·威尔斯

《相对且绝对知识百科全书》第Ⅱ卷

121. 在山林深处

远处隐约显出连绵起伏的黑色山岗，而更远的地方便是群山了。当地的灰蚁管第一座山峰叫泥炭峰，因为山上到处都是干的泥炭灰，要翻过去并不是太难。

远征军来到了一个很直但同时也很深的山口。它们准备从这里穿过去。山口两旁的石壁依次呈现出白色、灰色、淡褐色，蚂蚁们一眼就可以看出千百万年来这里地层沉积的变化，在数不出年代的巨石上清楚地印出螺旋形及角形化石痕迹。

进入山口后前面是一段狭窄崎岖的山喉，再接下去便是峡谷了。对于蚂蚁士兵们来说，它们每跨越一道裂沟都有可能葬身其中。

队伍中士兵们精神饱满，大家加快脚步争取尽快走出山谷。好心的蜜蜂们会给那些抱怨天气太冷的蚂蚁一点蜂蜜，好使它们振作精神走下去。

103 号心事重重。它不记得曾经路过这样的山谷。啊！也许它们的方向太偏北了。只要朝着太阳升起的方向前进就可以到达世界的尽头。对，它们只要笔直向前走就对了。

秃秃的岩石只生长着一些像沙拉一样的黄色地衣。大家一眼就能认出它们是潮湿的高乃尔草，因为植物的包膜在湿润的空气中皱缩起来。

最后，它们来到了一片长满柠檬树的山谷。由于长期在阳光充足的地方行军，大家的视力都有所提高。它们越来越不怕强光，不用再找阴暗处来避开光的照射，也可以分辨出眼前 30 步以内的景物了。

即使视力有所进步，蚂蚁还是掉进了虎甲虫的陷阱中。这些小昆虫在地面上挖了很多坑，再把它们伪装成陷阱，当小虫子感到有震动后，它们马上跳出来抓住那些走路莽撞的小东西。

通过了布满陷阱的地带后，远征队伍又被荨麻挡住了去路。对于蚂蚁们来说，那就好像是一堵长满了巨大长刺的墙。它们毫无畏惧地爬了上去。

没费多大力气，它们便通过了荨麻地。但是新的障碍又出现了：一道深深的裂沟，后面是一道瀑布。它们不知道如何同时跨越这道深沟并穿过这堵水墙。蜜蜂们首先进行了几次尝试，但都葬身于激流而下的瀑布中。

“水会把所有飞行的生物冲到底下去的。”一只苍蝇说。

更何况这是一张奔流不息而又冰冷光滑的水网呢。

24 号紧抓着它的蝴蝶茧走到前面，也许它能提出好的主意。有一天，它在西边的森林中迷路了——这太奇怪了，人们往往是在不断寻找出路的过程时才能发现一些新奇有趣的事情——它看到一只白蚁利用一块木头渡过一条激流翻滚的水沟。它把木块的一端插入瀑布中，而钻到木块中的白蚁也被水流一起冲到了瀑布里面。

蚂蚁们马上动手寻找粗树枝或其他类似的东西。它们拔了一根很粗的芦苇秆，并用它造出一条活动的隧道。于是它们爬进了芦苇秆钻进这道水墙。当然，有很多工蚁在半途就被水冲走了。但是这只芦苇船还是顺利地前进，没有遇到一点麻烦。

蝼蛄们为了可以安全地进入瀑布里面忙东忙西，最后它们找到了一根不透水的圆形管子，这大大方便了远征军通过水帘。

犀牛金龟子在穿越水帘时比其他昆虫更困难，它们要把翅膀绑住才行。由于水流推动着船只，它们也顺利通过了瀑布这道天然屏障。

122. 下周四

《周日回声》报摘录：

盛情之邀

来自横滨大学的高组教授下周四将于丽滩饭店的会议大厅介绍他的新型杀虫剂。这位日本教授宣称他已经合成了一种新型有毒物质。高组教授本人已经开始进行试验。在召开介绍会之前，教授下榻于丽滩饭店并将与他的外国同事进行学术探讨。

123. 洞穴

穿过隧道，它们来到了另一个山洞前。但远征军似乎永远无法走出这条死胡同。这个山洞一直延伸下去，像一条长长的石子回廊。由于气流可以自由流通，洞中空气很清爽新鲜。

远征军前进着，永远前进着。

在地面上前进的蚂蚁们绕过了巨大的岩石和石笋，而那些在洞顶上爬行的士兵则要越过倒垂下来的钟乳石。有时候钟乳石和石笋连接成了一根石柱，蚂蚁根本辨不出哪里是洞底、哪里是洞顶。

山洞里也住满了很多动物。洞里的大多数居民都看不见东西。当蚂蚁大军穿越山洞的时候，白色的小鼠急忙躲了起来，多足的小虫飞快地逃走了，小蛙慌慌张张地跳开。只有那些触须比身体还长的半透明的小虾还悠然自得地在小水洼中游着。

103 号发现很多久居在山洞中的臭虫在发着臭气，它们像往常一样正发狂地从生殖器中射出大量的精液。臭虫在蚂蚁们的围攻下纷纷倒下。

一只蚂蚁尝了尝被 103 号射出的酸液烧熟的臭虫。它说，这种烧后冒着热气的肉比生的冷肉好吃多了。

在美食学上独特的创意经常是这样在不经意中发现的。

124. 百科全书

杂食动物：只有杂食动物才能真正成为世界的主宰，在我们生存的宇宙中不断繁衍生息的一个重要条件就是能够吃下各种各样的食物。为了能够确立统治者的地位，人们应该学会接受它所生产出来的各种食物。

当只依赖一种食物来源的动物无法再寻觅到它所钟爱的食物时也会随之灭绝。有多少种鸟类就这样在地球上消失了，仅仅是因为它们唯一吃的那种昆虫迁居到了这些鸟类找不到的地方。同样，只吃一种植物叶子的有袋动物也无法在不毛之地生存下去。

而人类、蚂蚁、蟑螂、猪和老鼠明白了这一点。这五种生物能吃所有的食物，甚至是这些食物的残渣。因而他们能够成为这个世界的动物主宰。他们还有另一个共同点：这五种生物都可以不断地改变他们的食物搭配以更好地适应周围的生存环境。他们一定要在详细检查之后再尝试一种新的食物，以免传染上流行病或中毒。

埃德蒙·威尔斯

《相对且绝对知识百科全书》第Ⅱ卷

125. 圈套

当《周日回声》报上报道了日本专家的这篇文章时，蕾蒂西娅·威尔斯和雅克·梅里埃斯，已经以高组教授的名义在丽滩饭店定了一个房间。他们在房间中搭起一堵假墙并在墙中安装上监控器，当然这要塞给服务生一些小费买通关系。他们在录像机旁边装配了传感警报器，即使只有一点点细微推动，警报器也会马上启动。

然后，他们躲起来。

“我敢和您打赌，来谋杀高组教授的肯定是蚂蚁。”梅里埃斯警长说。

“那我们就来赌一赌。我赌来的会是一个人。”

他们并没有等多久，鱼就上钩了。

126. 空中之行

远方的天空起了一丝微弱的光。

天更热了，远征军加快了步伐。在长途跋涉之后，它们走出了阴暗凉爽的山洞，踏上了一条阳光普照的小路。

蜻蜓在阳光中上下飞舞。有蜻蜓的地方一定有大河。远征军肯定离目的地不远了。

103 号选择了一只最棒的犀牛金龟子。大家叫它“大角”，因为它的角最长。103 号用爪子紧握住“大角”的甲壳命令它起飞，它们要飞到江边去确定前进的方向。12 只炮兵骑士紧随其后，保护它们不会受到鸟类的攻击。

它们一起乘着风势俯身冲向泛着点点金光的江面。

12 只坐骑在空中滑行着。

它们展开翅膀形成一条完美的轴线，同时身体转向左侧。空中优美的动作几乎完全一致。

金龟子的动作太快了，103 号由于离心力的作用一头撞在坐骑的身上。

清新的空气使它陶醉。

在这片湛蓝的天空中，一切都显得如此干净、明朗。空气中并没有杂乱的香气来扰乱蚂蚁的嗅觉，蚂蚁很容易就分辨出身边的各种情况。它们只感觉到透明的空气中散发出透明的气味。

12 只金龟子放慢了速度，它们静静地在空中翱翔着。

在它们下面，各种样子和各种颜色的士兵组成的队伍缓慢前行。

飞行队伍缓缓地降到低空保持掠地飞行，雄伟的战机从在垂柳和桤木的树枝间掠过。

103 号在“大角”身上感到非常舒适。它在和犀牛金龟子的接触中逐渐了解了它们。它的坐骑不仅是整支飞行队伍中角最长最尖的，它的四肢也最强壮有力，翅膀也最长。“大角”还有其他一些优点：只有它懂得如何控制飞行使蚂蚁炮兵能更好地调整自己的射击，另外它还懂得如何在被强大的敌人追击时及时折回摆脱敌人。

通过简单的费洛蒙的交流，103 号问其他金龟子是否都喜欢这种长途跋涉。

“大角”回答说，它们觉得穿过岩洞时太痛苦了，它们不喜欢被关在阴暗的走廊中。除此之外，它偶然听到它的同伴们也像别人一样谈起了“神”。神，这是对手指的另一种称呼吗？

103 号支支吾吾地搪塞了过去。它不能让“情绪的疾病”在这些雇佣兵之间也流传开。否则这种论战会一直蔓延下去，在远征军还没到达世界尽头之前，它们就会半途而废的。

“大角”指出前方有一块泥炭地，南方的金龟子喜欢躲在这里。它们中的一些家伙的确很不错。所有的鞘翅目生物都有各自的特色，没有任何一种昆虫是相似的。这些南方昆虫对远征军也许有用。为什么不把它们也招收进队伍中呢？ 103 号同意了。所有对蚂蚁的援助都是受欢迎的。

它们继续前进。

江边的空气中溢满了毒芹和生长在河泽中的勿忘草的香气。在水中，白色、红色、黄色的睡莲结成一条美丽的花毯，就像人们在庆祝节日时撒下的彩色纸屑一样一点点向远方延伸。

侦察员们在江水的上方掉转了方向。它们发现江中有一个小岛，岛的中央生长着一棵参天古树。

骑士们掠着翻滚不息的浪头滑了过去。金龟子的爪子在水波中划出一道白线。

但 103 号一直没有找到萨特依之门。通过这扇著名的大门，它们可以从地下绕过面前的大江。看来远征军不得不离开，而且必须远远地偏离它们原定的路线，它们又要长途跋涉了。

飞行侦察兵回来了，它们告诉大家一切都很顺利，应该继续前进。

军队像隐隐流动于山峦间的一片液雾一样慢慢滑下山崖。蚂蚁靠它们脚底的吸盘小心翼翼地爬着，金龟子们展翅飞下去，蜜蜂们干脆一头冲下去，而苍蝇还是那样闹哄哄地不安分。

悬崖下面是一片淡红色的细沙滩，在淡色的小沙丘上稀稀落落地长着几株小草，其中大多数是小的禾本植物和生长在地上的菌类孢子植物。这都是蚂蚁们钟爱的食物。

103 号说为了到达萨特依之门，它们必须沿着陡峭的河岸向南走，于是军队又出发了。

在前面，侦察员们发现了一些散发出蜗牛气味的白色物体。它们已经吃厌了禾本植物正想换换口味，这些蛋看起来相当不错。9 号让大家小心这些蛋，在吃之前，它们应该先检查这种食物是否有毒。一些蚂蚁尝了尝，其他的也一拥而上大吃起来。

它们以后会为这种冒失的行为后悔的。这不是蜗牛的卵，而是它们的唾液。更糟糕的是，这些蜗牛唾液已经染上了双盘吸虫。

127. 百科全书

幽灵：寄生于肝部的双盘吸虫是自然界最神秘的生物之一。关于这种生物的故事足足可以写一部书。正如它的名字所暗示的那样，它是一种在羊肝中繁衍生息的寄生虫，它以血双肝细胞为食，在羊的体内成长发育然后产卵。但双盘吸虫并不能在羊肝中孵出，它们必须进行一次有趣的旅行。

虫卵随着粪便被排出羊的体外，接触到了又冷又干的外部世界。不久虫卵中便孵化出了幼虫，这些极小的家伙将找到它们新的宿主——蜗牛。

在蜗牛的体内，双盘吸虫的幼虫继续发育，不久它们便会被包裹在蜗牛的唾液中，在雨季来临之际再次被排出。

至此，它们还没有走完一半的路程。

这些白色珠子状的黏液经常会引来成群的蚂蚁。多亏有了这种“特洛伊的木马”的帮助，双盘吸虫得以进入蚂蚁的体内。它们并不会长期滞留在蚂蚁的胃中，它们会把蚂蚁的胃啃出上千个孔后钻出来。这些幼虫会用一种胶状物质将这个像滤器一样千疮百孔的胃重新补起来，这种胶质会渐渐变硬并导致蚂蚁渐渐失去理智。双盘吸虫不能杀死蚂蚁，否则它们就无法再回到羊的体内。它们在蚂蚁的体内开始四处运动，从蚂蚁的外表根本看不出它们未来的悲惨命运。

到目前为止，幼虫已变成了成熟的双盘吸虫，它们应该重新回到羊的肝部，以给它们生长的循环过程画上一个圆满的句号。

但怎么才能让不吃昆虫的羊吃掉蚂蚁呢?

双盘吸虫世世代代都在问着自己这个问题。这个问题很难解决，因为只有在凉爽的时间里羊才会去吃青草，而蚂蚁们则通常是在酷暑中才爬出蚁穴到草根的阴影处去乘凉。

如何让羊和蚂蚁同时同地出现呢?

双盘吸虫成功地解决了这个问题。它们分散到蚂蚁体内各个部位，十几只寄居于胸部，十几只爬到腿部，十几只躲在腹部，而一只来到蚂蚁大脑中。

自从这唯一的一只双盘吸虫寄居在大脑中的时候，蚂蚁的生活习惯就完全改变了……是的！双盘吸虫，这种类似草履虫的最原始的单细胞生物自此以后就控制了蚂蚁这种更高级的动物。

结果：夜深人静的时候，当所有的工蚁都已经进入梦乡，被双盘吸虫控制的蚂蚁们离开了它们的城市。它们梦游着朝前走，爬上并紧紧攀住羊类最喜欢吃的草。注意，并不是随便哪种草都行！而是那些羊类最常吃的草——紫苜蓿和芥菜。

蚂蚁们全身剧烈地痉挛，它们就这样等着被羊吃掉。

这就是寄生于大脑处的双盘吸虫的工作：每天晚上让蚂蚁们爬出蚁穴去到有羊吃草的地方。每天早上当天又亮起来，如果蚂蚁没有被羊吃掉，它的大脑就会清醒过来，恢复自由意志。它会问自己在草尖上干什么，然后很快地爬下草秆回到蚁穴，再投入到它的日常工作中。当第二天夜晚来临，它又会变成了幽灵，和那些被双盘吸虫控制的同伴一起再次爬出蚁穴等着被羊吃掉。

这种循环往复的过程给生物学家们提出了很多的问题。第一个问题：寄生于大脑中的寄生虫是如何看到外部世界的情况并命令蚂蚁爬向这棵或那棵草的？第二个问题：控制蚂蚁大脑的双盘吸虫将会也只有它会在蚂蚁被羊消化的时候死去，为什么它要做这种牺牲？事实似乎表明，双盘吸虫已明白它们中的一个也是最优秀的一个将为了其他双盘吸虫能够达到目的并完成繁殖的循环过程献出生命。

埃德蒙·威尔斯

《相对且绝对知识百科全书》第Ⅱ卷

128. 热汗

第一天没有人来进攻高组教授的模型。

雅克·梅里埃斯和蕾蒂西娅·威尔斯囤积了很多罐头食品和脱水食品。他们打算下棋来打发时光。蕾蒂西娅对此比梅里埃斯更在行，他已经犯了好几个严重的错误。

警长的对手总是棋高一筹，他不高兴了。他强迫自己更加集中精神。他调动棋子来构筑防线，他想用一排排棋阵来阻挡对手的攻势，这盘棋很快演变成阵地战。然而梅里埃斯的象、马、皇后和车，畏畏缩缩不敢向对手发出迅速的闪电战。它们相互牵制，抵消着实力。

"即使是下棋，您也总是畏首畏尾！"蕾蒂西娅说道。

"胆小，我？"梅里埃斯大叫，"只要我一有自由活动的空间，您就会突入我的防线，那么我还能怎么办？"

突然，她愣住了，把一根手指按到嘴唇上，示意他安静下来。她注意到在丽滩饭店的房间里有细微的动静。

他们在监测屏幕上进行搜索但什么也没发现。然而蕾蒂西娅肯定凶手已经到了。运动探测器开始闪个不停，看来她是对的。

"凶手来了。"她压低声音说。

警长眼睛盯着监测屏说。

"是的，我看到了，是一只蚂蚁。它爬上床了。"

蕾蒂西娅冲到了梅里埃斯眼前，很快扯开了他的衬衣纽扣，抬起了他的胳膊。她拿出一块手帕，把它塞在警长的腋下使劲地擦了几下。

"您在干什么？"

"别管我。我想我明白这个杀手是怎么杀人的了。"

她推开了伪装墙，在蚂蚁还没有爬到床罩上面之前，用浸过雅克·梅里埃斯汗水的手帕使劲地擦拭模特的身体。

"但——"他说。

“闭嘴，好好看着。”

蚂蚁爬到了床上，慢慢接近模特。它从假高组教授的睡衣上咬下了一小块儿正方形的布。它像来时一样从浴室中又神秘地消失了。

“我明白了。”梅里埃斯说，“这只蚂蚁并没有攻击我们的教授。它只带走了一小块儿布。”

既然她目前已控制了整个局势，他问道：

“现在，我们该怎么办？”

“我们只要等着就行了。凶手马上就来了，我敢肯定。”

梅里埃斯一脸困惑。

她淡紫色的眼眸盯着他看了一会儿，然后解释说：

“这只蚂蚁让我想起父亲给我讲过的一个故事，在非洲，他曾经与巴乌莱（Baoulés）部落的人生活在一起。这个部落的人杀人的方法非常奇特。当有人在深思熟虑后决意杀死别人时，他会找到一片浸满敌人汗渍的衣服碎布。他把这片布扔到一个装着毒蛇的袋中。然后，他把袋子悬挂到沸水锅的上面。蛇在热气蒸烤下痛苦发怒，而且它会把这种折磨和布片的气味联系起来。这个人再把蛇放到村子中，只要它一闻到和衣服布片相似的气味，它就会马上攻击这个人。”

“那么，您认为是被害人身上的气味引来了凶手？”

“完全正确。不管怎么说，蚂蚁们是通过气味来进行交流的。”

梅里埃斯高兴得跳起来。

“啊！您终于承认蚂蚁是凶手了。”

她等他平静下来。

“目前，没有人被杀死，蚂蚁们犯的罪只是撕下一片睡衣布而已。”

他想了想，然后说：

“但您这件衣服沾上了我的气味！现在它们要来杀我了。”

“警长，您永远这么胆小……您只要好好洗一下自己的胳肢窝就行了，然后再喷一点除味剂。这之前，我还要在高组教授的身上涂一遍您的汗水。”

梅里埃斯还是不放心。他吃了一块口香糖。

“但它们已经进攻过我一次了！”

“……但您逃过它们的攻击。幸好我已想到了一切，我带来了一些让您放松的东西。”

她从袋中拿出了一台小巧的手提式电视。

129. 沙丘之战

穿越沙丘荒漠的旅程艰辛而漫长。

它们的脚步越来越沉重。

它们的甲壳上都附着上了一层细细的沙膜，嘴唇也都干裂了。走路时，甲壳的关节处发出咯吱的声音。

护胸甲上因为蒙上一层土，不再闪闪发光了。

远征军前进着，永远前进着。

蜜蜂们再也拿不出可以给大家提神的蜂蜜了。

它们的肚子都空了，每走一步爪子上结的干泥都会像脆的生石膏一样断裂开。

远征军的士兵都已精疲力竭，这时它们又要面临新的危险，地平线上升起了一团烟云。这团云不断扩大，逐渐向它们靠拢过来，在这团模模糊糊的东西中，它们根本分辨不出敌人到底是什么东西。

在三步远的地方，大家看清了。光从梨形的头就可以认出出现在眼前的是一支白蚁军队。而第一队褐蚁士兵就上了圈套，进入这些白蚁布下的陷阱中。

白蚁们的骑兵部队稀稀落落地分布着。褐蚁们从腹部下面一齐发射出腐蚀性的酸液弹。但它们射击得太晚了，敌人的队伍冲破了它们的防线，一直进逼到褐蚁头道防线的核心。

于是一场大颚对攻战展开了。

到处传来一片护胸甲的碰撞声。

褐蚁的轻骑兵队伍甚至还没来得及调动起来就被白蚁的军队包围了。

“开火！”103 号大叫。但守在第二道防线的重型炮兵不敢朝混乱一团的褐蚁和白蚁们开火。战争已变得毫无章法可循。军队想到怎么打就怎么打。远征军的队伍试着突围并从侧面对白蚁军队发动反攻，但它们的行动太迟缓了。

白蚁的黏胶纷纷投向准备飞到空中的蜜蜂。于是蜜蜂和苍蝇以及带着茧的 24 号都一起藏到了沙堆中。

103 号四处奔走着，它激励步兵战士们重新组成坚固的方阵。它累坏了。“我老了。”当它向敌人开火没有命中目标时感叹道。

远征军全线溃败。这些战胜手指的士兵怎么了？这些攻克金色之城的勇士怎么了？

褐蚁的伤亡数目越来越大。

它们只剩下不足1200人，这些士兵自知很快也要面对同样悲惨的命运。

它们就这样输了吗？

不，103号看到远方突然又飘来第二团云，这次是朋友来了。“大角”回来了，它的身后跟随着飞行军队中最有战斗力的金龟子，它们矫健地从大家头顶上掠过。所有人都怀着崇敬而又恐惧的心情看着它们。它们才是真正的魔王。

金龟子气势汹汹地冲下来，身上擦得明光锃亮的铠甲发出炫目的光芒。

“大角”带着金龟子队伍中最棒的飞行战士们回来援助它们。

这些庞然大物的翅膀像小盾片一样泛着彩光，一些金龟子的背部显出红黑相间的花纹，而其他金龟子身上的花纹则要抽象得多，是一些红色、橘色、绿色和荧光蓝的斑点。

没有一个铁匠能打造出这样的盔甲。它们顶盔披甲，活像中世纪军队中英勇的骑士。

在“大角”的带领下，这20只金龟子在空中盘旋着，它们排成直线冲向白蚁士兵群。

103号从来没见过这样壮观的场面。

它在军队最前面追击那些逃兵。自从有了空中飞行军的援助，它可以更仔细地瞄准，每次都能准确无误地命中目标。

“开火！”103号喊道，“开火！”

褐蚁们边跑边向敌人射击。

130. 军事战略记录

记录者：61号

主题：军事战略

记录日期：100000667年第44天

这个军事战略要求首先要破坏对手的平衡。

根据本能反应，敌方会对自己的行动进行调整。它将利用反向的力量来推动自己。

这时，我们不应该阻截它们，相反，应该一直追击他们直到它们远离自己的集体。

在这段很短的时间内，对手特别容易受攻击。这正是给它们致命一击的绝佳时机。机不可失，如果我们没有抓住这个机会好好利用它，那么一切都要重新开始，而下次敌人会更加当心。

131. 战争

开火！

一些黑色的身影在枪林弹雨中奔跑。

战败者的身体上冒起了缕缕白烟。士兵们全都匍匐在地，以免被流弹射中，军队全躲在了沙丘中。

四处响起榴弹爆炸和枪炮连发射击的声音。远处，熊熊燃烧的油井中冒出浓烈的黑烟，太阳在黑烟的笼罩下也失去了原有的光彩。

"关上它，够了。"

"您不喜欢了解事实吗？"梅里埃斯边问边关上了电视的声音。此时，电视中正播放每日世界新闻。

"我只能看一会儿这种新闻，这些人类的蠢事真是让人烦透了。"蕾蒂西娅说，"没有别的节目了吗？"

"没别的节目了。"

年轻的女人钻进了被中。

"既然这样，我想睡一会儿。如果发生了什么事，警长，叫醒我。"

"我马上就会叫醒您的。"运动探测器上突然有了显示。

他们仔细地盯着屏幕。

房间中有动静。

他们一个接一个地打开了辅助录像机，但他们什么也没有发现。

"'它们'在那儿。"梅里埃斯说。

"是'他'来了。屏幕上只有一个标位。"

梅里埃斯打开了一瓶矿泉水，往手臂上涂了一点。为了万无一失，他还喷了香水。

“您像小宝宝一样香。”

他们还是什么也没有看见。但现在他们听到地板上传出一种刮东西的声音。梅里埃斯接通可以拍摄到屋内全影的摄影机。

“它们”正走向床边。

安放在地毯下面的相机画面上出现了一只毛茸茸的老鼠，它正津津有味地啃着什么。

他们顿时大笑起来。

“毕竟蚂蚁不是唯一一种和人类生活在一起的动物，”蕾蒂西娅说，“这次我要好好睡一会儿，没有更重要的事情不要吵醒我。”

132. 百科全书

精力：当人们在游乐场中乘坐过山车时会出现两种可能，其中一种是人们坐在过山车的最后面闭上眼睛。在这种情况下，游玩者会感到一种强烈的恐惧。他必须承受速度造成的心理压力。每当他睁开眼睛时，心中的恐惧会马上激增到极点。

第二种人会坐到第一节过山车车厢的第一排。他们睁大眼睛，想象自己将在天上飞翔并享受飞得越来越快时的快乐。在这种状态下，游玩者会陶醉在力量的感觉中。同样，如果人们并不希望听到从扩音器中播出的摇滚乐，那么人们会感到这种音乐过于强烈，甚至是震耳欲聋。人们必须克制自己心中的烦躁，才能勉强听完音乐。然而，如果是摇滚乐迷，他们不仅可以尽情欣赏这种音乐，而且对摇滚乐的热爱会使他们从中得到享受。听众们激动得似乎是服用了兴奋剂，他们的情绪完全被这种音乐的力量调动起来。

如果人们能善加利用这种精力，借助它来调动自己的积极性，那么这种精力对我们的成功是大有好处的；反之，如果我们无法对这种精力驾驭自如，那么它则会起反作用，而且是相当危险的。

埃德蒙·威尔斯

《相对且绝对知识百科全书》第Ⅱ卷

133. 对死者的尊敬

最后的 10 名“手指教派”的信徒聚集在贝洛岗化肥坑旁的临时储物间中。

它们久久凝视着死去的同伴的尸体。

希丽·普·妮女王下决心要剿灭所有的叛军。当它们准备给手指送食物的时候一批接一批地被捕获了。城市中所有的“手指教派”蚂蚁都消失了。反叛活动仅仅由从屠杀和残酷的迫害中奇迹般生存下来的“手指教派”信徒继续维持着。

再也没有人会听它们的宣传，也再没有人会搭理它们。它们成了王国中最下等的贱民，它们知道一旦卫士们发现它们的藏身之处，它们的末日也就来临了。

它们用触角的顶部轻轻地刺着三位旧日战友的尸体，这三只蚂蚁在死前一直挣扎着爬到这里就是为了能够死在自己的地方。它们准备把这三具尸体拖到垃圾场去。

一名蚂蚁信徒突然提出它不同意这么做。其他蚂蚁困惑地看着它。如果它们不把这些殉难者的尸体拖到垃圾场中，几个小时后尸体就会发出油酸的臭味。

但这名叛军坚持自己的看法。女王很好地把它的母后的身体保存在房间中，为什么它们不能像它一样呢？为什么它们不能保存自己同伴的尸体呢？毕竟有越多的尸体就越能证明手指教派的运动曾经拥有大量的战士。

它们献身于一种“绝对的组织”，它们的姐妹也许已经制订出再次发动“手指派”运动的策略。保留它们的尸体是众望所归的一件事。

一名叛军建议把这些死尸埋到墙的夹缝中以免尸体发出油酸的气味。而头一个提出保留尸体的蚂蚁不同意这种做法。

“不，恰恰相反，我们应该可以亲眼看到它们。我们要模仿希丽·普·妮，把肉挖掉，只保留战士们的空壳。”

134. 白蚁

白蚁们全速溃逃。

“冲呀！”103 号站在“大角”身上大叫，激励远征军战士们奋起作战。

“别放走任何一只白蚁！”9 号也骑在它的飞骑上大喊。

蜜蜂战士们迅速发起进攻，把毒针狠狠刺入敌人的身体。

白蚁这一方已经是全面地溃败。它们一路踉踉跄跄躲避着空中敌人的袭击以及骑在它的身上自褐蚁射击出的酸液炮。每只白蚁都为了保住性命而四散奔逃。白蚁们朝着它们的蚁穴跑去。这个蚁穴是一个大型堡垒，它位于江流西段新建的小泥坝上。

从外部看，这个高大的建筑物的确令人赞叹不已。赭石色的堡垒由悬于中央钟楼上的三个主城堡组成，而这些城堡本身又包括六个主塔。所有在地面上的进口都被白蚁用沙砾的碎石堵住。卫士们通过墙上的洞口监视着敌人的一举一动。

当远征军进攻城堡时，白蚁兵们用头上的尖角排起一道尖针屏障的同时，不断向进攻者投射胶液。

第一道防线中有50只白蚁牺牲了。第二次进攻中又有30名士兵倒下。那些从上往下进行攻击的褐蚁相对于那些从下往上进行防卫的白蚁而言，总占有一些优势。

除了蜜蜂对敌人发动强大攻势以外，犀牛金龟子们也凭借它们的大角冲入城堡主塔，其他昆虫也相继占领了蚂蚁进攻的城堡。但白蚁的胶液在白蚁之城摩克西克山中还是给予敌人有效的打击，大家开始感到有些疲惫。

白蚁们照料着伤员，堵住了城堡的突破口。考虑到将会面临褐蚁们的长期围攻，它们整顿粮草，布下哨兵。

摩克西克山的白蚁王后一点也不害怕。在它的王宫旁边，谨慎缄默的国王依然被囚于密室中。在白蚁的世界中，雄性在与雌性交配后会活下来，但它会一直被拘禁在它妻子旁边的宫殿里。

一个小间谍小声告诉那些谋反者：所有人都知道贝洛岗的褐蚁向东方派出了远征军，而且它们一路上摧毁了好几个白蚁的村落和一个蜜蜂窝。

大家都说它们的新王后希丽·普·妮采取一系列措施，通过建筑、农业和工业等各方面的革新，使联邦更繁荣发展。

“年轻的王后总是自以为比以前的王后聪明。”摩克西克山的一只老王后嘲讽地说。

白蚁们顿时同声附和起来。

正在这时，警铃大作。

“褐蚁们攻入城市了！”

白蚁士兵们传出的消息是如此惊人，王后几乎不能相信自己的耳朵。

蝼蛄从地下钻入了白蚁的城市。它们利用发达的前肢很快挖出一条地下通道。现在它们排着队向蚁城进军，紧跟在后面的几百只蚂蚁士兵一边走，一边洗劫了沿途所见到的一切。

“褐蚁？它们驯服了蝼蛄？”

这条消息虽然令人难以置信，但它是千真万确的。因为这支地下军队的偷袭，白蚁的城市第一次遭到从下往上的进攻。谁会料想褐蚁们竟然绕过城市的守卫从地下钻出来呢？摩克西克山的谋士们对眼前的突发情况无计可施。

进攻队伍来到最底层的房间。103 号对这座白蚁王国的建筑结构赞叹不已。城市的所有构造都是为了将温度调节到最合适的状态。那些喷水井在百余步深的地下汇入一片平静的湖泊，它可以为城市带来清新的凉气。而种在王宫上面几层的蘑菇园又类似一种供暖设备，一些白蚁爬到塔楼上面排出城市中积聚的二氧化碳，而另一些则将山洞中凉爽的空气引入王宫。

“现在怎么办？我们去攻打育婴房？”贝洛岗的一名士兵问道。

“不，”103 号解释道，“对付白蚁要采用别的方法。我们最好从蘑菇园开始进攻。”

远征士兵从走廊的各个洞口中涌入白蚁城。摩克西克山的士兵们在城市最下面的几层中几乎什么也看不见，它们几乎无法抵抗褐蚁的进攻。但是褐蚁们越接近城市的上层战争也越激烈。双方为每一寸被征服的土地都付出了惨痛的代价。在伸手不见五指的地方，每只蚂蚁都屏住呼吸，它们不再释放出可能被感应到的费洛蒙，以免成了躲在暗处的敌人的活靶子。要到达白蚁的蘑菇园还要有 200 名牺牲者。

对于摩克西克山居民来说，除了投降别无他法。食蘑菇为生的白蚁根本无法吃别的纤维物质。王后、成年蚁及幼蚁最终都会饿死。

胜利的褐蚁会像所有战胜者一样把白蚁们一个不剩地全部杀光吗？

不，这些贝洛岗人的做法出人意料。在王宫里，103 号向王后解释说褐蚁们不想和白蚁为敌，它们要进攻的是生活在江对岸的手指。如果白蚁们不先对它们进行挑衅，它们也根本不会进攻摩克西克山。目前，它们所要求的只是在白蚁的城市中过一夜，并得到白蚁的支援。

135. 我们捉住它们了

“没门儿！别来烦我！”

蕾蒂西娅生气地把被子蒙在眼睛上。

“根本没必要把我叫起来，”她咕哝着，“这一定又是一次错误的警报。”

梅里埃斯用力地摇着她。

"'它们'就在那儿。"他几乎要叫起来。

这个欧亚混血的女孩子终于把被子掀开，睁开了睡意蒙眬的双眼。所有的监测屏上都显示出成百上千只蚂蚁朝着床爬过去。蕾蒂西娅跳起来，调整着变焦镜头直到高组教授浑身正在抖动的图像清晰地出现在屏幕上。

"它们在教授肚子里面咬碎了一切。"梅里埃斯轻声说。一只蚂蚁爬到假墙边，用触角试探着前方的屏障。

"我又有汗味了吗？"警长着急地问道。

蕾蒂西娅闻了闻他的腋下。

"不，只有薰衣草的香味。您没有什么好害怕的。"

很明显蚂蚁也赞同她的观点，因为它半途就折回去重新加入它同伴的残杀中。

塑料模特在体内蚂蚁的进攻下开始痉挛起来，当一切都重归平静的时候，他们看到从模特的左耳中爬出一队蚂蚁。蕾蒂西娅向梅里埃斯伸出手。

"太棒了。您是对的，警长。这简直太不可思议了。但我看到它们了，我亲眼看到这些蚂蚁杀害了杀虫剂的生产者！然而，我还是无法相信这一切。"

警察总是能够应用高新技术来破案。梅里埃斯在模特的耳边滴上一滴放射性液体。当然肯定会有一只蚂蚁踏进了这滴液体而且全身都浸湿了。现在，它会为他们指出追踪路线。多妙呀！

在屏幕上，他们看到蚂蚁们在模特身体的附近爬来爬去并到处搜索着什么，它们似乎是要消除一切痕迹来掩盖它们犯下的弥天大罪。

"这说明为什么五分钟内没有苍蝇。蚂蚁在杀人之后把可能受伤或可能半途叛逃的蚂蚁集中到一起。苍蝇不敢在这段时间内靠近尸体。"

蚂蚁们聚集到一起鱼贯爬到浴室中。它们爬上了洗手间的排水管，全部拥了进去。

梅里埃斯惊讶极了。

"通过这些四通八达的城市管道系统，它们可以爬到它们想去的任何地方，钻进所有的房间而不用破坏任何东西。"

蕾蒂西娅依然阴沉着脸。

"我还有很多疑问，"她说，"这些昆虫是如何读报纸并认出杀虫剂生产者的地址呢！我不明白！”

“道理很简单——我们小看了这些动物。您记得您曾经批评我总是小看对手吗？现在是您小看了它们。您的父亲是位昆虫学家，而您还根本不知道它们已经进化到哪一步了。它们现在甚至阅读报纸，侦查敌人。我们在这方面已有了足够的证据。”

蕾蒂西娅无法接受这个事实。

“但它们根本不会读书！它们不可能瞒住人类这么长时间。您知道这意味着什么吗？它们洞悉我们的一切，仍然让我们把它们当作那些一文不值、用脚跟一踩就可以踹死的小东西。”

“那么看看它们去哪儿了吧。”

警长从他的小盒子中取出可以远距离感知的盖格计数器，仪器上的指针根据刚才浸过放射性物质的蚂蚁来定位。这套计数器还包括一根天线及一个屏幕，在屏幕上一个绿色的光标会在黑圆圈中闪个不停并且缓慢地移动着。

“我们只要跟紧这个小向导就行了。”梅里埃斯说。

出了门，他们上了一辆出租车。司机不明白为什么这两个人让他每小时只开 100 米（这是那些小杀手的前进速度）。通常人们都是行色匆匆，乘坐出租车也是为了赶时间。也许他们只是为了调情。想到这儿，他看了一眼后视镜。也不对，他们正争论着什么，眼睛紧盯着手中一个奇怪的东西。

136. 百科全书

文化碰撞：在 16 世纪，葡萄牙的探险家成为第一批在日本登陆的欧洲人。他们从西岸上岛并受到当地统治者的热烈欢迎。日本人对这些“高鼻子”带来的新型技术非常感兴趣。他们很喜欢火枪，便用大米和丝绸与欧洲人换了一支枪，接下来统治者命令御用铁匠仿制一支他们刚得到的这种精妙的武器。但工人们不会上枪栓，每一支日本人造的火枪都会射中开枪的人。于是当葡萄牙人再次来到日本的时候，统治者便要求随行的外国工人教他们如何焊接枪栓，使枪支不会在开火的时候发生爆炸。

日本人终于成功地大规模生产火枪，而国内此时也战乱四起。直到这个时候只有武士还在用刀比武。织田信长组建了一支火枪部队，他在队伍中教士兵如何进行连发射击以阻止敌人的进攻。

除了物质上的产品以外，葡萄牙人也带来了精神文明：基督教罗马教皇也争相和葡萄牙、西班牙人一起瓜分世界，日本便是第一站。葡萄牙人派出了很多耶稣会的会士，他们最初受到了热情的接待。日本此时已有很多种宗教派系，对他们来说，基督教不过是另一种宗教而已。而基督教中排除异己的原则最终惹恼了日本人。

天主教到底是什么？这些信徒到处宣传其他信仰都是荒谬的，并断言那些受到日本人无比崇敬的祖先如果没有接受过洗礼就会在地狱中受火刑。

基督教强烈地震撼了日本人的思想。他们残杀了大部分耶稣会会士，之后在岛原暴动中，他们又彻底铲除了信仰基督教的日本人。

自此，日本人断绝了和西方的一切往来，他们只允许一些荷兰商人在离他们本土很远的一个孤立的小岛上活动，而这些荷兰商人始终没有权利登上日本本土。

埃德蒙・威尔斯

《相对且绝对知识百科全书》第Ⅱ卷

137. 以我们的孩子的名义

白蚁王后困惑地晃动着触角，突然它停下来对包围了王宫的褐蚁们说：

“我将帮助你们，”它说，“我帮助你们并不是因为我受到你们的蚁酸大炮的威胁，而是因为手指也是我们的敌人。”

它解释到，那些手指从来不尊重任何事、任何人，它们到处挥动着装着长丝线的杆子。苍蝇幼虫被穿在长线的末端，它们忍受着极为残酷的刑罚。手指把它们浸到水中，直到鱼儿把它吃掉才把杆子拉出来。

到处都留下手指罪恶的痕迹。一些手指甚至侵犯到摩克西克山——白蚁们的城市，它们撞破走廊，洗劫粮仓，毁坏王宫。这些野蛮人在找什么？它们把蛹全都抓走了。

当那些蛹在掠夺者的杆子尽头挣扎着发出求救费洛蒙时，它们也很担心这些丢失的孩子。

怎么去救它们呢？褐蚁们驯服了犀牛金龟子作为飞行坐骑，白蚁们则驯养龙虱帮助它们在水中行走。白蚁只要站在一片勿忘草的叶子上就够了，龙虱们会推着它们前进。当然，事情不会这么简单。水中的青蛙们会把大部分船只砸得粉碎。

所有的水生动物对白蚁都不友善，直到白蚁们学会了向青蛙脸上发射黏胶或冲到大鱼身边然后用大颚使劲咬它们，大家才对白蚁有所顾忌。

不幸的是，白蚁的海军从来没能解救它们的蛹。在它们及时赶到之前，手指已把它们沉到水中去了。自此，它们不断发展航海技术及在江面控制船只的技术。

“你们是对的，”摩克西克山王后说，“不能再这样继续下去了，那些手指不仅用火毁坏我们的城市，而且还残杀我们的孩子。现在是我们联合起来和它们评评理的时候了。”

根据以前反对用火者的协议，王后向远征军提供四支海军队伍、两支陆军队伍，以及所有能征善战的下等白蚁。

“让我们放弃白蚁和褐蚁间的世仇吧，我们首先应该结束这些魔鬼的罪恶。”

为了使远征军能按时抵达目的地，女王允许它们乘它自己的舰队渡江。船泊在港口中，它是摩克西克山人沿着细沙滩在一块背风的地方亲自修建起来的。

褐蚁们来到了沙滩，这里到处都散落地停放着勿忘草的长叶子。一些叶子上满载着白蚁的食物等待着卸货，而另一些则是空的准备出发去新的地方。白蚁们竖起了人造纤维材料制的锚来保护船只，它们甚至在堤坝上种了芦苇使港口免受风和浪的冲击。

“对面的岛上有什么？”103 号问。

什么也没有，只有一些白蚁没有啃食过的小金合欢，因为白蚁们不喜欢这种植物。

当江面起风暴时，小岛是一个理想的暂时栖身之所。

24 号带着它的蝴蝶茧和 103 号一同登上了一片表面有透明茸毛的勿忘草叶子。一些白蚁把船一直推到水中，然后迅速跳上船以免弄湿脚底。

一只摩克西克山白蚁把触角浸到水中发出费洛蒙，两个影子迅速向船靠了过来，是龙虱——白蚁的朋友们。龙虱属于鞘翅目动物，它在两只鞘翅间包住一个气泡，这样它就可以在水下呼吸，靠这个氧气球它们在水下可以停留很长时间。它们的前足有通气孔，平时交配时使用，现在则用来抓住叶子以推动叶子前进。

龙虱们接到白蚁发出的费洛蒙命令后开始用后腿划水，白蚁的小船逐渐驶向江中。

远征军前进着，永远前进着。

138. 团体

奥古斯姐·威尔斯和她的同伴们围成了一圈重新召开共同会议，他们在融合出“OM”这个统一的声调前，一个接一个地发出自己的声音。他们一遍遍地重复着发声，直到声音在胸腔中已变得模糊并在头腔中引起共鸣。

然后又静了下来，四周只传来他们轻缓的呼吸声。

每一次会议的内容都是不同的。这次所有人都感受到了从天花板传出一种奇怪的能量，这股能量虽然遥远却能穿透岩石。

百科全书中有一段记录着，如果宇宙波的波峰相隔很远，那么这种波就可以穿透任何物质，水和沙土也不例外。

杰森·布拉杰感到通过声音，他的身体中分解出不同的能量。最开始是一种基本能量 OU，这种能量又分成若干次能量：A 和 WA，而这两个次能量又是由 4 种其他的声音组成：WO，WE，E，O。接下来它们又继续分解成 8 种更低级的能量，最后记录成两种声音 I 和 WI。他总共数出 17 种声音，它们以金字塔的形式会聚到他的太阳神经中。

这些声音的结构像三棱镜，把像白光一样的声音 OM 分解为各种类似单色光的原始声音。

集中，扩散。

他们呼吸着各种彩色的声音。

吸，呼。

16 名团员不过是 16 只充满了声音及光芒的三棱镜。

尼古拉不屑一顾地看着他们。

139. 广告

在阳光明媚的日子里，蟑螂、蚂蚁、蚊子、蜘蛛在我们的房间和花园中到处肆虐着。如果您想摆脱这一烦恼，请选用克拉克·克拉克粉末。

有了克拉克·克拉克，整个夏天高枕无忧。它的特殊因子能迅速脱出昆虫体内水分，使它们像玻璃一样碎裂。

克拉克·克拉克粉末，克拉克·克拉克喷雾剂，克拉克·克拉克香。克拉克·克拉克有益于健康。

140. 汹涌大江

103号乘坐的勿忘草叶子渐渐开始加速，它们的船冲破水面上的霭霭雾气笔直前进。船首微微翘起，激起一片白色水花。在它周围还有另外100只满载蚂蚁士兵的船只。这100片勿忘草叶子和2000名远征战士，组成了一支庞大的舰队。

平静如镜的江面突然波涛翻滚。被搅醒好梦的蚊子们从摩克西克山的小船上飞了起来，用它们特有的方言低声抱怨着。

在最前面，站在船首的海军白蚁船员正向另一只白蚁指出最佳的航行方向。这只白蚁马上把命令翻译成费洛蒙，传达给水中的龙虱。

它们必须避开水中的涡流、凸出水面的岩石，甚至那些会缠住一切的水草。

并不坚固的小船顺着平静、光亮的江面滑行着。

只有龙虱在划动水波时产生的涡流搅乱了光洁无瑕的水面。在它们头上，柳树的长枝条随着微风轻轻拂动。

103号把眼睛和触角伸到水中，这里面活跃着各种各样的小生命。它看到很多有趣的水生动物，一些小小的红色甲虫到处游动着。所有靠近龙虱的动物都被这些怪物吞进去。

至于9号，它也注意到生机勃勃的水下世界……一群蝌蚪从波涛下面跃起冲向它们。

"注意，有蝌蚪！"

蝌蚪的黑色皮肤泛着白光，它们全速冲向蚂蚁的舰队。

"蝌蚪，蝌蚪！"

消息传遍了所有的白蚁船队，龙虱们接到命令加快船速。褐蚁什么也不能做，白蚁只是要它们抓紧叶子的茸毛。

"水手们，准备战斗。"

梨形脑袋的白蚁把它们的尖角对准了层层波浪。

这时一只蝌蚪冲过去撕咬起24号乘坐的勿忘草的叶子。船立刻偏离了航道，滑入水涡中打起转来。

9号瞄准了目标，它的枪口就顶在蝌蚪身上开火，蝌蚪被射中了。这只浑身滑溜溜的灰东西临死前蹿出水面，在船的上空奋力扭动身体，它黑色的长尾巴抽打着叶子船。所有褐蚁和白蚁都被扫到掉进水中。

9 号和 103 号被其他的船只及时救起。

其他很多勿忘草叶子被蝌蚪打翻，近 1000 只褐蚁葬身水底。

这时，“大角”和它的金龟子队伍第二次赶来救援。它们从渡江一开始就在船队上空盘旋。当它们看见蝌蚪打翻了勿忘草叶子并继续追击那些落水的蚂蚁时，它们一头扎了下去并用头上的尖角刺向软软的两栖类动物，在身体被水溅湿之前它们又赶快重新飞起来。

有几只金龟子一头扎进了水中，但大部分空军战士很快又回到空中。被穿在长角上的蝌蚪在空中痛苦地拍打着漆黑的湿乎乎的尾巴。

这次蝌蚪全部撤回去了。

遇难的船员得救了。剩下的 50 艘船中满满地载着 1000 名远征军人。24 号的船（在混战中驶错了方向）也回到了舰队中。突然有蚂蚁叫起来：“陆地”，其他蚂蚁纷纷跟着喊叫起来。

141. 黑夜中的绿点

“向右一点。慢点，再慢点。再向右转。向左，直着走，一直朝前开。”梅里埃斯不停地纠正着出租车的行驶方向。

蕾蒂西娅和梅里埃斯在后座焦急地盯着蚂蚁队伍的去向。

出租车司机只得照他的话去做。

“如果一直这样的话，我就来得及调整方向。”

“它们好像是往枫丹白露森林的方向前进。”蕾蒂西娅边说边不安地搓着手。

银色的月光笼罩着大地，在街的尽头已显出树叶的轮廓。

“慢点，再慢点。”

跟在他们后面的开车的司机在疯狂地按着喇叭。对他们来说，没有比慢慢地跟在别人的后面更让人心烦的了！而那些没有排在他们后面的车子飞快地从他们身边疾驰而过。

“再向左。”

司机叹了口气说：

“你们走路不是更方便吗？而且这条路禁止左转。”

“没关系，我是警察！”

“好吧，我照您的吩咐去做！”

但路被对面驶来的车子堵住了。显示屏上的小绿点已经移动到了监视屏幕的边缘，记者和警长只得跳下车。但凭他们的前进速度没有什么好担心的。梅里埃斯抽出一张大票却根本没有等司机找钱。也许这两个乘客有点奇怪，不管怎么说他们并不小气，司机一边想一边勉强地在后面开着车。

他们又收到了信号。蚂蚁的队伍正朝着枫丹白露森林前进。

雅克·梅里埃斯和蕾蒂西娅·威尔斯发现周围都是一些破旧的阁楼，唯一的照明装置就是街边昏暗的路灯。在贫民区中街上没有任何人，相反有很多狗在路上疯狂地叫着。它们中大部分是高大的德国牧羊犬的变种，它们由于父系血缘的关系而保留了大部分原有的特征。这些狗一看到街上有人便狂叫着冲向栅栏边跳起来。

雅克·梅里埃斯害怕极了，狗似乎也感觉到了他心中的那种恐惧。这使它们更有欲望去撕咬他。

“您怕狗？”蕾蒂西娅看到警长已面无血色，“克制点儿，这可不是放松的时候。我们的蚂蚁要逃跑了。”

这时，一只高大的德国牧羊犬比其他的狗更凶猛地叫起来。它用牙齿咬破了栅栏，又用身体把木板撞得粉碎，它的眼睛疯狂地盯着前方。对它来说，人身上散发出的恐惧气息事实上是一种挑逗。这只德国牧羊犬遇到过吓坏了的孩童、明显加快脚步的老妇人，所有人都强烈地感受到它的威胁。

“警长，您怎么了？”

“我……我不能再往前走了。”

“您在开玩笑吧，它不过是只狗。”

德国牧羊犬继续咬着栅栏，第二块木板也碎了。它的牙齿泛着森森白光，血红的眼睛、黑色直立的身躯，在梅里埃斯看来，这是蹲在他床边的一只发怒的狼。

狗的脑袋伸出了木栏，接下来是一条腿，再接下来是整个身体。它钻出栅栏快速地跑起来。发怒的狼出来了。

在尖利的牙齿和发紧的喉头间再也没什么阻拦。

在野蛮的狗和文明的人之间也没有了木栅栏。

雅克·梅里埃斯的脸顿时像墙一样白，他待在原地一动不动。

蕾蒂西娅·威尔斯及时地站到狗和人之间。她淡紫色的眼眸冷漠地盯着狗，似乎在告诉它："我不怕你。"

她站在那儿，背挺得笔直，两肩舒展。这是一种对自己充满信心的姿势，是训练动物的人在狗窝旁教德国的牧羊犬看守家园时特有的态度和目光。

狗的尾巴垂了下来，转身战战兢兢地走回它的狗窝。梅里埃斯的脸色还很苍白，他吓得浑身发抖。蕾蒂西娅不假思索，便像哄小孩子一样把他搂在怀中，安慰着他，温暖着他。她轻轻地抱紧他，直到他又微笑起来。

"我们走吧，我帮您摆脱了狗，您把我从坏人手上救下来。您看我们需要彼此帮助。"

"快，标记！"

绿点几乎从仪器屏幕上消失了。他们跑起来，直到绿点重新回到圆圈中心。

这里一个接一个的阁楼看起来都很相像。有时候，门上会贴着木牌"称心如意"或"钟爱的小屋"。四周到处都是狗、没有好好保养的草地、塞满广告的信箱、破旧不堪的乒乓球台和摇摇晃晃的旅行车。只有从窗口透出的一点点电视的光，可以表现出一点人类生活的气息。

蚂蚁们沿着他们脚下的管道前进，离森林越来越近了。警长和记者寸步不离地跟踪着标记。

他们转弯拐到一条初看之下和这一区所有的街都很相似的街道中，路标上写着"菲尼克斯大街"。他们开始看到几家商店。在一家快餐店里，五个人猛喝着啤酒。瓶子的标签上写着"注意，过度饮酒有害健康"，香烟盒子上也都有同样的话。政府也许打算以后在汽车启动踏板及自由买卖的武器上也贴上类似的标签。

他们走过了超市"消费之家"和"咖啡店""爱情相约"等小铺子，再往前是一家玩具店。

"它们刚才在这儿停住了。"

他们环顾了一下四周。店已经很破了，柜橱里乱七八糟地摆放着积满灰尘的样品：长毛兔、汽车模型、洋娃娃做的小士兵、宇宙飞行员或仙女玩具，以及可爱的小玩意……在这些乱七八糟的东西上，一顶过时的彩色花冠闪着光。

"它们在这儿，它们肯定在这儿。绿点纹丝不动了。"

梅里埃斯紧紧握住蕾蒂西娅的手。

“我们抓住它们了。”

兴奋之中，他搂住她的脖子。他想要拥抱她，但被她轻轻地推开了。

“冷静点，警长，任务还没完成呢。”

“它们就在这里，您自己看看。标志一直在移动，但现在它停下了。”

她摇了摇头，抬起双眼。商店的铺门上用蓝色霓虹灯标着几个字：“阿尔蒂尔，玩具之王”。

142. 在贝洛岗

负责传递消息的苍蝇在贝洛岗向希丽·普·妮女王汇报了最新情况。

“它们到达了大江。”

它详细地讲述了渡江过程。在和阿斯科乐依娜蜜蜂巢的空军交战之后，远征军在群山中迷了路。之后它们穿过一道大瀑布。在“通吃河”附近，又和一个新的白蚁王国进行了一场激烈的战斗。

王后把消息记录在记忆费洛蒙中。

“现在，它们要越过什么呢？通过萨特依地道吗？”

“不，白蚁驯养了龙虱，并让它们来拖动勿忘草叶子的舰队。”

希丽·普·妮对此很感兴趣。它从没有能够这样出色地驯服水生金龟子。

最后，苍蝇报告了坏消息。它们后来又被蝌蚪袭击了。这一变故使远征军损伤惨重。现在它们只有千余名战士，其中还包括很多伤员，几乎没有一只蚂蚁的六只脚是完好无损的。

王后对此没有很担心。“即使只有几条腿，1000 名远征队员在历尽艰辛后也可以杀死地球上所有的手指。”它说道。但很明显，远征军无法再遭受新的损失了。

143. 百科全书

金合欢：金合欢是一种小灌木，它只有在一种很奇特的条件下才能长成大树，那就是要有蚂蚁居住在植物体内。为了充分成长，它们需要蚂蚁的照料和保卫。为了吸引蚂蚁，金合欢随着时间的推移会逐渐长成一个活的蚂蚁窝。

它的树干内部是中空的，在每一根枝条内部都有很多为蚂蚁准备好的舒适的房间。

更好的是：在这些活的走廊中常生活着白色的蚜虫，它的蜜汁是蚂蚁中工蚁和兵蚁的美食，金合欢为那些能给它带来好运的蚂蚁提供了住所。作为交换，蚂蚁担负起园丁的职责。它们赶走毛虫、枝条上的蚜虫、鼻涕虫、蜘蛛和所有的爬满树叶的食木蚜虫。每天清晨，它们都会用大颚咬断常春藤和其他寄居在树上的攀缘植物。

蚂蚁会拔掉枯死的树叶，刮掉苔藓，用它们的消毒唾液来治疗生病的树木。

植物界和动物界之间这种成功的结合在自然界中并不多见。多亏有了这些蚂蚁，金合欢才能长得比其他植物还高，直接接受阳光的照射。

埃德蒙·威尔斯

《相对且绝对知识百科全书》第Ⅱ卷

144. 合欢岛

雾渐渐散了，一幅奇怪的景象展现在蚂蚁眼前：一片沙滩、暗礁、海边悬崖。

领头的白蚁船搁浅在长满青苔的沙滩上。这里的动物和植物似乎和它们以前见过的都不一样。生长在沼泽地中的小飞虫嗡嗡地在蚊子和蜻蜓群中打转。那些植物根本没有生根，就像是被摆放在那儿似的。花朵也很平常，植物的叶子一缕一缕地垂下来。在海藻的下面，地是硬的。在浪花日复一日地冲击下，岩石被蚀出一个个蜂窝似的小洞，乍看像一块黑色的破海绵。

再远一点，土地更加松软，岛中间盛开着金合欢。也许是风挟带着它的种子漂洋过海偶尔落到岛上。水、土、空气，这三个因素已足以使植物生根发芽，但它还缺少继续生长的媒介：蚂蚁。它的基因注定它要和蚂蚁生活在一起。

它已经等了蚂蚁两年。多少金合欢兄弟一辈子都没有和蚂蚁相遇的机会呀！而它则间接地受了手指的帮助。同样也是这些手指在它的树皮上刻上“吉尔娜塔莉”，这个疤痕至今让它痛苦万分！

突然，103号发起抖来。岛中央的一块凸起唤起它宝贵的回忆。这块凸起……不，这一定不会是巧合，一定不会。这是在白蚁国度中发现的第一种奇特的东西。它没有告诉任何人，便离开队伍独自去研究这种奇怪的石头。这块东西很硬、透明，里面有白色粉末，和上一次的一模一样。

白蚁兵找到了它，它们碰了碰触角。

“103 号怎么了？为什么离开队伍？”

103 号解释说，这个东西对它而言非常重要。

“是的，非常重要。”23 号重复道，“这是由手指神明雕出来的东西！这是神明的巨石。”

“手指教派”的信徒们马上用泥土也堆成了一个相似的塑像。

狂躁的蚂蚁们决定在这个平静的小港口多逗留几天，以便使自己从旅行的激情中冷静下来，它们还要医治战争中受伤的战士，并为以后继续斗争养精蓄锐。

每个人都很喜欢在这儿歇脚。

103 号走了几步，突然它感到有什么东西打到了身上。它隐隐感受到了地球磁场对它产生的作用。

它是在哈特曼的结点上。

远征军离哈特曼之结不远了。

哈特曼之结是一种特别的磁场。蚂蚁们一般只把它们的巢建筑在这种地区，也就是阴性离子的地球磁力线交错的地方。大多数动物（尤其是哺乳类动物）在这种地方都会感到不舒服。但对于蚂蚁来说，它们是舒适的保障。

它们通过地壳上的这些细微的针刺和大地母亲进行交流、寻找水源、预测地震，它们的城市就这样和世界相通。

103 号寻找着能量最强的确切地点。他发现哈特曼的结点就在金合欢树的下面。

在 24 号和 9 号的陪伴之下，它立刻爬上了树。103 号发现树皮上有一块最薄。它们一起咬破了保护膜，弄折了金合欢的枝条。太棒了！一个无可挑剔的空蚂蚁城出现在它们眼前。

它们走进植物的根中，这些房间正等着蚂蚁们来住。有一些房间看起来很像粮仓或婚房。金合欢甚至把养着没有翅膀的白蚜虫的牲畜棚都准备好了。

贝洛岗蚁参观着这座出乎意料的城市，所有的枝条都是空的，植物汁液在有生命的城市的墙板中流动。

合欢树发出怡人的树脂清香欢迎着蚂蚁们的到来。24 号赞叹不已地看着一个个植物房间。高兴之下，它张开了嘴，蝴蝶茧掉了出来。它并没有忘记自己的职责，很快又把它拾了起来。

一位年长的探险家曾告诉过103号，要得到这种礼物城市是有代价的。如果想要住在这儿，蚂蚁们必须照料这棵树。这种职责不仅具有强迫性，而且是终生的。它们必须在意识中就把自己看作一名园丁。它们爬了出来，老兵指着一株菟丝子的幼苗并向它解释道：

"菟丝子的种子无论在多么恶劣的环境中都会生根发芽。当它破土而出时，植物的茎以每小时两圈的速度盘旋生长。

"只要这根茎条一碰到小灌木，它的根就慢慢退化，而菟丝子会长成一种带有小刺的树。它长在别的灌木上靠吸取对方的树汁生活。菟丝子实际是植物界的吸血鬼。"

103号看到一株菜豆在离金合欢不远处生长。它盘旋的速度很慢，很容易让别人误以为是风吹得它在动。

24号张开它锋利的大颚，准备把菟丝子咬成几段。

"不，"103号说，"如果你把它咬断，每一段都会成为一棵新的植物。一个被切成10段的菟丝子会长成10条菟丝子。"

它说曾经看到过一种惊人的场面。两条邻近生长的菟丝子扭动着枝条，寻找可以吸附的灌木。如果没有找到合适的植物，它们两个就会相互缠绕在一起，并互相吸取对方的汁液，直到两条菟丝子同归于尽。

"那我们该怎么办呢？如果我们任它长下去，它会最终找到金合欢并缠在它的树干上。"24号问。

"应该把它连根拔起，并马上扔到水中。"

说干就干，它们利用这次机会彻底清除了所有对金合欢有害的植物。然后它们赶走了所有虫子——小的蚀木虫和在周围打转的小飞虫。

这时，它们听到一阵有规律的"咔咔"声。这一定是蛀木甲虫。它有规律地啄击树木以在木头上钻孔。

"这是一只雄性的蛀木甲虫在叫它的妻子。"一只经常和这些敌手打交道的白蚁说。那些相互呼应的"咔咔"声就像两只BP机在对叫。

褐蚁没费多大力气便找到了它们，这对罗密欧和朱丽叶甲虫就这样被蚂蚁吞进肚子中。

人们一旦选择它所处的阵营，它们便联起手要对付共同的敌人。

晚上，远征军便搬进树城之中。

它们在枝条最大的地下室中饱餐了一顿。

褐蚁、白蚁、蜜蜂和驯养的小甲虫，它们喂养蚜虫并平均分配了蚜虫香甜的蜜露。继而就像每次露营一样，大家又谈到永恒的主题——手指——它们此番远征的目的所在。

蚂蚁们展开了辩论。每个人都坚持己见。

“手指并不存在。”

“手指在天上飞。”

“不，手指在地上爬。”

“它们可以在水下行走。”

“它们吃肉。”

“不，它们冬眠。”

“它们根本不吃东西，它们靠天生的一种能量储备生存。”

“手指也是植物。”

“不，是爬行动物。”

“有很多手指。”

“在地球上应该最多只有 10 个或 15 个，它们 5 个为一组。”

“手指是可以永生的。”

“胡说八道，前几天我们还杀死了一个。”

“那根本不是手指。”

“那么，是什么呢?”

“手指是无法攻击的。”

“手指和蝴蝶一样住在水泥的窝中。”

“它们像鸟一样窝在树上。”

“不要再说了，至少不应该乱下评论，手指绝对会冬眠。所有的动物都冬眠。”

“手指吃木头，因为一只白蚁看到过一些树木上有奇怪的钻孔。”

“不对，手指吃蚂蚁。”

“手指根本不吃东西，它们靠天生就有的能量储备生存，我刚和你们说过。”

“手指是粉红色的圆球。”

“它们也可能是又黑又平的。”

争论还在继续，“手指教派”和“非手指教派”针锋相对。23 号和 24

号荒谬的说辞激怒了 9 号。

“应该在这些败类教坏其他远征队员之前把它们全杀光。”它说并要求 103 号证明这些内部敌人带来的危险。

103 号摇了摇触角。

“不，由它们去吧，它们也是纷繁复杂的世界中的一部分。”

9 号困惑地看着队友，这太奇怪了，大家在远征中完全变了。

蚂蚁们现在探讨起抽象的话题，它越来越害怕。褐蚁们是否全感染上了“情绪的疾病”呢？它们是否越来越不像蚂蚁呢？

它们面前就有敌人，而它们还在争论。睡觉比什么都重要，金合欢很自豪它可以成为一棵树，它将会在它们进入梦乡时守护它们。

外面，无法吃掉树中的昆虫们的癞蛤蟆在高声地叫喊着。全体远征军战士都睡着了，只有那些被双盘吸虫控制的蚂蚁幽灵排队离开大家，爬上了草尖等着被羊吃掉。但在这岛上连羊的影子也没有。清晨，它们忘了自己半夜出走的原因，又回到同伴中间。

奥秘五

蚂蚁的主人

145. 手指教派

蚁城的各条通道上，叛乱的蚂蚁迅速行动起来，但它们始终没能把那只储粮蚁带到“活石头博士”那儿去，倒是不少蚂蚁为阻截联合卫队的进攻丢了性命。

蚁酸向四面飞溅，一只蚂蚁教徒倒下了，接着又是一只。

剩下的叛乱分子被打得只得向臭虫饲养室退去。但在它们全军覆没之前，蚁王希丽・普・妮还想弄清楚一些事情，就下令将一个教徒带到面前。

“你们为什么要这么做？”

“手指是我们的神明。”

翻来覆去总是这句话。希丽・普・妮摇晃着触角，陷入了沉思。不知是什么原因，没过多久，叛乱行动再度蔓延开来。据探子回报，几个星期前才不过 12 只叛徒，现在已成了 100 多只。

必须加紧镇压，这些叛乱分子已变得危险异常。

146. 玩具店

“那现在，我们该怎么办呢？”蕾蒂西娅・威尔斯问道。

“我们这就进去！”雅克・梅里埃斯语气很坚定。

“您以为他们真会让我们进去吗？”

“我可没真打算去按门铃，我们可以从窗口爬进去。如果有人挡路，我就出示搜查令。反正我身上总会带着张假的。”

“真够狡猾的，”女记者出言反对，“显而易见，警察和强盗之间并没有多大差别。”

“不是像您这样优柔寡断，心肠又软，就可以制止犯罪的。还不快走！”

她的好奇心占了上风，也就没有继续反对，跟着梅里埃斯沿排水管向墙上爬去。

人类在垂直的平面上行动起来可要困难多了。他们手上擦破了皮，还有好几次险些摔下去，好不容易才爬上了平台。好在这幢房子只有两层，二楼的上面就是屋顶了。

两人松了口气，小绿点依然如故，静止在屏幕的中央，蕾蒂西娅和梅里埃斯现在离杀人蚂蚁可能只有 5 到 6 米的距离。朝向平台的落地窗半开着，两人走了进去。

借着手提灯的亮光可以看出这是一间普普通通的卧室，里面有一张铺着鲜红色床罩的大床，一个诺曼底式的衣柜，四壁的印花墙纸上还随意地挂了几幅山峦风景画。房中弥漫着薰衣草和樟脑丸的混合气味。

卧室的外面是间客厅，里面堆满了各式各样的家具，有几只反翘式椅腿的椅子，房顶上还挂着一盏玻璃坠子吊灯。房里唯一的古怪之处，就是在一个架子上放着许多用来装东方香料的小瓶子。

稍远处有灯光亮着，看来像是有几个人在厨房里吃饭，但他们的眼睛盯着一台电视机。

梅里埃斯则紧盯着自己的探测器屏幕。

“蚂蚁现在在我们的正上方，”他轻声说道，“所以，这上面应该还有个阁楼。”

于是两人开始察看天花板上是否有活门。在通向浴室的过道中，他们发现了一架通向顶楼的梯子，那上面隐隐透出一丝灯光。

“我们上！”梅里埃斯边说边拔出枪来。

两人上了梯子，顿觉眼前豁然开朗。这是个处处透着古怪的屋顶阁楼，中央是个昆虫饲养缸，和蕾蒂西娅的那个蚂蚁饲养缸极为相似，只是体积要大上 10 倍。好几根管子从这个巨型饲养缸的顶部伸出，连接到一台计算机上，而后者又和许多不同颜色的小瓶相连。阁楼的左侧摆着其他的计算机设备、一张瓷砖实验台、一台显微镜以及一大堆杂乱的电线和晶体管。“这准是个疯子天才住的地方，”蕾蒂西娅正这么想着，冷不防身后响起一声大喝：

“举起手来！”

他们慢慢转过身去，映入眼帘的首先是一支枪，巨大的枪口正对着他们。枪的上方是一张极为熟悉的脸庞，他们在很早以前就已认识了。这就是阿姆兰乡笛的吹奏者。

147. 百科全书

放屁虫（Bombardier）：放屁臭甲虫（Brachynus creptians）有一支与生俱来的“生物枪”，当它们遭到攻击时，会从体内释放出一种气体，并伴以响声。这种御敌方式是通过混合它体内的两个同腺体所分泌出的两种不同的化学物质来实现的。一个腺体释放出含 25% 过氧化氢和 10% 氢醌的溶液，另一个腺体则产生一种含过氧化物的酶，当两种物质在燃烧室中混合时，温度可达到水的沸点 100℃，会产生烟雾，并释放出硝酸蒸汽，从而发生巨响。

当人们将手靠近放屁虫时，它的“生物枪”会立即释放出大量灼热且有异味的红色液滴，这就是硝酸，它触及皮肤时会引起水疱。

这类鞘翅目昆虫深谙腹部毒液喷射孔的瞄准技术，因此，它们能准确地击中几厘米远的目标。即使没有击中，射击时发出的响声也足以吓退任何一个敌人。

一个放屁虫一般能连续攻击 3 到 4 次，但有些昆虫学家发现部分种类甚至能连续射击 24 下。

由于放屁虫都为橘红色及银蓝色，因此很容易识别。这就像是在宣称，全副武装的它们即使穿着再花里胡哨的衣服，也一样可以不受伤害。一般情况下，凡是具有绚丽的体色或鲜艳的翅膀的鞘翅目昆虫都拥有自己的防身绝招，以远离那些好事者。

注：鼠类深知，放屁虫虽防身有术，其味道却鲜美无比。看到放屁虫时，老鼠会跳到它们的身上，在虫子放屁前先将其腹部按入沙土中，待其弹药储备已浪费殆尽后，再一口咬下它们的头部，慢慢享用这顿美餐。

埃德蒙·威尔斯

《相对且绝对知识百科全书》第 II 卷

148. 一个充满欢歌笑语的清晨

24 号醒了，它正栖身于一株金合欢上，躺在那细细的枝条的凹陷处。在枝条的侧面，它可以辨认出有许许多多细孔，就像是一扇扇舷窗，那是蚁房的通风口。24 号戳穿了一个小孔底部的薄膜，发现下面是一间婴儿房。其他的蚂蚁都还在睡梦中，它就一个人出去溜达溜达。

金合欢的花瓣上附有花蜜，那是成蚁的食物，那上面还有专供幼蚁食用的细末。这些食物里都含有丰富的蛋白质和油脂，适合各种年龄层次蚂蚁的营养需要。

在清晨第一轮微波的激荡下，悬崖的石壁啪啦啪啦地响着。空气里弥散着辣辣的薄荷味和怪怪的麝香味。

河滩边，红色的阳光照亮了河面，那儿有一只水蝽正在水面上滑行。一根枯枝横在边上，像一道小堤似的，24 号就在那上面爬着。透过清澈的水流，它能看到河里一群群的水蛭和孑孓。

接着又向小岛的北面爬去。那边的水面上漂着一大片浮萍，似一方长着圆圆绿绿叶片的草坪轻抚着临河的峭壁。草坪中不时会鼓出两只蟾蜍的大眼睛来。稍远处的小河湾里生长着白色的睡莲，它们那淡紫色的花苞在每天早晨7点准时展开，但一近黄昏就合上了。在昆虫世界里，睡莲的镇痛作用是众所周知的。实在没有东西吃的时候，它们也会吃睡莲富含淀粉的块茎。

大自然永远是面面俱到的，24号心里想着，不好的东西同它的克制之法总是相去甚近。像死水潭边上会长着垂柳，它的树皮里所含的水杨酸（阿司匹林的主要成分）就能用来医治在这种脏地方易得的毛病。

这岛不大，很快，24号已跑到了它的东面。这里生长着各种各样的半水生植物，它们的茎部有一大半没入水中，构成了一道别有情调的风景。成片的慈姑、毛茛和水蓼为这隅绿色世界添上了星星点点的紫与白。

一对对蜻蜓在这片绿色上回旋、飞舞，雄蜻蜓试图将它的那对生殖器插入同伴的生殖器官中。雄性蜻蜓的生殖器一个位于胸廓上，另一个位于下腹部；而雌性蜻蜓的生殖器则一个位于头部后侧，另一个也位于下腹。要进行交配，必须四个生殖器同时接合，这需要高难度的杂技表演水准。

24号继续它的小岛之旅。

岛的南面是些沼泽植物，有芦苇、灯芯草、鸢尾和薄荷，它们的根部都直接扎入泥土里。忽然，有一双黑色的眼睛从这些植物中冒了出来，它们紧盯24号，并且在向它不断地靠近。这双眼睛的主人是一条蝾螈。蝾螈属蜥蜴类，表皮黑色，上面长有黄色和橘黄色的斑纹，如大理石上的条纹。它的头部圆而平坦，背上顶着一个个黑色的肉瘤，这就是它们的恐龙祖先留下的唯一一点印记。蝾螈离24号越来越近了，这种动物非常喜欢吃昆虫，但行动十分迟缓。所以，往往还没等它们采取行动，眼看到手的猎物就已逃之夭夭了。于是，它们只好等到雨点将那些昆虫打昏后再拾来吃。

24号向着金合欢上的藏身之处没命地跑去。

“警报！警报！”它用气味语言高喊着，“蝾螈来了，蝾螈来了！”

顿时，无数的肚子从合欢树上的“枪眼”里对准了蝾螈，它们轻而易举地就将酸液弹准确无误地击中了这个行动迟缓的目标。可是，它们的酸液对这身黑色的厚皮实在是奈何不得，而那些迅速冲上前去想用大颚咬死它的蚂蚁都立刻丢了命，成了它那一身毒液的牺牲品。就这样，一个行动迟缓者战胜了一群反应迅捷者。

蝾螈仗着自己皮坚肉厚、刀枪不入，不紧不慢地迈着步子向那条布满枪口的合欢枝条走去。突然，合欢的尖刺扎了它一下，出血了。它惊恐地查看着自己的伤口，随即转身离去，消失在灯芯草丛中。于是，静又战胜了慢。

合欢树上的所有居民都欢呼起来，像是庆祝来了个外援替它们赶跑了天敌。它们把枝丫里最后的一些寄生虫扫到树下，给合欢树的根部施上堆肥。

随着上午的气温渐渐升高，各种动物都开始忙起自己的事儿来：白蚁在一段被河水冲来的木头上打洞，苍蝇急于在异性面前炫耀自己美丽的体色，所有的昆虫都走出了自己的小天地。金合欢岛不仅为它们提供各种食物，还保护它们不受外敌的侵犯。

河里的食物非常丰富：有能让蚂蚁榨出甜汁的睡莲，有生长在沼泽地里的勿忘草，有能给伤口消毒的肥皂草，还有能用小刺戳住鱼虫给褐蚁吃的水生麻草。

空中大群大群的蚊子和蜻蜓如同一片片乌云，乌云的下面，大家都享受起这里的岛屿生活来。蚁城里单调重复的工作已远远离开了它们。

一阵巨大的撞击声传了过来，那是两只雄金龟子在打架。

两只硕大的金龟子举着大钳，顶着尖角，你绕我，我绕你，在空中飞旋。忽然，它们相互咬上了发达的大颚，时而向上爬升，时而又背朝下翻过身子。甲壳撞上甲壳，尖角顶尖角，它们又开始了一场自由式摔跤比赛，发出嗡嗡的响声，卷起了无数的尘土。然后，两只虫子又一起飞上了天，继续互相追逐。

所有旁观的蚂蚁看着这场精彩绝伦的决斗，不禁都兴奋起来。它们将两颚磨得咔咔作响，在边上跃跃欲试，急着想跟谁干上一架。

空中的决斗已分出了胜负，体形较大的那只金龟子占了优势，另一只则摔到了地上，六腿朝天来回蹬踢着。胜利者将一双折断了的大钳高高举向天空，宣告自己凯旋。

103 号从这件事里看出了一点征兆，它知道，金合欢岛上平平静静的日子已一去不复返了。大家都希望能尽快继续征程，再留下去，情敌间的吵架、争斗又会开始，而不同种类昆虫之间由来已久的生存竞争又要重新上演。联邦会彻底瓦解，褐蚁对白蚁、蜜蜂对苍蝇、金龟子对金龟子又会再度开战。

必须引导这些毁灭性的力量集中对准同一个目标，必须重新踏上征途。103号向左右两侧的同伴们说了自己的想法，大家做出决定，等明天气温一回升就立刻出发。

夜里，蚂蚁们待在它们的天然居所里，像往常一样，对这样那样的事情高谈阔论起来。

今天，有一只蚂蚁提出，为了让这次东征青史留名，每只蚂蚁都应该像蚁后那样取个名字来代替卵号。

“取个名字？”

“为什么不呢？”

“对，我们一个个来取。”

“那你们准备叫我什么呢？”103号问道。

有的提议叫“那个指挥的”，有的提议叫“那个打败鸟儿的”，还有的提议叫“那个胆小的”。但103号自己认为，它的费洛蒙里最突出的特点就是怀疑心和好奇心。它最引以为荣的就是自己的一无所知，所以，它希望别人叫它“那个怀疑的”。

“我嘛，我想叫‘那个知道的’，因为我知道手指是我们的神明。”

“至于我嘛，我想叫‘那个是蚂蚁的’，因为我为蚂蚁而战，向所有的蚂蚁的敌人开战。”

“我想大家叫我‘那个……’。”

过去，“我”一直是个忌词，而现在，它们居然在争相给自己取名。这表明，大家都希望自己的存在得到承认，不仅是作为一个整体的一部分得到承认，更是作为具有自身不同特点的个体而得到承认。

103号不禁烦躁起来，这太不正常了。它四腿着地，支起身子，要求大家放弃这个想法：

“你们要做好准备，明天一早出发，越早越好。”

149. 百科全书

黎明之村（Auroville）：黎明之村位于印度的本地治理市（编者注：Pondichéry，因是李安执导的《少年派的奇幻漂流》中幼年派成长的取景地而为人所熟知。）附近，它是历史上几次最有意义的乌托邦公社实践地之一。

1968 年，孟加拉哲学家室利·阿罗频多（Sri Aurobindo）和法国女哲学家米拉·阿尔法萨（Mira Alfassa“主母”）着手创建一座理想村。按他们的设想，其外形应酷似一个星系，光从中央的球状部分射出，照亮村内各处。两位哲学家等待着各国人士前来。后来，在这里生活的主要是一些寻求绝对乌托邦的欧洲人。

公社里的男男女女造起风车，盖起手工工场，开挖水渠，还建了一座砖厂和一个信息中心，并且在这个气候干燥的地方种植了农作物。“主母”在此期间著了好几本书，详细叙述了她的思想及体验。一切都在向乌托邦的理想不断靠近，直到有一天，有些社员要求在“主母”的有生之年尊奉她为女神。“主母”婉言拒绝了这项殊荣。可那时，室利·阿罗频多已经去世，再也没有人在她身边支持她了。“主母”无力违抗这些崇拜者的意志。

他们把她禁闭在房中，认定“主母”既然不愿做活的女神，那就让她做死的女神。也许她不曾意识到自己体内神的特质，但在别人眼里，她自始至终都是个女神。

“主母”在生命的最后一段日子里显得十分沮丧消沉，像是经受了重大打击。每当她想提及自己被禁闭在房中受尽崇拜者们的种种虐待时，这些人就会立刻打断她的话语，并将她带回房中。在这些自称无比尊崇她的人日复一日的折磨下，“主母”渐渐变成了一个又干又瘪的老太婆。

其实，“主母”也曾向从前的朋友们秘密地传出消息：有人想毒死她，把她变成一尊死的女神，让她更能得到别人的尊敬。可是，她的求救始终只是徒劳，所有想帮助她的人都被立即赶出了公社。她最后只得待在房中，空对四壁奏响风琴，聊以倾吐心中的凄苦，诉说自己的悲剧。

再怎么努力也是无济于事，1973 年，“主母”可能是由于服用了大量砒霜，离开了人世。黎明之村以女神之礼为她举行了葬礼。

失去了“主母”后，再也没有人能把公社凝聚成一体了。公社分裂了，所有的社员互相倾轧，将乌托邦这一理想之国的概念完全抛诸脑后。他们在法庭上长期争执不下，一件又一件诉讼令人不禁生疑：这还是那个人类历史上最富有雄心壮志，最为成功的乌托邦之一吗？

埃德蒙·威尔斯

《相对且绝对知识百科全书》第 II 卷

150. 尼古拉

“你们要作战到底。”

他知道，希丽·普·妮女王现在对手指教派的运动追查得很紧，它们很难再发动第二次攻击。要行动奏效，一个神灵应当表现出他能针对当前局势进行讲话的才能。尼古拉·威尔斯趁着地下之城沉浸在一片睡梦中，坐到了翻译机跟前。他想了一会儿，就在键盘上敲击起来，如同在沙龙中演奏的年轻时代的莫扎特。不过，尼古拉奏出的并不是音乐，而是一组组能让他变成神灵的谐和的香气。

你们要作战到底，
不惜代价履行祭献的使命，
正是由于你们给我们吃得太少，
现在你们必须承受苦难和死亡。

手指无所不能因为手指是神明，
手指无所不能因为手指是伟大的，
手指无所不能因为手指是强大的。
这就是真……

“尼古拉，你怎么起来了，你不睡觉，在干什么？”

乔纳森·威尔斯突然出现在尼古拉的身后，揉着眼睛，打着哈欠，朝他走去。

尼古拉一阵慌乱。他想关上机器，却按错了扭，不但没有切断电源，反而增加了屏幕的亮度。

乔纳森只要扫上一眼就能猜出一切。虽然只来得及看最后一句话，但他已经明白了一切：

他儿子把自己说成是神明，强迫蚂蚁给他们送吃的。乔纳森瞪大了眼睛。片刻间，他已推断出了这个诡计意味着什么。

尼古拉竟然把蚂蚁变成了教徒！

乔纳森呆若木鸡地站了一会儿，这个发现实在是太令他吃惊了。一旁的尼古拉不知该怎么做才好。忽然，他向父亲猛地扑过去。

“爸爸，你要知道，我这么做是为了救我们大家，是要蚂蚁给我们送吃的。”

乔纳森·威尔斯的神情变得恐惧起来。

尼古拉结结巴巴地解释：

“我只是想教蚂蚁来尊崇我们，不管怎么说，就是因为这些蚂蚁，我们才会被困在这地下，应该由它们来救我们出困境。如果它们不送吃的给我们，如果它们再抛弃我们，我们是会饿死的。所以，总是要有个人出来做点什么。我也想过很多办法，终于给我找到了。我们比蚂蚁聪明几千倍，强大几千倍，任何一个人对这些小虫子来说都是巨人。如果他们把我们当作神，就不会让我们倒下。所以，我才训练了一些蚂蚁信徒，而正是因为有了我，你们现在才能吃到一点蜜露和蘑菇。是我，12 岁的尼古拉，是我救了你们，你们这些大人，你们这些把自己当成昆虫的大人！”

乔纳森·威尔斯一刻也没有迟疑。两个响亮的巴掌顿时在儿子的脸颊上印上了五个指印。响声吵醒了其他人，大家一看就知道是怎么回事了。

“尼古拉——”奥古斯姐祖母惊叫起来。

尼古拉抽抽噎噎地哭了，大人们总是什么都不懂。在父母冰冷的目光注视下，这个爱复仇的天神成了一个又哭又闹的小男孩。

乔纳森·威尔斯再度举起了巴掌，又要揍孩子，他的妻子拦住了他。

“不要，别把暴力再带到这儿来，我们好不容易才消灭了暴力。”

乔纳森已气得无法自已。

“他竟敢滥用人类的优越性！他竟敢把神的思想灌输到蚂蚁文明中！天知道这种做法会造成什么后果？宗教战争、宗教裁判所、狂热盲信、倾轧异己……而所有这一切，都是因我儿子而起！”

露西出来求情：

“这是我们所有人的错。”

“如今大错已铸，叫我们如何弥补呢？”乔纳森叹了口气，“我真的一点办法也没有。”

她抓住丈夫的双肩。

“不，我已经想到一个办法了，和儿子好好谈谈吧。”

151. 金合欢自由团体的诞生

清晨。今天一大早，24 号又在凝视着远处雾气萦绕的地平线。

“太阳啊，升起来吧。”

太阳乖乖地照着它的话做了。

24 号独自立在树枝顶端，看着眼前美丽的世界。它在思索，如果神真的存在，它们无须变成手指的模样，它们根本就没有必要变成可怕的庞然大物。然而，它们还是存在的。它们在树上结出的甜美果实里吸引着蚂蚁。它们在金龟子炫目的甲壳中，它们在阴冷的白蚁穴里，它们在美丽的小河风光里，它们在馥郁的花香中，在臭虫邪恶的心眼里，在蝴蝶粉饰的翅膀上，在蚜虫甘甜的蜜露里，在蜜蜂致命的毒液里，在上下起伏的山峦中，在平静的河水里，在杀伤力强的大雨中，也在振奋精神的阳光里。

和 23 号一样，它完全能够相信，有一股超凡的力量在支配这个世界里的一切。但是，它刚刚才明白，这股力量是无处不在、无所不往的，并不是只有手指才体现了它的存在！

它就是神明，23 号就是神明，手指也是神明，无须再深究了，一切都在眼前，就在触角和两颚所能及的范围内。

24 号想起了 103 号曾给它讲过的蚂蚁的传说。现在，它已完完全全懂了。“什么时候最美好？现在！做什么事情最好？做你面前的事情！幸福的秘密是什么？在地球上走。”

它直起身子。

“太阳，你升得更高，变得更白吧！”

太阳又一次顺从地按它说的做了。

24 号边走边放松了茧子。它不再需要寻找了，它已经什么都懂了，没必要再继续征程了。它总是因为找不到自己的位置而迷路，现在，它懂了。它的位置就在这里，它要做的就是好好整治这个小岛，它唯一的雄心就是过好每一秒钟，将它们视为生活奇迹般的馈赠。

它不会再害怕孤单寂寞了，它也不会再害怕其他的什么了，当一只蚂蚁找到了真正属于它的位置，就什么也不会怕了。

24 号跑去找 103 号。

103 号正在用唾液修补勿忘草战舰。

触角相触。

24 号把茧子交还给 103 号。

“我不会再背这个宝贝了，你只能自己背了。我要留在这里，我不再需要去证明什么了。我已经受够了战争，我受够了迷路。”

所有在场的蚂蚁听到这番话后，都惊愕地竖起了触角。103 号神情茫然地接过了蝴蝶茧子，问 24 号究竟发生了什么事。这两只小虫再度相互轻触对方的触角。

“我留在这里，”24 号重申，“我要在这儿再建一座城市。”

“可你早已有了贝洛岗，那可是你出生的地方啊！”

年轻的 24 号蚂蚁非常乐意承认，贝洛岗的确是个很强大的联邦。只是它已经厌倦了各个蚁城之间的争斗，它也已受够了那些所谓的级别，它们自每只蚂蚁出生之日起就将其日后的角色强加给它们。它要远离这些等级制度而生活，远离手指而生活，它要一切从头开始。

“但你将会孤零零地独自生活！”

“如果其他还有谁也想留在这个岛上，我会非常欢迎。”

一只褐蚁走了过来，它也厌倦了这次远征。至于手指，它既不会站在它们一边，也不会和它们作对，它对它们毫无兴趣。另外还有 6 只褐蚁也作出了同样的选择，它们也拒绝离开小岛。

接下来，又有两只蜜蜂和两只白蚁决定放弃这次远征。

“青蛙会把你们全部吞了的。”9 号警告它们。

它们才不信呢，有了金合欢的尖刺保护，那些敌人近不了它们的身。

一只金龟子和一只苍蝇也加入了 24 号的阵营，接着又有 10 只蚂蚁、5 只蜜蜂和 5 只白蚁加入进来。

怎么才能把它们留在远征军里呢？

一只褐蚁说明它是信徒，可它很想留下来。24 号回答说，关于手指的信仰，它们的团体既不赞同，也不反对。在这个小岛上，每只昆虫都可以自由地思想。

“自由地思想……”103 号微微颤抖着。

史无前例地，动物们成立了自己的乌托邦。它们经触角商议后给这个团体取了个费洛蒙名字“金合欢城”，然后，就在那株金合欢上安了家。蜜蜂们还有一点蜂王浆，里面含有的荷尔蒙可以帮助那些想变成有生殖力类的无生殖力昆虫实现梦想。这样，乌托邦里有了女王，就能世世代代永远延续下去。

它们的决定令 103 号十分诧异，它呆呆地站了一会儿，终于又重新晃动起它的触角，召集其他那些愿意继续远征的昆虫集合。

152. 百科全书

植物间的沟通：某些非洲的合欢科植物具有一种神奇的特性，当羚羊或是山羊要吃它们时，它们会迅速改变体内的化学成分，让自己带上毒性。当动物发现这种植物的味道变化时，就会走开去吃另一棵。但是，这些植物还会释放出一种能为其周围同类植物所接收的香味，及时警告它们敌人的到来。这样，几分钟内，所有的合欢都会变得不可食用。草食动物们只得跑到远处去寻找那些收不到警报的合欢。然而，畜牧技术要求牧群及其食物应集中在同一处封闭的地方，即羊群和合欢应集中在同一块围起的牧场里。这种做法的后果就是：一旦第一棵受到威胁的合欢发出警报，羊群就只好去吃含毒素的植物，许多羊群因此中毒而亡。人们直到很久以后才弄明白前因后果。

埃德蒙·威尔斯

《相对且绝对知识百科全书》第 II 卷

153. 世界的尽头仅在两步之遥

中午了，远征军的先锋将士们仍然在合欢岛上。103 号给勿忘草战舰装备好武器，战士们爬上船坐好，牢牢地攀着叶子上的细茸毛。

几只苍蝇飞向船即将驶往的彼岸，寻找最佳泊位，也就是说，最安全的停靠点。

船已全部离开了检修站，合欢自由团体的成员们将远征将士们送到河边，帮它们把小舟推入水中。大家竖起触角，相互交换了鼓励的费洛蒙。没有谁知道哪方的任务会更艰巨：是在一个荒岛上创立一个自由的社会？还是到世界的那头与恶魔作战？双方都为自己打气，要坚持到底，无论发生什么都不能放弃自己的既定目标。

船渐渐驶离沙滩，漂向远处。攀在勿忘草叶上的战士们注视着信徒们塑起的黏土雕像，它们变得越来越小。小小的船队排成一线前进。

水面上，龙虱桨手飞速滑行，推动着一叶叶轻舟向前驶进。空中，金龟子们驱赶着飞上前来的鸟儿们，不让它们靠近这队漂浮不定的远征军团。

就这样，东征军前行，前行，不断地前行。

暖暖的空气中回荡着一首费洛蒙战歌：

它们庞大无比，

它们就在那里，
杀死手指，杀死手指。
它们在粮仓放火，
杀死手指，粮仓就将归我！
它们劫掠城市，
杀死手指，杀死手指。
它们穿透小虫，
杀死手指，我们将打败手指！
它们要我们无处容身，
我们就杀死手指，杀死手指。

水里不时地露出几条红眼鱼、鳟鱼和小猫鱼的背鳍。远处，有几只独角金龟子正密切注意它们的行动，要是这些水中的魔鬼胆敢威胁到任何一条小船，它们就会立即将前额上的尖角深深扎入这些家伙的鳞片之间。

苍蝇侦察兵回来了。它们精疲力竭地停落到一片片叶子上，如归队的飞机在航空母舰上着陆。它们不但在陡峭的岸边找到了世界的边界，而且发现了一座越界而过的石拱桥。这可真是个意外的收获。

“那就不必开挖地道了。”103 号十分欣喜。

“桥在哪儿？”

“偏北方向，只要逆流而上就行了。”

远征战士们兴奋得浑身打战：世界的尽头已近在眼前。船队顺利地到达了对岸的峭壁，损失不算大，只有一条船被一只蝾螈给活吞了。这就是远征的代价。

不同军团、不同种类重新集合。前进！

苍蝇们果然没有说谎。

从未到过世界尽头的它们是多么兴奋啊！世界的边界就在那儿，那条被各种传说层层包围起来的、充满了神奇色彩的黑带子。一团团东西在那里以令人眩晕的速度飞快地来来去去，外面还裹着一层散发着怪味的尘土、烟气以及碳氢化合物。这种振动速度是它们闻所未闻的，这儿的一切都是非自然的。

“那就向它们进攻吧！”一只白蚁兵说道。

“不，不要进攻它们，也不要在这里行动。”

103 号估计是这条黑带子给了手指们超凡的力量。最好还是到一个不那么危险的地方再进攻。到世界边界的另一边，也就是桥的那一头，会比较容易攻克它们。

然而，每支队伍里总会有些冒失鬼。一只白蚁想明白其究竟，就向那条黑色的带子走了过去，它立刻就被压得和树叶一样扁平。这就是昆虫，无论是什么，它们一定要亲身体验后才会相信。

经过这起事件以后，远征军随着 103 号上了桥，迈着小小的步子向那片未知的土地走去。那里放牧着一群群手指。

154. 熟悉的脸庞

楼梯上站着个女人，只看得到她的上半身和一支枪，枪口正对着他们。她踏上最后几级阶梯，向他们走来。这一刻，雅克·梅里埃斯正在自己的脑海里拼命地搜寻相关的记忆，“我敢肯定见过这张脸。”

和他一样的感觉，一个名字像是已到了蕾蒂西娅·威尔斯的嘴边，可就是说不出来。

“先生，把你的枪交出来，（梅里埃斯把手枪扔到脚下）你们都坐到椅子上去。”

这语气，这嗓音……

“我们不是小偷，”蕾蒂西娅说道，“我的朋友甚至……”

警长打断了她的话。

“就住在拐角，我就住在这个小区。”

“这无关紧要。”那人忙着用电线将两人绑在椅子上。

“好了，现在我们可以好好谈谈了。”

这个人究竟是谁呢？

“你们，梅里埃斯警长，还有您，蕾蒂西娅·威尔斯，《周日回声》报的记者，你们到我家来究竟想干什么？而且你们居然还是一块儿来的，我一直以为你们俩相互怨恨，她在媒体上攻击您，而您又曾把她送进监狱。现在，你们两个串通一气，半夜三更跑到我家里来。”

“那是因为……”

蕾蒂西娅的话再度被打断。

“我很清楚你们为什么会这么好心来看我。快说，你们是用了什么方法来跟踪我的蚂蚁的？”

一个声音在楼下响起：

“亲爱的，发生什么事了？你在跟谁说话？”

“跟我们家的不速之客。”

活门板里又探出个头来，然后是身体。“这个人我可不认识。”

出现在他们面前的是个男人，留着长长的白胡子，穿着件灰底红格的衬衣，活像个圣诞老人。一个已近风烛残年的圣诞老人。

“我来给你介绍，梅里埃斯先生和蕾蒂西娅小姐，他们是陪着我们的小朋友一起来这里的。怎么来的？我想他们会告诉我们的。”

圣诞老人慌张起来。

“这可是两个名人啊，一个是有名的警长，一个是有名的记者。你不能杀他们，不能！而且，我们不能再这样继续杀下去了……”

那个女人硬生生地打断了他的话：

“你要我们放弃吗，阿尔蒂尔？你要我们眼睁睁地看着所有的一切都这么毁了吗？”

“是的。”阿尔蒂尔说。

她的语气几近恳求：

“可是，如果我们放弃了，有谁来继任我们的使命呢？没有人，没有任何人……”

白胡子男人痛苦地蜷起了手指。

“既然这两个人发现了我们，别人也一定会的。然后就又是杀人，杀人，这样没完没了地杀，我们永远也完成不了任务。杀了一个，又会来十个，我实在已经厌倦了这种暴力的生活。”

“那个圣诞老人我从没见过，可那个女人，她……”蕾蒂西娅的思路纷乱极了，她无法集中思想去听那两个人的对话，尽管自己的生死就悬在那一线之间。

阿尔蒂尔举起一只布满暗褐色斑点的手捂着前额，刚才的那番争论已使他疲惫不堪了。他想找个什么东西靠一下，但没等找到，人就已瘫倒在地，昏了过去。

那女人默默地注视着两个年轻人，接着就给他们松了绑。两人下意识地揉着脚踝和手腕。

“你们只要帮我把他抬到床上去就可以了。”她说道。

“他怎么了？”蕾蒂西娅问道。

“虚脱，这段日子发作越来越频繁了。我的丈夫病了，病得很严重，他活不了多久了。正因为他知道自己不久于人世，所以才会这么不顾一切地冒险。”

“我以前是个医生，”蕾蒂西娅说，“您让我来看看吧，也许我能帮他减轻些痛苦。”

女人悲哀地撇了撇嘴。

“没用的，我知道他得的是什么病，癌扩散。”

他们小心翼翼地将阿尔蒂尔抬到床上，病人的妻子迅速抓起一支装有镇静剂和吗啡的注射器。

“现在让他好好休息吧，他要睡一会儿才能恢复些体力。”

雅克·梅里埃斯在一旁目不转睛地注视着她。

“啊，我认出您了。”

在同一刻，同一个讯息从蕾蒂西娅的脑海中闪过，毫无疑问，她也认出了眼前的这个女人。

155. 百科全书

同时异地实验：这是 1901 年在多个国家同时进行的一组实验的名称。在这组实验中，小鼠接受了一系列智力测试，并在满分 20 分中取得了 6 分。

1965 年，在同样的国家，用完全一致的测试方法，小鼠的平均得分为 20 分中的 8 分。

可见，地理位置与这一现象并没有任何关系。欧洲的小鼠既不比美洲、非洲、大洋洲及亚洲的小白鼠聪明，当然也不比它们笨。在全世界五大洲，所有在 1965 年接受实验的白鼠的得分都比它们祖辈们在 1901 年的得分高。也就是说，地球上的白鼠都进步了，就好像是有一种全球性的白鼠智慧在随着时间的推移不断提高。

在人类的发展史上，也可以注意到，有许多发明在中国、印度群岛和欧洲是同时产生的，如火、火药、纺织技术。直到今天，有不少人类的发现还是在一定的时期内，在地球上的不同地点同时完成的。

一切使人不禁想到，有些想法会在空中飘移，而那些被赋予能力抓住这些想法的人物就以此来推动全球知识水平的发展。

埃德蒙·威尔斯

《相对且绝对知识百科全书》第 II 卷

156. 世界的那一边

远征军沿陡峭的石壁攀缘而上。桥的另一端是一些直上天际的几何形物体，它们看起来并没有根。蚂蚁们停下了脚步，怔怔地仰望着这群规则、陡直的高山。这里就是手指窝吗？

它们已经到了世界尽头的另一边，那里是手指的地盘。

一种异常强烈的感觉占据了它们全身，这甚至比它们在整个征途上曾经历的无数次心灵的冲击更为强烈。

就是这里了，手指的老窝。它们如此巨大，如此雄伟，比森林里最高龄的树木还要高一千倍，繁茂一千倍。单是手指窝的影子就要延伸到几十万步以外的地方。手指为自己造的栖身之处真是大得无法丈量，就是大自然的鬼斧神工也创造不出同样的杰作。

103 号的身体僵直了。这一回，是它自己给了自己勇气继续前进，越过世界的边缘，前往它们力所不及的地方。现在，它已来到了这块曾让它朝思暮想的世外土地：这里超越了任何文明的范畴。

它的身后，其他昆虫都纷纷大摇触角，表示怀疑。

在这巨大力量的作用下，远征军就这样一动不动、无声无息地站了很久很久。信徒蚂蚁们纷纷俯身拜倒，其他的则交头接耳，相互询问起这个线条笔直、体积无边的截然不同的世界。

战士们重新集合，清点数目。共有 800 只昆虫来到了这块敌方的土地。可手指隐藏在这样坚实的堡垒中，怎么才能杀掉它们呢？必须进攻它们的老窝。

全体同意，金龟子和蜜蜂飞行团作为增补兵力，在紧急时动用。接着，随着一个冲锋信号，大军向着建筑的入口猛冲过去。

忽然，一只怪马从天而降，那是块扁平的黑东西，它一下子就压死了四名白蚁战士。紧接着，一片片黑东西从各处飞下，砸碎了枪手们的护胸甲。

这些就是手指吗？

首次执行任务，就有 70 名战士牺牲了。但远征军并没有灰心，它们向后撤退，准备发起第二次进攻。

“冲啊，把它们全部杀了！”

这一次，蚂蚁军团排成尖兵队形，向前挺进。

11点，许多人都拿着信件向邮局走来。几乎没什么人注意到地上这些悄然而行的小黑点。小推车的轮子、休闲鞋和运动鞋压平了一个个黑色的、小小的身影。

偶尔有几只黑点攀上了一条裤子，也很快被人反手一击赶了下来。

“它们已经发现我们了，现在正从四面发动进攻！”一名战士怒喊道，随即被压得扁平。

撤退的费洛蒙警报拉响了，又有60名牺牲者。

触角秘密会议。

“必须不惜一切代价占领这个手指窝。”

9号建议部署不同的军团，并试用迂回攻击的战术。于是，远征军下令必须爬上鞋子，任何一只都行。

“冲啊！”

前排的枪手们向一只篮球鞋的橡胶表面喷射毒液，另外几个则用大颚割起一双女式皮鞋亮闪闪的塑料面来。

撤退。再次点数。又死了20个。

神明是坚不可摧的。蚂蚁信徒们胜利地欢呼。自从战斗一开始，它们就缩在最后不停地祈祷。

103号变得不知所措起来，它一直抱着那只蝴蝶茧子，迟迟不敢加入危险的冲锋战。

对手指的恐惧感又向它袭来，渐渐占满了它全部的思想，真的，它们看来的确是无法战胜的。但9号仍不甘心低头认输，它决定同飞行兵团一起作战。所有的兵力都被集中在邮局对面的梧桐树上，9号爬到一只金龟子的身上，将蜜蜂部署在进攻线路的两侧。

它紧盯着手指窝大大的开口处，“高喊”着用来振奋士气的费洛蒙。

独角金龟子们低下了头，瞄准好头顶上的尖角。

“向着手指，冲啊！”

邮局里，一个邮递员关上了玻璃门。“风太大了。”他说。

远征战士们什么也没有看到，就只顾着全速冲锋，直到面前突然出现了一块透明墙。它们要刹车，可已经来不及了。金龟子们一个个爆裂开来，向下跌去，背上的枪手们则都粘在了尸体上。

“下冰雹了吗？”邮局里的一个顾客问道。

“没有，我想可能是雷蒂菲太太的孩子吧，他们很喜欢玩石子。”

“不怕玻璃门被砸坏吗？”

“别担心，那玻璃很厚。”

一些仍有希望救治的伤员被抬了回去。在这次进攻中，远征军又损失了 80 只兵力。

“手指比我们想象的要难对付得多。”一只蚂蚁道。

9 号不愿放弃，白蚁们也不愿放弃。它们千里迢迢，克服了千难万阻才来到这里，不是让几片黑东西、几座透明墙一吓就会吓回去的。

大家在梧桐树下露宿了一夜。

所有的战士都充满了信心，明天将会是全新的一天。蚂蚁们懂得花时间付出代价，也会动脑筋想办法，所以它们总是能够赢得最后的胜利。这一点是众所周知的。

一个侦察兵发现，在昨天进攻的手指窝的门楣下有一条开口，呈相当规则的矩形状。它猜想这可能是个间接入口处，也没与同伴们商量，就独自前往刺探。这只蚂蚁一头钻进了那个上面刻有一些符号的开口，这些符号在另一个时空里的意思是“长途航空信件”。然后，它就跌到了几片白白的、扁扁的东西上面。为了一探究竟，它决定潜入其中一片里，可是当它想再出来时，却被一堵白墙拦住了去路。于是，它只得待在那里，默默地等待。

于是，三年后，人们在尼泊尔境内的喜马拉雅山脉中发现了一群典型的法国褐蚁。其后，昆虫学家们自问这些蚂蚁是如何完成如此长途的旅行的。最后，他们总结出，这只是一种同法国褐蚁极为相像的蚁种，一个纯粹的巧合。

157. 是她

“你们认出我了？”

雅克·梅里埃斯一副成竹在胸的样子。“您是朱莉娅特·拉米尔，猜谜明星，那个节目叫‘思考’……”

“……‘陷阱’。”蕾蒂西娅帮他补充。

这个女记者皱着眉头，苦苦思索。一个猜谜冠军，一个假圣诞老人和一群能置人死地的蚂蚁之间会有什么联系。

警长对这种较量早已司空见惯，看到朱莉娅特·拉米尔已濒临精神崩溃的边缘，就想方设法来安慰她。

“我们能认出您来，是因为我们十分喜欢这个节目，您知道的！用看似最最简单的例子教人换个角度来看待世界，换个方式来思考问题。”

“换个方式来思考问题！”拉米尔夫人叹了口气，忍不住抽泣起来。

她没有化妆，也没做头发，身上披了件晨衣而非裁剪合身的晚礼服，看起来比荧屏上苍老，且神情疲惫。这位出众的猜谜明星现在只不过是个普普通通的中年妇人。

“这是我的丈夫阿尔蒂尔，”她指着躺在床上的男人说道，“他才是蚂蚁的‘主人’，可是，所有的一切都是我的错，一切都是。现在，你们既然已经到了我这儿，我也不可能再继续保守这个秘密了，我会把一切都告诉你们的。”

158. 阐释

“尼古拉，我必须和你谈谈。”

孩子低着头，等着父亲劈头盖脸一顿好骂。

“是，爸爸，我知道自己做错了，”他顺从地说道，“我以后再也不会了。”

“尼古拉，我现在不是来和你讨论你那些鬼把戏的。”乔纳森放柔声音说道，“而是来和你谈谈我们这儿的生活。你是选择了过‘正常’的生活，如果我可以这么说的话。而我们，我们已决定要把自己变成‘蚂蚁’，有的人认为你应该来参加我们的定期交流会，可我觉得应该先让你了解我们的思想，然后再让你做出自由的选择。”

“是，爸爸。”

“我们在做什么，你知道吗？”

小男孩的眼睛盯着地面，嘴里咕哝着：

“你们就是围成一圈，一起唱歌，然后就吃得越来越少。”

父亲尽量使自己表现得耐心一些。

“这只是我们所做的事情的外在表现，还有其他很多方面是你没有看到的。来，告诉我，尼古拉，你有几种感觉？”

“五种。”

“哪五种？”

“视觉、听觉，唔……触觉、味觉和嗅觉。”小男孩逐个儿背着，像是在学校里参加考试。

“还有呢？”乔纳森问。

“还有就没了。”

“很好，你举出了能帮助你了解物质世界的五种生理感觉。但是，还有另一种存在，那就是精神世界，只有通过五种感觉才能抓住它。如果你仅仅满足于生理上的五感，那就像是你只使用了左手的五根手指，为什么不去用用右手的五根手指呢？”

尼古拉听得目瞪口呆。

“你说的五种‘心—理—感—觉’，到底是什么？”

“它们就是：情绪、想象、直觉、普遍意识和灵感。”

“我还以为就是让我用大脑思考，就这么简单。”

“完全不是，思考的方式有几千几万种，我们的大脑就像是一台电脑，可以为它编排程序，让它创造出一些人们甚至连想也不曾想到过的神奇的东西。大脑是我们天赋的工具，可我们从来都未曾找到能发挥它全部作用的办法。目前我们只能使用它的 10%，几千年后也许能用到 50%，一百万年后或许能达到 90%。对大脑而言，我们还是婴儿，我们连周围发生的一半事情都了解不了。”

“你太夸张了，现代的科学……”

“我没有夸张，科学算什么，科学只不过是用来哄哄那些什么都不懂的人。真正的科学家知道自己一无所知，人越是发展，就越会意识到自己的无知。”

“但埃德蒙伯伯就知道很多东西，他……”

“不，埃德蒙只是给我们指出了真正能摆脱束缚的道路。他只是告诉我们问题是怎么提出来的，并没有给出问题的答案。当我们开始读《相对且绝对知识百科全书》时，会觉得对周围的一切了解得越来越多，可是当我们再读下去，其实自己什么都不懂。”

“我觉得，这本书里写的我都懂了。”

“你真是幸运。”

“这本书里讲到了自然、蚂蚁、宇宙、社会行为，地球上部落之间的冲突，我甚至看了里面的菜谱和谜语。当我在看这本书时，我觉得自己正变得越来越聪明、越来越强大。”

“你的确是很幸运。这本书我越读，就越发现原来我们有那么多不可理解的事，我们离追求的目标是那么遥远。即使是这本书也帮不了我们。书只是单词的连续，而单词是字母的连续，字母则都是图形。单词用来表示其名称背后的物体、想法、动物等等。如‘白色’一词有它自己的感情色彩，但白色在其他的语言里是用其他的单词来表示，像 white、blanco 等。这表明‘白色’这个词还不足以用来定义白色这种颜色，它只是从前不知道哪个人发明出来的一个近似词。所以，所有的书都是单词的连续排列，都是没有生命的符号的连续、近似词的连续。”

“但《百科全书》……”

“对以往的生活而言，《百科全书》一点意义也没有。没有一本书能比得上对现在行为的一刻思考。”

“我真的一点也不明白你这一大篇奇谈怪论。”

“对不起，我解释得太快了一点。比方说现在，我对你说话时你在听我说话，这一点非常重要。”

“我当然在听你说话，难道你觉得我会不听你说话？”

“听人说话太难了……你必须高度警觉。”

“你真奇怪，爸爸。”

“对不起，我说的这些又超出了你的理解范围。我想让你明白一些东西。闭上眼睛，注意听我说的。你想象有一个柠檬，看到了吗？黄黄的，很黄很黄，在阳光下闪闪发亮，它的表皮很粗糙，但是很香。你闻到香气了吗？”

“闻到了。”

“好，现在，你拿起一把尖尖的小刀，把它切开，切成一片片圆形的薄片：柠檬切开了，在阳光的照耀下，你可以看到圆圆的薄片上多汁的果肉纵横交错，你去挤一挤，果肉迸开了，流出了柠檬汁，黄黄的，香香的，你感觉到了吗？”

尼古拉紧闭着双眼。

“噢，是的。”

“好了，现在，告诉我，你嘴里有口水吗？”

“啧啧——（尼古拉咂了咂嘴）我的舌头下面全是口水，这怎么可能呢？”

“这就是思想对身体的作用。你看，你什么都没做，只是想象着一只柠檬，就能在身体里激起一种无法控制的生理现象。”

“这真是太神奇了。”

“这只是第一步，我们不需要把自己神化，我们早就已经是神了，只是没有意识到而已。”

“我要学这个，爸爸，求求你，教教我，教我怎么用思想来控制，教教我嘛。我应该怎么做呢？”

159. 毒品

蚁城里内战的规模越来越大，叛乱的蚂蚁信徒已侵占了一个小区，那是属于储粮蚁的。从这个小区里，教徒们可以源源不断地将蜜露送到手指那里。

反常的是，手指们并没有再通过“活石头博士”来表达它们的意思，先知的声音已不再响起。

但，沉默丝毫没有减少教徒们疯狂的信仰。

死去的蚂蚁信徒被有条不紊地集中到一个小房间里，每次作战前，起义的战士们都会先去看看它们，对着这些一动不动的雕像做出交换食物或说话的动作。大部分尸体上凝固着作战的神情。

蚂蚁们只要有一次踏进过这间小室，出来时全身上下乃至触角上的气味都像是经过了彻底的改变。完好无损地保存死者的身体是对生命的尊重。

手指教派运动是蚁城里唯一宣称城里的居民并非生下来又可以随便丢弃的运动。

叛乱教徒的演讲有如毒品一般，只要一提及神灵，听众们就会不由自主地接受它们的思想。

然后，所有受“手指教派”蛊惑的蚂蚁都放下了手头的工作，也不再照顾幼蚁，只想着偷出食物送到城下手指的住处去。

希丽·普·妮女王看来已不再担心叛乱的再次泛滥，它想要的只是远征军的消息。

从小飞虫那里，它得知远征将士们现在已跨越了世界的边缘，正向手指发动进攻。

“太好了，”女王道，“可怜的手指们，它们将多么后悔不该来挑衅我们，等我们在那里彻底打败它们，看这边的叛乱还怎么继续下去！”

160. 百科全书

述：在法语中，数（compter）和述（conter）的发音完全相同。其实，我们可以发现，这种文字和数字相对应的关系几乎在各种语言里都有。数文字和述数字，又有什么区别呢？英文中，数：to count；述：to recount；德语中，数：zahlen；述：erzahlen；希伯来语中，述：le saper；数：li saper；中文里，数和述。

自语言产生的最初阶段，数字和文字就已合为一体。每个字母和一个数字相对应，每个数字也和一个字母相对应。希伯来人远在古代就已明白了这一点。这也就是为什么说《圣经》是一部充满了科学知识的神书的原因。《圣经》里的每个故事都编上了数字代号。如果给每个句子的第一个字母编上对应的数值，就能找出其后隐藏的第一层意思；如果给里面的每个单词的每个字母都编上其对应值，那么你就会得到一组组和传说、宗教毫不相干的数字组合与公式。

埃德蒙·威尔斯

《相对且绝对知识百科全书》第 II 卷

161. 进攻中的意外

昆虫们为大举进攻进行准备。手指窝就在那里，正对面，以一种嘲弄的神情睨视着它们。这可真是忍无可忍。

远征战士们铁了心，决定要像疯子一般发起冲击。第一个手指窝只是个象征，它一定不怎么经得起进攻。各军团根据不同的特长排成直线。103 号高高地站在金龟子“大角”的背上，建议大家集结成密集式方阵进攻，等到手指一出现就立即散开。这一战术曾在丽春花战役中为侏儒蚁所采用，并且表现得十分管用。

每只蚂蚁都舔洗了自己的全身，大家最后来了一次口对口的食物交换。专门负责打气的蚂蚁则从触角里释放出最最野蛮的费洛蒙来。

“冲啊！”

最后的 570 名远征战士排成骇人的一线，怀着坚定的意志向前冲去。蜜蜂们在蚂蚁的触角上方飞舞着，挺出了毒液的螯针，金龟子们将两颚磨得咔咔作响。

9号想再挖一个洞，然后在里面放上蜜蜂的毒液。毕竟，这是唯一曾成功赶跑过手指的方法。

一切到位。第一和第二突击梯队的轻步兵开始行动了，骑兵们那纤长的细腿分开骑在它们身体的两侧。这是由贝洛岗、泽地贝纳岗、阿斯科乐依娜及摩克西克山城邦的居民们组成的一支超级部队。金龟子战士们则一心想要为同胞们报仇，它们昨天都牺牲在了那面从虚无中突然幻出的透明墙上。

轮到第三、第四突击梯队行动了。它们由重炮手和轻炮手组成。还没有谁，至少到目前为止，能让它们担心的。

第五和第六梯队则准备用它们的大颚尖端在垂死的手指上涂上蜜蜂的毒液来结果它们的性命。

从来没有一支昆虫军队在如此远离各自家园的土地上作战，它们大家都知道，这一战可能关系到能否征服这个星球上的全部土地。

它的意义远远超出了别处的任何一次战斗。这场战役关系到世界的统治权的归属，胜利者将证明它才是这个星球上的真正主人。

9号对这一点认识得十分清楚。只要看看它挑衅地伸着自己的两个大颚，就可以知道它是绝对不会手下留情的。

战士们离藐视着它们的手指窝只剩下几千步了。

8点30分，邮局刚刚开门。第一批客人走了进去，丝毫不曾料想到自己居然会成为什么东西的赌注。

昆虫们由快速小跑变成了飞奔而上。

“冲啊！”

城市的清洁工作从早上八点半开始。一辆小型洒水车将满车的肥皂水洒向人行道。

“我们碰上什么了？”

远征军里一阵慌乱：一股股带着呛人气味的旋转水流正向它们迎面扑来。整支军队都被击昏了，水流吞没了它们。

“分散——”103号高喊。

水浪高度达到了它们十几步的距离，将所有的战士都席卷而去。从地面上回溅起来的水花再度飞上天空，击向飞行军团。

所有战士都受到了肥皂水的洗涤。

几只金龟子终于千辛万苦地飞了起来，背上带着几群慌作一团的蚂蚁。所有的昆虫都舞动着六条腿挣扎着。蚂蚁在推挤着白蚁。还讲什么种族间的团结默契！大家保命要紧。

蚂蚁乘客加重了金龟子的分量，它们艰难地飞行着，一不小心就成了几只胖鸽子的一顿美餐。

地面上是一场大屠杀。

整队整队的军团死在了水花冲卷之下。士兵们穿着护甲的身子在广场上滚来滚去，最后搁浅在路边的排水沟里。

一次伟大的军事冒险就这样结束了。经强劲的肥皂水流喷击了40秒以后，远征军再也没有办法前进了。这支由3000只不同种类的昆虫为消灭手指而组成的联军，只剩下了极少一部分多少有些跛脚的幸存者，大部分战士都被城市清洁工作的惊涛骇浪给卷走了。

教徒、非教徒，褐蚁、蜜蜂、金龟子、白蚁和苍蝇都被这阵水花一视同仁地带走了。

最具讽刺意味的是，那个开车的城市环保员什么都没有注意到，也没有一个人意识到人类自己正发起这个星球上的一场大规模的战役。大家都在边忙着自己手头的事情，边计划着当天的午餐、杂活以及办公室里的工作。

但昆虫们清清楚楚地认识到，它们在这次世界大战中被打败了。

一切都如此迅速，如此干脆，这场灾难来得简直令人难以置信。就在短短的40秒里，所有曾跋涉几千米的腿爪，所有曾在恶劣的条件下战斗过的大颚，所有曾嗅到最具异国气息的触角，这所有的一切，都成了一块块残片，漂浮在橄榄绿色的水面上。

对手指的首次远征已无法再向前推进了，而且永远也不可能再向前推进了。一场肥皂雨倾盆而下，就这样把它吞没了。

162. 尼古拉

尼古拉·威尔斯和其他人坐到了一起。他用自己的振动声波充实了整个集体的振动声波：OM。过了一会儿，他感到自己成了一片无形无质的云，轻飘飘地向上升，向上升，穿过了实实在在存在的物质。这种感觉比做蚂蚁之神好上几千倍。自由了！他自由了！

163. 清账

9 号有一种条件反射的逃生本能。它把自己的脚爪深深扎进一块阴沟盖子的凹槽中。灾难过去后，它惨兮兮地摊在了人行道的地砖上。至于 103 号，它抓着“大角”刚好来得及向上拔高，及时避开了旋转水流，所以它和蜷缩着躲在一个柏油洞里的 23 号一样，毫发未损。

稍远处，几只幸免于难的金龟子驮着它们背上的指挥者们拼命地逃窜。最后剩下的几只白蚁则一边逃命，一边埋怨自己怎么没有留在合欢岛上。

三只贝洛岗的蚂蚁终于团聚了。

“对我们而言，它们实在是太强大了。”9 号一边悲叹着，一边擦洗着它那因接触到消毒水而轻度发炎的眼睛和触角。

“手指就是神明，手指无所不能。我们对你们不停地叫喊，可你们从来就不肯听。看，这下子一团糟了吧。”23 号叹着气。

103 号仍在害怕得瑟瑟发抖。手指是不是神明已经无关紧要了，总之，它们实在是太可怕了。

它们相互摩擦着身体，交换着绝望的费洛蒙。这似乎是它们——这次一败涂地的远征中的幸存者，唯一能做的了。

然而，103 号的冒险之旅尚未就此结束。它还有一项任务要履行。它一直将那只蝴蝶茧子紧紧地抱在身上。9 号直到此时才刚刚注意到，便问：

“你从远征一开始就抱着这个东西，那里面究竟是什么？”

“没什么大不了的东西。”

“给我看看。”

9 号发怒了。它声称一直以来，它都怀疑 103 号是手指的走狗，是它把大家直接带到了这个地方中了埋伏，是它自称大家的领队！

103 号将包袱交托给 23 号，接受了 9 号的挑战。

两只蚂蚁面对面对峙着，它们的两颚都已经张到了不能再张为止，并不时地将触角末端射向对方。它们转着圈，寻找着对方最易攻击的地方。接着，两个身子猛地扭到了一起。它们相互扑到了对方的身上，背甲撞击着背甲，胸廓推挤着胸廓。9 号挥动着它左侧的大颚，一下扎进了对手的护甲中，透明的鲜血流了下来。

103 号闪过了对方镰刀的第二次来势，趁它被一击不中的惯性带得步履不稳时，切断了它的一根触角。

“停下这场无谓的决斗吧！现在只剩下我们几个了。你真的那么想完成手指交给你的使命吗？”

9 号站在那里，显得非常理智。其实，它只是想将自己那只还有用的触角插入这个叛变者的眼球里。

它稍稍射偏了一点，没有击中目标。103 号想射酸液弹了。

它调整好腹部位置，射出一滴具有腐蚀作用的液滴。但这滴腐蚀剂消失在一个邮递员的裤腿卷边里。

9 号也开火了。这时，103 号的酸液囊已经空了。决斗的挑起方自以为结果对手的时候到了，可 103 号还有反抗的余力。它猛地冲了过来，张大了两颚，咬住 9 号居中的那条左腿，由前向后扭去。

9 号用同样的手段来对付 103 号的右后腿。现在，就看谁先把对方的腿给扭下来了。

103 号回想起它以前曾上过的一节搏斗课。

“如果一方连续五次用同样的方式进攻，那么它的对手就会用与前五次同样的方式来避开第六次攻击，这时，要对它发动突然袭击就很容易了。”

连续五次，103 号将触角顶端击向 9 号的嘴部，现在，只需利用对手两颚回击的位置扭住它的头颈就是了。它做了一个干脆利落的动作，一下子去掉了 9 号的首级。

9 号的头在腻腻的地砖上滚了几下。

头颅停了下来。它的对手走过来察看，落败者的触角还在抖动着。蚂蚁身体的每个部分都有一定的自主性，即使在死后也还是如此。

“你错了，103 号。”9 号的头说道。

103 号感到这个场景似曾相识：一个头颅在临死前留下它最后的遗言。但那时，既不是在这个地方，留下的遗言也截然不同。那是在贝洛岗城的垃圾堆上，那只叛乱的蚂蚁最后对它说的话完全改变了它后来的生活历程。

9 号头颅上的触角再度晃动起来。

“你错了，103 号。你以为你可以宽待所有的蚂蚁，可这是不可能的。

你必须选择自己的立场，要么站在手指一边，要么站在蚂蚁一边。要避免暴力，靠的不是美好的想法，要避免暴力，就只有使用暴力。今天，你赢了，那是因为你比我强，很好。但我要给你个建议：千万不要让你的身体虚弱下来，因为，你那些美好的抽象的原则没有一条可以救得了你。”

23 号走上前，对这颗喋喋不休的头颅踢了一脚。它向 103 号表示祝贺，并将茧子递还给它。

“现在，你知不知道自己该做什么？”

103 号知道。

“你呢？”

23 号没有立刻回答，它只是含糊其词地搪塞着。它认为自己是手指教派的忠实奴仆，而且，它也相信，在必要的时候，手指会向它指示要履行的任务。在等待的这段时间里，它会先在这个世界外的世界里溜达溜达。

103 号鼓励它要保持勇气。然后就爬上了“大角”的身子，停在它的触角上。金龟子的鞘翅滑出了甲壳，长长的、褐色的翅膀伸展开去。启动。带肋的薄膜搅动了手指国里污染的空气。103 号起飞了，向着对面第一座手指窝的顶端直冲上去。

164. 小精灵的主人

晨曦已至。蕾蒂西娅和雅克·梅里埃斯一直在倾听朱莉娅特·拉米尔讲述一个离奇的故事。

他们已经知道，那个长得像圣诞老人的退休了的男人是她的丈夫阿尔蒂尔·拉米尔。他自孩提时代起就对修修弄弄特别感兴趣，会自己做玩具，飞机、汽车、小船，并能远距离遥控它们。他还做了些会服从简单命令的东西及机器人，所以，他的朋友们戏称他为“小精灵的主人”。

“所有的人都有一种值得加以培养的天赋。我的一个朋友就是一位精于十字刺绣的艺术家，她绣出的壁饰简直就是……”

拉米尔夫人的听众根本不把十字刺绣的奇迹放在眼里。她继续说道：

“阿尔蒂尔知道，如果他有什么多一点的东西能带给人类，那一定离不开他的远距离遥控技巧。”

很自然地，他决定向遥控装置技术方向发展，并且不费吹灰之力就获得了工程师的文凭。阿尔蒂尔先后发明了爆裂轮胎的自动更换装置，植入颅内的滑动齿轮，甚至有远距离遥控的搔背工具。

在最近的一次战事中，他成功地制出了“钢狼”，这种四脚机器人显然比两只脚的更稳固，而且它们还配备了两台能在黑暗中工作的红外线摄像机。它的鼻孔是两架机关枪，嘴是一柄仅 35 毫米长的短枪。“钢狼”专用于晚上进攻。战士们可以在 50 千米以外的掩蔽处进行远距离遥控。这些机器人的作战效率是如此之高，乃至没有一个敌人存活下来以证明它们的存在。

然而，有一天，阿尔蒂尔在一卷绝密胶卷上读出了一组图像，它们记录了“钢狼”所造成的损失：指挥它们的士兵竟然全部头脑发热，像玩电子游戏那样将屏幕上所有会动的一切都屠杀了。

阿尔蒂尔灰心至极，便选择了提早退休，开了这家玩具店。从此，他便将自己的全部才能倾注到了孩子们身上。他认为成年人太缺乏责任感，不懂得好好利用他的发明。

后来，他遇上了朱莉娅特，那时的她是个邮递员。她将他的信件、汇票、明信片、推荐信投递到他家，两人一见钟情，很快结了婚，并在菲尼克斯街的这幢房子里过起了幸福的日子。直到有一天，发生了一件事。她把这件事情称作“意外”。

那天，她像往常那样来回地投递信件，突然有一只狗袭击了她。它把邮件从她的包里弄了出来，用牙齿拼命地咬，还将一只邮包给扯了开来。

朱莉娅特完成了当天的工作以后，就把这只邮包带回了家。她想凭阿尔蒂尔那灵巧的手指，一定能将邮包补得完好如初，并且不留一丝痕迹。这样，朱莉娅特也就可以避免和那些满腹牢骚的住户闹得长期不快。

可是，阿尔蒂尔·拉米尔再也没有将那只包裹缝补好。他在摆弄那只邮包时，里面的内容令他大吃一惊。那是一本厚厚的、足有几百页的文字材料，一台古怪机器的图纸以及一封信。他身体里与生俱来的好奇心战胜了同样与生俱来的谨慎态度：阿尔蒂尔读了那些文字材料，看了那封信，也研究了那些图纸。

于是，平静的生活被扰乱了。

阿尔蒂尔·拉米尔的生活只剩下了唯一一个念头：蚂蚁。他成了这个念头的俘虏。在阁楼上，他安置了一个培养缸，并总是说蚂蚁比人更聪明：因为在一个蚁穴里所有智慧团结起来的力量远远超出了它们简单的相加值。他确信，对蚂蚁而言，1+1=3。在那里，社会的协同作用得到了完全的发挥，蚂蚁们显示了如何以一种全新的方式来生活……群体生活。阿尔蒂尔以为，正是这种方式才使人类的思想得以很容易地发展。直到很久以后，朱莉娅特才得知这些图纸的内容。那是一台由发明者命名为“罗塞塔之石”的机器，它能将人类的语音转化为蚂蚁的费洛蒙，反之亦可，从而帮助人类社会与蚂蚁社会进行交流。

“可……可……可这是我父亲的研究项目啊！”蕾蒂西娅惊呼起来。

拉米尔夫人握住了她的手。

“我知道，您现在就在我面前，这令我感到非常羞愧。那个包裹，确切地说，是您的父亲埃德蒙·威尔斯先生寄出的，而收件人正是您，威尔斯小姐。那些文字材料其实是他的《相对且绝对知识百科全书》第Ⅱ卷。图纸上画的则是他的法语—蚂蚁语翻译机。而那封信……那封信是写给您的。”她边说边从餐具橱的一个抽屉里拿出一张精心折叠的纸来。蕾蒂西娅立刻将信从她手里一把夺过。

她看到上面写着：“蕾蒂西娅，我亲爱的女儿，别来评判我的做法……”

她一目十行地扫过这自己深爱的笔迹，看见它们在其他的、同样充满柔情的词句上结束，那下面署着埃德蒙·威尔斯的名字。她顿时感到一阵恶心，心里直想哭。蕾蒂西娅尖叫起来：

“贼，你们都是贼！这是我的，这所有的一切都是我的！这是我继承的唯一的遗产，偏偏被你们偷去了。我父亲生前最后一部伟大的巨著，就这么被你们扭曲了！我真应该早点从这里消失，对一切都毫不知情，也不知道这些最新的思想都是留给我的。可你们怎么能这样……”

她无力地靠在梅里埃斯身上，梅里埃斯伸出一条抚慰的臂膀，搂着她那柔弱的两肩，受到克制的小声啜泣令它们不住地颤抖着。

“请原谅我们。”朱莉娅特·拉米尔道。

“我一直相信有这封信，是的，我一直都相信。我的全部生活就是在等待这封信的到来。”

“或许，我向您保证，您父亲的精神遗产没有落在坏人的手里，您会少恨我们一些。您可以把这叫作巧合或是天数，就像是命运要安排这只包裹来到我们手中。”

后来，阿尔蒂尔·拉米尔立刻就着手装配这台机器。他甚至做了一些改进。这样，拉米尔夫妇现在就能和培养缸里的蚂蚁交谈了。是的，他们的确能和昆虫进行交流。

蕾蒂西娅的内心里，愤怒和赞叹交织在一起。这里所听到的一切太令她震惊了，和梅里埃斯一样，她也急于想知道下文。

“我们的交流是多么和谐啊！这是人类的首次经历。”朱莉娅特感叹道，“蚂蚁向我们解释它们的联邦的运作方式，告诉我们种族间的纷争与战斗，我们发现了一个与我们的鞋底齐高的世界，一个与我们的世界相平行的、充满智慧的世界。你们知道，蚂蚁有它们自己的工具，从事着它们自己的农业，它们发展了自己的尖端科技，甚至提到一些诸如民主、等级、不同分工、相互帮助的抽象概念……”

在它们的帮助下，阿尔蒂尔更深入地了解了它们的思维方式，然后开发了一组能复制“蚁城精神”的计算机程序。同时，他还设计了一些微型智能机器装置——钢蚁。

他的目标是建一座由几百只钢蚁组成的人工蚁城，每只钢蚁都被赋予自主的智能（安装到微处理器内的信息程序），但它们同时又过群体生活，以集体意识行动、思维。朱莉娅特在脑海里搜寻着能表达自己意思的词句：

“怎么说呢？一个整体，就像是由不同部件组成的一台计算机，或者说是由许多团结一体的神经元构成的大脑，1+1=3 即 100+100=300。”

阿尔蒂尔·拉米尔认为，他的钢蚁们非常适合用于空间探测，能替代目前广泛采用的空间技术，即向遥远的行星发射两个自动探测仪。为什么不送去 1000 个既有独立智能又联成一体的微型自动探测器呢？如果它们之中的任何一个出了故障或是破碎了，其他 999 个会轮番继续它的工作，而一旦那个唯一的探测器因某个愚蠢的机械故障而无法工作的话，整个空间探测计划就会泡汤。

梅里埃斯的脸上露出了钦佩的神色。

“即使是对于武器装备而言，”他说道，“摧毁一个具有高度智慧的机器人也要比消灭 1000 只微小的、简单的却团结一致的机器人容易。”

“这其实就是协同合作的原理。”拉米尔夫人强调，“团结的力量超过个体才能的简单相加。”

但是，那时，拉米尔夫妇并没有资金来完成这些伟大的项目。微型组件的价格十分昂贵，玩具店和朱莉娅特的邮递员工作的收入加起来也不够用来支付给供应商。阿尔蒂尔·拉米尔那丰富的思维中忽然冒出了一个想法：

让朱莉娅特参加《思考陷阱》节目，1 万法郎一天，这可真是笔意外之财啊。可以由他将《相对且绝对知识百科全书》中的谜语先寄给制片人而朱莉娅特则去猜谜，威尔斯家的谜语就这样被预定下了，因为没有一个人可以想出比它们更妙的谜来。

“所以，一切都是在作假。”梅里埃斯很是不满。

“所有的一切，从一开始就是在作假，”蕾蒂西娅道，“真正有意义的是要弄清楚是如何作的假，比方说，我不懂为什么要那么长时间假装猜不出关于 1、2、3 的那个谜语来。”

回答非常简单。

“因为威尔斯家的谜语库并不是取之不尽、用之不竭的，有了王牌，我就可以拖延游戏的进程，而继续拿我每天的 1 万法郎。”

有了这笔收入，拉米尔夫妇的生活变得舒适起来。与此同时，阿尔蒂尔的钢蚁开发计划和人蚁交流活动也在不断地推进，两个平行的世界里，一切都在向最好的方向顺利地发展。直到有一天，阿尔蒂尔看到了一则电视广告，他愤怒了。这是 CCG 产品的广告：Krak Krak 所到之地，虫子葬身之处。特写镜头上，一只蚂蚁在痛苦地挣扎，杀虫剂正在它的体内腐蚀着。

阿尔蒂尔义愤填膺，毒死这么小的对手，这多阴险啊。一只钢蚁制成以后，阿尔蒂尔立即将它派到 CCG 的实验室去刺探情况。机器蚁发现，索尔塔兄弟正和其他一些国际专家在合作进行一项更为恐怖的研究项目——巴别计划。

“巴别”项目实在太阴毒了，就连最有名的杀虫剂研究专家都只能在最最保密的条件下进行研究，以免被斥责为生态运动的罪人。即使是 CCG 的高层管理人员也不知道他们正在进行的这一系列实验。

“‘巴别’，”拉米尔夫人道，“是一种绝对有效的杀虫剂，化学家们至今尚未能以传统型的有机磷毒药来成功地对付蚂蚁，但‘巴别’不同，它不是一种毒药，而是一种能扰乱蚂蚁间触角交流的物质。”

“巴别”的最终形态是一种粉末，撒在地上后会发出一种能干扰所有蚂蚁费洛蒙的气味。仅需一盎司的量就能使几平方千米范围内都受到污染，该范围内的蚂蚁都会丧失释放和接受费洛蒙的能力。一旦无法交流，蚂蚁就不知道它的女王是否还活着，它有些什么任务，什么对它有益，什么对它有害。如果整个地球的表面都沾染上这种物质，那么五年后地球上就不会再有蚂蚁了。因为，对蚂蚁而言，与其无法交流，它们宁可选择死亡。

蚂蚁就是完完全全的“交流”。

索尔塔兄弟和他们的合作者早已洞悉了蚂蚁世界的这条基本原理。在他们看来，蚂蚁只是应当消灭的害虫而已，他们为自己的这一发现而深感自豪：要灭绝蚂蚁，不是靠给它们的消化系统下毒，恰恰是给它们的大脑下毒。

“太可怕了！”女记者感叹道。

“通过小机器侦察，我丈夫的手中掌握了所有的材料。这伙化学家有意要一次根除地球表面的全部蚂蚁。”

“拉米尔夫人是在这时才决定参与这件事的？”警长问道。

“是的。”

蕾蒂西娅和梅里埃斯早已明白了阿尔蒂尔是怎样动手的。现在，他妻子所言证实了他们的猜想：急遣一名钢蚁探子去弄来极小的一块沾有被害者气味的东西，然后就派出大队机器蚁去摧毁那种气味的携带者。

警长对自己正确的猜想很是得意，他以一种内行的口吻来表达自己的赞赏：

“夫人，您的丈夫发明了一种最具诡辩艺术的谋杀方法，这是我迄今以来还不曾遇上的。”

朱莉娅特在他的恭维下涨红了脸。

“我不知道别人是怎样动的手，但我们的方法显然十分奏效。而且，又有谁能怀疑我们呢？我们有全部不在场的证据，我们的蚂蚁是独立行动的，我们可以自由活动，哪怕是到离现场 100 千米以外远的地方去。”

“您的意思是说，你们的杀人蚂蚁是自主行动的吗？”蕾蒂西娅问道。

“当然是。利用蚂蚁，这不仅是一种全新的杀人方法，也是一种新的执行任务的方法，哪怕这是一项杀人的使命。也许这就是人类智慧的最高点。威尔斯小姐，您的父亲就非常清楚这个道理。他在书里对这一点做了解释，您看！”

她读了百科全书中的一段，其中论证了蚁穴的概念能给人工信息智能所带来的巨大变革。

被派到索尔塔兄弟家去的蚂蚁并不受远距离遥控，而是完全自主行动的。当然，他们也被编了程序，以保证它们能找到要去的人家，识别气味，并杀死所有带有这种气味的人，消灭所有的谋杀痕迹。它们接到的其他命令还有：除掉所有的目击证人及证据（如果有的话），不能让任何带有一点这种气味的生命体留在世上。

蚂蚁们通过下水道和其他管道系统行动。它们悄无声息地出现，钻到被害者的体内打洞，从而杀死他们。

“这可真是一种完美无缺又难以察觉的杀人武器啊！”

“尽管如此，您还是逃过了它们的攻击，梅里埃斯警长。其实，只要跑得快一点就可以不死。我们的钢蚁前进速度十分缓慢，你们来这儿的途中就应该已经察觉到了这一点。只是，当我们的蚂蚁开始攻击时，大部分人都会变得十分恐慌，他们或惊或惧，僵在原地，不知道逃向门外求生。而且，现在这个时代，门锁的结构越来越复杂，颤抖的双手很难以足够快的速度打开门锁，在蚂蚁进攻之前逃出门外。这就是我们当代的讽刺：家中铁门系统最完善的人就是那些在门前最束手无措的人。”

“所以索尔塔兄弟、卡萝莉娜·诺加尔、马克西米利安·麦肯哈里斯、奥德甘夫妇和米盖尔·西格内拉兹都这么死了。”警长回想着说。

“是的，他们是‘巴别’项目的八名发起人。我们也曾将这些杀人蚂蚁派到您的高组教授那儿，因为我们担心有一个日本小组逃脱了。”

“我们已完全能判断出这些小精灵有多么高效。可以让我们看看吗？”

拉米尔夫人走上阁楼，拿下一只蚂蚁来。必须要离得很近才能辨认出这不是一只真的昆虫，而是一个由各种部件铰接而成的自动机械装置。它的触角是金属制的，眼部是两台配有广角镜头的微型摄像机。腹部的加压使它能像蚂蚁一样喷射出酸液，而锋利的不锈钢大颚看起来就跟剃须刀似的。机器蚁依靠其胸中的一个锂电池进行工作。它们的头部有一个微处理器，能指挥全身各关节处发动机的活动，并处理人造感官所获得的信息。

蕾蒂西娅握着放大镜，带着钦佩的神情观察着这只由微型技术和钟表技术结合而成的惊世之作。

“这么一个小小的玩具却可以有无限广阔的应用范围：侦察、战争、空间、探测、人工智能革新……而它的外表实实在在是只蚂蚁。”

“光有外表还不够，”拉米尔夫人强调，“为了使机器蚂蚁能真正发挥效用，还必须复制蚂蚁的思想心理，并将其注入机器蚂蚁的体内。听听您父亲是怎么说的吧。”

她翻动着《百科全书》，从里面选出一段来读给蕾蒂西娅听。

165. 百科全书

神人同形论：人类总是用同样的方式思维，并将一切都归并为等级、价值。这是因为他们对自己的大脑深感满意并引以为豪。他们自以为很讲逻辑、很明智，并始终从自己的角度来看待事物：智慧为人类独有，正如意识或是概念。弗兰肯斯坦是人类自我复制神话的代表［译者注：弗兰肯斯坦是著名的电影怪物角色。这个由各部分肢体组成的人工制造的角色最初出现在玛丽·雪莱写的《弗兰肯斯坦》，（又名《当代的普罗米修斯》）一书中，书里的弗兰肯斯坦原是个专攻秘术的瑞士学生，他造出这个怪物，最后又被它杀死，弗兰肯斯坦成了怪物的名字。该书内容后被多次搬上银幕，弗兰肯斯坦就成了著名的电影怪物角色。］，他能依据自己的形象再创造出一个人，就像上帝创造了亚当那样。无论怎么创造，始终都是同一个模子啊！即使在制造机器人时，人类也只是在复制自己的形态和行为。有一天，人类也许会造出个机器人总统，或是个机器人教皇，但这并不会改变他们的思维方式。然而，还有那么多其他的思维方式也同样存在着，蚂蚁就能教给我们其中之一，地球以外的生物也许还可以教给我们其他的思维方式。

埃德蒙·威尔斯

《相对且绝对知识百科全书》第Ⅱ卷

雅克·梅里埃斯漫不经心地嚼着他的口香糖。

“这所有的一切真是太有意思了。可还有个让我百思不得其解的问题，拉米尔夫人，你们为什么要杀我？”

“哦，最初我们怀疑的人并不是您，而是威尔斯小姐。我们读了她写的文章，才知道她和她的父亲十分相像。至于您，我们一直都不知道还有您这样的人物存在。”

梅里埃斯嚼口香糖的动作渐渐紧张起来。

“为了监视她的行动，我们派了一只机器蚂蚁去她家，蚂蚁把你们的谈话录了下来，我们这才意识到，你们两人中更具洞察力的人其实是您。您说的那个吹阿姆兰乡笛的人的故事和实际情形几乎异曲同工，所以我们才会决定派一队蚂蚁去您家。”

“于是我就被怀疑是凶手。好在你们的谋杀行动又重新开始了……”

“那个米盖尔·西格内拉兹教授的手里掌握着‘巴别’的成品，我们的首要目的就是销毁它们。”

“那现在，这种厉害的‘巴别’在哪儿？”

“西格内拉兹死后，突击队里的一只蚂蚁已经毁去了盛放这种阴毒药品的试管。就我们所知，别处应该是不会再有了。希望将来别再有其他的研究者冒出同样的想法。根据埃德蒙·威尔斯所写的，各种想法都在空气中飘荡……有好的，也有坏的！”

她叹了口气。

“好了，现在你们已经什么都知道了，我已经回答了你们所有的问题，一丁点儿也没有隐瞒。”

拉米尔夫人伸出双手，像是等着梅里埃斯从口袋里面掏出手铐来。

“把我抓起来吧，你们可以审讯我，监禁我，只是，我求求你们，让我的丈夫安安静静地生活吧。他是个正直的人，他只是没办法接受这个世界上不会再有蚂蚁的想法，他只是想挽救一份属于全世界的珍贵资源，让它们免受那一小撮自傲狂学者的威胁。求您了，让阿尔蒂尔过一段平静的日子吧。不管怎么说，癌已经向他宣判了死刑。”

166. 没有消息，就不是好消息

“远征军有什么消息吗？”

“再也没有收到过。”

“再也没有收到过？怎么会这样？没有一只捎信的小飞虫从东面飞回来吗？”

希丽·普·妮将触角弯到嘴边，拼命地擦洗。它开始担心事情的发展并不像它所希望的那么简单。是不是所有的蚂蚁都因为杀了太多的手指而精疲力竭了？

希丽·普·妮女王又询问叛乱问题是否最终已得到了解决。一只兵蚁回答说，现在只剩下两三百只叛乱的蚂蚁，再要寻觅它们的踪迹已是十分困难。

167. 百科全书

第十一条戒律：昨晚，我做了一个奇怪的梦，梦见巴黎被一把巨大无

比的铲子装进了一个透明瓶子里。进了瓶子后，一切都震动起来。连埃菲尔铁塔的塔尖都戳在了我那盥洗室的墙上，所有的东西都翻了个个儿，我在天花板上打着滚，几十个行人被压死在我紧闭的窗户下，汽车撞上了烟囱，路灯从地上被拔了出来。

家具在房间里滚来滚去，吓得我赶忙从家里出去。外面所有的一切都上下颠倒了过来，凯旋门成了一块块碎片，巴黎圣母院翻了个身，高高的尖顶深深地扎进地下。好几节地铁车厢从地下迸射而出，里面压挤出一堆人肉酱来。我就在一片残垣废墟中奔跑，最后停在了一块巨大的玻璃板前。玻璃板后有一只眼睛，只有一只，大得就跟整片天空似的。它就在那儿观察着我。过了一会儿，为了察看我的反应，它用一只巨勺似的东西敲打起玻璃来。钟声般震耳欲聋的巨响在四周回荡，将房子上剩下的完整的玻璃窗都震碎了。那只眼睛一直注视着我，它比太阳要大上一百倍。我真希望这一切不要发生。自从做了这个梦以后，我再也不去森林里找蚁穴了。即使我的蚂蚁们死了，我也不会去再弄一窝来。从这个梦里，我得到了启示，总结出了第十一条戒律。在将它加诸我身边的人之前，我会先以它来要求我自己。这条戒律就是：己所不欲，勿施于人。而当我提及“人”一词时，实则意为其他所有的一切生灵。

埃德蒙·威尔斯

《相对且绝对知识百科全书》第Ⅱ卷

168. 蟑螂王国

一只猫看到眼前飞过一个奇怪的动物，它的爪子从阳台的栅栏间伸了出去，对着那个怪东西拍了一下。金龟子“大角”掉了下去，103 号刚好来得及在“大角”落地前跳了开去。

着地时，它的腿受到了撞击。13 层，可真够高的。

那只金龟子可没那么幸运了，它厚重的甲壳跌成了碎片。出色的空中战士、英勇的“大角”就这样结束了一生。

一只满满的垃圾箱缓了缓 103 号的下落速度。直到这时，它还是丝毫没有松开那只茧子。

它就在那只色彩斑驳、裂痕累累的垃圾箱上向前爬着。多么美妙的地方啊！这儿所有的东西都能吃。它就趁着这个好机会，吃点东西来补充体力。这里的味道闻起来像是混合了多种多样的香气和臭味，它都没来得及一一区别开来。

在那边的一本破菜谱上，103 号发现了一个鬼鬼祟祟的身影，不，不是一个，有几千个这样的身影在斜前方注意着它的行动。它们那长长的触角的数量正在不断增加。

这样看来，在手指的王国里也有昆虫！

它认出来了，那都是些蟑螂。

到处都是蟑螂。从食品罐头里、裂开的拖鞋里、死老鼠的身体里、消化酶洗衣粉的包装袋里、含活性乳酸菌的酸奶杯里、报废的电池里、弹簧里、发红的橡皮膏里、镇静药盒里、安眠药盒里、兴奋药盒里、整包过期的速冻食品里、没头没尾的沙丁鱼的罐头里，爬出来的全是蟑螂。它们把 103 号围在中间。这只小蚂蚁从没见过体型如此硕大的蟑螂。它们长着褐色的鞘翅和长长的、没有节的弯触角，身上散发出一股臭味。这气味虽然没有臭虫那么臭，但却是一种更带有刺激性的、令人作呕的味道，是腐烂的东西所散发出的各种怪味中最为微妙的那一种。

它们的侧肋是透明的。透过这层半透明的甲质壳，可以看到里面蠕动的内脏、搏动的心脏以及动脉里喷射的血液。这一幕给 103 号留下了深刻的印象。

一只长着暗黄色鞘翅、脚爪上布满细钩的老蟑螂带着满身的恶臭（类似于日久变质的蜜露味道）走上前来，用嗅觉语言和 103 号交谈。

它问蚂蚁来这儿干什么。

103 号回答说，它想去手指窝里和它们见见面。

手指！所有的蟑螂看来都像是在嘲笑它。

“它说的的确是……手指吗？”

“是的，有什么好奇怪的吗？”

“到处都是手指，要见它们一点也不难。”老蟑螂加以解释。

“那您能带我去一个手指窝吗？”蚂蚁问道。

老蟑螂走上前。

“你知不知道手指究竟是什么？”103 号直面对方。

“它们都是些很大很大的动物。”

103 号不明白蟑螂究竟要它回答什么。

老蟑螂最终还是把答案告诉了它：

“手指是我们的奴隶。”

103 号简直不敢相信。强大的手指居然会是弱小的蟑螂的奴隶吗？

于是，老蟑螂告诉它，它们是怎样教会手指每天把几吨几吨各不相同的食物给它们吃。手指为它们提供栖身之处、可吃的东西，甚至还有温暖。手指听从蟑螂的命令，并对它们关怀备至。

每天早晨，在堆成小山的手指的供品里，蟑螂们才吃完一顿现成的美餐，就又有其他的手指送吃的来。所以，这里永远有充足的食物，而且全部优质、新鲜。

其他的蟑螂又说到，从前，它们也住在森林里。后来，它们发现了手指的国度，就在这里住了下来。从此，它们无须再寻觅捕食，手指送来的吃的香甜油腻品种丰富，而且，最重要的是这些食物是不会动的。

“从 15 年前起，我们的祖先就不再追捕猎物了。一切新鲜的东西都会从天而降，天天如此，那是手指的供奉。”一只背部漆黑的大蟑螂再度强调。

“你们和手指说话吗？”103 号问道。这里的所见所闻成堆的食物那是显而易见的事实——惊得它一愣一愣的。

老蟑螂解释到，它们根本不需要同手指交谈。不用任何一只蟑螂强调命令，手指们就已经乖乖地服从了。尽管如此，有一次，供品还是到得晚了一些。它们就一起用腹部敲击墙壁，以示不满。第二天，食物就准时送到了。一般说来，每天都会有垃圾倒下来。

“你们能带我去手指窝里吗？”103 号询问道。

蟑螂们开始秘密交谈，看来它们的意见并不一致。最终还是由老蟑螂来表达它们的商议结果。

“除非你能接受‘光荣的考验’，否则我们是不会带你去的。”

光荣的考验？

蟑螂们带着蚂蚁向地下一楼的垃圾间里走去，那边有一个堆放杂物的角落，里面塞满了各种旧家具、旧家电和纸板盒。它们带着 103 号向一个明确的目的地走过去。

“这‘光荣的考验’究竟是什么？”

一只蟑螂回答它说，其实就是让它和某只昆虫见见面。

“见面，谁？一个对手吗？”

“是的，一个比你更强壮的对手。”一只蟑螂高深莫测地回答。

蟑螂们排成一队，鱼贯而行。

它们把蚂蚁带到了这个明确的地方。103 号看到那里另外还有一只蚂蚁。它顶毛蓬乱，一脸凶相，显然是只兵蚁。同样地，也有许多蟑螂围在它的身边。

103 号竖起触角走上前，发现了一个从没碰到过的反常现象：那只蚂蚁居然不带任何表明身份的气味！这一定是只习惯了贴身搏斗的雇工，因为它的腿上和胸上留着无数道大颚的印痕。

不知为什么，这只在如此奇特的情况下相遇的蚂蚁顿时激起了 103 号的反感。它既没有气味，又是一副恶相，走路的样子又傲慢自负，脚上的毛至少有两天没有舔洗。这只蚂蚁看来真是不怎么友善啊！

“这是谁？”103 号向身边的蟑螂询问，它们正饶有兴致地观察着它的反应。

“一只坚持要见你的蚂蚁，非你不见。”

一只蟑螂回答道。103 号感到很奇怪。为什么这只蚂蚁坚持要见它，但现在又不肯和它说话呢？它要试验一下。103 号装出轻轻摇晃触角的样子，然后猛地裂开两颚，摆出一副恫吓的架势。那只蚂蚁会低头认输，还是会挑起一场决战？ 103 号刚张开大颚，做出战斗的姿势，那只蚂蚁也露出了嘴部的尖刀。

“你是谁？”没有回答。那只蚂蚁仅仅抬了抬触角。

“你在这儿干什么？你是远征军里的吗？”

看来一场恶斗是免不了的。

103 号摆出进一步恐吓的架势，把腹部翻转到胸部下，像是准备近距离喷射酸液弹。在它看来，那只蚂蚁不会知道它的毒液库储备早已告罄。

对面那只蚂蚁的动作与它完全相同。这两位蚂蚁文明的代表就这样面对面地对峙着，一旁的蟑螂们则兴趣盎然。103 号有点明白这考验的意思了。蟑螂们其实是想旁观一场蚂蚁角逐，只有胜者才会得到它们蟑螂一族的承认和接受。

103 号并不喜欢自相残杀，可它知道自己身上肩负的使命更为重要（一只蟑螂答应在它接受考验时替它保管茧子）。而且，它越来越觉得对面的那只蚂蚁变得像凶神恶煞。这个既不开口又认不出自己的傲慢家伙究竟是谁呢？难道它会连第一位来到世界尽头的 103 号蚂蚁也不认识吗？

“我是 103683 号。”

那只蚂蚁又竖起了触角，可还是不搭腔。两只蚂蚁就这样面对面，摆着一副准备相互射击的样子。

“不过，我们还是别相互开火的好。”103 号一面发出讯息，一面想着对方的酸液囊一定还是满满的。

它听了听自己的肚子，感觉出里面还剩下最后一滴酸液，要是它射得够快，或许能占个上风，把对方吓一大跳。

它竭尽腹部肌肉的全部力量射出这滴酸液。

可是，巧得不能再巧的是，那只蚂蚁也在同一时刻射出了酸液，两滴液体撞到了一起，冲力相互抵消，然后又慢慢地往下流（慢慢地往下流？有谁见过液体能在空中慢慢地往下流？ 103 号没有注意到这点）。它张着大颚，冲上前去，却撞到了一块硬硬的东西上，对方大颚的尖端正不偏不倚地顶着自己的大颚尖端。

103 号认真地思考起来。这个对手看来动作迅速，又寸步不让，而且能预料到自己的进攻动作，并在片刻间封住自己的攻势。

在这种情形下，最好还是避免相互对抗。

它转身走向蟑螂们，宣布它不愿意再和这只蚂蚁斗下去，因为对方是只褐蚁，就和它自己一样。

“你们必须同时接受我们两个，要不就一个也别接受。”

它的这番话并没有令蟑螂们感到吃惊。它们只是向它宣布，它已经通过了考验。103 号糊涂了，于是，蟑螂们向它解释到，其实它根本就没有什么对手，它的对面压根儿就没有对手，那只它一直对着说话的蚂蚁就是它自己。

103 号还是不明白。

于是，蟑螂们又补充道，在它跟前的是一堵有魔力的墙，那上面涂了一层东西，让“对面的自己”显现出来。

“这可以让我们更好地了解陌生的来客，尤其是它们对自己的评价。”老蟑螂说道。

要评价一个人，还有什么比让他表现出在自己形象面前的言行举止更好的办法呢？

蟑螂们是偶然发现这堵墙的。它们自己当时的反应很发人深思。有几只蟑螂就同自己的影像连续斗上几个小时，有些则对着自己辱骂不休，大部分蟑螂认为面前的虫子是“欠揍”，因为它一点气味也没有。

至少和它们大家的气味不同。

很少有蟑螂一上来就对自己的影像表示友善。

“要求别人接受我们，可我们首先就不接受我们自己。”老蟑螂像是在探讨一个哲学问题。怎么可能会有人乐意去帮助一个连自己都不愿帮助的人呢？怎么可能会有人去喜欢一个连自己都不喜欢的人呢？

蟑螂们为发明了“光荣的考验”而深感自豪。它们认为，没有任何一种无限微小或是无比巨大的动物能和自己的影像相抗衡。

103 号向着镜子走了过去，镜里的它也做着同样的动作。

显然，它从来不曾见过玻璃镜子。过了一会儿，它自言自语，这一定是它所碰上的最为神奇的事了。一堵墙里能显出自己的样子来，并且同自己的行动保持一致。

它也许是低估了蟑螂们。要是它们真的能造出魔墙来，那也许它们真是手指的主人。

“既然最终你还是接受了你自己，我们就接受你；既然最终你还是愿意帮助你自己，那我们就会帮助你。”老蟑螂宣布了它们的决定。

169. 休憩的斗士们

菲尼克斯街上，蕾蒂西娅·威尔斯正走在雅克·梅里埃斯的身旁，她的心中隐隐有种不安的感觉，便伸手勾住了警长的胳膊。

“您表现得那么理智，真让我惊讶。我还以为您会毫不迟疑地把这对善良的老夫妇抓起来。一般说来，警察总是比较迟钝，只会严格按照规定的程序办事。”

他甩脱了她的手。

“人类心理学可从来不是您的专长。”

“您怎么这样说话！”

“这很正常，因为您憎恶人类！您从来不会试着来了解我，您不过是把我当成个傻瓜，一个必须不断引导才不会偏出理智正轨的傻瓜。”

“可您的确只是个大傻瓜！”

“就算我是个傻瓜，也轮不到您来评价我。您总是满腹成见，从来没有去爱过别人，您厌恶所有的男人。要讨您的欢心，得长上六只脚而不是长两条腿，得长上大颚而不是长嘴（他的目光直逼那淡紫色的、冷酷起来的眼神）。一个被宠坏的孩子！您总是那么自以为是！我，即使是我，犯了错还知道低声下气。”

“您只不过是个……”

“是个疲惫不堪的男人，偏偏又对一个一心想毁了他声誉以哗众取宠的女记者表现得太过耐心。”

“再骂也没有用，我走了。”

“您就是这样，逃避比起听事实来可是要容易多了。您准备去哪儿？是想冲到打字机面前把这个故事公之于众吗？我，我宁可做一个做错事的警察，也不要做一个做对事的记者。我已经让拉米尔夫妇安安静静地过日子了，可就是因为您，因为您那好出风头的本性，他们又会面临在铁窗里度过余生的危险。”

“我不允许您……”

她抡起一个巴掌就向他甩去，却被一只火热而坚定的手掌捏住了手腕。两人的目光撞在了一起，那是黑色瞳仁和淡紫色瞳仁在对抗，乌木森林与热带海洋在对抗。他们心里立刻升起一种要哈哈大笑的冲动，随即就一起爆发出笑声来，开怀大笑。

就是嘛！他们刚刚共同解开了自己生活中的一个难解之谜，接触到了另一个和他们的世界相平行的、神奇的世界。那里，有人能造出一群团结互助的机器人来，能同蚂蚁交流，并且掌握了完美无缺的作案技能。而他们就在那个地方，在那条伤心的菲尼克斯街上，像孩子般争吵着，同时又手拉着手。他们应该把双方的思想统一起来，好好地思索那些让人忘了一切的时刻。

蕾蒂西娅笑得身体也失去了平衡，她索性在人行道上坐了下来，继续开怀大笑。已经是凌晨三点了，这两个人看起来那么年轻，那么快乐，一丝一毫的睡意也没有。

还是蕾蒂西娅先停止了大笑。

“对不起，”她说，“我刚才太傻了。”

“不，不是你，是我。”

笑声又一次淹没了他们。一个晚归的酒色之徒略带醉意，同情地看着这对年轻人。他们一定是无家可归，所以只得在人行道上嬉闹。梅里埃斯将蕾蒂西娅扶了起来。

“我们走吧。”

“做什么去呢？”她问道。

“你总不会想在地上过一夜吧。”

“为什么不可以？”

“蕾蒂西娅，我最最理智的蕾蒂西娅，你这是怎么了？”

“一天到晚要讲理智，我已经受够了，不讲理智的人才是对的。我要做像世界上所有的拉米尔夫妇那样的人。”

他把她拖到回廊下的一个墙角里，以免清晨的露珠打湿她那一头精心修饰过的秀发，还有那薄薄的黑色套装下柔弱的娇躯。

他们靠得那么近，他目不转睛地凝望着她，伸手想去抚摸她的脸庞，她躲了开去。

170. 蜗牛的故事

尼古拉在床上辗转反侧。

“妈妈，我怎么也不能原谅自己。把自己说成是蚂蚁的神明，这个错误太可怕了。我该怎么弥补呢？”

露西·威尔斯向他俯下身子。

“什么是对的，什么是错的，有谁能判断呢？”

“可这很明显是错的，我真的很惭愧。不会再有人想出比我做的这件傻事更傻的事情了。”

“我们从来就没法确切地知道，什么是对的，什么是错的。要不要我给你讲个故事？”

“请你说吧，妈妈。”

“这是个中国的传说。一天，有两个道士在道观的菜园里散步。忽然，一个道士看到在他们走的那条路上有一只蜗牛在爬，他的同伴没有注意，正要往蜗牛身上踩去。他赶紧将同伴一把拉住，弯下腰，捡起那只小东西。‘你看，我们险些害死这只蜗牛。它也代表着一条生命啊。命运正在它的身上延续，它应当活下去，继续生命的轮回。’他小心翼翼地将蜗牛放到草上。‘你真是昏头了，’另一个道士气愤地说，‘救了这只傻乎乎的蜗牛，却让它去危害我们的园丁精心料理的蔬菜。你这是在为一条微不足道的生命而破坏师兄弟们的劳动果实。’

“两个道士为此争执不下，这一切都落入了另一个经过这边的道士眼里，他感到十分好奇。由于那两个道士谁也说服不了谁，第一个道士就提议道：‘我们去老道长那儿吧？只有他那样的智慧才能定夺我们两个谁是对的。’于是两人就向老道长的住处走去。另一个好奇的道士就紧紧跟在那两个人的后面。见到老道长，第一个道士说了他是如何救了蜗牛从而保留下了一条神圣的生命，其中包含着过去未来几千番轮回。老道长听着他的话，不住地点头，最后说道：‘你是做了你应该做的事，你做的很对。’第二个道士跳了起来：‘什么？救一只吃菜的蜗牛，专门危害蔬菜的东西，这还是件好事？应该反过来踩扁它，保护菜园子才对。正因为有了菜园，我们每天才有东西可吃。’老道长听了他的话，也点点头，说道：‘对，这也是你本来应该做的事，你说的很对。’这时，那个一直在旁边一言不发听他们说话的第三个道士走上前说道：‘可是他们的看法是截然不同的，怎么可能两个人都对呢？’老道长对着第三个道士看了很长时间，他想了想，点点头，说道：‘是的，你说的也很对。’”

床上，尼古拉静静地躺着，发出轻微的鼾声。露西在一旁温柔地陪伴着他。

171. 百科全书

经济：过去，经济学家一直认为一个健康的社会应是不断扩展的。增长率是用来衡量各种实体健康与否的标志：国家、企业、就业人口总数。然而，人不可能低下头，将身体无限地伸向前方。在社会扩张超出我们所能承受的范围，将我们压垮之前，就应该阻止其继续扩张。经济的不断扩展并非长久之计，只有一种状态才是能够长久保持的，那就是各种力量的平衡状态。一个健康的社会，一个健康的民族，或是一个健康的劳动者应该既不会自我破坏，也不会破坏周围环境。我们的目标不应是征服，恰恰相反，应该融入自然，融入宇宙，我们唯一的口号是和谐。外部世界与内部世界以和谐的方式相互渗透，没有暴力，也没有自负。有一天，当人类社会在一种自然现象面前不再会有优越感，也不再会有恐惧感时，人类就找到自己内部世界的稳定性。他们会找到平衡，他们不会再去探求未来，也不会再为自己定下遥不可及的目标。他们只是简单地生活在“现在”。

埃德蒙·威尔斯

《相对且绝对知识百科全书》第Ⅱ卷

172. 管道里的伟大业绩

它们顺着一条四壁粗糙的通道向上爬去。103 号用它的大颚紧紧咬着蝴蝶茧，缓缓地向上前进。在这条无尽的狭长的通道上方，不时有亮光照下来。蟑螂们示意它要紧贴通道壁，并将触角向后收起。

他们的确十分熟悉手指的国度。就在亮光闪过之后，伴随着一阵可怕的稀里哗啦之声，一大堆又重又难闻的东西在垂直的通道里笔直地向下落去。

“你把垃圾袋扔到通道里去了吗，亲爱的?”

“是的。这已经是最后一只袋子了。你要记得去买新的，大一点的，这些垃圾袋实在装不下多少东西。”

昆虫们一边继续前进。一边担忧着不知道还会不会有这样滚滚而下的垃圾山崩。

“你们带我去哪儿?”

“去你要去的地方。”

它们爬过好几层楼面，终于停了下来。

“就是这儿。”老蟑螂说。

“你们陪我去吗?”103 号问。

“不，蟑螂有一句谚语，叫‘各有各的问题’，你还是自己应付吧，只有你自己才是你最好的盟友。”

在那上面，老蟑螂指给它看垃圾管道的活门板与墙壁间的缝隙，通过那里，它可以直接从厨房的水槽里爬出来。

103 号紧紧抱着茧子，开始它的行程。

“可我来这儿究竟是干吗的?”它问自己。

它是那么害怕手指，现在居然跑到它们的窝里散步来了!

但是，它自己的城市、它自己的世界离这边是那么遥远，它能做的最好的事情，就是前进，不断地前进。

103 号在这个陌生的地方走着。这里所有的东西都是标准的长方体几何形。它啃啮着一小块面包屑，来到了厨房。

为了给自己打气，这位远征军里的最后幸存者唱起了一首贝洛岗的小曲：

交战的时刻来到了，

火迎向水，

天迎向地，
高迎向低，
小迎向大，
交战的时刻来到了，
单一迎向多重，
圆迎向三角，
黑暗迎向彩虹。

就在它哼唱着这单调的曲子时，一阵恐惧感又向它袭来。它的步子不觉颤抖起来。当火迎向水时，蒸汽会喷射而出；当天迎向地时，暴雨会淹没一切；当高迎向低时，就会感到眩晕……

173. 联系中断

“我希望你无知的错误不会造成太严重的后果。”

“蚂蚁之神”事件后，他们决定摧毁那台“罗塞塔之石”机器。尼古拉当然很后悔，可最好还是别再给他任何一丝机会。他毕竟还是个孩子，如果饥饿折磨得他实在无法忍受下去时，他还是会干出傻事来的。

杰森·布拉杰拆下了机器的机芯，所有的人都一脚一脚坚决地向上踏去，直到机芯散成一堆碎片为止。

“这下，同蚂蚁的联系是彻底中断了。”大家都这样想着。

在这个脆弱的世界里，表现得太强大是很危险的。埃德蒙·威尔斯说得非常正确，在时机未到之前，一丁点小错都会给他们的地下文明带来毁灭性的破坏。

尼古拉直直地注视着父亲的眼睛。

“别担心，爸爸，它们肯定不会从我对它们说的话里明白什么重要的东西。”

“希望如此，我的儿子，希望如此。”

“手指就是我们的神明。”一只叛乱蚂蚁用强烈的费洛蒙“高喊”着，突然从墙壁里蹿了出来。一只兵蚁立刻将肚子翻到胸部下面朝它开火。蚂蚁信徒倒下了，它最后的反应是把冒烟的身体摆成带有六个分叉的十字形。

174. 阴和阳

清晨，蕾蒂西娅和梅里埃斯慢悠悠地向着女记者的家里走去。好在，她的家不是很远，就像拉米尔夫妇和她过去的伯父那样，她也选择了居住在枫丹白露的森林边上。不过，她住的这块地方可比菲尼克斯街要可爱多了。这里有两边都是精品店的步行街，许许多多绿化带以及一个迷你高尔夫球场，当然还有一个邮局。

一到客厅，他们立刻脱去了湿漉漉的衣服，然后就倒在了沙发上。

“你还是想睡觉吧？”梅里埃斯关切地问。

“不，我总算多多少少还睡了一会儿。”

至于他，只有浑身的酸痛才提醒他自己已是一夜不曾合眼。他的眼睛一直在忙着跟蕾蒂西娅打转，他的精神是那么兴奋，准备迎接新的冒险、新的不解之谜。要是她能提议还有其他的恶龙要去打败那该多好！

“来点蜂蜜吧？这种饮料可是奥林匹斯山上的众神和蚂蚁……”

“哦，再也别提这个词了，我再也，再也，再也不要听到蚂蚁了。”

她走了过来，坐到沙发的扶手上，两人碰了碰杯。“为恐怖分子化学家的调查胜利结束干杯！永别了蚂蚁！”

梅里埃斯叹了口气。

“我现在的状态是……我觉得自己睡不着觉，但又懒得工作。我们下一会儿棋怎么样？就像那时在丽滩饭店的房间里，和蚂蚁搏斗时那样？”

“说好不说蚂蚁的！”蕾蒂西娅大笑。

“我从没在这么短的时间里笑得这么多。”两人都这么想着。

“我有一个更好的主意，”年轻的女士说道，“我们来下跳棋吧。这种游戏不吃对方的棋子，而是要利用对方的棋子来帮助自己前进得更快。”

“考虑到我的智力已经开始退化，我希望这游戏不会太复杂。又要你来教我了。”

蕾蒂西娅拿来一块六角形的大理石棋盘，那上面刻着一颗六角星。

她开始讲述游戏规则：

“这六角星的每只角为一个棋营，里面摆满十颗玻璃棋子。每个棋营各有一种颜色。下棋者的目标是要将自己棋营里所有的玻璃棋子用最快的速度移到对面的棋营中去。棋子必须跳过己方或是对方的棋子前进，只要一个棋子后面有空格就可以跳过它。你想跳过多少个棋子都行，方向也没有限制，只要有能跳的空格就行。”

“如果没有棋子可以跳呢？”

“那就一格一格地走，向任何方向都可以。”

“被跳过的棋子是不是算吃掉了？”

“不，恰恰和传统的下棋方法相反，一个棋子也不吃，只要简单地利用空格的位置，找出一条能把自己的棋子尽快送到对方棋营的路就行了。”

他们开始下棋。

蕾蒂西娅很快就为自己铺好了一条路。各个棋子之间都有一个空格隔开。她的棋子一个接着一个借助这条“高速公路”走到远得不能再远的地方为止。

梅里埃斯也采用了同样的办法。到第一盘快结束时，他已经把自己所有的棋子填到了女记者的棋营中，除了一颗，一颗落在后面被遗忘了的棋子。就在他下这颗棋子时间里，蕾蒂西娅所有落后的棋子都已经赶了上来。

“你赢了。”他承认道。

“对一个初学者来说，我必须承认你已经应付得相当不错了。现在，你应该知道，千万不能遗漏任何一个子。必须记着把所有的棋子尽快送到对面，是所有的，漏了一个也不行。”

他并没有在听她说话，而是凝视着棋盘，像是被催眠了似的。

“雅克，你是不是不舒服？”她开始担心起来，“不用说，经过了这样一夜……”

“不是因为这个。我觉得我的身体是好得不能再好了。你看看这棋盘，好好看看。”

“我在看着，那又怎么样呢？”

“怎么样呢！这就是谜底啊！”

“我还以为我们已经找出所有的谜底了。”

“不就是那个，”他加重语气，“不就是那个拉米尔夫人的最后一个谜语，你还记得吗：怎样用6根火柴搭出6个三角形？（她徒劳地审视着这个六角形）再看看，只要把6根火柴搭成六角形的形状就行了，就像这个棋盘一样，里面有两个三角形相互贯穿。”

蕾蒂西娅更为仔细地观察着棋盘。

“这颗星叫‘大卫之盾’，（译者注：大卫之盾，犹太人的标记，象征上帝的保佑。）”她说，“它象征着对小宇宙的认识，而后者又是和对大宇宙的认识相统一的，这是无穷大与无穷小的结合。”

“这个概念我很欣赏。”他边说边将脸靠近了她的脸庞。

他们就保持着这样的姿势，脸颊挨着脸颊，凝视着棋盘。

“我们也可以将它称为天与地的结合。”他提出，“在这个理想化的几何图形里，一切都是互补、互渗、互相结合。两个图形相互贯穿，仍然保留了原来的特征。这也是高与低的混合。”

两人开始了一场比喻角逐：

“阴和阳。”

“光明与黑暗。”

“善与恶。”

“冷与热。”

蕾蒂西娅皱起眉头寻找其他的对比关系。

“可以说是睿智和疯狂吗？”

“是感性和理性。”

“精神与物质。”

“主动和被动。”

“这颗星，”梅里埃斯总结道，“就像你那盘跳棋，每个人都必须从自己的角度出发，最终还是要接受另一方。”

“这就是谜面关键句的来源：须用他人之思维方式来思维，”蕾蒂西娅道，“不过，我还有其他一些的结合观念想提出来。你认为‘智慧与美貌的结合’如何？”

“那你呢，你认为阳性与……阴性的结合怎么样？”

他那胡楂密布的脸颊离蕾蒂西娅滑嫩的脸庞更近了，他的手指大胆地插进了她那丝般的长发。

这一次，她没有推开他。

175. 一个超自然的世界

103 号从水槽上下来，沿着吸尘器的边缘艰难地迈着步子，然后又来到了走廊，攀上一只椅子，再爬到墙上，消失在一幅画像之后。然后又重新钻出来，下地，最后来到一只抽水马桶的边沿上。

那底下有一片小小的湖泊，不过它可不想下去，所以就又爬到了浴室里，嗅着没上盖的牙膏散发出的薄荷清香，还有须后水甜甜的香气。接着，它又到了一块马塞洗衣皂上蹦跳了几下，然后再爬到一瓶鸡蛋香波的瓶口上溜起冰来。它的动作非常精确，总能恰到好处地避免掉进瓶子里淹死。

103号看到的东西已经够多的了，这个窝里连个手指的影子也没有。

它又动身上路了。

它只有孤零零的一个。它对自己说，它是代表了这次远征的最终，也是最简化的结果，所有的一切最后都简化成了它一个。而它还要选择：是赞同还是反对手指？

它，103号，能将所有的手指一网打尽吗？

一定可以，不过，这并不容易。

所有的战士都被迫远征3000米，但只杀掉了这些庞然大物中的一个。

它越想就越认为自己应当放弃只身消灭这个世界上所有手指的想法。

它来到一只鱼缸前，贴在玻璃上，久久地看着这些来来回回的怪鸟。它们色彩斑斓，看起来懒洋洋的，全身呈现出一片荧光。

103号从房门下爬了出去，顺着楼梯来到了上面一层楼。

它又走进一套公寓，继续它的调查研究：浴室、厨房、客厅。它甚至掉进了录音机的磁带盒里，参观了一番各种电子部件，再爬出来，潜入一个房间里，没有人。它的视野里看不到任何一只手指。

它又来到了垃圾通道里，再上一层。厨房、浴室、客厅，还是没有人。它停下了脚步，分泌出一点费洛蒙来，在那上面记下它对手指习性的观察结果。

费洛蒙：动物学

主题：手指

作者：103683号

时间：100000667年

所有手指的窝看起来都很相似。它们都是用无法打洞的岩石筑成的洞穴。洞穴的外形都是立方体，且一一相叠。洞穴的内部一般都非常温暖，顶部白色，地上则为染色的草坪所覆盖。手指们很少住在里面。

它从阳台上爬出去，依靠脚爪上的黏性吸盘沿楼房的外墙向上攀登，来到了另一套大同小异的公寓里。它爬进客厅，这次，手指终于露面了。

它继续朝前爬去，手指们在后面追赶，想要把它打死。103 号勉勉强强逃了出去，嘴里依然紧紧咬着那个茧子。

176. 百科全书

确定方向：人类大多数的丰功伟绩都是自东向西逐步创造的。一直以来，人类都跟随着太阳的足迹，不停地询问自己这颗火球究竟在何处陨落。奥德修斯、克里斯托弗·哥伦布、阿提拉……他们都相信只有在西方才能找到答案。西行，就是为了探寻未来。

然而，既然有人自问他们将何去何从，当然也会有人自问他们是从何而来。东行，就是为了探知太阳的源地，也是为了找寻他自己的根基。马可·波罗、拿破仑、霍比特人（托尔金的《指环王》的主角之一）都是属于东方的人物。他们相信，如果有什么东西值得去发现，那一定是在那边，那遥远的后边，一切开始的地方，包括每一个日子。

在冒险家们的符号体系中，还有两个方向，它们的意义是这样的：向北而行，意味着寻求挫折来衡量自己的力量；向南而行，则是为了追求休憩与安宁。

埃德蒙·威尔斯

《相对且绝对知识百科全书》第Ⅱ卷

177. 游荡

103 号背负着它的小包，在这个超自然的手指的世界里游荡很长时间。它已参观了许多手指窝，有些空无一人，有些则住着手指，但它们都追赶它，一心想弄死它。

它也曾有过片刻想要放弃自己的墨丘利使命（译者注：墨丘利即希腊神话里的赫尔墨斯，众神的使者，墨丘利是罗马人对赫尔墨斯的称呼。），不管怎么说，经过千里迢迢的长途跋涉，经历了千辛万苦，付出了那么大的努力，到这时才放弃，未免太可惜了。它必须找到善良的手指，能友好地对待蚂蚁的手指。

103 号已经参观了一百多套房间，要找吃的太容易了，到处都有。可待在这些有棱有角的空间里，它感觉像是到了另一个星球上。所有的一切都是几何体，它们都用超自然的颜色装扮起来：刺眼的白色、晦涩的栗色、电火花的蓝色、鲜亮的橘红色和带着黄的绿色。

真是个令人迷惑的世界啊！

这里几乎没有绿树，没有灌木，没有沙土，也没有小草，有的只是光滑而冰冷的物体。

一个谈得来的朋友也没有，只有几只一见它就吓得直逃的螨虫，它们像是很惧怕这个从森林里来的野孩子。

103号时而消失在一只拖把里，时而挣扎在面粉盒里，时而又跑到抽屉里做一番探险，那里面装的都是些令它惊奇的东西。

用视觉和嗅觉在这里什么也探测不到，有的尽是些呆板的形状、飘扬的灰尘，或是空空如也，或是住满了魔鬼的手指窝。

无论是什么，都必须找出它的中心来。贝洛·姬·姬妮总是如此强调。可是，在这么多层层互叠、一一紧挨的手指窝里，如何才能找出它们的中心来呢？

更何况它只有一个，孤零零的一个，它的姐妹们在多么遥远的地方啊！

它犯起了思乡病。它好想念贝洛岗那金字塔形的家，好想念姐妹们（译者注：工蚁和兵蚁均为无生殖力雌蚁。）的生活，好想念那交换食物时柔柔的暖意，也好想念植物们需要播种时散发的诱人香气，还有那些富有安全感的树荫，它是多么想念这所有的一切啊！那晴天下蕴藏着多少热量的岩石，还有那躲藏在草丛间的一条条费洛蒙小道。

现在，它就像当初远征时那样，前进，前进，不断地前进。它的约翰斯顿器官受到了这里又多又杂且稀奇古怪的波段的干扰：有电波、无线电波、光波、磁波。世界外的世界里充斥的是一大堆混乱虚假的信息。

它漫无目的地游荡着，随心所欲地顺着管道、电话线或是晾衣绳从一幢楼房爬到另一幢楼房。

什么都没有，一点欢迎的迹象都没有，手指们并没有注意到它。

103号困惑了。

它不禁懈怠下来，跟自己说“有什么好的”“这是干吗来着”。忽然，它分辨出了一种奇特的费洛蒙，那是森林里的褐蚁特有的芳香。它兴高采烈地向这奇迹般出现的气味飞奔而去。越跑过去，它就越确信自己对这股气味的判断：那是日乌利岗城，就在它们出发前不久被手指整个端走的蚁城。

芬芳的气息如一块磁石紧紧吸引着它。

不错，日乌利岗城就在那儿，完好无损。里面的居民也一样安然无恙。它要和姐妹们说话，它要抚摸它们，可是在它和它们之间竖了块坚硬而透明的隔板，阻断了所有接触的可能。原来蚁城是被封闭在一个立方体里。它爬到顶上，那儿有不少小洞，小得连它想擦一擦它们的触角都办不到。不过，用这些小洞来传递信息足够了。

日乌利岗的居民对它说了它们被带到这个人造蚁穴的经过。自从它们被迫在此处住下后，有五只手指一直在研究它们。不，这些手指一点都不带攻击性，从不伤害它们。可是有一次，发生了一件意外，有另外一些它们不熟悉的手指又将它们掳走了，并且粗暴地摇晃城市，许多居民为此丢了性命。

自从它们再度被带到这里以后，就再也没有碰上这样的事情。那五只可爱的手指给它们吃的，照顾它们，保护它们。103 号欣喜若狂。它是不是已经找到了寻觅已久、可以和它对话的手指了？

被监禁在人造蚁穴中的蚂蚁用动作和气味指点它如何才能找到这些“好”的手指。

178. 芳香

大家共同围成一个圈，奥古斯妲·威尔斯也在其中。所有的人都发出 OM 这个音，构筑起一个共同的精神空间。大家一个接一个走了进去，在那里相聚。

那上方，在那距他们的头顶 1 米、距天花板 50 厘米的非现实悬浮状态下，人不会再感到饥饿，不会再感到寒冷，也不会再感到恐惧。他会忘了自己，在那儿，他只是一团悬浮着的会思想的水蒸气。

可是，奥古斯妲·威尔斯急急地从精神空间中出来，又回到了自己的血肉之躯里。她的注意力不够集中，有一个想法占据了她的思想，干扰着她。于是，她留了下来，与地面上的她，还有她的精神待在一起。是尼古拉的那件事令她深思。

她想到，人类世界对蚂蚁世界而言，一定具有强大的震撼力。蚂蚁们永远不可能弄明白汽车、煮咖啡机，或是车票打印机究竟是怎么回事。这一切远远超出它们的想象。那么，蚂蚁世界与无法理解的人类世界的差距是否也正是人类世界与更高级的空间（神界）的差距呢？

也许在这个更高级的时空中也有一个尼古拉。当人们在嘀咕上帝为何如此安排时，这其实不过是一个小顽童闲得无聊而玩的小把戏！

要到什么时候才会有人告诉他吃点心的时候到了，别再和人类玩下去了？

奥古斯姐被自己的这个想法吓了一大跳，同时，她又为此而激动起来。

如果蚂蚁们无法想象一台车票打印机，那么生活在更高级时空中的神灵又会拥有怎样的机器，创造出怎样独特的概念呢？

这只是些无凭无据的空想。她又重新集中起精神，回到了那个软绵绵的、属于大家的精神空间中。

179. 接近目标

这里充斥着声响、气味和热量。这儿一定有活的手指，这是再明显不过的。

103号向那块发出声响并且摇晃不停的地方走去。它小心翼翼地在厚实的红地毯上迈着步子，以免陷入一丛丛的红色绒毛中迷失方向。它前进的道路上撒满了柔软的障碍物，那是许许多多用花边装饰的织物，它们被随意地扔在地上。

最后的远征战士先是爬上了雅克·梅里埃斯的外套，然后是他的长裤，接着又来到了一件黑色的真丝女装上举步维艰地继续行程。然后，它又在警长的衬衫上向前行进，再到稍远处翻越了两座高山，那是蕾蒂西娅的内衣。就这样，103号向着那片喧闹的地方爬了过去。

一角针织床罩出现在它的面前。103号向那上面攀去。越往上，就摇晃得越厉害。手指的香气、手指的热气和手指的声息一阵阵传了过来。它们就在上面，一定是的。终于，它将要找到它们。它剥开了蝴蝶茧，从里面取出它的宝贝来。墨丘利使命即将完成。它爬到了床上。

管它呢！

蕾蒂西娅闭上了她那淡紫色的眼睛，感受着伴侣体内的阳刚之气与自己的阴柔之气融会在一起。他们的身躯联成一体，共同摇摆着。当她再度睁开眼睛时，冷不防吓了一大跳。差不多就在正对着她的鼻子的地方居然有一只蚂蚁，而且它的两颚之间还咬着一张折叠起来的小纸片！

眼前的景象分散了蕾蒂西娅的注意力。她停止了动作，推开对方，挣脱开去。

雅克·梅里埃斯被突如其来的中断弄蒙了。

“怎么啦？”

“床上有只蚂蚁！”

“一定是从你的饲养缸里逃出来的。今天白天我们已经受够了蚂蚁，快把它赶走，我们好继续！”

“不，等一下，跟其他的蚂蚁不一样，这只蚂蚁有点特别。”

“是阿尔蒂尔·拉米尔的机器蚂蚁吗？”

“不，是只真的蚂蚁。说出来也许你不相信，它的嘴里有一张叠起来的小纸片，看起来像是准备交给我们。”

警长不满地咕哝着，但还是同意来核实一下蕾蒂西娅所说的情况。他的确是看到了一只叼着一小片折纸的蚂蚁。

103号辨认出眼前是一条填满了手指的巨舟。

通常，手指类动物总是表现为两队各五根手指。可这应该是个更高级的动物，它比一般的手指厚，不是分为两队，而是分为四队，每队各五根手指，也就是说共有二十根手指从一个粉红色的根部伸出，相互嬉闹着。

103号向前爬着。它用大颚咬着信，向前伸出，尽量不让这些怪东西在它体内激起的本能的恐惧感吞噬自己。

它又想起了森林里与手指的那一战，心里不禁生出了撒腿就逃的念头。可是，它就快达到目的了，如果这时不迎头而上，那岂不是太傻了。

“去啊，想办法弄清楚它嘴里的究竟是什么东西。”

雅克·梅里埃斯将手慢慢伸向蚂蚁，嘴里喃喃地说道：“你真那么肯定它不会咬我或是向我喷射酸液吗？”

“你不会是要告诉我你还害怕一只小小的蚂蚁吧？”蕾蒂西娅在他的耳边轻言细语。

手指靠得越来越近，恐惧感已攫住了103号。它又想起了小时候在贝洛岗上过的课，面对你的天敌时，必须忘记它是最强大的，你要去想别的事情，要保持冷静。这只动物就在等待你逃跑的那一刹那，因为它的动作恰恰是用来对付逃跑时的你的。如果你在那儿，沉着，镇定，一点害怕的样子也没有，它反倒会疑惑起来，不敢攻击。

那五根手指从容不迫地向它靠近。
它们看起来一点疑惑的样子也没有。

“千万，别吓着它，等等，慢一点儿，不然它会逃掉的。”
“我敢肯定，它待着不动是准备等我靠近时张嘴咬我。”
他仍保持着缓慢而均匀的速度将手缓缓地滑过去。

向它靠上来的手指看上去很轻柔，一点敌意也没有。不可相信，这一定是个圈套。可 103 号还是要求自己不要逃。
“别怕，别怕，别怕。上。”它对自己说，“我从那么远的地方来就是为了要找它们，现在它们就在这儿，我却只剩下一个想法：拔腿开溜。勇敢点，103 号，你已经和它们交战过了，而且你也没有死在它们的手里。”
然而，要看着比自己高十倍、大十倍的粉红色球体靠上前来，还要自己无论如何都别动弹，这实在不是件容易的事。

“慢点，慢点，看你，都吓着它了：它的触角一直在不停地抖。”
“别打断我，它已经开始习惯我的手指慢慢地移近它了。动物对缓慢而且又有规律的现象是不会害怕的。来，来，来。”

这是种本能。就在手指离它还有 20 步远的地方时，它准备张开大颚，随时进攻。可是，它的两颚之间还有一张折起的线片，嘴被封上了，再也不能咬了。
它只得将触角向前投射而出。
它的脑袋里有一阵冲动，三只大脑相互说起话来，都想把自己的意志强加给 103 号。
“快逃！”
“别慌，我们不远千里而来，岂能无功而返。”
“我们会被碾碎的。”
“不管怎么样，手指已经离得那么近，想逃也来不及了。”
“你快住手，它被你吓死了。”蕾蒂西娅命令道。
手停下了。蚂蚁朝后连退三步，又站住不动了。
“你看，我的手停下来时，它才是最害怕的。”

103 号还以为能有一会儿喘息的机会，不料，片刻间，手指又靠了上来。如果它继续无动于衷，几秒钟后手指就会碰到它的。它们的轻轻一弹会带来什么样的后果，它早已见识过了。103 号想起了面对陌生者能够采取的两种态度：要么行动，要么挨打。既然它不愿挨打，那么就行动吧！

太棒了！蚂蚁竟爬上了他的手。雅克·梅里埃斯开心极了。可这只蚂蚁还是在不停地向前冲，它在他身上飞跑，将他的手骨当作跳板，高高地跃起，跳上了蕾蒂西娅的肩膀。

103 号迈着谨慎的步子朝前爬着。这只手指比前一个好闻多了。它要利用这段时间来好好分析自己的所见所感。如果能幸免于难，这段经历对它那滴动物学主题的费洛蒙会有很大帮助。在手指身上的感觉是非常奇特的，那平坦的表面上呈现出浅浅的粉红色，上面分布着道道小槽。每隔一定的距离，就会有一些小井，里面的汗水散发着柔和的气息。

103 号在蕾蒂西娅雪白、浑圆的肩头走了几步。她没有动，唯恐自己稍有动作就会把蚂蚁压死。这只小虫子正沿着她的颈部向上爬，那里滑美如缎的肌肤深合它的心意。它来到了唇边，将自己的六条小腿完完全全靠在了这两块深红色的小靠垫上。然后，它又钻进了蕾蒂西娅的右鼻孔里，在这座洞穴里迷了好一会儿路。蕾蒂西娅费了好大的劲才克制住自己没有打喷嚏。

从鼻孔出来后，它又俯身探向她的左眼睛。那儿湿湿的，而且还会动。它看到在一片象牙色的海洋中有一座淡紫色的小岛。由于担心自己的细腿会被粘住，它就没有下去冒险。恰在此时，一片末端带着把黑刷子的薄膜盖上了眼珠。看来它的决定是对的。

103 号又到了颈部顺原路而下，滑到了她的双乳之间。哎呀，这里有一些棕色的斑点，害得它被绊了好几下。在乳峰那细腻肌理的吸引下，103 号向其中的一只冲了上去，它的顶端是另一种粉红色。蚂蚁就在那高高的地方停了下来，它要记一点东西。它知道自己是在一只手指的身上，是这只手指允许它参观的。日乌利岗的蚂蚁们说的没错，这些手指一点也不粗暴。站在乳尖上，另一只乳峰和山谷处的小腹都能一览无余。

它爬了下来，欣赏着这片洁净、温暖而柔软的平面。

“别动，它正朝你的肚脐爬去。”

“我很乐意，不过有点痒痒。”

103 号掉进了肚脐眼里，又爬出来，再来到修长的大腿上拔脚飞奔，然后攀上膝盖，再顺脚踝而下，爬上了脚跟。

这里它可以看到五根又肥又短的手指，它们的末端都被染成了红色。接着它又回到了腿上，沿着小腿肚疾速冲刺。那里光滑、白嫩的肌肤让它不停地打滑。就在这片暖暖的、带着细腻纹理的粉红色荒漠里，103 号再向前飞跑。它越过膝盖，向着大腿根部爬去。

180. 百科全书

六：在建筑上，六是个好数字，因为六意味着创造。上帝在六天里创造了世界，第七天，他休息了。据克雷芒的理论（译者注：亚历山大的圣克雷芒，2—3 世纪最主要的基督教护教士，讲希腊哲学与基督教信仰中的犹太传统相结合，为其后三个世纪基督教教义的发展奠定基础。)，宇宙是依据六个不同的方向而创造的。东南西北四个基本方向加天顶（最高点）和天底（相对观察者而言的最低点）。在印度，六角星被称作延陀罗（Yantra)，是性交的象征，意味着女阴（Yoni)（译者注：印度教中女性生殖器之像）和男根（Lingam)（译者注：印度教中男性生殖器之像）的相互结合。而希伯来人则认为大卫之盾是所罗门的玉玺，是宇宙万物的总和。“△”代表火，“▽”则代表水。

在炼金术里，六角星的每个角都对应着一种金属和一颗行星。最高的一角是月亮——银，从左往右依次为金星——铜、水星——汞、土星——铅、木星——锡和火星——铁。六种金属和六颗行星的巧妙结合指向六角星的中心，太阳——金。

在绘画上，六角星用来展现所有可能的色彩组合。当各种色调全部组合在一起时，便会在六角星的中央放出白光。

埃德蒙·威尔斯

《相对且绝对知识百科全书》第Ⅱ卷

奥秘六

手指帝国

181. 更接近目标

正当 103 号向着大腿的上方爬去时，五根修长的手指靠了过来，落在大腿上，在它爬到腹股沟前挡住它的去路。参观就此结束。

103 号唯恐自己会被压得粉身碎骨，可是没有，那几根手指一直在那边放着没动，像是等着它上前。日乌利岗的蚂蚁们说得一点也没错，这些手指挺随和的，它一直都没死。它用后面的四条腿支撑着身子，将那封信高高地举了起来。

蕾蒂西娅将拇指和食指上涂得红红的长指甲慢慢向蚂蚁靠了上去，如一把精巧的小钳子夹住了那片折着的小纸片。103 号犹豫了一下，随即将两个大颚张得宽宽的，放开了它那珍贵的包裹。

为了这神奇的一刻，多少蚂蚁失去了它们的生命。

蕾蒂西亚将小纸片放到掌心上，它只有一张邮票的四分之一那么大，但仍然可以分辨出纸片的正反两面都写着字。字体虽小得无法辨认，但至少能看出这是人类的笔迹。

“我想这只蚂蚁是给我们送信来了。”蕾蒂西娅一边说着一边试图阅读纸片上写的字。

雅克·梅里埃斯拿起他的照明放大镜说：

“用这个吧，这样破译起来就舒服多了。”

他们把蚂蚁装进一个小瓶，穿上衣服，又拿起放大镜凑到了小纸片上。

“我的视力好。”雅克·梅里埃斯语气十分肯定，“给我一支笔，我把看得出的字抄下来，然后我们再试着猜出缺少的字来。”

182. 百科全书

白蚁：我曾遇到过一些白蚁研究专家，他们认为我的那些褐蚁值得研究，但白蚁能做到的，褐蚁连一半也做不到。

事实的确如此。

白蚁是唯一能建起“理想社会”的社会性昆虫，甚至在所有的动物中也可能只有它们做得到。白蚁社会的组织形式是绝对君主制，所有的白蚁都非常乐意侍奉它们的女王。它们相互理解，相互帮助，没有一丝一毫的个人野心或自私的杂念。

只有在白蚁社会中，“团结”一词的意义才得以最完整的体现。也许这是由于白蚁是最早建立起自己的城邦的动物，白蚁城的历史可追溯至2000多万年前。

然而，它们的成功也并非无懈可击。所谓完美，意即无法再进步。所以，白蚁城中从不曾有过异议、革命或是内乱的问题。这是个纯粹健康的机体，运作极其有效，白蚁们只需在这些以异常坚固的胶合物精心建成的通道里尽情享受幸福的生活。

与此相反，褐蚁的社会制度就显得无政府主义得多。褐蚁所做的一切，都从犯错开始，在犯错中进步。它们对自己所拥有的一切从不知足，什么都想尝试，即使那是致命的危险。褐蚁城并非一个稳定的系统，而是个在不断探索的社会。它检验一切可行的办法，哪怕是最不合常理的，就算冒着全城覆灭的危险也在所不惜。

这就是为什么我对褐蚁比对白蚁更感兴趣。

埃德蒙・威尔斯
《相对且绝对知识百科全书》第Ⅱ卷

183. 破译

梅里埃斯研究了好几分钟，终于拿出了一封能让人看得懂的信来。

“求救。我们17人被困在一个蚁穴之下。对带信给你们的蚂蚁我们极为信任，它会为你们带路，来营救我们。我们的头顶上有一块很大的花岗岩石板，来时请带好尖头锤及十字镐。尽快。乔纳森・威尔斯。”

蕾蒂西娅直起身体。

“乔纳森！乔纳森・威尔斯！这可是我的堂哥乔纳森在求救啊！”

“你认识他吗？”

“我从没见过他，但他总还是我的堂哥。自从他在希巴利特街上的一个地窖里失踪以后，大家都认为他已经死了。你还记得我父亲埃德蒙的那起地窖事件吗？他就是最初的几个遇难者之一呀！”

“看来他还活着，只是同一群人被关在一个蚂蚁窝下面。”梅里埃斯察看着这张小小的纸片。这条消息的到来如在平静的大海中扔下了一个瓶子，这信会是由一只颤抖的、濒临死亡的手写下的吗？那只蚂蚁花了多少时间才把信送到这儿？他很清楚这些小虫爬得有多慢。

梅里埃斯的心里又冒出一个问题。毫无疑问这信原来是写在正常大小的纸上，然后再用复印机缩小许多倍才弄出来的。难道说他们在那下面过得不错，有复印机，那当然也有电喽！

“你相信这一切都是真的吗？”

“我可想不出还有什么戏剧化的情节能解释一只蚂蚁带着封信来来去去。”

“可这只小虫子最后来到了你的家里，这实在是太巧了。枫丹白露森林那么大，枫丹白露城对一只蚂蚁而言就更大了。尽管如此，这个小信使还是找到了你在四楼的家，这太夸张了，你不觉得吗？”

“不，有时候，有些事情发生的可能性只有百万分之一，可它偏偏就发生了。”

“可你能想象有人被‘关’在一个蚂蚁穴下面，依靠蚂蚁的善心而活下去吗？这根本不可能，一个蚂蚁窝而已，一脚就能掀翻它！”

“他们说了，有一块石板堵住了他们的出路。”

“但怎么可能有人会钻到蚂蚁窝下面去呢？这些人必须先真真正正的疯了才有可能。这只是个玩笑而已！”

“不，这是个谜，我父亲那个神秘的地窖之谜，它吞噬了所有想下去一探究竟的人。现在的问题是必须救出全部被困的人。”

她指向一只小瓶子，103号正在里面挣扎。

“它，信上说它能带我们去堂哥和他的同伴那里。”

他们把蚂蚁从玻璃监狱里放了出来。因为手头没有放射性材料，蕾蒂西娅就用红色的指甲油在蚂蚁的前额上点了一点，这样就能保证准确无误地将它同其他蚂蚁区别开来。

“来，小乖乖，给我们带路吧。”

出乎意料，蚂蚁并不动弹。

“你看它是死了吗？”

“没有，它的触角在动。”

“那它为什么不走呢？”

雅克·梅里埃斯用手推推它。

一点反应也没有，只看见它的触角抖得越来越紧张。

“看来它是不愿带我们去，”蕾蒂西娅说，“我看只有一个办法能解决问题，就是和它说话。”

“我同意，这真是个再好不过的机会，可以让我们看看那个伟大的阿尔蒂尔·拉米尔的‘罗塞塔之石’翻译机究竟是如何工作的。”

184. 待建的家园

24 号不知该从何处着手解决问题。建立一个不同种类的昆虫组成的乌托邦，这个想法实在是太美好了。能借助一株植物和一条小河的保护来实现这个想法当然更美好。可要怎样做才能让大家和睦共处呢？

蚂蚁信徒们把绝大部分时间都花在重塑它们的雕塑上。它们要求能拥有岛上小小的一角来安葬死去的同伴们。

白蚁们找到了一大块木头，就都躲了进去不再露面了。蜜蜂们在金合欢的枝丫上安了个小蜂窝，而褐蚁们则整理出了一个房间来种蘑菇。

一切运行正常。24 号又何必自寻烦恼要打点一切呢？只要不影响别人，谁都可以在自己的角落里做自己想做的事。夜晚，乌托邦的全体成员都集中到金合欢里的一个房间中，讲述各自世界里的故事。

只有在这个平庸的时刻，这个各类昆虫都伸长了触角“听”蜜蜂战士或白蚁建筑师讲述气味故事的时刻，才是联结整个团体最根本的纽带。

金合欢团体是用一个个传说和故事串结而成的，用气味来讲述家族的业绩，仅仅如此而已。

教徒们笃信的手指只是所有故事中的一个，没有谁会去判断是真是假，标准只有一条：故事能带来联翩的浮想。而神的概念恰恰能触发片片遐思。

24 号建议大家集中起褐蚁、蜜蜂、白蚁及金龟子的最最美丽的传说，将它们放到小桶中去，就像化学图书馆里的做法一样。

合欢房间的小窗上出现了一片深蓝色的夜幕，一轮银白的圆月照亮了夜空。

今晚，天气比较热，昆虫们决定到沙滩上来讲故事。一只昆虫放出气味：

“……白蚁国王已经在王后的婚房周围绕了两圈，这时，钻木白蚁们来向它示意，一只甲虫扰乱了王后陛下的发情过程……”

另一只昆虫道：

“……接着突然出现了一只黑色的胡蜂，它向我冲来，蜇针笔直地朝前挺着。我刚来得及……”

大家都和阿斯科乐依娜城的蜜蜂一样回想起了过去的恐怖经历，不禁吓得瑟瑟发抖。

四周飘来黄水仙的清香，河水啪嗒啪嗒柔柔地抚摸着河岸，这一切终于又令它们安下心来。

185. 最后的决断

阿尔蒂尔·拉米尔的身体好多了，他热情地接待了他们，并为他们没有向警局告发而表示感谢。拉米尔夫人不在家，她去电视台为《思考陷阱》做节目了。

女记者和警长向阿尔蒂尔解释他们新碰上的一件事：真是要多不可思议就有多不可思议，一只蚂蚁居然给他们送来一条手写的消息。

他们给他看了信，阿尔蒂尔·拉米尔立刻就明白了整件事情。他摸着自己长长的胡须，随即同意启动那台‘罗塞塔之石”机器。

阿尔蒂尔带着他们上了阁楼，打开好几台电脑，照亮所有能发出费洛蒙的香味瓶，并振荡了一些透明试管，避免沉淀。蕾蒂西娅小心翼翼地将103号从小瓶里弄出来，阿尔蒂尔将它放到了一个钟形玻璃罩里。

玻璃罩上接有两根管子，一根能收集蚂蚁触角释放出的气味，另一根则将人类语言经翻译后对应的人造气味送入玻璃罩中。

拉米尔坐到控制台前，调整几个控制轮，检查指示灯，转动电位器。一切准备就绪，只需启动人类语言的蚂蚁气味转换程序就可以了。该程序内部的法语—蚂蚁语词典中收入了10万个单词和10万种精确的费洛蒙。

工程师坐到话筒前，他的发音郑重而清晰：

发：你好！

他按了一个键，屏幕上显示这个词已经被转化成化学配方，送到香气瓶中，瓶子会严格根据电子词典释放出定量的气味。每个词都会有它特别对应的一种气味。

夹带着讯息的一小片云彩在气泵的推动下在管道里前进，最后被送到了玻璃罩中。

蚂蚁摇动它的触角。

收：你好。

这是蚂蚁收到的讯息。

一个鼓风机随即清除玻璃罩内的各种干扰气味，以便能准确接收到回复讯息。

接收杆左右摇晃着。

夹带着蚂蚁回答的小云团上升到了透明的管道中，并被送至质量分光计和色谱分析仪处。这两种装置能将云团分解成一个一个的分子来确定其中的每一种液体，从而找出对应的单词。计算机屏幕上渐渐打出一行字来。

与此同时，一个综合发声装置将这行字读了出来。

所有的人都听到了蚂蚁的回答：

收：你们是谁？我不太明白你们的费洛蒙。

蕾蒂西娅和梅里埃斯一脸惊叹之色。埃德蒙·威尔斯的机器真的管用！

发：你在一台能帮助人类和蚂蚁相互交流的机器里。就是因为有了这台机器，我们才能和你说话，还能明白你释放出来的气味的意思。

收：人类？人类是什么？是一种手指吗？

真是奇怪，这只蚂蚁看来对他们的机器一点感觉也没有，它的回答直截了当，像是对所谓的“手指”相当了解，像这样，要和它进行对话是完全可行的。阿尔蒂尔·拉米尔紧紧抓着它的话筒。

发：是的，我们是手指的延伸。

电脑上方的扬声器里响起蚂蚁的回答：

收：在我们那儿，你们被称作手指，我更喜欢叫你们手指。

发：随便你。

收：你们是谁？想必各位该不会是活石头博士吧。

三个人都呆住了。一只蚂蚁怎么可能听人说起过“活石头博士”或是“想必您就是活石头博士吧”这样谦恭的句子呢？他们首先想到的是机器出了故障，或是法语—蚂蚁语词典出了问题。没有一个人觉得好笑，也没有人想到他们面前的可能是一只天生就有幽默感的蚂蚁。他们想的只是这个活石头博士究竟是谁。

发：不，我们不是活石头博士，我们是三个人、三个手指，我们的名字分别是阿尔蒂尔、蕾蒂西娅和雅克。

收：你们是怎么能学会地球语言的？

蕾蒂西娅悄声说道：“它一定是想说‘你们怎么会说我们的气味语言的’，它们显然把自己看作地球上唯一的、真正的居民。”

发：这是我们偶然获得的一个秘密。那你呢，你是谁？

收：我是 103683 号，但我的伙伴们更喜欢简称我为 103 号。我是一只无生殖力兵蚁，来自贝洛岗城。那里是世界上最大的城市。

发：你怎么会给我们捎信的呢？

收：住在我们城市下面的手指要求将这封信送给你们。他们把这个任务称为墨丘利使命。因为只有我曾接近过手指，姐妹们认为只有我才能完成这项使命。

103 号没有说出它也是远征军的主要领导之一。而这支远征军是被视为以消灭手指为目的的。

三个人都有很多问题想问这只多嘴的蚂蚁。但阿尔蒂尔继续一个人独掌对话的特权。

发：你给我们的信上说，有些人，不，对不起，是有些手指被困在你们的蚁城下面，只有你才可以带我们去救他们。

收：是这样的。

发：那么，你给我们带路吧，我们跟着你走。

收：不行。

发：为什么不行？

收：我必须先了解你们，否则我怎么知道自己能不能信赖你们呢？

三个人吃惊得话也说不出来了。

他们当然对蚂蚁很有好感，甚至可以说是很尊重它们。可是在这种尊重和听到这样一只小虫子公然地对他们说“不行”之间还是有差距的。玻璃罩下的这个黑不溜秋、不识抬举的小东西掌握着 17 条人命。他们只要用大拇指轻轻一按就能将它碾碎，而它居然还敢以他们没有介绍为理由，拒绝提供帮助！

发：你为什么要了解我们？

收：你们又大又强，但我不知道你们是不是出于好意，是不是像我们的希丽·普·妮女王认为的那样都是魔鬼？还是像 23 号认为的那样，你们是万能的神明？你们危险吗？你们聪明吗？你们野蛮吗？你们有很多吗？你们的技术发展到怎样的水平？你们会使用工具吗？所以，我必须先了解你们，然后才能决定营救你们同类的想法是否值得考虑。

发：你要我们每个人都向你作自我介绍吗？

收：我要了解的不是你们三个人，而是你们整个人类。蕾蒂西娅和梅里埃斯相互对看着。这从哪儿说起啊？是否非得跟这只蚂蚁讲述远古文明、中世纪时期、文艺复兴以及世界大战？倒是阿尔蒂尔看来对这样的对话很有兴趣。

发：那么你问我们吧。我们来回答，来向你介绍我们的世界。

收：这也太简单了。你们尽可以挑好的方面告诉我，只求能救出那些困在蚁城下面的手指。找个客观一点的方法介绍吧。

这只 103 号真是固执得可以。现在连阿尔蒂尔也不知道该如何来说服它了。梅里埃斯忍不下去了，他对着蕾蒂西娅怒气冲冲地说：

“很好，很好，那我们就不要这只自以为是的蚂蚁帮忙，我们可以自己去救你的叔叔和他的同伴。阿尔蒂尔，你有枫丹白露森林的地图吗？”

阿尔蒂尔确实有一张地图。可是枫丹白露森林的面积绵延可至 17000 公顷，那里可少不了蚂蚁窝啊。上哪儿找去呢？是在巴尔比宗村那边，还是在阿普尔蒙城的岩石下面？是在弗朗夏尔池塘边上，还是在索尔高地的沙堆里？

他们可能要花上几年的时间来搜寻，但也未必就能用自己的办法找出贝洛岗城来。

“总不能让一只蚂蚁来折杀我们吧！”梅里埃斯气愤不已。阿尔蒂尔·拉米尔身为主人，替蚂蚁说起好话来：

“在带我们去蚁窝前，它唯一的要求就是要了解我们。它没有错，如果我是它，也会这么做的。”

“可怎么才能让它客观地看到我们这个世界呢？”

三个人苦思冥想，又是一个难解的谜语！终于，雅克·梅里埃斯兴奋得叫了起来：

“我有办法了！”

“什么办法？”蕾蒂西娅问，警长那些异想天开的狂想总让她不怎么放心。

“电视，电——视！就是啊，用电视机，它就能看到各种有关人类的节目，就可以接触到全体人类的脉息。电视能显现人类文明的各个侧面，我们的 103 号看了电视，就能用它自己的思想和意识来判断我们是什么，我们的价值是什么。”

186. 费洛蒙

蚂蚁的传说：

允许阅读

费洛蒙记忆第 123 号

主题：传说

作者：女王希丽·普·妮

这是一个关于两棵树的传说。两棵相邻的树上各住了一窝蚂蚁，它们分属两个敌对的种类。后来，在一棵树上长出了一根枝丫，并且向旁边那棵树的方向伸展过去。每天，它离那棵树的距离都要近一些。两种蚂蚁都很清楚，当这根树枝跨越了两树之中的空间，战争就会爆发。可是，没有一方提前挑起争端，一直到树枝触及了另一棵树的那天，战火终于燃起。双方的战争是残酷无情的。这个故事说明，任何事情都有其确切的发生时刻，此前则太早，此后则太晚。每个个体都能凭直觉感知何时才是那个正确的时刻。

187. 耳听为实，眼见更惊

他们把 103 号放在一台彩色电视机的液晶显示屏前。对一只蚂蚁而言，它还是太大了。他们又在屏幕前放上一块能将图像缩小 100 倍的透镜，这样，蚂蚁就能看到完整的电视图像了。

为了让它能听到声音，阿尔蒂尔将电视机的扬声器对准“罗塞塔之石”的话筒，这位贝洛岗城的探险家就能同时欣赏手指的电视图像和转化成香气的电视声音了。

当然，它无法辨别音乐和噪音，但是，用了这个方法，它至少能明白电视中点评和对话的基本内容。

103 号分移出一滴唾液，准备记录下它对手指习俗的观感。然后，它就可以推测出这种动物的价值。

阿尔蒂尔·拉米尔打开电视机，他的手指刚好按在遥控器的一个按钮上。

341 频道：“用了 Krak Krak，您就能轻松消灭……”雅克·梅里埃斯立刻跳起来换了个台，他那绝妙的主意看来并不是万无一失。

收：这是什么？

103号问。

几个人都焦虑不安起来。他们忙不迭地安抚它：

发：这只是一种食品广告，没什么意思。

收：不，这种平面的亮光是什么？

发：这叫电视，它是我们这里最普遍的交流方式。

收：这是一种平面的、冷的火吧？

发：你也知道火？

收：当然，不过不是这样的火。你们快解释啊！

向一只蚂蚁解释显像管的工作原理，阿尔蒂尔实在感到力不从心，就想用比喻来试试。

发：这不是火，它很明亮，又能发光，那是因为它是一扇窗户，窗户里演绎着我们的文明里各处发生的一切。

收：这些画面怎么会到这里面去呢？

发：它们会在空中飞行。

103号不懂这种手指的技术，不过它知道，这就像是自己同时在手指城市里的不同地方看这个手指的世界。

1432频道，新闻时事。电视里传出嗒嗒的机枪声。旁白："西拉克已成功制成能置人于死地的毒气……"

阿尔蒂尔又迅速换了个频道。

1445频道，世界小姐选拔赛。姑娘们扭着身躯在台上走来走去。

收：这些用两条后腿踉踉跄跄走路的是什么昆虫？

发：这不是昆虫，这种动物叫人，就是你们所谓的手指。那些是我们中的雌性。

收：这么说，一个完整的手指就是这个样子，像你们这样的高度吧？

蚂蚁将右眼凑近了缩小镜，久久地审视着荧屏上这些摇来晃去的身形。

收：而且你们有两只眼睛、一张嘴，但它们都长在你们身体的上面。

发：你以前不是这样认为的吗？

收：我一直以为你们只是一大块粉红色的东西。你们没有触角，怎么能和我说话呢？

发：我们采用听觉方式交流，所以不用触角。

收：你们还少了两条腿，只有四条，那你们怎么走路呢？

发：我们只要用两条腿就可以走路了。当然，我们也是花了很长时间才学会用两条腿走路而不跌倒。至于两条前腿，哦……我们用来……比方说拿东西。跟你们不同，我们不是所有的腿都用来走路的。

收：那些脑袋上长了很长的毛的，它们是不是病了？

发：有些雌性手指留长她们的毛，是为了更容易吸引雄性手指。

收：你们的雌性怎么会没有翅膀？

发：没有一个手指是长翅膀的。

收：就是有生殖力的手指也不长吗？

发：不长。

103 号全神贯注地盯着屏幕。它觉得雌手指实在很难看。

收：你们常常变换甲壳的颜色，就像变色龙一样吗？

发：我们没有甲壳，我们的皮肤是粉红色的，直接露在外面，所以我们穿上各种颜色、花样的衣服来保护皮肤。

收：衣服？是不是一种为了不让你们的天敌识别才披上的伪装？

发：不完全是。确切地说，这是一种用来御寒和展示个性的方式，它们是用植物纤维编成的。

收：啊，是用来向异性炫耀的，就像蝴蝶那样吗？

发：如果有人愿意这么做的话，这样说也行。确实我们当中的雌性有时以某种方式穿着能更好地吸引异性。

103 号问得多，学得也快。其中有些问题比较难以得到令它满意的答案。比如说"为什么手指的眼睛能动？""为什么同一级别的个体大小都不相同？"三个人尽量用简单明了的词语来回答好每个问题，他们几乎是在被迫重新创造法语。由于法语中有许多单词的词义非常微妙，其后隐藏着丰富的意思，他们每次都必须用另一种方法来定义，让蚂蚁能听懂他们的话。103 号终于对雌性人类的表演看腻了，它想看看其他东西。梅里埃斯不断地换台，当某个画面引起 103 号的兴趣时，它就会发出"停"的讯息。

收：停。这是什么？

发：一篇关于大城市里交通情况的报道。

解说员的旁白："交通堵塞已成为当前大城市所面临的最为忧心的问题之一。一项统计表明，公路和高速公路建得越多，买车的人也越多，交通堵塞的情况就越严重。"

屏幕上，一片浅灰色的烟幕里排着几列一动不动的汽车长队。镜头向后推移，旅行汽车、卡车、小汽车、公共汽车如同粘在了柏油马路上，绵延达数千米。

收：哈，大城市里的交通堵塞，这可是到处都有的祸害啊。换其他的吧。

组组画面切换着。

收：停，那是什么？

发：一部关于全球饥荒情况的纪录片。

瘦骨嶙峋的身体、眼睛边爬满苍蝇的孩子、松弛干瘪的乳房下躺着的皮包骨头的婴儿以及他们惊慌不安的母亲，还有那些目光呆滞、叫人分辨不出年纪的人……

播音员冷漠的声音："旱灾继续在埃塞俄比亚肆虐，饥荒已持续了五个月。目前又有消息说当地即将面临蝗灾的威胁，国际互助组织的医生们已在受灾地区开展救援工作，但收效甚微。"

收："医生"是什么？

发：是一些手指，他们专门帮助其他生病的或是有需要的手指，无论他们是自己国家的还是其他颜色皮肤的。手指并不是全都是粉红色的，在世界的另一边里也有黑色和黄色的手指。

收：在我们那里也是，身体颜色会有不同。单是这一点就会激起双方的敌意。

发：在我们这里也是这样。

1227 频道、1226 频道、1225 频道，停。

收：这是什么？

梅里埃斯立刻就看了出来。

发：我们调到了一个地下频道，这是一部……色情片。

没办法，拉米尔只能尽力解释，103 号要求知道全部事实。

收：这是什么？

发：这是讲手指如何生殖的片子。

蚂蚁对画面表现得很感兴趣。

103 号的评论：

收：你们是用头做的吗？

发：哦，不，并不是这样的。

蕾蒂西娅尴尬地回答。

荧屏上的那一对相互交换了位置，纠缠在一起。

103 号的评论：

收：你们其实就像鼻涕虫一样做爱，在地上扭来扭去，这样做肯定不会舒服，全身都会被擦到的。

蕾蒂西娅甚为恼火，将频道换了开去。

1224 频道，一大堆小黑点在荧屏上蠕动着。

他们的运气不太好，这是一部讲蚂蚁的科普片。

发：一篇……一篇有关蚂蚁的报道。

收："蚂蚁"是什么？

他们犹豫着不知该如何解释这些令人并无好感的画面。那上面将蚂蚁拍成了一堆乱蹭乱动的黑乎乎。

收："蚂蚁"是什么？

发：嗯……这太复杂了，没法解释。

拉米尔犹豫了一下，终于承认道：

发："蚂蚁"就是你们。

收：我们？

103 号伸长了脖子，即使是特写镜头，它也无法认出这些都是自己的姐妹们，因为蚂蚁的视野是球形的，而人的视野是平的。

它隐约辨出那是空中婚礼的画面，公主们与雄蚁们一同向天上飞去。

103 号听着电视里的解说，学到了有关它这种昆虫的许多知识。它从来不知道地球上有那么多蚂蚁，也不知道在澳大利亚有一种叫作"火蚁"的蚂蚁，酸液浓度之高竟能腐蚀木头。103 号记啊记啊，那扇小窗里迅速展现着大量极有价值的信息，它已经离不开这扇窗户了。

随后的几个小时就在高强度的电视介绍中过去了。

第三天，103 号看到了几个喜剧演员的表演。他们相互争抢话筒，讲的笑话令房间里所有的人都捧腹不已。

一个满脸堆笑的胖男人对着观众们故作正经地说道："你们知道一个女人和一个政客的区别在哪里吗？不知道？那好，我来告诉你们。当一个女人说不行，意思就是也许，当她说也许，意思就是可以，当她说可以，就会被人当成婊子。而当一个政客说可以，意思就是也许，当他说也许，意思就是不行，当他说不行，就会被人当成混蛋。"

屋里的人都咯咯咯咯笑了起来。

蚂蚁把两根触角擦来擦去。

收：我什么也没听懂……

发：这是说着让人笑笑的。

阿尔蒂尔·拉米尔解释道。

收：笑是什么？

蕾蒂西娅使出浑身解数向它解释什么是手指的幽默。她试着用一个疯子重新粉刷屋顶的故事来逗它笑，可一点效用也没有。其他的笑话也是如此。没有人类文化的底蕴，一切都将变得平淡无奇。

发：在你们的世界里，难道就没有能让你笑的事吗？雅克·梅里埃斯问道。

收：我必须先要知道"笑"是什么意思，但我实在不明白它指的究竟是什么。

三个人想尽办法要创造出一个蚂蚁的笑话来："这故事讲的是一只蚂蚁，它要重新粉刷房顶……"

可结果还是没什么说服力。要创造蚂蚁的笑话就必须先弄清楚对一个蚁城的城民而言，什么才是重要的，什么又是次要的。

103 号暂时放弃了要弄懂的念头。它只是在自己的动物学费洛蒙中记道："手指们需要讲一些奇怪的故事来激发一种生理现象，他们喜欢嘲弄一切。"

再换频道。

《思考陷阱》。拉米尔夫人出现在屏幕上，面前的难题是如何用 6 根火柴搭出 6 个三角形来。她坚称自己还没解答出来。不过现在，蕾蒂西娅和雅克已经知道，所有谜语的答案拉米尔夫人早已记得清清楚楚。

他们又换了频道。

这是一部介绍爱因斯坦生平的电影。影片采用大众化的语言来解释他的天体物理学，103 号觉得这电影的意义出乎它的意料。

收：一开始，我不知道如何区分手指，现在，看过了许多手指的面貌，我已经可以把它们区别开来了。比方说它，它就是雄的对不对？我能认出来是因为它的毛很短。

有关肥胖症的介绍。这里面主要解释了厌食症和肥胖症。蚂蚁对此深感不满。

收：这些乱吃一气的家伙算什么东西！吃，是世界上最简单、最自然的动作。即使是我们的幼虫也知道怎么喂饱自己。当一只储粮蚁因为吃了许许多多食物而肚子鼓出来时，它只会为自己笨重的身体感到自豪，因为那是为了整个集体的利益，才不像那些雌手指因为没办法节食而痛苦伤心。

103 号成了个永远不疲倦的电视观众。

拉米尔夫妇的玩具店已经关门了，蕾蒂西娅和雅克睡在客房里，大家轮流陪蚂蚁看电视，来满足它的好奇心。

103 号如饥似渴地吸收着各种信息，它对所有的一切都感兴趣：足球规则、网球规则、运动会、手指的战争、各国的政治、手指的婚俗。简单明了的动画片是 103 号最喜欢的节目，《星球大战》看得它如痴如醉。虽然它没能完全明白全部的故事情节，但其中不少场景让它又回想起了金色蜂巢之战。

103 号把所有的一切都记在了它的动物学费洛蒙中。这些手指真是想象的产物。

188. 百科全书

波：所有一切，如物体、思想、人都可归结为某种类型的波。形状波、声波、图像波、气味波，只要这些波不是在无限的真空中就必然会和其他的波相互干涉。而真正激动人心的，就是对波与物体、思想及人之间相互干涉的研究。如果我们把摇摆舞和古典音乐相结合，会发生什么？如果我们把哲学和计算机科学相结合，会发生什么？

当我们向水中滴入一滴墨水时，这两种物质会融成一体，这种彼此的融合对我们而言其实并无多大意义。然而，墨水滴是黑色的，而那杯水是透明的。墨水滴入水中，两种物质由此开始相互接触。

在这两种液体相互融合的过程中，最有意义的时刻就是浑浊状态出现前，即墨水被稀释前的那一刻。两种物质间的相互作用会幻出千变万化的形态。层层旋绕的涡形、扭扭曲曲的线形，还有多种多样渐渐漂散开去，又将水染成灰色的细丝。

在物质世界里，像这样多姿的形态很难长久保留。但在生命世界里，仅有一次的相会便能深深印入脑海，永远凝固在记忆中。

埃德蒙·威尔斯

《相对且绝对知识百科全书》第Ⅱ卷

189. 坐立不安的贝洛岗蚁后

希丽·普·妮忧心忡忡。几只从东方归来的小飞虫汇报说反手指的远征军已经片甲不存了。那种能喷出“带刺水龙卷”的手指武器实在令它寒心。

多少兵团、多少战士、多少希望就这样白白浪费了！希丽·普·妮女王面对着母亲贝洛·姬·姬妮的遗体，向它寻求帮助。可是，那具甲壳瘪瘪的，里面已是空空如也，它没有给女王任何回答。希丽·普·妮在寝宫里迈着大大的步子，紧张地走来走去。几只工蚁想过去抚摸它，安慰它，却被它一把推了开去。突然，它停下脚步，高高地竖起了触角。

“应该是有办法消灭它们的。”

它一边向着化学图书馆飞奔而去，一边放出它的费洛蒙来：“一定有办法消灭它们。”

190. 它眼里的我们

已经整整五天了，103号连续不断地在看电视，一点也没有休息。在这段时间里，它只提出了一个要求：要只小皿来放它记下的有关手指的费洛蒙。

蕾蒂西娅望着她的同伴们。

“这只蚂蚁真的是看电视看上瘾了。”

“看样子它对所看到的一切都弄懂了。”梅里埃斯说道。

“也许最多只有十分之一。在这个电视机面前，它就像个新生的婴儿。对无法理解的东西它就用自己的方法来解释。”

阿尔蒂尔·拉米尔不同意这种看法。

“我想您是低估它了。它对西拉克—西拉尼亚之间的战争的看法就很有见地，而且，它也会欣赏泰克斯·艾弗里［译者注：泰克斯·艾弗里（Tex Avery，1907—1980），美国著名动画制作人。］的动画片。”

“我可一点也没有低估它，”梅里埃斯说道，“这其实也正是我担心的原因。如果它只对动画片感兴趣倒好了，昨天它还问我为什么我们人与人之间要相互伤害，让彼此受苦。”

所有的人听了心里都很不舒服，他们都在为同一件事而心神不宁：它究竟会怎样来看待我们呢？

“我们也许应该看着，别让它看到人类世界太黑暗的一面。不管怎样，只要及时换台就可以了。”警长补充说道。

“不，”小精灵的主人表示反对，“这种经历太有意义了，第一次，我们让一个有生命的、非人类的生物来评价我们自己。让这只蚂蚁自由地评判吧，并让它告诉我们它认为我们的绝对价值是多少。”

三个人又一同回到“罗塞塔之石”跟前，这位贵客正将头紧紧贴在玻璃罩上，眼睛紧盯着电视屏幕。它的触角不停地抖：迅速分泌出费洛蒙来记录下一次大选的情况。它看上去对法兰西共和国总统的演讲听得很认真，并做了许多笔记。

发：你好，103 号。

收：你们好，手指们。

发：都还好吧？

收：挺好。

为了让 103 号能随心所欲地选择想看的节目，拉米尔后来又做了一个微型遥控器。这样，蚂蚁就能在玻璃罩下自己换台了。这只小虫子岂止是在用这只遥控器，它根本就是在滥用。这样的情形又持续了好几天。

这只蚂蚁的好奇心真是无穷无尽，它不停地要求手指们给它解释新的东西：共产主义、内燃机、大陆漂移说、计算机、卖淫、社会保险、托拉斯组织、经济亏损、空间征服战、核潜艇、通货膨胀、失业、法西斯主义、气象、餐馆、赌马的前三名独赢、拳击、避孕、大学改革、司法公正、农村人口外流……这都是什么意思？

它的面前已经堆起三个小皿了，里面装的都是以手指为主题的动物学费洛蒙。

到了第十天，蕾蒂西娅再也忍不下去了。也许她至今对人类并无多少好感，可她的家庭意识还是很强的。再说，她的堂兄乔纳森现在可能已经奄奄一息了，而他急遣而来的求救使者像是在电视机跟前生了根似的，拔也拔不出来。

发：你准备带我们去贝洛岗城了吗？

她问 103 号。随后的沉默里，蕾蒂西娅紧张得连心跳也加快了。站在她边上的两个人也同样急切不安地等待着来自蚂蚁的最后宣判。

收：你们是想知道我的评判吗？很好，我想我已经看到了很多东西，已足以对你们下结论了。

它的头离开了电视机屏幕，用后腿支起身子，摆出一副神气活现、傲然自得的样子。

收：我不敢说我对你们已完全了解了，毫无疑问，你们的文明比我们的要复杂得多。实际上，我的确已经看到了其中最根本的部分。

它故意要他们焦急地等待着，精心策划着它的最后决定将会在他们身上引起的反应。103 号对如何操纵他人的情绪的确有着老到的经验。

收：你们的文明非常复杂，但我所看到的已足够让我领会其中最核心的部分。你们是一种邪恶的动物，对周围的一切都毫不尊重。你们唯一关心的问题就是如何积累你们所谓的“钱”这种东西。所有你们以往的历史只会让我感到恐怖：那里面有的只是连续不断的杀戮，只不过规模有大有小罢了。你们先是杀人，然后才会讨论。你们在自我毁灭，又在用同样的方式毁灭自然。

开场白很不妙。三个人都没料到它会如此不留情面。

收：但是你们这里也有吸引我的东西。啊，你们的那些画儿啊！我真崇拜这个叫达·芬奇的手指。用画画来表现自己对世界的理解，创造出一点用处也没有、只是一味用来表现美感的东西，这种想法真是太绝了。这就像是我们发出香气并不仅仅是为了交流，也是为了闻到香气时能产生的愉快感受。这种被你们称作“艺术”的既没根据又没用处的美是你们比我们文明的先进之处。在我们的城市里，像这样的东西一点也没有。在你们的文明里，充满着无用的艺术和激情。

发：那么，你同意带我们去贝洛岗城了吧？

蚂蚁还是不愿回答。

收：在到你们这儿之前，我曾碰到过蟑螂，它们教了我一点东西。能爱自己的人才会被爱，愿意帮助自己的人才会有人帮助。

它摇晃着触角，对自己和自己的论据显得很有信心。

收：这才是我所认为的重要的问题。处在我的位置上，你们会对自己所属的这类动物做出正面的评价吗？

真是要命，这个问题显然不应该问蕾蒂西娅，当然也不应该问阿尔蒂尔·拉米尔。

蚂蚁平静地继续它的推理。

收：你们懂我的意思吗？你们对自己的爱都不够，又如何让别人来爱你们？

发：这个……

收：如果你们自己都不爱自己，又怎么能希望有一天你们会有能力去爱与你们截然不同的生命呢！

发：这就是说……

收：你们是否在找合适的费洛蒙来说服我？不用找了，我所需要的解释你们的电视都已经给我了。我看到了各种纪录片、各种报道，那里面讲到了手指之间的互相帮助。有手指从遥远的祖国赶来救援其他的手指，有粉红色的手指在照顾褐色的手指。我们——你们所称作的蚂蚁，我们从来没有这样做过。我们不去救助远方的蚁城，也不会救助其他种类的蚂蚁。除此以外，我还看到了长毛绒玩具熊的广告，这都是些没有生命的东西，但是手指抚摸它们，亲吻它们，所以，手指有足够多余的爱可以付出。

他们已做了所有可能的设想，独独没有想到这一点，没有想到人类最终会依靠达·芬奇的名画、远行的医疗队和长毛绒玩具来吸引一个非人类的生物。

收：这还不算，你们无微不至地照顾你们的婴儿，你们希望未来的手指会比今天的你们更加出色。你们向往进步，你们就像我们的战士，不惜牺牲自己的生命架起一座桥梁，让姐妹们能跨过小溪。年轻的一代总要经过小溪，为了帮助它们走过，前面的一代就已准备好面对死亡。是的，所有我看到的一切，影片、新闻、广告都表现出了你们对自己之所以为自己的遗憾以及你们对进步的希望，正是在这种“希望”中勃发出了你们的“幽默”、你们的“艺术”……

蕾蒂西娅的眼睛湿了，竟然要一只蚂蚁来向她解释，来教她去热爱人类。听了 103 号的这番宏论以后，她再也不会是从前的自己了。她的人类厌恶症被一只蚂蚁给治好了！她的心里忽然升起了一种要去了解同龄人的渴望，他们之中的确是有出类拔萃的人物。这只蚂蚁才看了几个小时的电视就明白了这一点，而她过去那么漫长的人生中从来不曾意识到过。

年轻的女士在话筒跟前俯下身子，一字一句地说：

发：那么，你会帮助我们，是吗？

玻璃罩下，103 号竖起触角，郑重其事地释放出费洛蒙。

收：我们不能和你们作战，你们也不能和我们作战，我们两类生物没有一方强大到足以消灭另一方。既然我们不能相互残杀，那就必须要相互帮助。而且，我相信我们需要你们，我们有些东西要从你们的世界里学习，所以绝不应该在学会这些东西以前杀死你们。

发：这么说，你同意带我们去贝洛岗了？

收：我同意帮你们救出困在城下的朋友，这是因为，现在，我同意建立起我们两种文明间的相互合作。

坚持到此刻，阿尔蒂尔才又一次昏了过去。

191. 恐龙

这是一段有着几千年历史的费洛蒙记忆。

希丽・普・妮将触角凑近小瓶，瓶里装满了气味很浓的液体——一种单一的香气。立刻，瓶里记述的那篇文章伴随着一阵快感冲进了它的触角。

史学费洛蒙

记录者：第 24 代女王贝洛・姬・姬妮

一直以来，蚂蚁并非始终都是地球的主人。

过去，也有别的种类的生物，即其他思维方式的代表质疑过蚂蚁的这个头衔。

在几百万年以前，大自然中产生了蜥蜴。那时，它们只是一些大小正常的动物，长着腿的鱼儿。

可是，这些蜥蜴相互争斗，从不休战，它们的体内产生了突变以适应这种单打独斗的生活。它们变得越来越大，越来越具有攻击性。

它们的形态在不断演化，终于，蜥蜴变成了庞然大物，我们再也没有办法杀它们了，哪怕是集中 20、30 甚至 100 万兵力也不行。这些蜥蜴实在是变得太强大了，它们数量众多，破坏性强，成了地球上势力最大的动物。

有些蜥蜴的身形巨大无比，头比树顶还高，它们已不再是蜥蜴，而是已经变成了恐龙。

这些巨魔的统治延续了很长时间，而无处不在的我们就在蚁城里思索着。

“我们曾战胜过可怖的白蚁，我们应该也能除去这些恐龙。”我们几乎在各处都放出这样的费洛蒙。可是，急遣出去攻打恐龙的突击队都成批成批地倒下了。

我们是否碰上了自己的主人？有些蚁城已经向恐龙交出了它们对觅食地盘的控制权，它们终日逃窜，生活在恐龙互斗的阴影之下。地面因为它们的一场场恶斗而颤抖着。白蚁们自己也收起了大颚。

后来，一个黑蚁窝的女王发出命令：所有蚁城必须联合起来共同对付这些恶魔。

简单的讯息冲击了全球，蚂蚁们结束了内战。任何一只蚂蚁都不允许向其他的蚂蚁开战，无论其种类、大小如何。全球大联邦就这样诞生了。

通讯蚁在各蚁城间来回奔波，相互转告恐龙的威力与弱点。这些野兽看起来无懈可击，但每种动物总会有一个致命的弱点，这就是大自然的安排。我们一定要找出恐龙的这个弱点，事实上，我们已经找到了。恐龙一身鳞甲，其缺陷就在于它的肛门。

只要从这道门户侵入恐龙的身体，从它们的身体里面来杀它们就可以了。消息传得很快，各处的蚂蚁军队都成群涌入了这条敏感的通道。与骑兵、步兵、炮兵们交战的不再是恐龙的尖爪、脚掌和牙齿，而是内脏里喷射而出的消化液、白细胞和肌肉的条件反射。

有许多恐怖的故事讲述的就是这些军队如何迈着小小的步子，杀进敌人的身体里去冒险。兵蚁们在巨大的结肠中一拐一弯地前进着。突然，通道的末端射出了一枚致命的炮弹：一团屎。

战士们拼命地奔跑着，躲进肠道的褶皱里。恶心的石头有时会卡在肠子的拐弯处，有时又会滚下来把我们的军队压得粉身碎骨。

屎成了蚂蚁军团最主要的对手。多少蚂蚁被一阵坚硬如石的碎屎击中而昏死过去！多少蚂蚁被溺死在污浊的屎浆中！多少蚂蚁仅仅因为一个屁里的臭气就被熏得窒息而死。

尽管如此，大多数蚂蚁军团还是及时穿透了肠道壁。就这样，在这些小生物的攻击下，高大的肉山一座接着一座塌了下来。食肉的、食草的、长着锯齿尾巴的、备着长枪的、挺着尖刺的、带着毒液的、披着坚实的鳞片的，没有一种恐龙能和这些意志坚定的小手术家相抗衡。一双简单的大颚比树一般高的犄角更为有效。

蚂蚁们要花几十万年的时间才能将这些恐龙屠杀殆尽。终于，有一个春天，当大家醒来时，天空变得格外晴朗，再也见不到任何一只恐龙了。只有身形小小的蜥蜴获得了赦免。

希丽·普·妮移开触角，在化学图书馆里踱着大步，沉思着。

这样看来，地球上还有过好些居民轮番想做万能的主人，而且它们都有过一段显赫的日子，直到蚂蚁教它们学会了谦虚。

蚂蚁是地球上唯一的、真正的主人。希丽·普·妮为自己身为其中一员而深感自豪。

“我们很小很小，却懂得如何战胜外表凶残、身躯高大的敌人；我们很小很小，却知道如何思索，解决看似无法解决的难题；我们很小很小，却从来不曾在那些看起来无懈可击的活肉山那里得到任何教训。”

只有蚂蚁文明才能延续那么长久，因为只有它们才知道如何去消灭自己所有的竞争对手。

女王很后悔没有去研究困在蚁城下面的手指。如果它早听了 103 号的话，先去研究它们，就一定能找出手指的弱点，这样远征军准能凯旋，而不至于像现在这样一败涂地。

也许现在还不算太晚？也许在那块花岗岩下还有几个幸存下来的手指？她知道，蚂蚁教徒们一直在费尽心思给它们运送食物。

希丽·普·妮决定到蚁城下面手指的住处和这个“活石头博士”谈一谈。蚂蚁探子们可是把它捧得比天还高。

192. 癌

103 号意识到手指那边发生了什么不寻常的事。一片片阴影在高处晃动着，空气里像是罩上了一层死亡的气息。它问道：

收：什么事不对劲吗？

发：阿尔蒂尔昏过去了，他病了，癌扩散，这是一种不治之症，我的母亲就是这样死的。我们对这种病一点办法也没有。

收：癌是什么？

发：是一种细胞无限制激增的疾病。

为了更好地思考，蚂蚁仔细地洗了洗它的触角。

收：我们这里也有这种现象，可这不是一种病，你们所说的癌不是病。

发：那是什么？

破天荒的，一个人向蚂蚁问出了“那是什么”？而这个问题恰恰是这只蚂蚁已经重复了多少遍的一句话。现在，轮到蚂蚁来解释了。

收：很久以前，你们所说的癌症也曾袭击过我们，死了很多蚂蚁。在连续几百万年的时间里，我们都把这种灾难当成是一种无法根除的祸患。所有得了这种病的姐妹宁肯立即停止心跳，结束生命。后来……

三个人惊异地听着。

收：后来，我们才知道，是从前看待问题的角度不对，必须采用不同于以往的方法，去理解它，研究它，而不是像过去那样，根据它所变现出来的形状而将它视为疾病。我们找到了正确的方法，因此，几万年来，在我们的文明中，不再有任何一只蚂蚁死于癌症。喔，当然，我们可能生其他疾病而死，但是在你们这里，一得癌症，就完了。

蕾蒂西娅诧异极了，她呼出的热气给玻璃罩蒙上了一层水蒸气。

发：你们找到治疗癌症的办法了吗？

收：那当然，我会告诉你们的。不过，我要先出去透透气，老关在这个罩子里我快要闷死了。

蕾蒂西娅小心翼翼地将103号放到一个火柴盒里，盒子下面垫了一层柔软的棉花。然后，她把蚂蚁带到阳台上。

蚂蚁战士嗅到了凉凉的微风。在这里，它甚至能辨别出远处飘来的森林的气息。

“小心，别把它放到栏杆上去，”雅克·梅里埃斯大声喊道，“千万别让它掉下去了。这只蚂蚁可是个宝贝啊。它不但答应去救那几条人命，还说知道治癌症的办法，如果这是真的……”

他们手拉手，做成一个摇篮，把盒子放在中间。接着，拉米尔夫人上来找他们了。

她刚把丈夫扶上了床，阿尔蒂尔现在已经睡了。

“我们的蚂蚁说知道医治癌症的方法。”梅里埃斯告诉她。

“那就应该让它说出来啊，快点啊！阿尔蒂尔已经没有多少时间了。”

“就等几分钟，”蕾蒂西娅说，“它说要透透气，我们应该理解它。要知道，它关在罩子里好几天了，一直在不停地看电视，世界上没一只动物经得起这么折腾。”

但是，另一个女人已经失去了往日的镇静。

“它可以待会儿再休息，应该先救我丈夫，这是刻不容缓的事情。”

朱莉娅特·拉米尔向着蕾蒂西娅的手臂扑了上去。蕾蒂西娅向后退了一步，不让她拿那个小盒子。这条木制的小船有一刹那悬在了空中，拉米尔夫人用力一拖蕾蒂西娅的手腕，这股力量足够让小船翻个身了。

盒子掉了下去，有一瞬间，103号还坐着它那柔软的飞毯在空中飞翔，然后它就开始下落，下落，不断下落。手指的窝好高啊！

103号感到一阵恐惧，它撞上了一辆轿车的金属车顶，还被反弹了好几下。它四面乱跑，那些“好”手指和它们那台交流机器在哪儿呢？103号边跑边分泌出费洛蒙来，可是再也没有人能明白其中的意思了。

“蕾蒂西娅、朱莉娅特、阿尔蒂尔、雅克！你们在哪里？像这样的透气法，我的气早已透够了。带我上去，我把一切都告诉你们！”

它待着的那辆车发动了。

103号用它所有的腿紧紧地抱着车子顶上的天线。风在它四周呼呼作响，就是在“大角”的背上，它也不曾前进得这么快过。

193. 百科全书

文明间的碰撞：印度是一个能吸收一切外力的国家。所有曾试图在这片国土上立足的军队首领都被它耗尽了体力。随着他们不断地深入印度的内部，这个国家对他们的影响也不断增强。他们会渐渐失去自己好战的本性而沉醉于印度文化的精华之中。印度就是一块儿能源源不断吸收一切力量的海绵。他们来到印度，印度征服他们。土耳其——阿富汗的穆斯林曾对印度发动该国历史上遭受的首次大规模的侵略战争。1206年，他们攻占德里，紧随其后的就是连续五个苏丹王朝的统治。这五个王朝无一不曾企图吞并整个印度半岛。可是，在南进的过程中，军队的力量不断削弱，士兵们丧失了战斗的意志，任凭自己沉迷于印度民俗之中。苏丹王朝渐渐走向没落。

最后的一个苏丹王朝——洛迪王朝（Lodi）被蒙古王巴布尔（Babur）推翻了，他是帖木儿的后代。[译者注：帖木儿（Tamerlan，1336—1405），信仰伊斯兰教的突厥人征服者，以其野蛮的征服和其王朝的文化成就载入史册。] 1527年，他在印度建立了蒙古人的帝国，可他到达印度中部后就立刻放下了武器，狂热地迷上印度的绘画、文学和音乐。

巴布尔的一个后裔阿克巴（Akbar）统一了印度。他用的是怀柔政策，汲取当时流传的各种宗教中最讲究平和的内容，将它们相互结合，创造出一种新的宗教从而实现了统一。几十年以后，巴布尔的另一个后裔奥朗则布（Aurangzeb）又企图以武力将伊斯兰教强加给印度半岛上的人们，印度人民奋起反抗，印度又一次分裂了。所以，要想用武力征服这片大陆是不可能的。

19 世纪初，英国人集结军队，攻占了所有的商埠和大城市，但从来就没能完完全全地控制印度全国。他们仅满足于在整个印度大环境下建起几个聚居点，即所谓的“英国文化小区”。

就像严寒守卫着俄罗斯，大海保卫着日本和大不列颠岛，一堵精神之墙收服了所有的侵略者，保护着印度。在今天所有去印度探险的旅游者只要在这个海绵之国待上一天，就会不断地问自己“有什么好的?”“这是干吗来着?”之类的问题，然后他们就会放弃在印度的所有计划。

埃德蒙·威尔斯

《相对且绝对知识百科全书》第Ⅱ卷

194. 城市里的一只蚂蚁

雅克·梅里埃斯俯身向外探去。

“它掉下去了!”

大家都冲到他身边，努力地想从楼底下辨认出什么东西来。

“它应该是摔死了……”

“不一定，蚂蚁有从高处摔下而不死的本领。”

朱莉娅特又激动起来。

“快去找它啊，只有它才能救我的丈夫和你们蚁窝下面的朋友。”

他们几级一跨冲下楼梯，细细地搜寻起停车场。

“千万小心你们的脚下!”

蕾蒂西娅在车轮下寻觅；朱莉娅特·拉米尔来到楼下做点缀之用的矮树丛里仔细地寻找；而雅克·梅里埃斯则按响了楼下所有邻居的门铃，询问是否有一只蚂蚁被风吹到了他们的阳台上。

“你们有没有看到一只头上有个红点的蚂蚁?”

邻居们显然都把他当成了精神病。好在他有三色卡（工作证），他们还是让他进去到处搜寻了一番。

整整一天，他们都在不停地寻找。

“怎么办呢? 天知道 103 号现在会在哪里!”

朱莉娅特·拉米尔拒绝认输。

“如果这只蚂蚁真的知道怎么治疗癌症，那么不管付出多大的代价都必须要找到它。”

他们又仔仔细细搜寻了很长时间。这里哪会少得了小昆虫呢！即使是用了照明放大镜，这只头上点了个红点的褐蚁还是无处可觅。

“要是我们点在它额头上的不是红指甲油，而是放射性标记就好了！”梅里埃斯很是恼火。

大家集中起来共同商议对策。

“就算是在枫丹白露这样的大城市里，也一定会有办法找出这只蚂蚁的。”

“我们把所有想得到的办法都罗列出来，然后再挑选可行的。”拉米尔夫人提议。

于是大家你一言我一语地提出各种办法来。

“可以借助军队和消防队的力量在市里一米一米地搜寻。”

“可以向我们碰上的所有蚂蚁询问是否看到过一只头上有红点的蚂蚁经过。”

看来没有一个令人满意的法子。于是蕾蒂西娅又建议道：

“我们能不能在报上登个启事呢？”

大家面面相觑。这个想法也许并不像表面上看起来那么傻。他们继续苦思冥想，可没有一个人能想出更好的办法。

195. 百科全书

胜利：为什么任何形式的胜利都会令人无法忍受？为什么只有失败那抚慰的热情才深深吸引着人们？这也许是因为失败只能是变革一切的序曲，而胜利却鼓励我们继续以往的言行。失败意味着改革创新，胜利却意味着因循守旧。所有的人都能隐约感知到这条真理的存在，因此最明智的人要成就的不是最伟大的胜利，而恰恰是最壮烈的失败。汉尼拔（译者注：迦太基人，古代最伟大的军事统帅。）在唾手可得的罗马城前抽身而退，而恺撒毅然在3月15日走向了元老院（译者注：恺撒于公元前44年3月15日在元老院被刺杀。）。

让我们从这些史实中总结出教训来吧。

我们从不愿意太早去预见失败。我们从来不会将跳板造得太高，因为从那跳板上我们将纵入无水的泳池。

而一个头脑清醒的人，他的生活目标就是完成一次彻彻底底的失败，让它成为所有同时代的人共同的教训。因为，从胜利中什么也学不到，只有从失败中才能有所学。

埃德蒙·威尔斯

《相对且绝对知识百科全书》第Ⅱ卷

196. 全民动员

《周日回声》报的《宠物走失》专栏里刊登了一幅模拟画像，上面用钢笔画了一个蚂蚁头。

说明：注意，请您仔细阅读下文，这并不是个玩笑。此图所画的蚂蚁可以救出17个人，他们的生命危在旦夕。下述特征能帮助您避免将它和其他蚂蚁相互混淆：

103683号，褐蚂蚁，故全身并非全黑。其胸部和头部均为红褐色，仅腹部颜色较暗。

体形：体长3毫米，甲壳上有擦痕，触角短，人接近时会射出蚁酸。

眼睛较小，两颚宽而粗短。

特别标记：前额上有一红点。

如您发现它的行踪，即使不能确定，只要您认为是找到了它，就请看好它，并立即拨打电话31415926，与蕾蒂西娅·威尔斯联系。您也可拨打警局电话找雅克·梅里埃斯警长。

所有能为寻找103683号提供有用线索者，都将获得10万法郎的奖金。

蕾蒂西娅、梅里埃斯和朱莉娅特·拉米尔都在努力同饲养缸里的蚂蚁及马路上随便抓来的蚂蚁交谈。饲养缸里的蚂蚁的确听说过贝洛岗，但没有办法带他们去，它们甚至连现在自己是在哪儿也不知道。至于癌症的秘密，它们更是连问题问的是什么也搞不清楚！

从马路上、花园里、屋子里随便抓到的蚂蚁对这些事情也都是一问三不知。

花了这么大的力气，他们这才意识到，原来大部分蚂蚁都相当愚笨，它们什么都不感兴趣，什么都不懂，只想着怎么填饱它们的肚子。

雅克·梅里埃斯、朱莉娅特·拉米尔和蕾蒂西娅这才知道，103 号是个多么特殊的例外，它的智慧在蚂蚁里是独一无二的。蕾蒂西娅用一个小钳子收起了所有的小皿，那是 103 号用来盛放有关手指的动物学费洛蒙的。

无疑，103 号确实十分渴望能完全了解它所处的世界和时代，像它这般强烈的好奇心和求知欲就是在人类身上也很少能看到。103 号的确是非同一般，蕾蒂西娅这样想着。她咬着双唇，不禁陷入了对 103 号无尽的思念之中。

有一刻，她几乎想要为它祈祷，不管怎么说，除非是奇迹发生，还有什么能帮他们在一个人类的城市中重新找到一只蚂蚁呢?

197. 骸骨成堆

希丽·普·妮女王在一群长颚卫队的簇拥下向蚁城的下面走去。她埋怨自己没有早点和“活石头博士”对话。现在，她已经清楚地想好了所有要问的问题，她知道要如何去找出他们的弱点。而且，她已经决定要给他们吃的。必须用吃的来引诱他们，就像对付野蚜虫，先要引诱它们，然后才能割下它们的翅膀，把它们关到棚里去。

第 10 层：一股强烈的欲望在心里升起，女王加快了脚步。

是的，它要给他们吃的，要和他们说话。它要做记录，要记下很多很多有关手指的动物学费洛蒙。

在它的身边，卫兵们蹦蹦跳跳的，所有的蚂蚁都感觉到今天一定会有什么重大的事情发生。联邦的女王、革新运动的发起者终于同意和手指对话，研究他们，以便更好地消灭他们。

第 12 层：希丽·普·妮觉得自己真是愚蠢透顶，没有早点听 103 号的话，很早以前就应该开始和手指对话，它早就该听从母亲的劝告。贝洛·姬·姬妮就同他们说过话，要做和它相同的事情真的一点也不难。

第 20 层：希望下面的那些手指还活着，希望出于想要干一番事业，而不是模仿母亲的好意，它不会把事情搞得一团糟。不能背道而驰，但也不能完全照搬，它必须继承、延续母亲的功绩，而不是抹杀它们。

它四周的蚁群一如往常，热闹非凡。城民们都用触角末端向它致意。不过，大多数蚂蚁都很奇怪怎么今天女王会来到蚁城的那么下面。

第 40 层：希丽·普·妮带着它的卫队飞奔起来，并反复地说着："希望还不算太晚，希望还不算太晚。"它在过道中转了好几个弯，被一个从没见过的房间堵住了去路。房间的形状很怪，应该是在这没什么蚂蚁居住的 40 层里造了不到一星期。

突然，蚂蚁教徒出现在它的面前，这是所有死了的蚂蚁教徒的尸体。它们都被集中到了这里。几百只一动不动的蚂蚁看来像是在挑衅这位不速之客。

城里居然还留着一些兵蚁的尸首！女王又惊又怕，不禁向后退了一步。它身后贝洛岗的卫兵们也吓破了胆。

那么多的死尸堆在这里干吗？它们早就该扔到垃圾堆里去了。女王与卫兵们在这间死尸陈列室里走了几步，大多数尸体都保持着战斗的姿势：两个大颚张得开开的，触角射向前方，随时准备向对手扑过去。只不过，它的对手也已经不会动了。

一些尸体上还留下了臭虫的雄性生殖器扎出的小眼，它们必然是女王下令杀死的。

希丽·普·妮感到非常古怪。

眼前的场面给它的印象太深刻了，它们就和……皇宫里母亲的尸体一模一样。

令它吃惊的事情并没有到此结束。

在这些过分僵硬的蚂蚁尸体里，有什么事情正在发生。是的，它们之中至少有一半在动。是幻觉？还是因为很久以前不小心吃了久置的蚜虫蜜露这种毒品，现在才发作？恐怖！

到处都是动来动去的尸体！

而且这也绝对不是幻觉。几百只蚂蚁鬼魂正在和它四周的卫兵交战，到处都在打斗。女王的卫兵们虽然都有长长的大颚，可手指教派叛军的数量实在太多了。何况，它们在这个奇怪的地方受到了惊吓，反应过激，这些因素都对这些久经沙场的战士极为不利。

蚂蚁教徒们一边作战，一边抖动着触角，不断地释放出同一种费洛蒙来：

手指是我们的神明。

198. 找到了

就像一颗炮弹，蕾蒂西娅气喘吁吁地突然出现在拉米尔家的阁楼上，雅克·梅里埃斯和朱莉娅特正在几百封来信和来电里辛辛苦苦地挑选有价值的信息。这就是全民动员的结果。

“有人找到它了！有人找到它了！”蕾蒂西娅大声地喊着。

两个人却一点反应也没有。

“已经有 800 个骗子自称找到了，”梅里埃斯道，“他们随便找只蚂蚁，在它的头上点上红色的颜料，然后就来领赏。”朱莉娅特·拉米尔又补充道：

“我们甚至碰上过拿着刷成红色的蜘蛛和蟑螂来的。”

“不，不，这次是认真的。有个私家侦探看到我们登的启事后就在鼻子上架了一副眼镜形放大镜，在整个城市兜来兜去……”

“你凭什么相信他是找到了 103 号呢？”

“他在电话里说蚂蚁头上的一点不是红的，而是黄的，而我的指甲油如果在手上留了很长时间，就会变成黄的。”

的确，这条理由很有说服力。

“得把蚂蚁带来才行。”

“蚂蚁不在他那儿，他说找到它了，但是没能抓住它。103 号从他的手指缝里溜走了。”

“他是在哪儿看到 103 号的？”

“你听了别激动，要在那地方找一只蚂蚁可不容易。”

“是哪儿？快说！”

“在枫丹白露地铁站里。”

“在一个地铁站里？”

“可现在是六点钟，高峰时间，那里肯定有很多人。”梅里埃斯不觉着急起来。

“现在是每秒必争，如果错过了这个机会，我们一定再也找不着 103 号了，这样……”

“我们快走！”

199. 轻松一刻

两只胖蚂蚁瞪着一对绿色的眼睛，不怀好意地咧着嘴，向一堆食物走过去。那里有一段香肠、几罐果酱、一点比萨饼，还有些腌酸菜配土豆猪肉。

“嘿嘿，嘿嘿，人都不在，我们来美美地吃上一顿吧。”两只蚂蚁朝食物冲过去，用开听刀打开什锦罐头，又给自己斟上几大杯香槟，举着高脚杯互相干着。

突然，一束灯光照亮了它们，黄色的烟雾从一只喷雾器里喷了出来。

两只蚂蚁高高地竖起了眉毛，瞪圆了本来就已经很大的眼睛：

“救命啊，家洁净来啦！”

“不，不是家洁净，什么都可能，就是不可能是家洁净。”又来了一阵黑色的烟雾。

“啊——咯——呵。”

蚂蚁瘫到了地上，镜头向后推，有个男人手里晃动着一只喷雾器，那上面写着几个大字：家洁净。

他面带微笑，对着镜头说道：“随着天气转晴，气温迅速回升，蟑螂、蚂蚁又开始到处横行。有了家洁净，难题迎刃而解。家洁净，不分害虫种类，将壁橱里的小虫一网打尽。家洁净对您的孩子无毒无害，对讨厌的昆虫毫不留情。家洁净，CCG 的新产品。CCG，高效的标志。”

200. 地铁里的追踪

雅克·梅里埃斯、蕾蒂西娅·威尔斯和朱莉娅特·拉米尔都处在极度激动的状态下。他们看见乘客，不分青红皂白劈头就问：

“您有没有看到一只蚂蚁？”

“对不起，您说什么？”

“它一定是往那儿去了，我敢肯定，蚂蚁最喜欢昏暗的地方，必须到暗的角落里去找。”

雅克·梅里埃斯对着一个行人破口大骂：

“看看你的脚踩哪儿啦，他妈的，你会踩死它的！”

没有一个人明白他们在搞什么鬼。

“踩死？踩死谁？踩死什么？”

“103 号！”

大多数乘客从他们身边匆匆而过，对这些捣乱分子不理不睬。他们对这种反应早已习惯了。

梅里埃斯靠在瓷砖墙面上。

“妈的，在地铁站里找一只蚂蚁，这不就是等于在一堆干草里找根针吗?”

蕾蒂西娅猛地拍了一下额头。

“可不是嘛，就这么回事！怎么早点没想到！‘在干草堆里找一根针。’”

“你想说什么?”

“要在干草堆里找一根针，该怎么做呢?”

“那根本就不可能!”

“不，完全可能，关键在于要有正确的方法。要在干草堆里找针，再简单不过了：只要放一把火，把干草烧了，再用吸铁石到灰堆里去吸就可以了。”

“好，就算你说的对，可这跟103号又有什么关系呢?”

“这只是个类比，只要想出办法就行了。一定会有办法的。”

他们又凑到了一起，共同出谋划策。要想个办法!

“雅克，你是警察，那你就去找站长，让他立刻疏散人群。”

“他肯定不会同意，现在是高峰时间啊!”

“你就说有人放了炸弹嘛！他不会冒上几千条人命的危险，让自己一辈子良心难安的。”

“行。”

“好，朱莉娅特，您可不可以调配一句费洛蒙句子出来?”

“什么句子?”

“到最亮的地方会面。”

“没问题，我可以准备30毫升，然后到各处去喷洒。”

“太好了。”

“我知道了，你想在站台上安一个高功率的照明灯，再让它来找我们。”

“我家里的褐蚁总是朝有光的地方爬，为什么不试试……”

朱莉娅特·拉米尔配好了“到最亮的地方见面”的费洛蒙，将液体装到一个香水喷头里。

地铁站里的高音喇叭响了，要求所有的乘客都保持冷静，有秩序地疏散。大家都相互推挤起来，尖叫着，在别人的脚上踏来踏去。

有人大喊："着火啦！"人群顿时一片恐慌。所有的人都跟着叫了起来。人流迅速朝外涌去，隔离护栏被推翻了，人们争着向外挤，有的甚至动起手来。高音喇叭里的"保持冷静，不要慌乱"算是白叫了，这些话起的只是反面效应。

面对着四周一大堆相互踢打、吵闹、混乱的鞋底，103 号决定藏到枫丹白露车站的陶制站名 FONTAINEBLEAU 的字母间隙里去。它选了字母表上的第六个字母 F，然后就待在那里，直到喧闹的手指汗水的气味平静下来为止。

201. 百科全书

ABRACADABRA：在希伯来语中，这组神奇的字母组合 ABRACADABRA 的意思是"愿所言成真"（即希望所说的一切都能成为现实）。中世纪时，人们把它用作治疗发烧的咒语，后来这句话又为魔术师所用，表达的意思是他的表演即将结束，观众们将看到节目最精彩的高潮部分（是不是他的话变成了活生生的东西的那一刻？）。然而，这句话并不像它乍看之下那么平淡无奇。首先，必须将组成这句话的九个字母（希伯来语中不写元音 HA BE RA HA CA DA BE RE HA，所以就成了 HBR HCD BRH）依以下方式排列成九行，字母依次减少，直到最后就剩下第一个字母 H（希伯来语中的第一个字母 Aleph 的发音是 Ha）：

HBR HCD BRH

HBR HCD BR

HBR HCD B

HBR HCD

HBR HC

HEB H

HBR

HB

H

这种排列方式意在最大限度地汲取天上的能量，将它们带给下面的人类。所以，要把这道吉祥符想象成漏斗形，组成其四周的 Abracadabra 的字母组合呈螺旋形飞旋，成为一个高速转动的旋涡。它能将高一级时空中的力量吸引至其底部的极端。

埃德蒙·威尔斯

《相对且绝对知识百科全书》第Ⅱ卷

202. 地铁里的一只蚂蚁

太好了，人群终于散去了。103 号从它的藏身之处跑出来，在空旷的地铁通道里走着。

无疑，它从没来过这种地方，也不喜欢氖灯的这种刺眼的白光。

203. 无缘相逢

贝洛岗城中一片金戈交加。

叛军从天花板上跳下来。没有一名战士过来营救它们的女王，大家就在信徒们的干尸之间激烈地打斗着。很快，形势偏向了占有数量优势的那一方。

希丽·普·妮被围困在一双双大颚之间，它能感到来者不善。这些蚂蚁似乎完全认不出它的皇家费洛蒙来。一只蚂蚁向它靠近，大张着两颚，看来是准备割下它的脑袋。这个杀手边冲上前来边释放出费洛蒙：

手指是我们的神明！

这就是解决的办法，必须找到手指。希丽·普·妮可不想就此丧命。它冲进混战的蚁群，推开那些企图挡路的大颚和触角，在各条往下而去的通道里狂奔。它的目标只有一个：手指。

45 层、50 层，它很快就找到了通向蚁城下面的走道。手指教派的叛军在它的身后追赶着，它都能嗅出它们仇恨的气息。希丽·普·妮穿过花岗岩通道，来到了“贝洛岗第二”，这是它的母亲为过来同手指对话而兴建的另一座城市。

城市的中央有个东西的轮廓依稀可辨，一根很大的管子从那里伸出。希丽·普·妮知道这个树脂包裹下的丑陋东西是什么。探子们早已将这个东西的名字告诉了它——“活石头博士”。

女王碰了碰这只假蚂蚁的触角。

“我是希丽·普·妮女王。”它用触角的第一节发出讯息。与此同时，它还用其他的10个触角节杂乱无章地释放出长短不一的气味波来，其中包含了很多信息：

“我想拯救你们，今后，我会给你们吃的，我愿意和你们对话。”

那些蚂蚁信徒也像是在等待某个奇迹的发生，居然没有对它发动攻击。

然而，什么也没有发生，神明们已经沉默了好几天，就算是女王到了，他们还是拒绝开口。

希丽·普·妮进一步提高了气味讯息的浓度。

“活石头博士”一点动静也没有，它就那样一动不动地待着……

忽然，一个想法有如一道闪电带着强烈的光芒划过女王的脑海。

“手指是不存在的。手指从来就没有存在过。”

这根本就是个天大的骗局，是几代女王的费洛蒙和生病蚂蚁的反常行动所散布的谣言、假讯息、虚构的故事。

103号说了谎，它的母亲贝洛·姬·姬妮说了谎，叛乱的蚂蚁在说谎，大家全都在说谎。

“手指是不存在的。手指从来没有存在过。”

它所有的思想就到此停止了。十几片锋利的大颚像刀一般插入了它的胸膛。

204. 寻找103号

地铁站站长按雅克·梅里埃斯的吩咐，关上了所有的照明灯，又给了他们一个功率很大的手电照亮站台。朱莉娅特和蕾蒂西娅已在站内各处喷洒了召唤103号的费洛蒙。接下来能做的就只有等待了。他们急躁不安，心都跳到了嗓子眼，就这么等着103号向指示灯爬过来。

103号看到几个黑影，那是在一束强光的照射下形成的，这光束比它刚才看到的氖光灯还要亮。根据那些“好手指”散播的消息，它向着那块很亮的地方爬去。它们应该就在那里。等找到它们以后，一切又都会正常起来的。

这样的等待真的好漫长啊！雅克·梅里埃斯待不住了，他在过道上踱来踱去，还点上了一支烟。

“快把烟熄了，烟味会吓跑它的。蚂蚁怕火。”

警长在鞋跟上熄灭了烟，又开始踱起步来。

“不要走来走去的。万一它从那边过来，你说不定会踩死它的。”

“这你不用担心，如果说我这几天有什么事情是一直反复不断在做的，那就是看着我的脚是往哪儿踩的！”

103号又一次看到有一块块平平的东西朝它靠近。这费洛蒙一定是个陷阱，是那些专杀蚂蚁的手指为了方便杀它而散布的讯息。它掉头就跑。

蕾蒂西娅·威尔斯看到它出现在手电光的光圈里。

“快看！单独的一只蚂蚁，肯定是103号。它已经来了，可你的鞋底吓着它了。万一它再逃走，我们又要找不着它了。”他们迈着小小的步子向它靠近，可103号还是在逃。

“它认不出我们了。对它来说所有的人都像是座高山。”蕾蒂西娅很是懊恼。

他们把手指伸到蚂蚁面前，可103号左躲右闪，迅速地溜了开去，就跟那次野餐时一模一样。它朝着铁路的路基飞快地跑去。

“它认不出我们，也认不出我们的手，居然从我们的手指边上溜过去了。怎么办呢？”梅里埃斯急得大叫，“万一它跳出站台，钻到路基的石子堆里，那我们就再也找不着它了！”

“别忘了它是只蚂蚁。对付蚂蚁，只有气味才管用。你带水笔了吗？墨水的味道很浓，应该可以拦住它。”

它在飞跑，它在向前猛冲。忽然，一堵气味墙横在了前面，散发着浓浓的酒精味。103号赶紧用足了六条腿上全部的力气刹住脚步，然后沿着这气味恶心的墙壁走了起来，就好像那儿有一道虽无法看见却也无法逾越的界线。接着，它就绕过这堵墙，继续逃命。

“它绕过水笔画的线了！”

蕾蒂西娅赶紧冲上去拦住目标的去路，并迅速在它的周围画上了一个三角形，将它围在了中间。

“我被这些有气味的墙给困住了，”它对自己说，“怎么办呢？”

它鼓足勇气，高高地越过了水笔线，就好像那是一堵玻璃墙，然后就看也不看前面，只顾上气不接下气地继续奔跑。

这些人没料到它会有这样的勇气和胆量。

他们惊讶得方寸大乱，相互推来挤去。

“它在那儿。”梅里埃斯用手指着。

“在哪儿？”蕾蒂西娅问。

“当心——！”

蕾蒂西娅的身体失去了平衡，接着发生的一切就像是电影里的慢镜头：她为了稳住身体，向旁边踏出一小步。这是纯粹的条件反射。高跟鞋的跟尖提了起来，落向……

“不——要——！”朱莉娅特·拉米尔尖叫起来。

她用尽全身力气想在蕾蒂西娅脚跟落地之前把她推开，太迟了。

103号一点躲开的反应也没有。它看到一片黑影向自己猛扑上来，它只来得及想自己的生命就到此结束了。它的一生是那么丰富多彩，一幅幅画面如电视般在脑海中闪现：丽春花战役、追杀蜥蜴、世界尽头的景象、金龟子背上飞翔的情景、金合欢树、蟑螂们的镜子，还有在发现手指文明前一次又一次的战斗……足球、世界小姐选美……介绍蚂蚁的片子。

205. 百科全书

亲吻：常有人会问我人类从蚂蚁那里照搬了什么，我的回答是：口对口的亲吻方式。长久以来，人们一直认为是生活在公元几百年前的古罗马人创造了接吻方式。实际上，他们所做的仅限于观察昆虫而已。根据他们的理解，蚂蚁相互接触口部是一种用于巩固其团体的友好动作。他们并没有真正了解这种动作的全部含义，只是认为蚂蚁必须重复这种接触动作来加强各蚁窝间的团结一致。嘴对嘴的亲吻其实是对蚂蚁口对口的食物交换的模仿。区别只是，在真正口对口的食物交换过程中，双方相互将自己的食物交给对方；而在人类的接吻过程中，双方互赠的不是食物，而是唾液。

埃德蒙·威尔斯

《相对且绝对知识百科全书》第Ⅱ卷

206. 另一个世界里的103号

他们看着103号被压扁的身子，个个呆若木鸡。

“它是死了吗？……”

这只小东西不动了，一点也不动了。

“它死了！”

朱莉娅特举起拳头砸向墙壁。

“一切都完了，我的丈夫没救了。我们所有的努力都白费了。”

“真是太傻了！眼看就要到手了，却还是输了！我们就差了那么一点点。”

“可怜的103号……，这个了不起的生命，那么一鞋跟下去就完了……”

“都是我的错，都是我的错。”蕾蒂西娅口中反复念叨着。

只有雅克·梅里埃斯是他们之中最现实的。

“它的尸体我们该怎么处理呢？总不能扔了吧！”

“应该给它造个小坟……”

“103号可不是随随便便哪只蚂蚁，它是低级时空里的奥德修斯，或者说是马可·波罗，是它们文明中的杰出代表。一个简单的小坟配不上它。”

“你想怎么样，建一座纪念碑吗？”

“不错。”

“可是到现在为止，除了我们几个以外，没有人知道这只蚂蚁曾立下的功绩，没有人知道是它架起了两种文明之间的桥梁。”

“那就更应该去到处宣传，要引起全世界的注意，”蕾蒂西娅的语气十分坚定，“这件事的意义实在是太重大了，应该让它产生更深远的影响。”

“我们再也找不出比103号更出色的‘使节’了，它有好奇心，还有一个使节所必须具备的极为开放的思想。我是直到同其他蚂蚁对话时才认识到这一点的。这真是个绝无仅有的例子。"

“在100万只蚂蚁里，我们也许只能找出一只和它一样出色的。”

可他们知道这是不可能的。103号，他们已经开始接纳它，就像它早已接受了他们那样。一切很简单，就为了大家各自都心知肚明的利益。蚂蚁需要人类节省它们的时间，人类也需要蚂蚁来节省他们的时间。

多可惜啊！眼看成功在望，却还是失败，这是多么可惜的事啊！

即使是雅克·梅里埃斯也无法对此无动于衷。他一脚一脚不停地向长凳踢去。

“真是蠢透了……”

蕾蒂西娅忍受着负罪感的煎熬：

“我没看见它，它是那么小，我真的没看见它！”

他们的目光都落在这个小小的、一动不动的身子上。这只是一件东西。乍一眼看到这副被扭曲的身架，没有人会相信这就是曾经的103号，第一支反手指远征军的指挥者。

他们就在这具小小的遗体前默哀着。

忽然，蕾蒂西娅瞪大了眼睛，跳了起来：

“它动了！”

他们仔仔细细地审视这只一动不动的小昆虫。

“你是把自己的希望当成了现实。”

“不，我没有做梦。我肯定看见它动了一下触角。虽然动的幅度微乎其微，但我看得很清楚。”

他们面面相觑，又继续久久地凝视着这只小虫子。那上面一点点生命的迹象也没有。它就凝固在那里，像是处在一种极度痛苦的痉挛之中，竖着触角，缩着六条腿，似乎准备再度踏上漫漫征途。

“我……我肯定它有一只脚动了动！”

梅里埃斯扶住了蕾蒂西娅的肩膀。他知道是她的情绪过于激动，才会看到心里所希望发生的事情。

“很抱歉，完全只是尸体的条件反射，真的。”

朱莉娅特·拉米尔不想蕾蒂西娅再有所怀疑，就拾起这具被极刑处死的尸体，拿到她的耳边，甚至干脆放进了她的耳道里。

“你以为你能听到它的心跳吗？”

“谁知道呢？我的耳朵非常灵敏，任何细微的动静都能听到。”

蕾蒂西娅又拿起这位英雄的遗体，平放到长凳上。她在它身边跪了下来，小心翼翼地将一面镜子放到它的大颚上方。

“你想看到它还在呼吸吗？”

“蚂蚁是会呼吸的，不是吗？”

“它们的呼吸太弱了，我们察觉不到任何一点迹象。”他们紧盯着这个被压扁了的小东西，强压下满腔无名的怒火。

“它死了，它是千真万确地死了！”

“103 号是唯一能实现我们人蚁联邦的希望。它在那上面花了多少时间，它还曾希望我们两种文明能相互渗透，是它打开了希望的窗户，是它发现了我们的共同点。其他任何一只蚂蚁都不可能迈出这一步。它已经开始有一点人性化了。它会欣赏我们的幽默和艺术，这都是些无用的东西，就像它说的那样，但是令人如此心醉神迷。”

“我们可以再训练一只。”

梅里埃斯紧紧拥着蕾蒂西娅，安慰着她。

“我们再去找一只蚂蚁来，教它什么是幽默，什么是……手指的艺术。”

“再也不会有像它这样的蚂蚁了。都是我的错……我的错。”蕾蒂西娅反复地说着。

他们的目光久久地落在 103 号的身体上，随之而来的是一阵长长的沉默。

“我们要为它举行一个隆重的葬礼。”朱莉娅特·拉米尔说，“我们要把它埋在蒙帕纳斯墓地，21 世纪最伟大的思想家们的旁边。这个坟墓会很小，我们会在上面刻上‘一位先驱者’，只有我们知道这碑文的含义。”

“我们不要插十字架。”

“也不要鲜花和花圈。”

“只要在地上竖一根小树枝，因为它直面一切，即使它的心里很害怕。”

“而且，它一直都在害怕。”

“我们每年都会去给它上坟。”

“就我个人而言，我可不喜欢反复温习自己的错误。”

朱莉娅特·拉米尔长长地叹了口气。

“实在是太可惜了！”

她用指甲尖轻轻地碰了碰 103 号的触角。

“嗨，你现在可以醒醒了！你骗得我们好苦，我们还以为你是真的死了。告诉我们你只是在开玩笑，你在开玩笑，就像我们人类一样。你看，这不是吗？你创造了蚂蚁的幽默！”她把这个小小的身体捧到灯下。

“也许有一点热量……”

他们都紧紧地盯着 103 号的尸体。梅里埃斯不自禁地轻声为它祈祷起来：“主啊，求您……”

可是，一切依然如故。

蕾蒂西娅·威尔斯强忍着眼泪，可一滴泪水还是流了出来。泪珠沿着鼻梁滚落，绕过脸颊，又在下巴的凹陷处停留了一小会儿，最后滴到了蚂蚁的身旁。

泪珠飞溅开去，一小点咸咸的液体沾上了蚂蚁的触角。

奇迹发生了！大家都睁圆了眼睛，俯下身去。

“它动了！”

这一次，三个人都看到了触角的颤抖。

“它动了，它还活着！”

触角又微颤了几下。

蕾蒂西娅从眼角再接下一滴泪水，碰碰它的触角。

触角又一次动了起来，它们几乎是难以察觉地向后缩了缩。

朱莉娅特·拉米尔用一根手指怀疑地摩挲着嘴唇。

“到底怎么样还不知道呢！”

“它伤得很重，可一定能救。”

“我们得找个兽医。”

“哪有治蚂蚁的兽医啊！”雅克·梅里埃斯说。

“那谁还能救103号呢？没有人救，它一定会死的。”

“怎么办呢？怎么办呢？”

“一定要救它，而且要快。”

他们激动得手足无措起来。刚才还如此强烈地希望看到103号能动一下，而现在，它真的动了，他们却不知该如何救它。蕾蒂西娅·威尔斯真想能抚摸它，安慰它，对它道歉。可她又觉得自己对蚂蚁的时空而言显得那么笨拙，那么粗手粗脚，她只会把事情搞得更糟。那一刻，她真希望自己是一只蚂蚁，可以舔舔它，可以和它口对口好好地来一次食物交换。她又激动得大喊起来：

“只有蚂蚁才能救得了它。必须把它带到自己人那里去。”

“不，它身上已经布满了外面混乱的气味，它自己蚁窝里的蚂蚁已经认不出它了。它们会杀了它的，只有我们才救得了它。”

“我们要有微型手术刀，要镊子……”

“如果就要这些东西，那我们要快！”朱莉娅特大叫起来，“快点回家，也许还来得及，你们还有火柴盒吗？”

蕾蒂西娅又一次万般小心地将103号摆进火柴盒里，并强迫自己相信那里面垫着的手帕不是裹尸布，而是床垫。她手中的火柴盒不是棺材，而是救护车。

103号从触角末端发出微弱的讯息，就像是它知道自己的精力行将用尽，它要最后道一声永别。

他们一边飞跑着冲上地面，一边尽量不让盒子摇晃得太厉害，以免再伤着里面的伤员。

到了外面，蕾蒂西娅满腔怒火地将那双鞋子扔进了阴沟里。

他们叫了辆出租车，请司机开得越快越好，但别让车颠得太厉害。

司机认出了这几个乘客。他们就是上次让他车速每小时别超过100米的那几个人。人会总栽在同几个令人头痛的家伙手中。他们不是悠哉游哉就是十万火急！

不过，他还是开着车向拉米尔家飞驰而去。

207. 费洛蒙

费洛蒙：动物学

主题：手指

记录者：103683号

记录时间：100000667年

护甲：手指的皮肤十分柔软，因此需要保护。手指在皮肤上或遮以植物纤维编织而成的纤维片，后遮以多块金属片，即手指所称的“汽车”。

交易：在贸易关系方面，手指相当无能。它们十分天真，乃至会用好几铲食物去换回一张不能吃的花纸片。

体色：如果三分钟不让手指接触到空气，它就会变色。

求偶炫耀：手指的求偶炫耀是个极为复杂的过程。为吸引异性的注意，它们通常在一种极为特别的地方，手指所谓的“夜总会”见面。在那里，它们可以连续好几个小时面对面不停地扭动，模仿交媾的动作。如果双方都对对方的表现感到满意，它们就会到房间里去进行生殖过程。

名称：手指之间互称为“人”，而它们将我们——地球的主人，称作“蚂蚁”。

人际关系：手指只关心自己，它们生来就有要杀死其他所有手指的强烈欲望。“法律”这种人为建立的严格的社会准则，就是用来克制这种致命的冲动的。

唾液：手指不知道用唾液可以洗自己的身体，他们需要一种叫“浴缸”的特殊机器来洗澡。

天体学：手指竟然认为世界是圆的，并且一直在围着太阳转。

动物：手指对它们周围的自然所知甚少，他们自以为是唯一的智慧动物。

208. 手术，最后的机会

“手术刀！”

阿尔蒂尔的每个命令都立即得到了执行。

“手术刀。”

“1 号拔毛钳！”

“1 号拔毛钳。”

“解剖刀！”

“解剖刀。”

“缝线！"

“缝线。”

“8 号拔毛钳！”

“8 号拔毛钳。”

阿尔蒂尔·拉米尔正在紧张地施行手术，当那三个人带着奄奄一息的 103 号回来时，他已经从昏迷中清醒过来，渐渐恢复了体力。他立刻就明白了同伴们对自己所寄予的期望，撩起了自己的袖子。为确保能有敏锐的感觉来施行这次棘手的外科手术，他拒绝了妻子递上的止痛剂。

现在，雅克·梅里埃斯、蕾蒂西娅·威尔斯和朱莉娅特·拉米尔正围在他身边，俯身注视着微型手术台。它是小精灵的主人用显微镜的载玻片临时改成的，而显微镜则和一台电视摄像机相连。这样，所有的人都能在电视机上清楚地看到手术的进程。

许多待修的机器蚂蚁都在这块载玻片上一个接一个地躺过。不过，这回可是第一只真正有血有壳、生命垂危的蚂蚁躺在上面。

“血！”

“血！”

为救 103 号，必须弄死四只活蚂蚁来采集它们的鲜血做输血之用。他们一点也没有犹豫。103 号是独一无二的，它值得几只同类为它牺牲。

为进行如此小剂量的输血，阿尔蒂尔已先磨光了一根微型针头，并将其插入 103 号左后腿关节的软组织中。

这位临时外科医生不知道这些手术步骤是否让 103 号非常痛苦，看着它那不堪一击的脆弱模样，他还是决定不打麻药为好。

阿尔蒂尔的手术从脱臼中腿的复位开始，他全凭经验而行。左前腿的复位与中腿同样简单。在修理了那么多机器蚂蚁后，阿尔蒂尔的手指已变得非常灵活敏捷。

103 号的胸部被压扁了，阿尔蒂尔用一支小钳子像处理撞坏的挡泥板那样将它恢复原状。然后，又将甲壳被压破的地方用胶水粘补好。在它被刺穿的腹部，阿尔蒂尔则先用一支微型导管输入血液，让腹部鼓起，再用同样的胶水黏合。

“幸好它的头部、触角都完好无损。”阿尔蒂尔感叹道。

“您的鞋跟可真够尖的，只压到了它的胸廓和腹部。”

显微镜的灯光下，103 号渐渐恢复了体力。它把头稍稍前倾，缓慢、轻柔地吮吸着手指放在它面前的蜜露。

阿尔蒂尔直起身子，擦去前额上布满的汗珠，松了口气道：

“我想它已没什么大碍了，只是还需要几天的休息来恢复，把它放到昏暗、潮湿并且温暖的地方去吧。”

209. 百科全书

路在何方：我们应该要想到公元一亿年时的人。（他和现在的蚂蚁积累了同样多的经验。）

他的意识应该比我们发达 10 万倍。我们应该帮助他，这个我们的小孩的小孩的小孩的 10 万次方的小孩。我们要为他找一条黄金大道，那将是一条不会让他为毫无用处的形式主义浪费时间的道路。那将是一条不会让他为保守派、野蛮人、专横者的压力所迫，掉头折回的道路。我们要找到这条通向意识的最高形态的道路；这条从我们形形色色的经验中踩出来的道路。要想找到这条路，就必须改变我们的观点，别让自己在单一思维方式的束缚下变得越来越麻木，不论这是何种思维方式，哪怕是最好的。蚂蚁已经给我们指出了一种精神训练的方法，何不将自己放到它们的位置上去呢？但是也别忘了将自己放到树木、鱼、波涛、花朵、石头的位置上。

一亿年时的人一定能同高山交谈，从而将自己刻入它们的记忆。否则，一切都将只是徒劳。

埃德蒙·威尔斯

《相对且绝对知识百科全书》第Ⅱ卷

210. 深洞

经过三天静养，103 号的伤势已基本痊愈了。它几乎能完全正常地进食（甚至能吃蝈蝈的碎肉和稀粥），还能正常地摇晃触角。它不断地舔洗自己的伤口，去掉那层胶水，并用唾液对伤口进行消毒。

阿尔蒂尔·拉米尔将它的小病人安置在一个纸盒里，随它在里面逛来逛去。纸盒里塞了许多脱脂棉，以免它再碰伤。每天，阿尔蒂尔都记下 103 号伤势的好转情况。它那条断腿看来不太行，只能用另一边来支持身体的分量。

“它需要不断地练习来加强其他五条腿的力量。”雅克·梅里埃斯这么认为。

他说得不错。阿尔蒂尔把 103 号放到一个小型传送带上，四个人轮流帮助它走路，锻炼腿部肌肉。

现在，这位战士已经有足够的体力来继续讨论了。

出事后的第 10 天，他们认为是时候了，可以派出一支小分队去营救乔纳森和他的同伴们了。

雅克·梅里埃斯调来了埃米尔·卡乌扎克以及另外三个下属。蕾蒂西娅·威尔斯和朱莉娅特·拉米尔一同前往。至于阿尔蒂尔，他的身体太虚弱了，再加上这几天过度操劳，所以还是让他舒舒服服地躺在沙发里，等候他们的消息。

他们带上了铁铲、十字镐，由 103 号带路。向着枫丹白露森林出发了！

蕾蒂西娅的手指将蚂蚁放到草地上，为确保不会丢失它，蕾蒂西娅在这个小侦察兵的腰腹处系上了一条尼龙丝，有点像遛狗时用的绳子那样。

103 号嗅着四周的气味，然后用触角指出应向哪个方向前进。

“贝洛岗城，往那边走。”

为了加快速度，手指又捧起它，带它走上一段。只要它摇摇两根细触角，他们就知道它需要重新确定方向，于是就再把它放到地上，让它指路。

走了一个小时以后，他们蹚过一条小溪，来到了一片荆棘丛中。大家不得不放慢速度，让 103 号能好好地辨别正确的气味。

又走了三小时，他们远远望见前面有一大堆树枝，蚂蚁示意，他们已经到达了目的地。

“贝洛岗城，就是这儿？”梅里埃斯十分诧异。要是在其他的情形下，他是绝对不会留意这样一堆枯树枝的。

他们加快了脚步。

“头儿，现在怎么做？”一个警察问道。

“现在，你们就开挖吧。”

“不要碰到蚁城，千万别破坏蚁城。”蕾蒂西娅坚持道，还伸出了一根手指做出威胁状，“别忘了，我们答应过 103 号不会危及它们的城市的。”

卡乌扎克探员仔细地考虑了一下。

“对了，我们只要在旁边挖就行了。如果那地方很大，我们一定能挖到地道。如果我们什么都挖不到，那就向蚁窝下面斜着挖，避开蚁窝。”

“可以。”蕾蒂西娅说道。

他们开始挖起来。像是十七、十八世纪时的海盗在探寻某个无名岛上埋着的宝藏。很快，警察们就挖出了许多干土和烂泥来，但铲子连石头的边也没碰上。

警长为他们打气，鼓励他们继续。

10 米、12 米，还是什么也没有。不少蚂蚁，可能是贝洛岗城里的工蚁，都赶过来打探消息，急于想知道周围这恐怖的地震究竟是怎么回事，害得连蚁城里的环城大道都在不停地摇晃。

埃米尔·卡乌扎克给了它们一点蜂蜜来安慰它们。

警察们已经懒得再碰一碰铁铲了。他们甚至都有在给自己掘墓的感觉。但是，头儿表现出了要坚持到底的决心，他们实在没有其他选择。

越来越多的贝洛岗蚂蚁爬了过来，密切关注着他们的行动。

“这些都是手指。”一只怀疑蜂蜜有毒而不肯吃的工蚁释放出这样的讯息。

“手指为我们的远征报仇来了！”

朱莉娅特明白这些小生灵骚动的原因。

“快，在它们发出警报前把它们全部抓起来。”

她、蕾蒂西娅和梅里埃斯连着泥土和草把它们抓起来，扔到纸箱监禁室里。朱莉娅特在里面喷洒上“大家安静，一切都很好”的费洛蒙。

这个办法看来奏效了，盒子里的骚乱渐渐平静下来。

“我们还是要加快动作，否则，所有贝洛岗的蚂蚁军团都会爬到我们背上来的。”

《思考陷阱》的冠军说道，“就是全世界的喷头也没有办法牵制住它们。”

“您别着急，还有您也是，”一个警察说道，“成了，这儿听起来空空的，我们应该是挖到石板上面了。”

他把手弯成喇叭形，放到嘴边。

“嗨，里面有人吗？”

下面悄无声息。他们用手电往里面照去。

“像是个教堂，”卡乌扎克观察着，“我一个人也看不到。”

一个警察拿上绳索，将一头固定在边上的树干上，就带着手电下洞了。卡乌扎克紧随其后。他们一个一个房间察看过去，然后对着地面上其他的人高喊起来：

“好啦，我找到他们啦。他们看上去全活着，不过都在睡觉。”

“我们这么吵，他们怎么可能睡得着。要是叫不醒，就说明他们全死了。”

雅克·梅里埃斯亲自下洞，加入了卡乌扎克他们。他用手电照亮一个房间，惊讶地发现里面居然有一口泉水、一些计算机设备，还不时传来电机的轰鸣声。他又走进卧室，想把在那边睡得正香的一个男人晃醒，但是吓得向后退了一步：他触到的手臂如此干枯，感觉上像是碰到了一具骷髅。

“他们死了。”他重复着这句话。

"不——"

梅里埃斯惊跳起来。

"是谁在说话？"

"是我。"一个虚弱的声音轻轻说道。

梅里埃斯转过身，他的身后，一个消瘦的人形靠墙而立。

"不，我们没有死，"乔纳森用一只手臂支撑着身体，一字一句地说道，"我们早已不再等待你们到来了，先生们。"

他们相互打量着，乔纳森的眼睛一眨不眨。

"你们没有听到我们在挖洞吗？"梅里埃斯问道。

"听到了，可我们更想能睡到最后一刻。"丹尼尔·罗森菲教授说。

他们都站起身来，一样的消瘦，一样的平静。

这情形深深印入了警察们的脑海。这些人简直就不像是人。

"你们一定饿坏了。"

"不，我们不要立刻吃东西，这样做反而会让我们没命的。我们已经慢慢习惯这种吃得很少的生活了。"

埃米尔简直不敢相信自己的感觉。

"嗨，快点走吧！"

地下的人们从容不迫地穿上衣服，走了出来。一见到日光，他们都向后退。对他们而言，这亮光实在是太强烈了。

乔纳森叫拢几个地下伙伴，他们围成一圈，杰森·布拉杰提出了所有人都早已在心里问自己的那个问题：

"我们是走还是留？"

211. 百科全书

Vitriol: Vitriol 是硫酸盐的另一个名称。一直以来，人们总认为 Vitriol 意为"使变成玻璃的"。其实，它还有更深层的神秘意义。Vitriol 一词是从古代一句格言的基础上发展而成的。V. I. T. R. I. O. L: Visita Interiora Terrae（探寻地球内部）、Rectifiocando Occultem Lapidem（并不断自我完善，你就会找到隐藏的宝石）。

埃德蒙·威尔斯

《相对且绝对知识百科全书》第Ⅱ卷

212. 准备工作

希丽・普・妮女王的遗体端坐在死尸间里，是那些蚂蚁教徒将它摆成这个样子的。

失去了产卵的女王，贝洛岗城面临着全城覆灭的危险。褐蚁们无论如何要有个女王，只要一个，但必须要有。

关于这一点，所有的蚂蚁都知道得很清楚。现在，能拯救蚁城的已不是做不做教徒的问题了。最重要的是立即举行一次新生大典，哪怕合适的时节已经过去了。

大家将七月份落在后面没有起飞的蚂蚁公主集中起来，又去围捕举行空中婚礼时没有出城的孱弱的雄蚁，让它们做好准备。要救蚁城，交配势在必行。

无论手指是否是神明，如果这些蚂蚁在三天里不为自己找到一个怀孕的女王，所有贝洛岗的居民都将死去。

它们用甘甜的蜜露将公主们都喂得饱饱的，来催动它们的交配需要。然后又向发育不全的雄蚁们耐心解释空中婚礼的整个进程。

正午，热气逼人。蚁群都集中到了城市的穹顶上。几千年来，新生大典时总是一片欢腾。可是今年，大典事关整个蚁城的存亡。它们从来不曾如此热切地期待过空中婚礼。

必须有一个活着的女王在贝洛岗着陆。

一片喧闹的气味。公主们已穿着婚纱在那边了，它们的婚纱其实只是一对透明的翅膀。炮手们都已各就各位，准备随时迎击意欲靠近的鸟儿，保护蚁城。

213. 动物学费洛蒙

费洛蒙类别：动物学

主题：手指

作者：103683 号

时间：100000667 年

交流：手指们互相之间通过从口部发出声音振动来进行相互交流。这些声音振动能为一独立的薄膜所截获。该薄膜位于手指头部两侧小洞的底部，它能接收声音并将其转变为电脉冲。这样，大脑就能将意义赋予这些声音。

繁殖：雌性手指不能选择婴儿的性别、级别，甚至连它们的外形也无法选择。每个婴儿的诞生都是一个无法预料的结果。

气味：手指闻起来有栗树油的气味。

食物：有时候，手指进食不是因为饥饿，而是由于烦恼。

无性者：手指中不存在无性者，只有雄性和雌性之分。它们也没有多产的女王。

幽默：手指有一种我们一无所知的情绪，它们称为“幽默”。我无法理解它指的究竟是什么，但看起来“幽默”很值得引起我们注意。

数量：手指的数量比我们通常所认为的要多得多。它们在世界上建有不下 10 座城市，每个城市里至少有 1000 只手指。据我的估计，世界上应该有 1 万只手指。

体温：手指具有内部体温调节系统。即使外界温度很低，该系统也能让它们的身体保持温暖，使它们在黑夜和冬季可以一样活跃。

眼睛：手指的眼睛相对于其头颅的其他部位而言，是可以活动的。

行走：手指能用两条腿平衡行走。它们至今尚未完全掌握这种行走姿势。这还是它们生理进化过程中较新的变化。

奶牛：手指挤奶牛（一种和它们同样大的动物）奶汁的方式就和我们挤蚜虫蜜露的方式完全相同。

214. 重生

他们决定出去，他们傲气凛然。他们既非奄奄一息，也非病魔缠身。他们不过是身体虚弱而已，十分虚弱。

“他们至少应该谢谢我们。”卡乌扎克不满地咕哝。

他的同行阿兰·毕善听到了。

“要是在去年，我们一定会感激地亲吻你的双脚。可现在要我谢你，却太早了，或者说是太迟了。”

“不管怎么样，总是我们救了你们啊！”

“怎么算救呢？”

卡乌扎克暴跳如雷。

“我这辈子从没见过像你这样忘恩负义的人。碰上这样的事，以后看谁还会去帮助别人……”

他在地下教堂的地面上啐了一口。

17 个幸存者沿着绳梯一个接一个爬了出来。阳光刺得他们睁不开眼睛。这些人就地坐了下来。

“快说啊！”蕾蒂西娅大声喊道，“快告诉我，乔纳森。我是你的堂妹蕾蒂西娅，我是埃德蒙的女儿。告诉我，你们怎么能在下面待那么长的时间。”

“我们只是决心要在那里生存下去，共同生存下去。就是这样。我很抱歉，我们只是不太喜欢说话。”

年事已高的奥古斯妲坐在一块石头上，向警察们连连摇手。

“不要水，也不要食物。只要给我们一点能披的东西就行了。外面太冷，而且，”她又补充道，“我们身上也已经没有脂肪来保护了。”

蕾蒂西娅·威尔斯、雅克·梅里埃斯和朱莉娅特原本以为一心要救的人肯定是奄奄一息了。现在，他们面对着这些神情自若、说起话来又傲气凌人的骷髅，真的不知该如何是好了。

他们把这些人送上车，带到医院进行全身检查。检查结果表明，他们的健康状况远比预想的要好。所有的人当然都缺乏多种维生素和蛋白质，但他们体内及体表一点生病的迹象也没有，思维能力也完全正常。

如心有灵犀似的，一句话忽然在朱莉娅特·拉米尔的脑海中一闪而过：

“他们从沃土深处突然出现，像是些古怪的婴儿。他们是全新的人类。”

几个小时后，蕾蒂西娅·威尔斯他们和为那些幸存者做了检查的精神治疗专家谈了一次。

“我不知道发生了什么事，”他说，“他几乎不怎么说话，只是对着我微笑，像是拿我当白痴。我必须承认，这种态度惹得我很不高兴。最奇怪的是，他们身上有一种很怪异的现象，让我觉得很不舒服。你只要碰到其中一个人，其余的人都会感觉到你的动作，就好像他们属于同一个机体。而且，这还不算！”

“还有什么？”

“他们唱歌。”

“他们唱歌？”梅里埃斯愕然。

“您会不会是听错了？是不是因为他们已经不太习惯开口说话。或者……”

“不，他们的的确确是在唱歌。也就是说，他们发出不同的声音，然后统一到一个音符上，连续唱上很长时间。这个统一的音符让整个医院都震动起来。而且，唱歌看起来能安慰他们。”

“这个音符也许是一种联络信号，就像格里高利教皇核定的单音圣歌那样，”蕾蒂西娅说出她的猜想，“我父亲对此非常感兴趣。”

“一种为人类所有的声音联络讯号，就像气味是一个蚁窝的联络讯号。”朱莉娅特·拉米尔补充道。

雅克·梅里埃斯警长显得十分忧虑。

“千万不要把这件事告诉其他人。在我没有下其他命令以前，先把这些人一个一个隔离开来。”

215. 落成的图腾雕像

一天，一个钓鱼人在枫丹白露森林里悠闲自在地散着步，不料见到了一个令他困惑的景象：一条小溪分出两条支流环抱着一个小岛。岛上有许许多多用黏土做成的小雕像。它们也许是用非常小巧的工具雕刻而成的，因为那上面留着很多刮刀的痕迹。

这些小雕像足有几百个，而且看起来都十分相似，就像一个个小小的盐瓶模型。

这个在林中散步的人除了钓鱼以外，还有一项爱好，那就是考古。这些四处摆放的图腾立刻让他想起了复活节岛上的雕像。（译者注：复活节岛为智利瓦尔帕莱索省的属岛，位于东太平洋上，该岛以其600多尊用整块巨石雕成的巨大人像而闻名于世，当地人称其为“石像故乡”。1722年，荷兰人J. 罗赫芬首次登上该岛时恰逢复活节，故名。）

“也许，”他心想，“在复活节岛上曾住过一群小矮人，他们过去就曾在这片森林中生活过？也许，他所面对的就是某个古老的文明留下的最后一点印记，而创造这种文明的是一群体形比蜂鸟大不了多少的小人？是侏儒吗？还是小精灵呢？”

这位钓鱼者兼考古学家没有仔细地观察这个小岛。要不，他一定会发现那里有一堆一堆各种各样的昆虫正忙得不亦乐乎。它们的触角相互轻轻地接触，彼此讲述各种各样的故事。

这样，他就会知道谁才是这些黏土小雕像的真正作者。

216. 癌症

103号已经兑现了它的第一个诺言：困在蚁城下面的人都得救了。现在，朱莉娅特恳求它兑现第二个诺言：揭开癌症的奥秘。

蚂蚁回到了“罗塞塔之石”玻璃罩下的老地方，释放出一段长长的气味解说词来。

生物学费洛蒙，特为手指而作

作者：103683号

主题：你们所谓的“癌症”

如果说你们人类无法消灭癌症，那是因为，你们的科学已经过时了。在研究癌症的过程中，你们的分析方法蒙蔽了你们的眼睛。你们只会从一个角度来看世界——你们自己的角度，因为你们是“过去”的奴隶。通过无数的实验，你们的确已治愈了一些疾病，于是你们就得出结论：只有通过实验才能消灭疾病。在电视里，我看了一些你们的科学纪录片。为了要弄清某个现象，你们衡量它，将它放进自己的条条框框里，列入你们自己的目录中，再把它分割成一块一块，并且越割越小。你们以为，分割越细，离真理就越近。

然而，不是把一个知了分成一小块一小块，你们就能明白它为什么能唱歌；不是用你们的放大镜一个一个检查花瓣的细胞，就能弄清花朵为什么这么美丽。

要理解周围的事物，就必须将自己设身处地放到它们的位置，来到它们的宇宙里，最好是在它们还活着的时候。你们要了解知了，就要在10分钟里去努力地感觉知了看到的是什么，它们经历的又是什么。

如果你们想了解兰花，那就试着将自己想象成一朵兰花。要把自己放到其他事物的位置上去，而不是将它们分割成碎块，从你们构筑好的知识堡垒来观察它们。

在你们所有的伟大发明里，没有一样是由穿着白大褂的、墨守成规的老学究创造的。我在电视里看到过一部有关重大发明的纪录片，这些发明都源于意外。

像什么被蒸汽顶起的锅盖、被狗咬了的小孩、从树上掉下的苹果，它们全都是偶然的混合产物。

要解决癌症，你们早就应该召集起所有的诗人、哲学家、作家、画家，总之所有富有直觉和灵感的人，而不是将先人的知识经验牢记在胸中的人。

你们传统的科学已经过时了。

是你们的过去阻止了你们展望未来，是你们曾经的胜利阻止了你们现在的成功。过去的辉煌正是你们最大的敌人。我在电视上见到了你们的科学家，他们唯一所做的就是不断重复自己的信条。你们的学校唯一所做的就是用一套一成不变的实验程序来束缚学生的想象力，然后再让他们进行考试，确保没有人会修改它们。

这就是为什么你们无法治疗癌症的原因。就你们而言，所有的一切都是同一回事。既然有人用某种方法治愈了霍乱，那就一定能用同样的方法来攻克癌症。

然而，癌症就是癌症，它就是值得人们另眼相待的东西。癌症是一个完整的实体。

我这就告诉你们解决癌症的办法，告诉你们，我们这些你们轻而易举就能捏死的蚂蚁，是如何解决癌症这个难题的。

我们注意到，在我们中间，有些蚂蚁虽然得了癌，但是没有死。于是我们不去研究那些死于癌症的蚂蚁，而是从这些得了癌却又莫名其妙突然痊愈的少数着手。我们想办法寻找它们之间最最细微的共同点。我们找了很长时间，很长很长，终于，我们发现了大部分“奇迹发生者”的相通点：它们同周围一切的沟通能力比一般的蚂蚁强。

由此产生了一种直觉：癌会不会是个沟通问题呢？你们会问我：和谁沟通？对，就是和其他的实体沟通。

我们曾研究过患了癌症的蚂蚁：它们体内没有一个显而易见的实体，没有孢子，没有微生物，也没有小虫。于是，一只蚂蚁想出了一个绝妙的办法：分析这种疾病扩散的节奏。而我们竟然发现，这种节奏居然是一种语言。癌的扩散根据一定的波形，而这种波形是可以作为一种语言形式来分析的。

我们所掌握的是这种语言，而不是它的发生者，后者并不重要。我们破译了这种语言，它的大概意思是：“你们是谁？我在哪儿？”

我们懂了。得了癌的蚂蚁不自觉成了一些世界以外的不可见实体的集结点。这些天外来客不过是一种用来交流的波。它们来到地球上，唯一的念头就是要沟通，即在周围的一切环境中复制自己。由于它们来到了生命体内，就在细胞中复制自己，释放出类似的讯息：“您好，您是谁？我们没有恶意，你们这个星球叫什么？”

就是这些问候的话语，这些迷途旅客的问题杀死了我们。也正是它们杀死了你们。

要救阿尔蒂尔·拉米尔，你们必须制造出和“罗塞塔之石”这台人蚁交流机类似的机器来。不过，它是专门用来翻译癌的语言，研究它的节律、它的波，然后再复制它、操纵它，由你们来回答它的问题。当然，你们并不是非相信我这种观点不可。但试试这种办法，你们不会有任何损失。

雅克·梅里埃斯、蕾蒂西娅和拉米尔夫妇对这个古怪的建议不禁哑然。和癌症对话？……可是，阿尔蒂尔——小精灵的主人，已被宣判再有几天就要结束生命了。他的情况非常糟糕。毫无疑问，每个人都百分之百地确信这是一个谬论，这只蚂蚁根本就没有资格来上医学课。它那番推断根本不合常理。可是，阿尔蒂尔·拉米尔就快要死了，为什么不去试试这条注定就是荒谬的道路呢？他们将看到这条道路会将他们引向何方！

217. 联系

周二，14 点 30 分。法国科学研究部部长拉法艾尔·伊佐根据很早以前就已做好的安排，接见了雅克·梅里埃斯警长。后者向他介绍了朱莉娅特·拉米尔夫人、蕾蒂西娅·威尔斯小姐，还有装了一只蚂蚁的小瓶，那只蚂蚁在瓶子里显得很不安分。谈话的原定时间是 30 分钟，但他们延长了 8 个半小时，第二天又继续延长了 8 个小时。

周四，19 点 23 分。法兰西共和国总统雷齐·马尔罗先生在客厅里接见了科学研究部部长拉法艾尔·伊佐先生。他的菜单上写的是橙汁、羊角面包、煎蛋及与科研部长的交流，交流的内容是科研部长视为至关重要的一条消息。总统向着羊角面包俯下身子：

“您要求我做什么？和一只蚂蚁谈话？不，绝对不可能，哪怕是像您坚持的那样，它的确是救出了 17 个困在蚁窝下面的人。您可意识到自己在说些什么？您现在已经是满脑子的威尔斯事件。可以，我同意忘记这次谈话的内容，但您再也别在我面前提起您那只蚂蚁，再也不要。”

“这可不是随随便便哪只蚂蚁，它是103号，是一只已经和人类进行过交谈的蚂蚁，也是此地最为强大的蚂蚁联邦的代表。一个有着1.8亿个成员的联邦。”

“1.8亿个什么？您是疯了吧，我的上帝啊！那是蚂蚁，是虫子，是我们用手指轻轻一压就能碾死的小虫子……您可千万不要被那些喜欢搞恶作剧的人精心策划的这场闹剧给骗了，伊佐。没有一个人会相信您这些话的，选民们只会认为我们是编了一个天大的谎言来骗他们同意交纳新的税项。至于造成的反面效应就更不用说了……我都听到他们的嘲笑了！”

“我们对蚂蚁了解得太少了，”伊佐部长不同意总统的说法，“如果能把蚂蚁视为智慧生物来同它们交谈，我们一定会发现自己有许多东西要向它们学习。”

“您是想跟我说那些荒诞的癌症理论吗？我在那些一味追求轰动效应的报上已经看到了。伊佐，您可别告诉我，您是把这堆谬论当真了吧？”

“蚂蚁是地球上分布最广的动物。它们一定属于最为古老也是最为发达的动物之一。在几亿年里，它们有足够的时间学到我们所不了解的知识。我们人类在地球上生活了不过300万年而已。何况我们的现代文明最多也不过只有5000年的历史。像蚂蚁这样具有丰富历史经验的社会，我们一定有许多东西要向它们学习。它们能帮助我们想象1亿年以后的人类社会。”

“您这些话我早就听过了。这太愚蠢了。那些可是……蚂蚁！您至少对我说是狗吧，那我还能理解。我们三分之一的选民家里都有狗。可您偏偏跟我说是蚂蚁！”

“我们只要……”

“够了。您把这些念头都藏在心里吧，我的老伙计。我不会做世界上第一个和蚂蚁对话的国家总统。我可不想让全世界的人听了我说的话以后全都笑得连腰也直不起来。我、我的政府，我们都不会为了这些小虫子而让自己出丑。我再也不要听人说起这些蚂蚁了。”

总统恶狠狠地叉起一块煎蛋，吞了下去。

科研部部长依旧面不改色。

“不，我会一直对您说下去，一直，一直，直到您改变想法为止。有人来找过我。他们用了最简单的词句给我解释了所有的事情，我完全明白他们的意思。现在正是我们跨越几个世纪的好机会，我们能向未来飞跃出一大步。我不能让这样的机会白白错过。”

“真是废话连篇！”

“您听我说，将来总有一天我会死的，您也会死的。那么，既然我们注定要从这个世界上消失，为什么不留下一点点与众不同的、别出心裁的印记，来证明我们来过这世上一遭呢？为什么不和蚂蚁签署一些经济、文化甚至……军事协议呢？毕竟，它们是世界上第二强大的生物。”

马尔罗总统被一块烤面包片给噎着了，咳嗽起来。

“既然您这么想，那为什么不在蚂蚁窝里设一个法国大使馆呢？”

科研部长没有笑。

“是的，我已经想到这一点了。”

“不可思议！您真是不可思议！”总统高高举起手臂，大声感叹。

“您可以忘了它们是蚂蚁，就当它们是天外来客。当然，它们不是天外来客，而是地球上的生物。它们唯一的错误就是长得那么小，偏偏又一直占据着这个星球，所以我们始终没有意识到它们的惊人之处。”

马尔罗总统注视着他的眼睛。

“您有什么建议？”

“正式会见 103 号。”伊佐一点也没有迟疑。

“谁是 103 号？”

“一只非常了解我们的蚂蚁。必要时可以做我们的解说员。您可以邀请它来爱丽舍宫，比方说用一顿非正式的午餐。它最多也只能吃一滴蜂蜜。您和它说什么都没有关系，重要的是我们的国家元首和它进行了交谈。

“拉米尔夫人会给您提供一台费洛蒙翻译机，所以您不会有任何技术上的问题。”

总统迈着大步在房里走来走去，又久久地注视着面前的花园。看来，他是在掂量同意和拒绝孰轻孰重。

“不行，绝对不行。与其让自己冒险成为别人的笑柄，我宁可错过一个青史留名的机会。一个和蚂蚁交流的总统……将来会让多少人嘲笑！”

“可是——”

“一切到此结束。您那蚂蚁的故事已经浪费了我太多的耐心。我的回答是不行，坚决不行。再见，伊佐。”

218. 尾声

太阳已经升到了天顶。一大片无边无际的明亮光辉在枫丹白露森林上空延伸开去，残酷的蜘蛛网幻成了一小块一小块用光线编织而成的绣花布。天气很热。

一些小得令人难以察觉的小生灵在枝叶下动来动去。地平线成了绯红色的。蕨类植物都沉睡过去了。阳光射向各个角落，也射向所有的生灵。在这强烈而无一丝杂色的光照下，眼前的景象都变得干燥起来。那里正进行着一项冒险行动——众多冒险行动中的一项。

在星空的那一边，苍穹之巅，星系在缓缓地转动，它对在四周运转着的星球上所发生的一切始终都无动于衷。

然而，在蚂蚁世界的一个小城里，现在正是当季的最后一次新生大典。91 位贝洛岗的公主飞向天空，拯救它们的王朝。

两个经过那里的人看到了这一切。

“噢，妈妈，你看到这些苍蝇了吧！”

“那不是苍蝇，是蚂蚁女王。想想你在电视里看的那部片子，这是它们的空中婚礼。它们在天上飞着，和雄蚂蚁会合。然后有些女王会飞到很远的地方，建立新的王国。”

公主们在空中升向高处，不断地升高，升高，以避开山雀的攻击。雄蚂蚁和它们会合了。它们在一起，一起向上升，向上升，向上升。明亮的光辉将它们吸了进去，渐渐地，它们融入了太阳强烈的光芒。逼人的热、刺眼的亮、强烈的光，一切都幻成了白色，炫目的……

白色。

致 谢

Gérard 和 Daniel Amzallag, David Bauchard, Fabrice Coget, Hervé Desinge, Michel Dezerald 博士，Patrick Filipini, Luc Gomel, Joël Hersant, Irina Henry, Christine Josset, Frédéric Lenorman, Marie Lag, Eric Nataf, Passerat 教授，O1ivier Ranson, Gilles Rapoport, Reine Silbert, Irit 和 Dotan Slomka.

也向所有为《蚂蚁帝国》和《蚂蚁时代》两书的出版提供所需纸浆的树木致谢，没有它们，一切都不可能实现。

贝尔纳·韦尔贝尔

图书在版编目（CIP）数据

蚂蚁时代 /（法）贝尔纳·韦尔贝尔著；袁晶，韩佳，王姝男译．-- 北京：北京联合出版公司，2021.3
（蚂蚁三部曲）
ISBN 978-7-5596-4914-0

Ⅰ．①蚂… Ⅱ．①贝… ②袁… ③韩… ④王… Ⅲ．①幻想小说—法国—现代 Ⅳ．① I565.45

中国版本图书馆 CIP 数据核字 (2021) 第 003005 号

蚂蚁时代

著　　者：［法］贝尔纳·韦尔贝尔
译　　者：袁　晶　韩　佳　王姝男
出 品 人：赵红仕
选题策划：后浪出版公司
出版统筹：吴兴元
编辑统筹：朱　岳　梅天明
特约编辑：宁天虹
责任编辑：徐　鹏
营销推广：ONEBOOK
装帧制造：墨白空间·黄怡祯

北京联合出版公司出版
（北京市西城区德外大街 83 号楼 9 层　100088）
后浪出版咨询（北京）有限责任公司发行
北京盛通印刷股份有限公司印刷
字数 1131 千字　655 毫米 × 1000 毫米　1/32　35.75 印张
2021 年 3 月第 1 版　2021 年 3 月第 1 次印刷
ISBN 978-7-5596-4914-0
定价：148.00 元（全三册）

后浪出版咨询(北京)有限责任公司 常年法律顾问：北京大成律师事务所　周天晖　copyright@hinabook.com

本书若有质量问题，请与本公司图书销售中心联系调换。电话：010-64010019